DU MÊME AUTEUR

Aux Éditions Gallimard

LA MEILLEURE PART DES HOMMES, roman, Folio n° 5002, 2008.

MÉMOIRES DE LA JUNGLE, roman, Folio n° 5306, 2010.

EN L'ABSENCE DE CLASSEMENT FINAL, nouvelles, 2012.

Aux Éditions Denoël

LES CORDELETTES DE BROWSER, roman, 2012.

Chez d'autres éditeurs

L'IMAGE, essai, Atlande, 2007.

NOUS, ANIMAUX ET HUMAINS, essai, Bourin Éditeur, 2011.

FORME ET OBJET. UN TRAITÉ DES CHOSES, essai, Presses universitaires de France, coll. « Métaphysiques », 2011.

SIX FEET UNDER. NOS VIES SANS DESTIN, essai, Presses universitaires de France, 2012.

FABER

TRISTAN GARCIA

FABER

Le destructeur

roman

nrf

GALLIMARD

«Quel est le genre d'homme que vous aimez le plus ?
— Le constructeur.
— Et que vous détestez le plus ?
— Le destructeur.»

LOUIS-FERDINAND CÉLINE

Nous étions des enfants de la classe moyenne d'un pays moyen d'Occident, deux générations après une guerre gagnée, une génération après une révolution ratée. Nous n'étions ni pauvres ni riches, nous ne regrettions pas l'aristocratie, nous ne rêvions d'aucune utopie et la démocratie nous était devenue égale. Nos parents avaient travaillé, mais jamais ailleurs que dans des bureaux, des écoles, des postes, des hôpitaux, des administrations. Nos pères ne portaient ni blouse ni cravate, nos mères ni tablier ni tailleur. Nous avions été éduqués et formés par les livres, les films, les chansons — par la promesse de devenir des individus. Je crois que nous étions en droit d'attendre une vie différente. Nous avons fait des études — un peu, suffisamment, trop —, nous avons appris à respecter l'art et les artistes, à aimer entreprendre pour créer du neuf, mais aussi à rêver, à nous promener, à apprécier le temps libre, à croire que nous pourrions tous devenir des génies, méprisant la bêtise, détestant comme il se doit la dictature et l'ordre établi. Mais pour gagner de quoi vivre comme tout le monde, une fois adultes, nous avons compris qu'il ne serait jamais question que de prendre la file et de travailler. À ce moment-là, c'était la crise économique et on ne trouvait plus d'emploi, ou bien c'était du travail au rabais. Nous avons souffert la société comme une promesse deux fois déçue. Certains s'y sont faits, d'autres ne sont jamais parvenus à le supporter. Il y a eu en eux une guerre contre tout l'univers qui leur avait laissé entr'apercevoir la vraie vie, la possibilité d'être quelqu'un et qui avait sonné, après l'adolescence, la fin de la récréation des classes moyennes. On demandait aux fils et aux filles de la génération des Trente Glorieuses et de Mai-68 de renoncer à l'idée illusoire qu'ils se faisaient de la liberté et de la réalisation de soi, pour endosser l'uniforme invisible des personnes. *Beaucoup se sont appauvris, quelques-uns sont devenus violents. La plupart se sont battus mollement afin de rentrer dans la foule sans faire d'histoires. Ils ont tenté de sauver ce qui pouvait l'être : leur survie sociale. J'ai été de ceux qui ont choisi de baisser la tête pour pouvoir passer la porte de mon époque — mais pas Faber, hélas ou heureusement.*

Et pour cette raison il n'a cessé de me hanter.

PREMIÈRE PARTIE

IL REVIENT

1
Madeleine

Je n'ai pas le sens de l'orientation ; je ne saurais même pas dessiner la forme approximative de mon trajet. Mais à chaque tournant j'avais l'impression de sortir d'un grand cercle pour entrer dans un plus petit.

Quittant l'autoroute, j'avais emprunté la nationale. Après avoir fait demi-tour aux portes de la sous-préfecture, dans la zone artisanale de laquelle je m'étais perdue, j'avais fait le plein dans une station-service et demandé mon chemin. Sur les conseils d'un jeune homme musclé, tatoué et plein de charme, je m'étais engagée dans une série de tunnels le long de l'ancienne voie ferrée. Puis j'avais bifurqué à droite au second carrefour, et maintenant il n'y avait plus qu'une voie, qui suivait les boucles serrées de la rivière.

J'ai éteint la radio d'information continue et d'un revers de main j'ai voulu éclaircir la vitre avant, poussiéreuse au-dedans, salie au-dehors par le chemin depuis Paris : la pollution, le vent d'autan et, à mesure que j'approchais du but, de plus en plus d'insectes contre le pare-brise.

En dépit des explications de mon mari, je n'étais jamais

parvenue à utiliser le GPS de mon modèle Toyota Aygo noir — qui me faisait lui-même penser à un gros hanneton. Une épaisse carte routière de la France en accordéon m'avait permis d'atteindre cette route départementale du Couserans. Mais, au milieu du désordre qui régnait à mes pieds, plus moyen de mettre la main sur cette satanée carte, sans doute oubliée à la station-service à cause du jeune homme galant. Cassée en deux dans l'habitacle, j'ai plissé les paupières dans l'espoir d'apercevoir le nom d'Aulac sur un panneau du carrefour auquel aboutissait la départementale, à l'endroit où la rivière bordée de peupliers et d'acacias se divisait en deux minces filets d'eau. Basile et moi avions de bonnes raisons de penser qu'il habitait dans la vallée d'Aulac depuis l'échec de son aventure «autonome».

Au mois de mars, l'Ariège commençait à dégorger la neige des torrents de montagne et le froid de l'hiver partait en fumée dans la clarté de l'air. À l'arrêt, j'ai commandé depuis mon siège la descente de la vitre du côté du conducteur afin de lire les directions indiquées au croisement. Aucune trace d'Aulac. Est-ce que je m'étais de nouveau égarée? J'ai calé. Tout semblait me décourager de poursuivre et je me suis demandé si notre projet avait le moindre sens. Alors je me suis rangée puis j'ai fait quelques pas sur le bas-côté, en m'étirant : une trop longue matinée de route. Fatiguée, je me suis laissée aller à humer un instant l'odeur médicamenteuse des peupliers noirs, par-dessus le petit cours d'eau vif, qui serpentait sous une cabane fermée proposant des descentes en canoë pour l'été. La rivière était protégée par un muret derrière lequel, en me penchant pour respirer le faible parfum de l'eau fraîche, j'ai trouvé par terre un panneau. Peut-être décroché par des adolescents du coin lors d'une virée en mobylette. Sur la pancarte figurait la double direction d'Aulac et du col des Airelles, à six kilomètres à peine.

À l'approche de ma destination, j'ai voulu me recoiffer. Sous mes doigts aux phalanges gonflées par la moiteur, je n'ai pas retrouvé mes belles mèches de jeunesse, parce que je portais les cheveux courts depuis déjà six ans. J'ai tout de suite pensé que Faber ne m'avait pas connue autrement que les cheveux longs ou au carré. Est-ce qu'il me reconnaîtrait? Après une série de lacets au milieu d'une petite gorge, dramatisée par des filets et des avis d'éboulis, le soleil a réapparu sur la route encaissée. Encore décoré par le nom du porteur du maillot à pois du précédent Tour de France, l'asphalte s'est ouvert devant moi; il a paru glisser avec douceur jusqu'à un vallon jaune et vert. Quelques chevaux, des mérens courts sur pattes, vaquaient dans les champs. Le camping municipal était gardé par trois tracteurs et un Round Baller immobiles, dans l'attente d'août et de la saison des foins.

Garée sur le parking en gravillons d'une supérette fermée jusqu'à quinze heures, assoiffée, j'ai découvert un distributeur automatique de boissons dans le hall désert d'une maison de retraite, à l'entrée du village.

Tout en sirotant l'Ice Tea au citron que je venais de récupérer à la tirette, j'ai remonté à l'ombre l'allée de goudron lézardé qui menait au centre vide d'Aulac. Autour d'un chêne, des bancs et quelques places de parking dessinaient un carrousel, dont les seuls spectateurs m'ont paru être les vitrines du boulanger, du boucher, du marchand de journaux et du pharmacien. Trop petite, l'église en brique demeurait cachée derrière l'arbre, à l'entrée de la route du col des Airelles ; moins timide, le grand café Au rendez-vous des chasseurs s'étalait sur un tiers de la place. Mais sa terrasse ressemblait à un port peuplé de vaisseaux aux pavillons en berne, les parasols fermés au-dessus de tables arborant le logo d'une boisson anisée.

De là partait une petite rue en côte, qui abritait une enfilade de quatre ou cinq magasins : une épicerie bio, un minuscule café, une librairie, une mercerie et une échoppe à la vitrine sale dont je n'ai pas très bien compris la fonction. Sur la porte de la librairie, un texte contre l'implantation d'une nouvelle antenne-relais par un opérateur téléphonique, qui arguait notamment de « l'emploi par les fabricants de téléphones cellulaires d'ouvriers indonésiens sous-payés et exposés à des substances hautement toxiques » ainsi que de « l'entreprise mondialisée de contrôle mental et de surveillance par les télécommunications ». Une affichette consacrée à la parution d'un volume sur les enjeux de la décroissance. Une série de dessins satiriques sur les chasseurs, l'actuel président de la République et Israël. Un appel à la résistance civique contre les expulsions de sans-papiers. La quatrième de couverture d'un ouvrage de *deep ecology*, des entretiens d'Arne Næss évoquant l'écosophie de ses dernières années. Enfin une longue citation de Günther Anders recopiée à la main.

La librairie était fermée et il n'était fait aucune mention de ses horaires d'ouverture.

Je suis entrée dans l'épicerie, où j'ai salué une femme entre deux âges. Extrêmement maigre, vêtue d'une longue robe de lin, les cheveux noirs parcourus d'une mèche blanche irrégulière, retenus en arrière et piqués d'une aiguille à tricoter. Elle se cassait le dos en deux à transporter dans l'arrière-salle des sacs de pommes de terre, entassés à même le sol. Soudain elle m'a aperçue et s'est excusée d'un bref mouvement du menton. Glissé par commodité entre ses lèvres, un bon de commande jaune l'empêchait d'ouvrir la bouche. La femme a disparu derrière un rideau de perles qui ont produit un léger bruit aqueux.

J'ai ôté une poussière de mon chemisier, parcouru du regard le panneau en liège près des premières étagères de céréales, au-dessus des caisses d'oignons et de tomates : des annonces pour des cours de feng shui, des prospectus de macrobiotique sur le kuzu, le miso et deux poèmes manuscrits non signés sur la « résistance armée des rêves » et la « dictature de la tristesse ».

Lorsque la femme est revenue se planter devant moi, j'ai découvert à la lumière du jour la peau asséchée de son visage dont le charme luttait encore pour ne pas devoir la déserter tout à fait. Il est apparu dans son expression quelque chose de si désespéré que je n'ai pu m'empêcher d'être frappée et de marquer un pas de recul. Je tenais à la main la photographie de Faber — qui m'a échappé ; la femme l'a ramassée avant moi.

« Je le connais. Mais il a changé. »

Un instant, une idée imbécile m'a traversé l'esprit : Faber couchait avec elle et lui avait pompé toute sa vie, petit à petit. Est-ce que ça avait été sa maîtresse ? S'amorçait peut-être l'une de ces pénibles discussions entre anciennes amantes éplorées d'un même homme. J'ai coupé court.

« Où est-ce qu'il est ?

— Vous êtes journaliste?
— Sa plus vieille amie.»

Raide mais lasse, pressée de me voir partir.

«Si vous êtes une amie, dites-moi quelque chose qui me prouve que vous le connaissez.»

Je n'ai même pas réfléchi :

«Lorsqu'il est nu, il bégaie.»

Elle m'a indiqué le chemin des Airelles, à gauche trois kilomètres après la sortie d'Aulac : la baraque aux ânes. J'avais l'impression d'avoir vaincu une vieille rivale. En observant sa réaction, j'avais acquis la certitude qu'elle ne connaissait pas la réponse avant que je la lui donne, qu'elle ne l'avait pas vu bégayer, donc qu'elle ne l'avait pas vraiment aimé et n'en avait jamais été aimée. Tandis que moi…

Après avoir regagné ma voiture, je me suis dirigée vers le col. Derrière une rangée de tilleuls quelques grappes de maisons à la charpente abîmée. Poursuivie par les aboiements de trois chiens gris qui en avaient après mes pneus, j'ai passé un pont et découvert une enfilade de demeures rénovées. Toitures en panneaux solaires, vieux corps de ferme aux extensions vitrées. J'ai roulé jusqu'aux abords d'un champ, au pied du flanc boisé d'une montagne dont le dernier tiers, à huit cents ou neuf cents mètres de hauteur, attirait tout particulièrement l'attention : il paraissait troué, à la suite d'un incendie ou comme si un géant atteint de démence en avait déchiré le revêtement forestier. Exposée au soleil, la pente était très raide. Tout en haut, clouée à l'extrémité de la terre pelée, une grange au toit croulant.

Mal entretenu, le chemin traversait d'abord le champ plat, avant de se perdre dans le bois. Subitement, il s'élevait. J'ai débouché sur une impasse à mi-distance du sommet. La piste cahoteuse s'arrêtait derrière une demeure tout en longueur envahie par le lierre. Sur la terrasse, deux vieilles dames en robes à fleurs bleu ciel jouaient au rami et buvaient du whisky, sans m'accorder la moindre attention.

Baissant la tête pour passer sous la frondaison envahissante des arbres, je les ai hélées.

« Comment accède-t-on à la grange, tout en haut ? »

La plus âgée s'est levée. S'est servie d'une énorme pelle en guise de canne et a boité jusqu'à moi. Elle n'entendait plus très bien.

« Qu'est-ce que vous dites ? »

En haussant la voix, j'ai réitéré ma demande.

« Ah. La baraque aux ânes. » Et elle a indiqué de sa main violacée le terrain au-dessus de nous, à découvert. Scrutant la montagne dans cette direction, je me suis aperçue de la présence incongrue de deux ânes gris le long des clôtures, qui m'ont montré leurs gencives et dont les oreilles ont frémi.

« Z'allez le voir, lui ?

— Oui. »

Sans bouger de son rocking-chair en osier, l'autre femme a laissé claquer sa langue comme pour m'avertir.

« Laissez-le tranquille. »

Lorsqu'elle a tourné son visage vers moi, j'ai découvert qu'elle était aveugle.

« Il a besoin d'aide.

— On lui donne à manger. Il est bien là-haut. »

Je me doutais qu'après le démantèlement du supposé réseau, Faber était passé entre les mailles du filet. C'était grâce aux articles sur les soupçons de sabotage du petit groupe d'autonomes que Basile et moi avions retrouvé sa trace.

«Je veux le voir.»

Celle qui marchait à l'aide d'une pelle m'a agrippée par le gras du bras et ses ongles ont labouré mon épiderme. Sans me laisser impressionner, je l'ai repoussée contre le mur couvert de crépi. Elle avait de la force, mais je savais me défendre.

«Laisse», a alors ordonné la plus âgée, l'aveugle, à sa camarade qui avait levé la grosse pelle pour me menacer. «C'est comme ça. On ne peut pas l'empêcher.» Sa voix était triste et lasse. Elle a craché un noyau de cerise qui a roulé sur la terrasse de béton, jusqu'à la barrière.

«Z'avez qu'à prendre le chemin des ânes, le long de la clôture. Passez à gauche du champ, pis tournez à droite. Finirez bien par tomber dessus.»

Celui des deux ânes qui n'avait pas envie de chier m'a accompagnée avec placidité. À bout de souffle, j'ai atteint le bois qui bordait le champ presque à pic. Zigzaguant à travers les fougères, les mains sur les cuisses, je ne devinais même plus les restes de la vieille sente qui m'avait guidée jusque-là. Un sous-bois de contes pour enfant : épais, défendu par de nombreux arbres tombés en travers les uns des autres comme après une tempête. Des toiles d'araignée et des tapis de feuilles pourrissantes. Obliquant vers la ligne supérieure du champ à nu, j'ai enjambé une clôture électrifiée près de laquelle mon âne s'est arrêté. L'air indigné, il semblait me dire : je ne ferai pas un pas de plus. À la sortie du bois, les rayons aveuglants du soleil ont dardé contre mes yeux — que j'ai protégés d'un geste du poignet. Un terrain boueux m'est apparu. Puis une ruine que j'ai mis quelques secondes à identifier : c'était bien la petite grange que j'avais repérée depuis le pied de la montagne. Dos au bâtiment, j'ai pris soin de contempler le paysage, comptant et recomptant les kers devant moi, cherchant la rivière tout au fond, la route et le village. Où était le nord ? Le sud ?

« Qu'est-ce que vous foutez ici ? »

Parce que je me suis tournée brusquement, les pieds pris dans un fil qui délimitait plus ou moins le terrain tout autour de la baraque, je me suis vautrée dans la terre humide et molle. Je m'en suis voulu. C'était sa voix. Une fois de plus, je me suis présentée à lui ventre au sol — comme une enfant. J'étais pourtant une adulte de trente ans lorsque j'ai relevé mon visage vers Faber.

Lui dont les cheveux bouclés étaient jadis d'une opulence telle qu'il était impossible en le peignant d'apercevoir la peau de son crâne, il n'arborait plus que des mèches rares, lisses et grasses au-dessus d'un front marqué par l'eczéma. Il était maigre de tout ce qui dans un corps devrait manifester la santé. Gros ou boursouflé partout où l'organisme réclame d'être vif et tendu. Paupières plissées mais joues creuses. Ventre arrondi mais thorax rentré. Côtes apparentes et début de goitre. Il était laid. Pourtant, dès qu'il s'est mis en mouvement, je l'ai reconnu. Il s'est approché mais ne m'a pas tendu la main. Faber détestait qu'on le touche. Il m'a tout de même proposé d'attraper le manche de son râteau pour me relever.

« Madeleine ? »

2

Lettres mortes

Il n'y avait guère qu'une pièce à proprement parler habitable dans la baraque : un carré d'environ sept mètres sur sept, mal protégé par un plafond troué en deux endroits, calfeutré grâce à une bâche marron fatiguée d'avoir lutté tout l'hiver. La bâche était gonflée d'humus, des mauvaises herbes avaient poussé sous le toit et un peu de terre tombait parfois comme de la poudre sur les meubles — auxquels manquait toujours un pied, une porte, une poignée. À même le sol j'ai avisé un matelas, qui m'a paru être l'unique élément stable du lieu. Autour de mes chaussures, le parquet de bois clair, imparfaitement posé, laissait passer le jour *par le dessous*. Le terrain était si peu plat qu'il avait fallu construire la grange sur une sorte de petit promontoire, et la lumière du soleil, reflétée dans les coulées d'eau et de boue, pénétrait la baraque depuis le sol, par les interstices entre les planches. Faber en personne les avait certainement sciées dans l'appentis que j'apercevais par la porte, encombré d'outils rouillés. Derrière cet appentis, là où commençait la forêt, reposait une vieille bétonnière montée sur châssis métallique, rouillée et presque incrustée dans l'herbe, la fougère, les genêts jaunes à balais.

Comme il n'y avait pas d'autre siège, je me suis ménagé une petite place sur le lit rosâtre, recouvert aux deux tiers par un drap blanc maculé de taches douteuses. Il m'aurait dégoûtée si je n'avais pas dormi avec Faber lorsque nous avions quatorze ans et demi. Cet homme n'avait jamais été ordonné — et ce n'est rien de le dire — mais ça avait été un sacré bricoleur. Il tenait ça de son père adoptif. Ne restait que le plancher pour en témoigner, ici. Et encore, il était ajouré. Faber avait perdu la main.

Au sol, comme autrefois, une citadelle de livres en cours de lecture. Muraille de gros volumes reliés et tourelles de bouquins de poche d'occasion, qui avaient pris l'humidité. Laissant pivoter ma tête, j'ai identifié un rempart de livres d'histoire asiatique consacrés à l'Empire mongol, une biographie de Yeh-lü Ch'u-ts'ai, une somme universitaire sur les Trois Royaumes de Corée, une enquête sur le mystère des tumuli en forme de trou de serrure (période Kofun). Puis des neurosciences en anglais. Les secrets du cerveau humain. Et un traité italien d'économie politique «hérétique», inspiré par les travaux de Piero Sraffa — le reste, je n'en sais rien.

Il était resté debout, le dos voûté, à côté de ce qui se présentait comme sa cuisine et son garde-manger. Une vieille armoire d'un noir poussiéreux, un lavabo en granit, une série de sacs à patates, trois casseroles, une bouteille Butagaz usagée puisque ouverte et une vieille lampe Titus qui faisait office de réchaud en cuivre. Attendant que je lui parle, il n'osait pas me regarder, se rongeait les ongles de l'annulaire et du majeur, en émettant un son qui évoquait l'écureuil.

Je ne m'attendais pas tout à fait à ça. Il m'a semblé pathétique et ma détermination a faibli. Qu'est-ce que j'étais venue faire ici ? Je repensais à Fabien, à ma fille. Puis la voix de Basile a résonné dans ma tête, me répétant qu'il fallait à tout prix le retrouver. Et au fond de mon sac à main, il y avait les *lettres*.

Au moment où je m'apprêtais à lui expliquer les raisons de ma venue, il a glissé l'ongle de son pouce entre ses deux incisives supérieures ; l'ongle s'est cassé, entaillant du même coup sa lèvre, et un peu de sang a coulé. Sans que je m'y attende le moins du monde, il a souri :

« Tu t'es fait couper les cheveux. »

Comme si je revenais de chez le coiffeur. Puis sa mine s'est assombrie. Il a raccourci la rognure d'ongle qui dépassait d'entre ses dents à l'aide d'un sécateur pour fleurs qui traînait sur le buffet, et j'ai tressailli. Clac ! Ensuite il a cherché du café à m'offrir, mais n'en a pas trouvé. Il m'a bien semblé qu'en farfouillant dans son armoire trop noire, il tremblait.

« Merde ! »

Il m'a juste regardée.

Venu s'affaler à côté de moi sur le lit qui nous servait de canapé. Appuyé sur un coude. Pas la moindre honte de la puanteur qu'il pouvait dégager. La bouche, sous les bras, les pieds — le cul surtout. Je lui en voulais tellement de faire exprès de s'humilier pour détruire toujours un peu plus ce qui pouvait rester en moi d'amour et d'admiration pour lui. Il n'avait pas d'autre but. Il espérait que rien ne subsiste plus dans ma mémoire de la fascination qu'il avait passé près de dix ans à laisser grandir à l'intérieur de mon corps et de mon esprit. Et, pire que tout, je savais qu'il agissait ainsi pour me sauver, pour m'empêcher de le regretter, pour m'interdire de le rattraper au vol. Qu'est-ce qu'il croyait? Qu'il pouvait encore me faire du mal et qu'il le ferait. Il se connaissait, savait de quoi il était capable et, seul, il retournait toute sa force de destruction contre lui. Mais je venais pour l'arracher une dernière fois à sa condition. Le voir misérable à ce point ne me guérirait pas : rentrée chez moi, je souffrirais encore pour lui et je ne cesserais pas de lui en vouloir d'avoir pourri du dedans toute ma vie. Je comprendrais qu'il faisait en sorte que je le haïsse à seule fin de me libérer de son emprise. Je lui en serais reconnaissante, je souffrirais pour lui d'avoir souffert pour moi, et je me trouverais de nouveau prisonnière par la pensée de sa pensée.

Tout ce temps, j'avais retenu ma respiration pour ne pas avoir à sentir sa merde. À court d'air, j'en ai inspiré une large bouffée qui m'a donné la nausée. Me pinçant le nez, j'ai baissé la tête. Une de ses semelles pendait lamentablement, désolidarisée du tissu de sa tennis verte. Un scarabée en est sorti. Et lui s'est mouché entre deux doigts.

Sans doute s'est-il aperçu qu'il se tenait trop près de moi — j'étais sur le point de m'évanouir — et il m'a apporté un verre d'eau.

«J'ai plus de caoua. Désolé.»

Alors seulement, il a pris la décision — si tant est qu'il ait jamais eu la capacité de maîtriser l'alternance entre ses moments d'adaptation et d'inadaptation à une forme réglée de conversation — de se comporter comme la situation l'exigeait : ça faisait dix ans qu'on ne s'était pas vus. Je savais qu'il était ému. Il savait que je le savais. Mais jouer le jeu, interpréter nos retrouvailles suivant l'image que nous en avions dans la tête et dans le cœur l'insupportait.

Je n'ai jamais connu personne d'aussi intelligent que Faber. Il est évident que son intelligence sans sol ni plafond, à l'air libre et sans autre limite que la possibilité de tout et de n'importe quoi, était une malédiction. Cette malédiction lui a valu de passer aux yeux de nombreuses personnes pour une sorte de forcené en camisole naturelle. Mais parfois il redonnait à cette intelligence les limites convenables d'une situation, entre quatre murs, comme ici et maintenant.

D'abord, il s'est suffisamment éloigné de moi pour me préserver de son odeur pestilentielle. C'était une attention touchante, que j'ai appréciée à sa juste valeur. Ainsi me signifiait-il qu'il avait conscience que j'étais ici, qu'il était ici aussi, que j'avais un nez, qu'il avait un cul, qu'il ne se l'était pas lavé depuis trop longtemps et qu'il existait des normes culturelles déterminant plus ou moins le rapport entre ces différents éléments. Faber s'est excusé. A indiqué d'un geste de l'index ce qui devait être les toilettes, une fosse de l'autre côté du mur de pierres épaisses : « C'est en panne. » La blague m'a fait sourire.

« C'est pas sentimental, hein ? Tu sais que je déteste ça. On n'est pas sur un réseau social pour retrouver ses copains d'enfance. »

Je me suis sentie obligée de préciser : « Rien de sentimental. »

« Ah, c'est mieux. » Il a eu l'air soulagé, a remonté son pantalon, plongé les deux pans de sa chemise à carreaux sous l'élastique de son slip.

« Je te fais pitié ?

— Ce que tu es devenu, oui. »

S'est gratté le cuir chevelu, de la peau morte en est tombée — en suspension dans un rai de lumière provenu du sol, entre les planches.

« Ça a merdé, Maddie. Sont tous partis.

— C'était quoi, une sorte de communauté ? »

Il a haussé les épaules.

« Tu as ramassé quelques paumés à Toulouse et tu leur as promis une autre vie ?

— Tu lis les journaux.

— Et la fille de l'épicerie en bas… T'es tout seul, maintenant ?

— Parle pas politique, Maddie. T'as jamais rien compris, c'est pas grave. »

J'ai souri. J'ai toujours su que ce qu'il appelait « politique » était un moyen de ne pas parler de sentiments. Ça m'a rappelé de vieilles discussions. Un instant, je l'ai revu près des toilettes du collège, sur l'esplanade du lycée, au Khédive ou fumant, la fenêtre ouverte, dans le grenier des Gardon.

C'était le moment de sortir les lettres et de lui expliquer.

« Est-ce que tu te rappelles ça ? »

Tandis que je farfouillais dans mon sac, j'ai soudain pris peur de les avoir oubliées en bas. Les jointures gonflées de mes doigts m'étaient douloureuses. Mon anneau s'incrustait presque dans le gras de la phalange — j'ai essayé de le faire tourner pour me soulager.

« Tu t'es mariée.

— Oui.

— Avec Basile ?

— Non ! » L'idée m'a amusée. Et je lui ai enfin tendu les deux lettres, soigneusement pliées en quatre, qui étaient restées cachées sous les papiers de la voiture, une crème de jour, un trousseau de clefs, une barre de céréales, un miroir ovale et les tickets de péage d'autoroute.

Il a déplié les deux feuilles. Comme je guettais sa réaction, il m'est apparu tout de suite qu'il se souvenait.

Sur chaque feuille blanche de format A4, le même dessin familier : une couronne de flammes à trois pointes chapeautant neuf cercles concentriques dessinés à main levée, irréguliers, le trait tremblé. Il y a longtemps de cela, Faber m'avait expliqué que sur la couronne j'étais la flamme de gauche, Basile celle de droite ; lui se tenait au milieu. Et les cercles ? C'était la ville de Mornay.

Après avoir retourné les feuilles — rien au dos — il a réfléchi. Sous le dessin, des lettres découpées dans le journal reproduisaient le message que nous avions inventé à l'âge de quinze ans, dans sa chambre :

MOrT biEnTôt

J'avais oublié que nous nous trouvions dans cette baraque en ruine, sur le flanc de la vallée d'Aulac. J'avais oublié son odeur, ses cheveux filasse et ses baskets trouées. Je crois bien qu'il avait oublié aussi. Comme quinze ans plus tôt, je me trouvais à côté du plus beau jeune homme, et je le regardais comme la promesse d'une vie exceptionnelle.

Il a retenu un rot.

«Je ne l'ai jamais dit, si c'est ce que tu veux savoir. Personne ne l'a su, à part Basile et toi. Tout a brûlé.

— Je sais. Mais on a reçu ça il y a une semaine. Une lettre chacun.

— C'est une plaisanterie.

— Tu te souviens de ce que ça signifiait? Si quelqu'un en dehors de nous trois la reçoit, ça veut dire que le destinataire va mourir. Si c'est Basile, toi ou moi qui l'envoie, c'est que l'expéditeur appelle au secours.»

Il a éclaté de rire, de ce rire cristallin et insolent — celui qui faisait peur aux adultes.

«N'importe quoi. On avait quinze ans.» Puis il m'a dévisagée. J'ai perdu de mon assurance. «Madeleine, tu ne vas pas me dire que tu es venue pour *ça*?» Il a brassé les feuilles de papier, les a laissées tomber sur le plancher. «Tu habites toujours là-bas?»

J'ai acquiescé.

«Six cents kilomètres jusqu'ici? Parce que vous avez reçu une lettre de potache?

— On a cru... On a pensé que tu nous appelais au secours.»

Il triomphait comme naguère : grand, impérieux et rieur.

«*Moi*? Je vous aurais appelés, *vous*? Basile et toi?» Il

commençait à trouver la chose plaisante. « Je n'ai pas envoyé de lettres. Jamais. Comment est-ce que tu as pu imaginer que j'avais besoin de vous ? »

J'ai dit : « Connard », et ce n'était pas la première fois que je l'insultais. Mais je savais que ce n'était pas la bonne méthode. Il deviendrait raide comme la justice, puis se casserait le dos en deux pour se carapater dans les bois. Et je reviendrais bredouille.

« Faber, regarde-moi. On t'aimait tous. Quand je te revois… » Je n'allais pas pleurer. « Sale con, tu m'as protégée. Tu étais le plus beau, le plus grand, le plus fort. Pas une heure ne passe sans que j'y pense. Je me fous de toi, maintenant. Tu es laid, tu pues. Tu n'es plus rien. Mais je respecte ce qu'on a été. Quand j'ai reçu la lettre, je me suis souvenue. J'ai su que tu avais besoin de nous. Et ne fais pas semblant. C'est toi qui l'as envoyée. Regarde bien le tampon sur l'enveloppe. Ça vient de l'Ariège, à dix kilomètres d'ici. Regarde l'écriture sur l'enveloppe, c'est la tienne. »

Il a eu l'air troublé, parce qu'il a reconnu sa façon de tracer des pattes de mouche sur le papier.

« Tu es trop orgueilleux pour le reconnaître. Mais tu es lucide. Tu es monté jusqu'ici et tu vois bien qu'il n'y a plus rien. Maintenant tu te laisses protéger par des vieilles ! Tu t'es dit : il n'y a plus que Basile et Maddie pour me sortir d'ici. »

« Je n'ai pas envoyé cette lettre. » Il doutait. J'étais sur le point de l'emporter.

« Tu mens.

— Non.

— Très bien. Tu as des absences. Tu as toujours eu des amnésies. Tu fais les choses et tu ne t'en souviens pas. Ou bien tu fais semblant. »

J'ai repris mon souffle.

«Viens avec moi. Tu ne peux pas rester là.»

En me relevant, j'ai essuyé mes fesses. Sous le toit, un côté de la bâche a cédé et de la terre s'est répandue sur le matelas comme du café moulu.

«Tu ne veux pas ?»

D'un seul coup, c'est moi qui doutais. Je n'étais plus certaine de vouloir le ramener. Il me faisait de la peine. J'avais envie de lui dire la vérité. Je me suis préparée à expliquer mon échec à Basile. Mieux valait le laisser devenir un vieil ermite délirant, surveillé par des grands-mères en robe à fleurs qui buvaient du whisky, jouaient au rami et gardaient les ânes au-dessus de la vallée. On l'oublierait. C'était bien ainsi.

Fâchée, à bout de nerfs, j'ai franchi le seuil de la porte. «Au revoir.» Je ne l'ai même pas regardé une dernière fois. J'avais hâte de respirer l'air frais, au-dehors. Sans me retourner, j'ai commencé à dévaler le petit chemin boueux en direction du sous-bois, parce que le soleil déclinait déjà. Neuf heures de route pour venir jusqu'ici. Neuf heures pour repartir. Je ne serais de retour qu'après la tombée de la nuit. J'avais envie de voir ma fille.

Et puis j'ai vu rouler sur la pente un, deux, trois petits cailloux. Je ne l'ai pas entendu. Je *savais* qu'il se trouvait derrière moi.

«Faber ?»

Il était déjà devant, les mains dans les poches.

«Tu viens, finalement ?»

Grand sourire.

«Je viens pour te sauver.»

Estomaquée, bouche bée, une main sur la poitrine, j'ai fait signe que non :

« C'est *moi* qui suis venue te chercher. *Tu* nous as envoyé les lettres. Pas l'inverse. »

Je l'ai rejoint. De sa poche, il a sorti une enveloppe chiffonnée.

« Les vieilles ont reçu ça il y a trois jours. »

Pliée en quatre, la même feuille. Les neuf cercles, la couronne tricorne enflammée. Avec écrit : « Mort bientôt. » J'ai retourné l'enveloppe : cette fois c'était *mon* écriture. Le cachet de la Poste indiquait : Mornay. Ma ville et celle de Basile.

Je ne comprenais plus rien.

« Faber !!! »

Hystérique, j'ai hurlé après lui. Déjà, il était descendu comme un cabri, sautant par-dessus la clôture des ânes. Une traînée de poussière dans son sillage. Il dévalait la pente en faisant de grands bonds. Je l'avais senti reprendre l'ascendant. Vif, agile, il a crié :

« Tu as besoin d'aide ! »

Sans même prendre la peine d'emprunter le chemin des ânes, il a coupé à travers champs, en ligne droite. J'ai essayé de le suivre mais, plus bas, un reflet m'a aveuglée. Et j'ai reconnu les deux vieilles femmes qui nous observaient à l'aide d'une paire de jumelles, depuis leur terrasse de béton.

3

Cent ans de sommeil en retard

Madeleine ?

Est-ce qu'elle est plus belle qu'avant ? Je déteste trouver beau, trouver laid. Je m'exerce à trouver ce que c'est. Avec Madeleine, c'est délicat, parce qu'il y a des sentiments, évidemment.

Parfois, je me dis qu'on ne vieillirait jamais si on refusait de comparer ; avec un peu plus de tautologie, le passé c'est le passé, ici c'est ici, rien ne changerait, rien n'aurait d'âge et on ne se ferait pas chier. Quel âge elle a, Madeleine ? Son anniversaire, merde… Oublié.

À quoi elle ressemble, si je ne la compare à rien d'autre ? Je la suis du regard. Arrivé à la voiture, même pas essoufflé. Derrière mon dos, elle marche. Voudrait bien garder sa contenance, mains sur les hanches. Mais en déséquilibre sur un petit rocher, elle hésite et me regarde : la lettre que j'ai reçue n'est peut-être pas d'elle. Madeleine ment très mal. Qui a envoyé tous ces dessins à ma place ? On ne joue pas à se faire passer pour moi. Je déteste ça.

Faut que je sourie. C'est quel muscle déjà ? Du mal à activer la machinerie, les cordes et les poulies à l'intérieur du corps. Allez, fais un effort pour Maddie.

Elle ressemble à ce que je m'imaginais qu'elle deviendrait enfant. Une brunette. Dis ce que tu penses, merdeux ! Elle était à toi. Redis-le : elle est *belle* et les hommes la désirent. Madeleine, taille moyenne. Attachait toujours ses cheveux, son visage était lisse, duveteux, légèrement bronzé, mais ses bras presque blancs. Douce. Et elle avait des lèvres qui attiraient l'outrage. Je ne dirai pas le mot. Comme elles étaient sans cesse desséchées, elle passait son temps à les couvrir de Labello, c'est ça, comme une de ces filles de sortie qu'on appelait les « stylées », avec leur rouge à lèvres de chez Marionnaud. Déteste les stylées. Je me moque. À défaut du Labello, elle se mordillait et s'humectait souvent ses, vas-y, dis-le, très jolies lèvres. N'aimait pas les jupes, gardait les jambes serrées.

Jamais sûre d'elle. J'ai passé dix ans à la protéger.

Dévale la pente en plein soleil, ses seins remuent. Elle voit que je le vois. Ah non non non, pas de ça entre nous. Détourne le regard. J'ai encore un bout d'ongle coincé entre les dents et du sang qui sèche, une croûte sur la lèvre.

Elle est arrivée les bras croisés.

Les bras croisés devant la poitrine pendant les fêtes pour la défendre, jusqu'au jour où elle s'est aperçue que ce geste ne faisait que renfler ses seins et les signaler au regard des garçons.

« Je te ramène à Mornay, alors ? » Elle reprend son souffle. « Ce n'est pas nous qui t'avons écrit, je te le jure.

— Quelqu'un l'a fait.

— Je n'ai pas besoin d'aide, Basile non plus. Je viens t'aider, toi. On est bien d'accord ? »

Je ne veux pas la mettre mal à l'aise, je ne réponds pas, qu'est-ce que je peux dire ?

« C'est ta voiture ? », histoire d'engager la conversation.
« Non, à mon mari. »
Bah, c'est bien fait pour moi. J'aurais dû l'épouser : elle n'aurait pas une bagnole moche comme ça.
Démarre. Une fois la clef de contact tournée, renverse son cou vers l'arrière pour la manœuvre. Abaisse la visière, un bras contre mon appuie-tête. J'adore la voir conduire, elle fait ça très bien : moi, je n'ai pas le permis.
Les vitres, un peu sales. Mais les sièges, c'est carrément du canapé.
Adolescente, elle avait honte de ses fesses, qui n'avaient rien de mauvais. Alors elle s'habillait tout de noir. Et son cul dans le noir excitait méchamment les garçons. Ça me rappelle… J'ai envie de me gratter, elle va le voir.
« Tu as de l'eczéma. »
Ah, j'ai toujours une putain de honte devant elle. Je déteste qu'elle me *devine.*
« Tu veux qu'on s'arrête à la pharmacie ? Tu prends du Sebiprox ? »
Je ne réponds pas. Je regarde par la fenêtre.
« Faber, tu peux te gratter, ça ne me dérange pas. Je te connais. »
Je lui tire la langue. Elle sourit, enclenche son clignotant. On passe par la rue de l'épicerie. Est-ce que j'ai trahi ? Je ne sais pas. Qui ? Des camarades. Pouvais pas rester là. Madeleine est venue, merci pour tout.
Elle était devenue à dix-sept ans, de l'avis général, une très jolie fille. Ou peut-être que je l'ai empêchée de l'être tout à fait. Je lui disais, j'étais chiant : « Je n'aime pas les belles. » Elle voulait me plaire.
Des petits yeux, quand elle se maquillait elle avait l'impression d'entrer dans un autre monde, du noir, du bleu,

ou un simple bijou, c'était comme faire l'actrice pour elle. Maddie riait, toujours gênée, en contractant les épaules vers l'avant. Les dents blanches. Le front, parfait, tout bien dessiné, l'actrice de beauté.

Climatisation. Le long de la rivière, sommes sortis de la vallée. D'abord crispé sur les accoudoirs, me suis détendu. Regarde la route. La civilisation.

Madeleine a commencé à me parler de sa vie. Travaillait maintenant à la pharmacie Gallieni. Elle avait une petite fille.

Je me suis senti plutôt bien. J'ai regardé mes mains, j'ai ouvert et refermé les poings. Peut-être que j'allais renaître. Mener une autre existence. Tout en moi était à basse puissance, bien sûr. Mais la force peut revenir.

Madeleine continuait de parler : je ne l'écoutais pas. Elle était rougissante, heureuse de m'avoir trouvé, de se comporter comme si nous avions de nouveau quinze ans. Auprès d'elle, moi qui n'avais confiance en rien et qui me craignais plus que tout, je me sentais protégé. Elle aura été le seul être humain à m'apporter une forme de paix, depuis l'école primaire. Basile aussi, mais pas autant.

Envahi par la douceur qui émanait d'elle, j'ai senti peser sur mes épaules l'angoisse, le doute, l'insatisfaction qui avaient trop longtemps été les miens. J'ai fermé les paupières.

Madeleine me résumait son existence, et je n'avais pas besoin de l'entendre pour la comprendre.

Alors je me suis endormi.

J'avais près de cent ans de sommeil à rattraper.

Elle a conduit tout ce temps. N'a pas cessé de bavarder, parce qu'elle savait que ça me berçait. A posé une couverture sur moi, lorsque la nuit est tombée, à l'entrée de Bordeaux. L'odeur de sa petite fille dans la laine. Petite fille qui aurait pu être la mienne, comme la voiture.

Elle roulait et j'avais l'impression que nous nous envolions, elle aux rênes d'un char céleste qui me ramenait là d'où j'avais chuté jadis.

Autoroutes, bandes d'arrêt d'urgence, glissières de sécurité, panneaux, essence, aires de repos, vignes, paysages et châteaux, champs, pylônes, éoliennes, centrales, villages par-ci, bosquets par-là.

Madeleine a passé de la musique.

«Tu te souviens comme tu aimais ça?»

Mais je dormais.

«C'est le retour du rock, tu sais.» Elle me parle de groupes en «The». Je suis certain que son mari écoute ce genre de choses, je n'aime pas. «Tu m'avais offert le premier Breeders en cassette, tu te rappelles. Aujourd'hui un gamin téléchargerait les Libertines pour sa copine. Il l'emmènerait voir les Strokes... Enfin, c'était déjà il y a cinq ou six ans tout ça. Je suis à la ramasse, moi!» Elle rit avec la glotte. «Mon mari écoute beaucoup de nouveautés. Moi, je préfère réécouter ce que j'aime.»

Et ainsi de suite. Madeleine pouvait faire la conversation, dire des banalités, prononcer les phrases qui, dans la bouche d'un autre, m'écorchent l'intelligence, je me sentais toujours émerveillé par les moindres nuances de sa voix et la vérité de chacun de ses mots. Elle avait grandi en moi comme j'avais grandi en elle. Et dans ses paroles, j'entendais la bonne part de moi-même; tout ce qu'il y avait de vrai dans ma personne était passé par sa gorge. Et tout ce qu'elle contenait de mauvais vivait en moi. Pour cette raison, elle m'aurait tout pardonné. Pour cette raison, elle était venue me chercher. Avait quitté mari et enfant pour me sauver, alors que je ne lui avais rien demandé.

Les souvenirs me revenaient par bribes. Les lettres envoyées à Basile et Madeleine n'étaient pas de moi. De quelqu'un d'autre. Une sorte de panique vicieuse a colonisé de nouveau mes membres, à mesure que je recouvrais ma mémoire et ma force. Redevenu moi-même, je sentais venir le traquenard à plein nez.

Elle a annoncé tout doucement : « On arrive », et il était dix heures du soir.

J'ai tout reconnu. Par la ZI de Mornay, le grillage, les entreprises de location pour matériel de construction, le bowling, le Buffalo Grill sur le rond-point de la Vache. « C'est Milières », m'a rappelé Madeleine. « Tu te souviens de la fête d'Estelle… » La tristesse a éclairci son visage.

Par le Petit-Tiers et ses immeubles mal ravalés, nous avons abordé le boulevard de Courtrai : ma ville. Madeleine a dit : « Je suis responsable de t'avoir ramené ici, penses-y. » Elle a ralenti. « Tu feras ce que je te dis. » Sa main a tremblé.

« Oui, Maddie. »

« On habite près des résidences des Hautes Filles, derrière le jardin Japonais.

— Ah.

— Tu peux redevenir normal, si tu fais l'effort. Tu n'es pas obligé de croire à… tout ça. » Je voyais de quoi elle voulait parler. « Tu peux au moins faire semblant, dans un premier temps.

— Oui.

— Je vais t'accueillir dans notre appartement. Deux ou trois jours. Après, je vais te trouver quelque chose.

En attendant, tu vas rencontrer Fabien, mon mari. C'est quelqu'un de bien.

— Tu ne m'en as pas parlé.»

Jadis, entre nous, «quelqu'un de bien» signifiait quelqu'un d'*inutile*. Elle ne pouvait pas l'avoir oublié.

Elle s'est garée dans le parking anonyme d'une résidence, place numéro 117. A voulu se recoiffer, puis m'a indiqué le chemin. Comme souvent les entrées d'immeubles de ce standing : reflets en surimpression à triple fond, verre fumé, sol en faux marbre et grosses plantes vertes. Avec ma sale gueule incrustée dans la vitre. Madeleine a cherché un nom sur le registre électronique de l'interphone.

«C'est moi... Je suis revenue.»

M'a ouvert la porte, poignée en cuivre en forme d'assiette à soupe.

«Faber, tu pues. Je dirai que tu t'occupais d'une porcherie, en Ariège. Tu pars à la salle de bains direct.»

M'a semblé pénétrer dans un hôpital, pour l'opération qui aurait dû faire de moi un être humain. Madeleine m'a pris par le bras et poussé dans l'ascenseur, au milieu des miroirs.

Quatrième étage. J'étouffe.

«Elle s'appelle Alice.

— Qui ?

— Ma fille.»

À peine le temps de me préparer, d'éviter les dix, cent mille reflets qui m'encerclaient dans la cage d'ascenseur, que les portes se sont ouvertes sur un long couloir carrelé, rai de lumière sur la gauche.

Me sens comme un cauchemar dans un monde de rêve. Une petite fille en chemise de nuit violette. Violette, bon sang ! Une marque pour gamins : Samsam. Qu'est-ce que ça veut dire ? Elle galope vers Madeleine et en fait une maman. Je sais que je suis la bête de foire, je dis « bonsoir ».

« Entrez. »

Voilà : des lunettes, cheveux blonds cendrés, courts, il est plutôt bien ce qu'il est. Le visage de l'angoisse, donc ; il a la tête de son salon. Bordel, mais c'est quoi cette maison ? Soudain, je réalise : l'intérieur est le même que celui des Olsen rue de Logres, après le pont du Cochon, aux Basses-Filles-de-Dieu, quand on avait douze ans. Madeleine est devenue comme ses parents. Je ne peux pas le lui reprocher. Mais une table basse, tout de même. Des bibliothèques. Rideaux japonais. Il n'y a pas la télé. Deux ordinateurs, des Mac.

J'ai l'impression que Madeleine est nerveuse, qu'elle n'est pas rentrée chez elle depuis une semaine. Quelque chose de louche. Le mari… Elle… Ils se sont engueulés.

« Alice, tu lui as dit bonjour ? C'est un ami. Il sent mauvais, il travaille avec les cochons. Il va dormir à la maison, mais d'abord il va se laver. »

Où voulez-vous que je me foute ? Je respire comme un bœuf sous le joug. Est-ce que je lui tends la main ? Non, un salut, la main qui bouge. Il me semble que l'élastique qui relie mon bras au thorax est trop tendu. Attention.

« Voilà Fabien. Faber. »

Un instant, je crois que je sais être normal.

« Bonsoir. » Puis je ne sais plus. Il faut que je me gratte. La gamine chiale. Je renifle, je le sens : Madeleine n'est pas ici chez elle. Pas heureuse. Qu'est-ce qui se passe ? Pourquoi est-elle venue me chercher ?

« Faut que j'aille me laver. »

Une fois, deux fois, je trébuche, une colonne de CD près de la porte du salon, je la renverse.

« Ce n'est pas grave, je vais ramasser, ils tombent tout le temps. D'ailleurs on ne s'en sert plus.

— OK. »

Où est ta putain de salle de bains ? Il y a des affiches d'art, Richter, Hopper et Barceló, ça me démange. J'ai poussé la porte, lumière indirecte, progressive, tamisée.

Alors je me suis aperçu, sur un miroir grand comme un écran de home cinéma. Je me suis vu dans leur regard, dans le vôtre. Hirsute. Les tennis crades sur le carrelage blanc, j'ai oublié de les enlever... Le lavabo n'a pas de fin. Toute leur vie est un lavabo. C'est un sanitaire encastrable en grès émaillé, gris pastel. Partout, lavabo. Meuble de rangement, du contreplaqué. Mousse à raser peaux sensibles. Rasoir électrique, branché près de la porte vernie. Dentifrice à l'effigie d'un crocodile à lunettes. Boîte de cotons-tiges bleu marine. Beaucoup de coton. Crèmes hydratantes, sous un tas de Demak'Up, lentilles de contact. Plaquette de pilule vide d'il y a un mois. La vie. Je les vois nus sous l'eau sans fin ni début. Sur de l'émail, de la céramique et du carrelage, complètement nus. Et propres.

Les hallucinations reviennent... Je n'ai pas de médocs.

Qui a envoyé des lettres ici sous mon nom ? Qui a osé ? On ne me craint plus. Et Madeleine s'est empressée de venir me chercher, parce qu'elle a besoin d'aide. C'est ça. Elle veut que je le punisse. Je commence à m'échauffer.

Faber, quel est ton rôle, ta fonction ? Mal de tête. Faudrait que je me gratte du miroir pour me faire disparaître, comme la pellicule argentée sur les tickets de loterie. Grand, maigre, manque une dent. Le gros lot. Un jour serai chauve. Des boutons, rougeaud, basané, dépigmenté sur le front. Pas rasé, amer, marqué. Mauvaises rides. Je crois que je vais me vomir.

Allez, on te réclame. Fais ton office. Tu es là pour *punir*.

Je cligne des yeux face au miroir, en réprimant le rot que je m'inspire.

Pas question de salir la salle de bains. Suis sorti en me cassant le dos, les mains dans les poches du jean.

«Faber, ça va?»

Madeleine dans la chambre de la petite fille. On dirait qu'elle se dispute avec son mec.

«Vais faire un tour, me sens pas super. Pardon.»

Et j'ai ouvert la porte, tige de sécurité, serrure renforcée sur trois points.

Je ne veux pas servir à ça, mais n'y peux rien : c'est moi.

Je prends Fabien, l'époux, par le col. La force m'est revenue. Il ne sait pas se battre. Je le lève haut et fort, la tête contre le plafond. Du plâtre retombe en poussière et je le frappe au ventre.

«Faber!»

Puis je le laisse choir. Ses lunettes brisées sur le carrelage de l'entrée. Le pied sur ses parties. Je me penche, je sens la violence m'envahir. Sa mâchoire entre mes doigts. Il étouffe. Derrière mon dos, la petite fille crie.

Je lui fais mal. Oh, pas jusqu'au bout. Ce n'est qu'une leçon. Je sens que Madeleine veut que je le fasse. Mais je me laisse déborder. Il a la bouche en sang, il m'implore. C'est très rapide. Les réflexes me sont revenus.

Puis Madeleine me repousse contre le mur, horrifiée.

Son mari gémit. Je l'ai roué de coups de pied dans les côtes.

Elle ne voulait pas. Je l'entends hurler : « Faber ! Tu gâches tout ! »

Me suis trompé. Croyais lui faire plaisir. Hagard, cherche la sortie. Elle s'est accroupie, penchée sur son mari. Du sang sur les poignets, parce que je me suis mordu la langue, j'en ai dans la bouche aussi. Comprends pas. Perdu l'habitude. Désolé. M'excuse. Trébuche contre le paillasson.

Juste pas me faire chier. Faut que je sorte de là.

4
Mornay

Mornay vue du ciel ressemble à une goutte d'eau, une larme.

C'est la rivière de l'Hombre qui pleure sur la joue des plaines céréalières de la vieille France. Le sud s'arrondit le long du boulevard de Courtrai, du Grand-Cours puis du Petit. Au nord, la ville pointe comme un as de pique entre la gare et le Grand-Tiers, le quartier de la chauffagerie et des jardins ouvriers, où j'ai habité — enfin, ceux qui me logeaient.

La forme d'une ville sur une carte lui correspond à peu près autant qu'une radio ressemble au patient qui sort de la clinique après des examens. Ça ne dit pas si la chose est agréable ou sympathique ; ça permet d'en repérer la pathologie. Mornay est une jolie ville, mais elle est malade : elle a toujours eu la *goutte*. En vérité, cette ville a l'air d'un jour pluvieux, surtout lorsqu'il fait beau. Cet endroit n'est rien d'autre qu'un dimanche humide de printemps, vers l'âge de dix ans. Après quoi elle ne vaut rien. Incontinente et bourgeoise.

Sorti de chez Madeleine, je respire enfin. À l'air libre — moi pas, l'air si.

La crise est finie. Qu'est-ce qui s'est passé ? J'ai cru qu'elle voulait que je punisse quelqu'un. Erreur d'interprétation.

Terriblement mal au crâne. La ficelle que j'imagine tendue entre le côté gauche de ma poitrine et les muscles de mon bras est sur le point de me claquer entre les doigts. Je fais la grimace et je dois ressembler à un fou, dans les rues du quartier des Hautes-Filles-de-Dieu. Si un habitant de ces immeubles aux airs de mauvaises villas romaines pour promoteur immobilier descendait ses poubelles, dans les conteneurs destinés au triage des déchets, il me verrait et il aurait certainement peur de ma gueule. Moi, je me foutrais de la sienne.

Mais il n'y a personne aux Hautes-Filles-de-Dieu après dix heures du soir. Un crétin d'urbaniste a conçu cette agora déserte. Les réverbères ressemblent, en plus grand, aux luminaires de salon, derrière les fenêtres des balcons et des rochelles. Cette ville est un appartement géant. Ou bien les appartements des villes miniatures.

La rive droite de l'Hombre. Pourrais m'asseoir sur un banc, pas m'y allonger. Le même connard a dessiné des sièges futuristes tronçonnés par des accoudoirs métalliques, afin qu'aucune épave de mon genre ne puisse s'y allonger et s'y endormir. J'entends une bagnole qui tourne au ralenti sur le boulevard de Courtrai, derrière le jardin Japonais.

Des après-midi entiers, à l'époque du lycée, près du petit pont de bois sur l'étang. Assis en tailleur sur le plancher du faux temple sans or et en contreplaqué moisi. Une pâle copie à portes coulissantes du Kinkaku-ji, reconstitué à l'occasion du jumelage improbable de

Mornay et de Kyoto. Toujours en retard, Madeleine y rédigeait ses devoirs d'histoire.

Jette un œil à la promenade, sur l'autre rive. La fontaine, une saloperie d'art contemporain. Minimalisme à base de plaques d'acier qui pissent jour et nuit, à l'entrée de la rue des Trois-Blanches. Franchis la passerelle en direction de la mairie, aux lisières de la vieille ville. J'ai froid et j'aime bien ça. Ferme les yeux, pense au passé.

Un haut-le-cœur. Tombé dans la fontaine. Tout est silencieux.

Parfois j'ai comme des trous. Me souviens plus de rien. Une minute ou deux, peut-être quelques heures. Me relève engourdi, du sang séché sous le nez, des courbatures. Mal aux mollets.

La bouche embourbée par la gerbe, j'ai tout de même fait le tour du parvis. Jamais entré dans la cathédrale. Avant j'aimais les villes humaines, parce que j'avais l'espoir des foules. Par bouffées, à travers la merde que j'ai dans le palais, ça me revient : mon amour de la cité. Trop longtemps en exil, j'avais oublié la ville. Les rues. La disposition des pavés en arcs de cercle, comme les rides d'une eau pétrifiée après une série de ricochets réussis. Et puis les mots, les images. Enseignes. Publicités JC Decaux qui défilent sur les panneaux municipaux. Affiches de cinéma. Portraits photoshopés. Égéries blondes pour parfum Guerlain. Voitures avec prime à la casse. Ultime tentation du chocolat 86 %. Lorsque je suis fatigué de tout voir comme des illusions, du mensonge et de la bêtise, j'aime la ville. Regardée autrement, à la bonne distance, c'est de la pure beauté. J'ai toujours voulu être intelligent, faire le malin. J'avais le détail mais j'ai raté l'ensemble. Je n'ai jamais su *apprécier*.

Bon bourgeois, je pourrais fumer le soir en arpentant la place du Guépard, le long des six châtaigniers, devant les vitrines mortes, sous les fenêtres qui s'éteignent peu à peu, en tirant le rideau sur la journée de tous les gens de bonne volonté. Je pourrais être Dieu, faire le tour du propriétaire, contempler la ville et en être satisfait. Heureux de l'apparition de la vie, du tour pris par l'évolution des espèces, de l'humanité, de l'urbanité. Je pourrais, mais je l'ai toujours eu mauvaise. Y a personne. Moi seul pour voir leur existence du dehors, la nuit, lorsqu'elle paraît encore séduisante. Le monde moderne d'une petite ville de province qui s'endort est d'une grande beauté. Comme tout ce qui se laisse prendre par le sommeil, certainement.

Dès que ça se réveille, c'est dégoûtant. Les gens, de Mornay et d'ailleurs, violent leurs propres rues.

Comme jadis au retour du collège, j'ai remonté la rue de Pâques. Boulangeries, banques, officines du vêtement et de la téléphonie mobile. Le salon de coiffure. J'ai craché à gauche, j'ai craché à droite, jusqu'à la Porte du Perche, afin de marquer mon passage.

En trébuchant d'abord, j'ai retrouvé le rythme régulier des dalles du Petit-Cours, les graviers qui croustillent sur le parking du Châtelet. Cherché la vieille chauffagerie, sans succès. Me suis engagé sur la montée du cours des Trente-Prisonniers, entre deux rangées de marronniers. Plates-bandes protégées par des arceaux métalliques. Les bégonias sur lesquels tout le monde a pissé un jour ou l'autre, en rentrant du cinéma. Ouvert ma braguette. J'ai cligné des yeux. Alors j'ai revu Basile derrière ses lunettes, la queue à l'air. Nous ai aperçus tout gosses, à cet endroit exact. Le salaud, j'avais envie de chialer.

Pendant cinq secondes, il m'a manqué. Madeleine avait couru derrière un arbre pour ne pas nous regarder faire nos besoins sur la butte des Trente-Prisonniers. Celui qui pissait assez loin pouvait atteindre la piste cyclable et les vélos qui filaient vers le nord de Mornay. Je gagnais toujours à ce jeu-là — comme à tous les jeux.

Un jour que nous allions au tennis de Liserans par le chemin des Pèlerins, à mi-chemin du cours désert, il y avait ce clochard par terre, qui avait roté devant Madeleine. Elle avait alors insisté pour qu'on engage la conversation avec lui. Le clodo nous avait insultés : « C'est ça la jeunesse, hein ! » On n'avait pas d'argent à lui filer. Il avait beuglé : « Toi, tu finiras président de la République du monde entier et j'aurai ta peau, trou du cul ! Tu termineras comme moi ! » Effrayée, Madeleine m'avait tiré par la manche, en me suppliant de partir loin d'ici. On avait dix ans.

Au même emplacement, cette nuit, il n'y a plus personne à part moi.

Je sentais la bile. Pas rasé. Plus rien à rendre dans le ventre. Croisé les bras sur la poitrine pour courir loin d'ici, mais ma chaussure droite s'est accrochée sous l'enclos grillagé. Saletés de plates-bandes florales. Godasse déchirée en deux. Porte pas de chaussettes, donc pied nu. Clopiné la misère. Jusqu'à la Pointe, place du Tonnerre. Traîné vers le complexe sportif des Grands-Champs. Près de l'aqueduc aux canards, où on leur filait à bouffer. Un ouvrage merveilleux, datant de François Ier pour sa partie inférieure. En moellons de calcaire tendre. Sous un second système d'arches. Culmine à une trentaine de mètres. Pierres caverneuses, alvéolées, trouées comme de l'éponge. M'en souviens bien. On l'étudiait en classe, chaque année, c'était l'orgueil de la cité.

Comme moi.

Quand je me suis réveillé sous les arches humides de l'aqueduc, il pleuvait.

5

Basile

Dans la nuit du 3 au 4 avril, Madeleine paniquée m'a téléphoné depuis l'hôpital sud, entre Dorville et Beaujour. Je n'habite pas très loin, près de ce qu'on appelle communément la « Queue de Mornay », dans un T3 en attendant mieux.

Mathilde dormait encore et je suis passé dans la cuisine avec mon portable Nokia. J'avais oublié mes lunettes sur la table de chevet. Non seulement je ne n'y voyais rien, mais j'entendais moins bien en l'absence de repères visuels. Le débit affolé de Maddie, à l'autre bout du fil, m'a fait comprendre que nous avions probablement commis une erreur : elle n'avait pas le sang-froid nécessaire pour le rapatrier en ville. Moi, je n'avais même pas eu le courage d'aller le chercher en Ariège.

À peine venait-elle de le ramener qu'elle l'avait perdu. Une fois de plus il avait disparu. Non sans avoir démonté la mâchoire de Fabien au passage. J'ai demandé à Maddie si notre accord tenait toujours. Elle a dit : « Oui, mais attends de le voir. Il a changé. » En tenant le combiné, je ne pouvais empêcher ma main de trembler. Madeleine attendait les résultats de la radio passée par son époux : impossible pour elle de partir de nouveau à sa recherche.

Après avoir enfilé des vêtements, je suis donc monté dans ma Renault Clio vert pomme. J'ai sillonné les environs jusqu'à l'aube : les abords de l'A11 et les champs céréaliers, près de la voie ferrée désaffectée, où nous avions construit la cabane; les rives de l'Hombre, au sud-est, le long de la route de Milières; les abords de la chauffagerie, derrière le Châtelet; la place devant le faux temple en bois du jardin Japonais; la rue d'Abondance chez les Gardon et aux Basses-Filles-de-Dieu chez les Olsen; le quartier de mes parents. À présent, il bruinait. Penché derrière mon pare-brise, j'avais passé en revue à peu près tous nos repaires de jadis. C'est seulement parvenu sous la grande arche de l'aqueduc aux canards que j'ai avisé un SDF trempé. Les pieds dans les hautes herbes, il soignait avec délicatesse un animal, la tête nue sous l'averse.

Je l'ai reconnu, je m'attendais à ça : personne n'est éternel.

« Salut.

— Ah, c'est toi. »

Dans ses bras, un canard tombé dans la fosse grillagée qui protégeait l'arche de l'aqueduc la plus proche du central électrique, sous le triangle jaune « danger » indiquant le voltage. Un gros colvert commun, le cou replié dans la masse de ses plumes, nasillant. Sa patte droite enveloppée dans un mouchoir, lui-même noué à une lime à ongles et un bout de branche étêtée. « Pour l'attelle », a-t-il précisé d'une voix douce mais enrouée. Il avait pris froid.

« Faber », avais-je envie de lui répondre à la manière de celle qui avait été sa mère, « tu vas attraper la mort. »

« Je lui ai donné du thym et du romarin, que j'ai chopés

là-bas dans le jardin. Ça sert d'antiseptique. Je lui ai filé des vers de terre, il avait faim.» J'ai regardé les mains de mon ami : couvertes de boue. De peur de le souiller, il osait à peine caresser l'animal, au plumage blanc et gris-brun : «Tu as vu le miroir sous l'aile, bleu-violet ?» La bête s'est mise à cancaner. «Il a peur.»

Naïvement, il m'a regardé : «Chez toi, tu n'as pas de la place ?

— J'habite un tout petit appartement.

— Dommage.»

Puis il m'a dévisagé, comme s'il venait de me reconnaître : «Eh, eh. Basile.» Il m'a souri. «Qu'est-ce que tu fais là ? Mon ami.»

La pluie était devenue battante, j'ai grelotté. Je n'avais pas la résistance de Faber aux intempéries.

«Suis venu te chercher. Madeleine est furieuse. Qu'est-ce qui t'a pris ?»

Il s'est agenouillé pour installer le canard au chaud contre les moellons du pont. Un petit nid tressé par ses soins, avec un peu de paille et de l'herbe sèche.

«Parce que j'ai foutu un coup de pied à son mec ? Je m'excuserai.

— Il pourrait porter plainte. Tu lui as pété la gueule.

— Ah bon. Me souviens pas. J'ai fait ça ?

— T'es un danger pour tout le monde.»

Lui s'est assis à la place du mort, sans ceinture. Parce que je contemplais son pied nu et son pantalon marbré par la crasse, il s'est tortillé : «Désolé, je ramène ma merde dans ta caisse.

— Y a pas de mal, ça me fait plaisir de te revoir.

— Moi aussi.»

J'ai jeté un œil à ma montre : sept heures vingt.

«Tu as une montre?

— Je suis un peu obligé, je suis prof.

— Non, c'est pas vrai?» Du bout de son index noir de saleté, il a remis en place mes lunettes, légèrement de travers. «De quoi?

— Français.» J'ai démarré. «Je remplace Balsance à Janvier.

— Le vieux Balsance! Qu'est-ce qu'il devient?

— Il est mort.»

Il n'a exprimé aucune peine, et a simplement changé de sujet.

«Alors, tu leur expliques que la littérature c'est la vraie vie, ce genre de conneries?

— Voilà ce qu'on va faire.» J'ai tenté d'adopter à son égard le même ton faussement ferme que je réservais aux élèves dont j'avais peur, lors des premières semaines qui suivaient la rentrée. «Je ne peux pas rester avec toi, j'ai cours toute la journée jusqu'à quatre heures.»

«C'est pas de chance. Sale métier. Mais il y a les vacances, ça compense.

— Te fous pas de moi. Tu vas m'attendre et ce soir on ira tous les deux à la pharmacie où travaille Maddie.

— À Gallieni?

— Oui.

— Comme sa mère. Elle la détestait, pourtant.

— Plus maintenant. Pourquoi tu nous as appelés au secours?

— Je n'ai pas envoyé ces lettres.

— C'est faux.

— Par contre j'en ai reçu une. Avec l'écriture de Madeleine au recto et la tienne au verso.»

Madeleine ne m'en avait pas dit un mot. «Qu'est-ce

que c'est que cette histoire ? » J'ai freiné violemment au feu tricolore de la Pointe. « Montre-moi ça. »

Il m'a tendu un papier informe et humide. L'encre avait coulé. Mais en dépliant l'enveloppe, j'ai reconnu ma manière d'écrire : l'adresse était bien de ma main.

« Ce n'est pas possible. »

Faber a bâillé : « Alors ce n'est pas possible non plus que les deux lettres que vous avez reçues soient de moi. Parce qu'elles ne le sont pas. »

La peau de mon visage, qui n'avait pas été rasée ce matin, a commencé à s'échauffer. J'ai senti de vieux boutons de fièvre palpiter sous l'épiderme de ma joue. Et j'avais envie de pisser, à cause de toute cette eau qui était tombée. Il avait repris la main et je sentais que tout m'échappait de nouveau. Le volant a glissé sous la paume de mes mains en sueur.

En escaladant à demi le siège passager comme un gosse, Faber a plongé la tête dans mon cartable et fouillé parmi mes affaires.

« Mes classeurs de cours ! »

Heureusement, le manuscrit était à l'abri dans mon casier, au lycée. Et j'avais caché le reste chez mes parents. Il venait d'ouvrir mon grand carnet Bellefontaine, papier blanc satiné et trois doubles pages par classe : notes, observations. Sans gêne, il a parcouru les listings d'élèves, le trombinoscope de ma seconde 6.

« La seconde 6… C'était pas notre classe ?

— Donne-moi ça. »

Il a contemplé les têtes de tous ces gamins d'une quinzaine d'années, que j'aimais bien. Il était en train de comprendre que nous n'en étions plus.

«Tiens», ai-je remarqué, «le petit Tristan, il me fait penser à toi parfois.»

La mélancolie l'avait transfiguré : il se ressemblait de nouveau.

Depuis l'adolescence, plutôt que d'évoquer nos sentiments, nous avions pris l'habitude avec Faber de parler de culture.

«Tu as lu des choses bien?»

Petit, il m'avait tout appris. Toujours en avance sur le goût. Chez mes parents, où il n'y avait presque pas un livre, sinon le Prix Goncourt et quelques offres de France Loisirs, je regardais la télé. Faber m'a appris que la littérature existait, il m'a arraché aux séries du mercredi après-midi. Le temps que je découvre les grands classiques scolaires, il riait déjà de moi en lisant Sade, Bataille, Artaud. Je suis venu à la subversion, et il a déclaré que c'était de la branlette de curé. Finis la mort, le mal, le sexe, il voulait l'écriture par l'écriture. Les Éditions de Minuit. Lorsque je suis arrivé à Beckett, il m'avait déjà pris à revers par Joyce : l'encyclopédie plutôt que le ressassement. Six mois après, il ne jurait que par la culture populaire, la science-fiction, le policier. Je me suis accroché à Silverberg ou à Westlake, j'ai lu de tout, toujours avec un train de retard. Mais il a fallu aller au cinéma. En seconde, il a renié l'histoire officielle du septième art pour regarder du giallo et des films de zombies. Je commençais à peine à découvrir Fulci ou Bava qu'il avait compris que le cinéma était mort. Désormais ce qu'il fallait regarder, c'était des séries télé.

Alors je lui ai demandé ce qu'il avait découvert d'intéressant depuis.

Il a fait la moue : «Rien.»

M'attendais à une nouvelle révélation. Il a lâché trois

mots assez mal tournés sur l'art, qui l'ennuyait désormais. Moi, devenu prof de français, je consultais des blogs américains et je commandais sur Amazon de la littérature indienne, parce que c'était la plus vivante. Il m'est venu à l'esprit l'idée à la fois triste et rassurante que j'étais *au courant*. Pas lui.

Il a ajouté deux ou trois banalités. Puis, fatigué, a avoué qu'il se foutait bien de la culture. Je lui ai parlé des séries HBO — par exemple de *John from Cincinnati* —, et de *Breaking Bad* sur AMC, que je téléchargeais grâce à Megaupload. Il m'a regardé sans comprendre : « Si tu le dis. »

Rien d'autre n'avait destiné mon existence à la littérature, au cinéma, à la culture en général que mon désir de rattraper un jour mon camarade, qui avait systématiquement une mode d'avance. Calqué sur lui, j'avais acquis ce rythme : le désir de savoir ce qui se faisait, ou ce qui était sur le point de se faire. Maintenant que j'étais loin devant lui, il me contemplait assis, retiré de la grande course, et je n'avais plus aucune raison d'avancer.

J'aurais souhaité le tancer, le prendre par l'épaule et lui dire : J'ai passé vingt ans à courir derrière toi et maintenant tu prétends que ça n'a pas de sens : autant rester sur place, et laisser filer la culture, laisser filer l'Histoire parce qu'elle ne va nulle part ! J'étais enragé, non pas contre lui, mais par le désir de le retrouver, de le faire ressusciter et de le confronter à lui-même. Mais je me suis senti mal à l'aise, parce que les lycéens commençaient à affluer sur la place de Mai. Quelques élèves à moi m'ont vu en compagnie de ce type un pied nu, le dos cassé, des touffes de cheveux en vrac sur le crâne comme s'il avait été brûlé, à la fois pouilleux et rincé par la pluie.

« Est-ce que ça va, monsieur ? Vous n'avez pas d'ennuis ? »

Déjà, un groupe de quatre ou cinq élèves de seconde s'étaient approchés, inquiets de me voir alpagué par cet individu.

«Tout va bien.»

Sur l'esplanade qui conduisait à l'entrée du lycée, juste devant les grilles, le jeune Tristan nous observait. Prêt à éternuer, Faber a eu un frisson. Il a marmonné quelques excuses et m'a tourné le dos.

«Tu seras là à cinq heures ! J'ai promis à Madeleine… »

Je savais qu'il ne s'échapperait pas, cette fois. Il était prisonnier de Mornay, n'avait nulle part où aller. C'était ce que je voulais.

Le *la* indiquant la huitième heure du matin a résonné sur la place, depuis l'enceinte du lycée. Lorsque je suis passé devant lui, j'ai fait signe à Tristan de presser le pas, en tapant dans les mains. Il a éteint sa clope sous le talon. Et les filles emmaillotées dans leurs écharpes ont souri : « On y va, m'sieur ! »

C'est à moi qu'elles souriaient. C'est moi qu'elles aimaient bien. Aucune n'a eu le moindre égard pour la silhouette déjà fuligineuse de Faber, à l'autre extrémité de la petite place. Les lèvres me brûlaient pourtant de leur crier, à ces enfants, à ces adolescents : Regardez-le ! Taisez-vous et écoutez ! Moi, je ne suis rien ! Mais lui… Lui ! Avant vous, il a été le meilleur enfant et le meilleur adolescent qui ait vu le jour dans cette ville ! Il en a été le Roi ! Son nom était la promesse de quelque chose d'immense ! Silence ! J'aurais voulu pouvoir leur dire à toutes et à tous, après être entré dans la salle du rez-de-chaussée, en désignant le radiateur du fond près duquel Faber avait élevé son trône et provoqué dans le même temps sa propre chute : Je vais vous raconter l'histoire du meilleur d'entre nous…

DEUXIÈME PARTIE

L'ENFANT

1981-1995

1

Dans la cour de récré

Classe de CE2

À trois ans de la retraite, Mme Journet n'avait plus aucune sorte d'autorité. Peut-être n'en avait-elle jamais eu, mais à l'approche de la fin, elle ne cherchait même pas à faire semblant d'en avoir. Pour cette raison, la récréation de dix heures des CP et des CE était devenue le théâtre d'une société sauvage, à laquelle j'étais livré chaque jour par mes parents. Mme Journet était sous antidépresseurs (je ne m'en rends compte qu'aujourd'hui, lorsque je repense aux pilules qu'elle prenait lorsque, disait-elle, elle avait «comme un coup de moins bien, les enfants»). Après avoir descendu les marches du perron, elle s'asseyait sur le banc vissé devant le préau de la cour de notre école, place de Foudre-Tonnerre. Contrairement à l'usage, il n'y avait pas la moindre rotation entre les enseignants pour assurer les surveillances du matin. La nouvelle maîtresse des CE1 était une jeune remplaçante apeurée, qui n'avait pas osé le faire remarquer. Quant à M. Dorge, le maître des CP, directeur de l'école et responsable syndical du SNUIpp, il avait choisi de s'occuper du soutien pour les élèves en difficulté. Et il avait abandonné la responsabilité de la cour et du préau à Mme Journet.

Depuis septembre, un certain Romuald avait donc pris possession du vaste territoire qui s'étendait (dans le sens de la largeur) de l'escalier grillagé des toilettes jusqu'au grand portail vert et gris et (dans le sens de la longueur) du préau recouvrant le terrain bosselé, couvert de lignes jaunes et blanches tracées à la craie, jusqu'à la volée de marches au pied de la porte d'entrée. La façade de l'école était construite en brique et semblait contempler la scène avec gravité. Rythmée d'étage en étage par des pleins de travées blancs, couverts de devises républicaines en latin, elle portait comme un tricorne son toit d'ardoise à longs pans. Dos au bâtiment, Mme Journet surveillait les vingt minutes de la récréation, le temps de boire son café tiède sans sucre. Une épaisse écharpe de laine écossaise sur les épaules, elle regardait droit devant elle, surveillait les portes de l'école en imaginant peut-être qu'un gosse était sur le point de s'échapper. À peine hochait-elle la tête lorsque les filles venaient se moquer d'elle, en lui proposant de les accompagner à la corde à sauter, à la marelle ou à quelque jeu de rapidité qui n'était «plus de mon âge, hélas».

Plus elle vieillissait, plus elle répétait que «c'est tout de même étrange, on dirait que les enfants sont de plus en plus jeunes chaque année».

Puis elle fermait les yeux.

La voie était libre. Dos à la vieille, Romuald avait fait du préau un enfer quotidien pour moi et quelques autres. C'était un petit garçon assez large et plutôt grand, certainement; mais dans mon souvenir c'est un géant, une boucle d'oreille à l'oreille droite et les cheveux blonds rasés sur le côté, avec une queue-de-rat dans le cou. On l'appelait Romu. Il détenait l'*imperium* de notre temps libre du matin, dont les deux principaux aspects étaient : la maîtrise du ballon et l'accès aux WC. Au sommet de l'escalier de béton aux marches mal dégrossies étaient postés les frères Mathieu et Florian Ragoulin. Affalés contre la ferronnerie, les jumeaux arboraient leur invariable coupe en brosse. L'un portait un sweater avec des rayures verticales, l'autre un polo avec des rayures horizontales, alternant le blanc et le bleu roi dans les deux cas. Leur fonction consistait à accorder ou non le passage aux lavabos et aux urinoirs, suivant les indications de Romu. Pour certains, qu'il appelait bizarrement les «Tintins», il fallait payer. L'impôt était fluctuant : la moitié d'un goûter, une barre de céréales Balisto ou Grany, un demi-pain au chocolat, une brique de lait parfumé, fraise ou cacao — au bon vouloir de Romu. C'était le prix pour obtenir le droit de descendre jusqu'au sous-sol carrelé, glacial et repeint en rose. On disposait de trois minutes pour les grosses commissions, de une pour les petites.

Romu n'était pas exactement un idiot. Il ne s'attaquait pas aux CP, peu aux filles ; il ne visait jamais ceux qui, par immaturité ou par intelligence, se seraient plaints auprès des professeurs — en particulier de M. Dorge. Le maître aurait passé un fameux savon à Romu. Non, Romu n'exerçait sa force que sur les enfants suffisamment mûrs pour prendre conscience de son autorité, mais pas assez pour la contester. Moi, en l'occurrence, j'étais «le roi des Tintins» : il m'appelait «Basile la merdasse». Chétif, je demandais tout le temps pardon aux autres et j'étais pénalisé par une envie maladive de pisser (j'ai porté des couches jusqu'à l'âge de sept ans) qui m'a valu de passer mes mercredis chez le pédiatre puis mes vendredis après-midi chez le psychanalyste. Je souriais à mes camarades à la façon d'un sapajou qui s'écrase et qui s'humilie. Et puis j'avais des lunettes. Elles m'ont longtemps semblé cristalliser ma faiblesse, à cause de la peur obsessionnelle que j'avais de les casser. Avant mes huit ans, rien de certain, de rassurant ou de grand (et certainement pas mes parents, que j'aimais et qui m'aimaient pourtant) ne s'est présenté à moi. J'étais condamné à chercher en ce bas monde un rocher auquel m'accrocher, au moins pour un temps.

Veuillez m'excuser pour cette longue introduction, mais peut-être comprendrez-vous mieux pourquoi les quinze années suivantes de ma vie ont été consacrées à mon admiration pour Faber. Moi, « Basile la merdasse », je ne suis jamais vraiment revenu d'en être devenu l'ami.

Je ne me suis jamais pissé dessus, mais j'ai toujours eu peur qu'une telle mésaventure ne m'arrive. Du fait de mon besoin continuel d'uriner, Romu a vite compris l'agrément qu'il pourrait tirer de ma compagnie. Durant le premier quart d'heure, il m'interdisait l'accès aux waters. Quelques minutes avant la sonnerie, il m'autorisait à y descendre à une condition : que je serve le lendemain de gardien de but (de « gardien de pute », comme il disait pour faire marrer les copains). Je détestais le football : une menace pour l'intégrité de mes lunettes, la révélation de mon inadaptation à la concurrence avec les autres garçons et de la faible coordination motrice de mes membres. Le jeu consistait à me tirer dessus le plus fort possible, dans l'espoir de m'arracher quelques cris ridicules, des cris de fille, jusqu'à ce que je supplie les autres de me laisser descendre aux toilettes. « C'est une fille ! C'est une fille ! », s'exclamait alors Romu. Les autres étaient enthousiasmés à la fois par la puissance de Romu et par mes mimiques pathétiques ; ils étaient surtout soulagés de constater qu'il existait plus faible qu'eux.

Pendant trois longs mois, je n'ai plus trouvé le sommeil. Comme Romuald l'avait très bien compris, puisqu'il manifestait déjà certaines dispositions pour la psychologie, la honte me paralysait. Je n'osais m'ouvrir ni à un maître, ni à mon père, ni à ma mère. Obnubilé par l'envie irrépressible que je sentais venir longtemps avant même qu'elle ne soit réellement là, je n'écoutais plus la leçon à partir de neuf heures trente du matin. Et si jamais j'esquissais un geste pour demander à la maîtresse le droit de me rendre aux toilettes avant l'heure de la récréation, Romu se retournait vers moi et m'adressait un signe indiquant clairement que j'étais « mort ». À la sonnerie, il me châtiait. Sous le préau, je servais de cible aux tireurs et le ballon dur, en polyuréthane, me laissait des bleus aux fesses. Au terme du supplice et après m'être livré à une danse de Saint-Guy qui ravissait mon bourreau, j'obtenais l'autorisation d'aller pisser. Le ventre serré, en pleurant, je vidais quelques gouttes à peine dans l'urinoir. De retour en classe, lorsque la maîtresse m'interrogeait, je n'avais plus l'esprit nécessaire pour lui répondre. On a convoqué mes parents, on a causé de mes difficultés de concentration. Et parce que tout se sait, je suis devenu la risée de Foudre-Tonnerre. Basile qui-a-toujours-envie-de-pisser : c'était mon épithète homérique. Aux yeux de tous les garçons, j'ai été déchu du rang de mon sexe pour devenir une sorte de fillette.

Il me semble qu'il y avait une certaine vision du monde dans l'organisation par Romu de son royaume matinal. Comme une première structure sociale, qui faisait sens.

Alors que j'étais le garçon qui crie et qui fait pipi comme une fille, une fille de ma classe était au contraire traitée de garçon manqué. Elle était reconnaissable à ses longues nattes, son teint de porcelaine, ses yeux immenses et l'étrange désarroi qui émanait de toute sa personne. Quelquefois, elle avait émis le désir de jouer au foot, donc d'entrer sous le «préau de la mort» avec les «mecs». Jamais elle ne participait aux jeux de son sexe, se tenant raide à l'écart et observant avec une forme d'envie les gars qui tapaient dans le ballon (et qui, à l'occasion, me tapaient aussi). Romu avait l'œil. Bientôt il a fait alliance avec les morveuses qui n'aimaient pas cette «gouine». Il est venu vers la pauvresse et il a dit :

«Madeleine, si tu veux jouer avec les garçons, faut qu'tu soyes un garçon. On va pisser tous ensemble et pis tu vas pisser avec nous.»

Donc il a emmené Madeleine au sous-sol, en compagnie des jumeaux Ragoulin. Je ne sais pas ce qui s'est passé. Elle est ressortie en pleurant. Sa robe était maculée sur le devant, puisqu'elle n'avait pas pu uriner debout comme les autres. Chaque matin, les sbires de Romu passaient en chantonnant : «C'est Madeleine qui se pisse sur les pieds…» Les filles la montraient du doigt et les garçons refusaient qu'elle participe à leurs jeux.

Je ne sais si je parviendrai à décrire ce qu'a représenté pour nous deux l'arrivée du petit Mehdi Faber à l'école de Foudre-Tonnerre, début décembre. Exceptionnellement inscrit en cours d'année (mais il a été vite évident qu'il serait en avance sur le programme), il nous a été présenté un lundi. Il me semble que Romu a tout de suite compris à qui il avait affaire. Dès dix heures, il a avisé le grand garçon maigre, au regard dur et froid :

«Tu joues avec nous?»

Sous la pluie, le nouveau se tenait accroupi près du châtaignier, à côté du préau. Il a attendu avant de répondre, sans manifester pour autant la moindre curiosité :

«À quoi est-ce que vous jouez?»

Romu sautait sur une jambe puis sur l'autre et on aurait dit qu'il frémissait d'impatience à l'idée de se dégotter un nouvel allié : «On fait des buts sur le pisseux.»

Mehdi m'a regardé. Il avait l'air plus vieux qu'un adulte. Moi, je me tenais les bras ballants devant la cage dessinée à la craie sur le mur du fond.

«Tu aimes jouer à ça, toi?» Il s'adressait à moi, et je me souviens avoir pensé qu'il disait : «*tu* aimes», et non : «*t'*aimes», comme tous les autres enfants.

Désorienté par le tour que prenait son entretien avec ce nouveau au langage trop châtié, Romu a répondu à ma place :

«Ouais, il aime ça.»

Mehdi ne l'a même pas regardé : «C'est à *lui* que je parle.»

De la tête, j'ai indiqué que non.

Mehdi a croisé les bras : «Alors c'est non pour moi.»

Romu m'en a terriblement voulu : ce lundi-là, je suis ressorti de la séance de matraquage perclus de douleurs, le pantalon crotté par le ballon qui avait roulé dans la boue. J'étais à peine présentable. M. Dorge gardait de la rechange à mon intention dans le cagibi sous l'escalier, près de l'armoire à pharmacie. Il m'a sermonné. Ensuite il a écrit sur le cahier de correspondance un mot destiné à mes parents, comme quoi ce n'était plus possible et que je ne faisais pas d'efforts pour rester propre. Maintes fois il m'a demandé si les autres me donnaient des coups ou me poussaient par terre, et pourquoi j'étais toujours si sale. J'ai pleuré que c'était « tout de ma faute ».

Quant à Mehdi, adossé au châtaignier, une bogue dans la main et les pieds en équilibre sur une racine qui déformait le revêtement bitumé, il a passé la semaine à observer la cour de récré. Le mardi, il a repéré Madeleine, dans les limbes de la bande d'asphalte sombre entre la zone des filles et le préau des garçons. Romu la repoussait encore avec son air méprisant : « Sors du préau, toi ! Tu pisses pas avec la queue ! »

Le mercredi, Mehdi s'est levé. Il est venu parler à Madeleine, à terre et apeurée, parce que Florian Ragoulin venait de lui adresser un méchant croche-patte : « Je parie qu'ils font ça parce que tu es meilleure qu'eux au foot. » Il est évident que les premiers mots que Mehdi a adressés à Madeleine gisant sur le bitume lui ont fait l'effet de l'arrivée du prince des contes de fées au beau milieu de nulle part.

Le jeudi, la plupart des élèves commençaient à considérer Mehdi comme un « mec bizarre » sous le châtaignier, fort en classe mais qui ne serait jamais des leurs. Romu s'est permis de prononcer les premières moqueries bien senties sur « le Tintin qui ne dit jamais rien ».

Puis le vendredi est venu.

2

Un nouvel ami

Classe de CE2

D'abord dans l'ordre, deux par deux, puis par grappes, en anorak, le bonnet sur le crâne, criant et soufflant, les joues rouges, afin de produire un léger filet de fumée devant eux, les CP et les CE ont dévalé le perron du grand bâtiment en brique. Dans la mêlée, Mehdi m'a fait signe de le suivre aux waters. Je savais que ça m'était interdit, mais j'avais confiance en lui.

Mathieu et Florian Ragoulin se sont dressés en travers de l'escalier bétonné. Celui qui portait des rayures horizontales a croisé les bras :

« Où tu vas ? »

Mehdi l'a toisé. Ce n'était qu'un gamin, pourtant il possédait déjà la contenance narquoise d'un adolescent : « Romu a dit qu'on pouvait aller pisser. Il n'a pas besoin de vous. Allez jouer au foot, je ramène l'autre », en me montrant du doigt.

Celui qui portait des rayures verticales a paru troublé d'affronter quelqu'un qui parlait comme dans les films — et qui savait jouer au caïd de pacotille mieux que lui. Ragoulin (l'un ou l'autre) a laissé retentir une sorte de bruit de pet entre ses lèvres épaisses, sur lesquelles un peu de bave a coulé, puis il a traîné des pieds en direction du préau avec son frère.

Mehdi m'a tourné le dos. Les toilettes des garçons étaient encore vides : une double rangée de pissotières ainsi que trois cabines, sur un sol couleur saumon et sous un éclairage au néon.

« Grouille-toi, fais pipi », m'a-t-il dit.

Je ne me suis pas fait prier, je me suis soulagé, j'ai lâché tout ce que j'avais dans la vessie.

« Comment est-ce que tu vas faire ? »

Le temps que je remonte la fermeture éclair de ma braguette, avant même que je puisse me rincer les mains sous le robinet en inox à poussoir, Romu a débarqué dans les chiottes. Il était furieux, portait le ballon à motifs Tango sous le bras et roulait des épaules comme un gorille défié par des petits singes.

Mehdi ne s'est pas défilé : « Qu'est-ce qu'il y a ? »

Romu a pris le ton et la voix d'un CM, mais il n'a pas trouvé les mots. Pauvre gosse de huit ans, je m'en rends compte à présent, il ne parvenait à articuler que quelques misérables : « Quoi… Hé… Quoi… »

« Je vais t'expliquer », a déclaré Mehdi avant de me faire signe de remonter dans la cour.

« Hé… Euh… Non ! », s'est exclamé Romu, en remuant nerveusement les bras sous son gilet de chasse kaki sans manches.

« Si. »

Et Mehdi a ramassé le ballon tombé à terre avant de piquer un sprint derrière moi. Parvenu à la porte, il a sorti un lourd trousseau de clefs et, d'un geste sec du poignet, a enfermé Romu dans les cabinets.

Je tremblais.

«Tes lunettes...» Mehdi les a redressées sur l'arête de mon nez, prenant garde de ne pas m'effleurer. «Tu n'aimes pas jouer au foot, hein?»

«Non.»

«Tu n'y joueras pas. Tu restes toute la récré devant cette porte. Lorsqu'un garçon vient, tu réponds que Romu est là-dedans et que personne ne peut rentrer. D'accord?»

J'ai obtempéré. J'aurais bien voulu lui demander d'où il tenait le trousseau de clefs, mais j'avais la trouille; donc je me suis tu, habité par la peur de quitter un maître seulement pour me mettre au service d'un plus puissant.

Enveloppée dans la laine de son écharpe en tartan, Mme Journet souriait toujours béatement sur son banc. Les garçons désœuvrés attendaient avec les deux Ragoulin des ordres, pour commencer enfin une partie. J'avais pris la place des jumeaux. Je l'ai observé à travers les grilles, au sommet de l'escalier : Mehdi a jonglé du genou avec la balle et s'est approché de Madeleine. Mains jointes au niveau du ventre, elle zonait devant le préau sous lequel il lui était interdit de jouer. Je crois qu'il lui a demandé si elle voulait bien taper dans la gonfle. En avalant les mots, elle a répondu qu'elle aurait aimé être «gardien de goal». Mehdi l'a placée dans les cages, devant le maudit rectangle jaune tracé à la craie sur le mur de crépi. Il était très doué balle au pied et tous les garçons se sont montrés ravis de faire du foot comme à la télé, plutôt qu'une partie de tir au pigeon sur le pisseux que j'étais. Dans l'équipe adverse, les jumeaux Ragoulin se sont pris un grand pont et un petit par Mehdi. Quant à Madeleine, elle s'échauffait à la façon des vrais gardiens; elle écartait les bras pour diriger sa défense «comme Dasaev» (d'après elle), sautait à pieds joints et bloquait les ballons en plongeant avec un sens aigu de la dramatisation. Tout le monde a convenu qu'« elle en avait ». À la fin de la récré, le tissu de son pantalon à franges était largement troué au niveau des genoux et elle arborait une coupe de cheveux désordonnée, mais avait la mine réjouie.

Elle était heureuse de jouer à ma place ; j'étais soulagé de regarder le spectacle à la sienne.

Lorsque Mme Journet s'est levée, cherchant dans son sac à main le sifflet, Mehdi a couru dans ma direction et il est passé devant moi pour escalader les marches du perron. Il est sorti du bâtiment à peine une minute plus tard, alors que Mme Journet farfouillait toujours au milieu de ses mouchoirs. Mehdi était accompagné par M. Dorge, écarlate de colère.

« Tu es certain ? »

Le maître est descendu aux toilettes en laissant tinter son trousseau de clefs. À peine a-t-il eu le temps d'ouvrir la porte coupe-feu métallique des WC que Romu a sauté au cou du nouveau en hurlant : « Putain, je vais te tuer ! » Romu était malin, mais il n'était pas très fin. Il ne s'est même pas aperçu que Mehdi glissait dans la poche de son gilet militaire les clefs qu'il avait gardées en sa possession durant l'intégralité de la récré, ainsi qu'un paquet de cigarettes Lucky Strike. Il avait la dextérité d'un pick-pocket. Je suppose que les années passées à la DDASS avaient développé ses talents d'aigrefin.

Romu n'a compris rien à rien. Traîné par l'oreille dans le bureau du directeur, il lui a fallu expliquer de quelle façon il avait pu subtiliser à Mme Journet ses clefs pour fumer tranquillement dans les WC. La sanction est tombée : interdit de récré pendant un mois. Et puisque

Mme Journet s'était avérée aussi étanche qu'une cage d'escargots (suivant les termes de M. Dorge), le directeur assurerait désormais lui-même la surveillance de l'après-midi *et* de la matinée.

Nous étions sauvés.

Mais dès le lundi suivant, j'ai pris conscience que Mehdi n'empocherait pas la mise sans affronter Romu loyalement, ce qui signifiait : hors du champ de protection des adultes de l'école. Les Ragoulin, les autres garçons de ma classe et quelques CM qui fricotaient avec Romu également attendaient encore de se prononcer; ils ne s'étaient pas rangés clairement d'un côté ou de l'autre. Tout l'après-midi, Romu s'est mordillé la lèvre inférieure jusqu'au sang. Il passait son temps à tailler des crayons en jetant des regards assassins à Mehdi, qui l'ignorait.

À la sortie de quatre heures et demie, mon père avait toujours un quart d'heure de retard. Le lourd cartable collé sur mon dos, encombré du cahier du jour, des livres d'histoire du lundi et des emprunts à la BCD, j'ai posé les mains sur les bretelles garnies d'adhésifs fluorescents sponsorisés par la Sécurité routière — et j'ai attendu. Impuissant, je suais à grosses gouttes en observant Romuald et Mehdi qui s'éloignaient; ils remontaient le cours des Trente-Prisonniers à l'abri des grands marronniers jaune orangé, en compagnie de quelques grands. Ils faisaient partie de ceux, auréolés d'une certaine gloire, qui rentraient le soir seuls à pied. Aucun parent présent n'a donc pris garde à ce mouvement de groupe.

À cinq mètres de moi, j'ai observé Madeleine attendant son père, un pasteur protestant habillé avec distinction. Elle piétinait sur le trottoir, devant le parking encombré par les familles, les sacs de classe et les sacs de courses.

Nous ne nous sommes rien dit. Mais nous savions que nous abandonnions Mehdi : nous le laissions se battre seul contre l'ennemi.

J'ai commencé à pleurer comme un idiot et mes lunettes se sont embuées. J'ai chialé comme jamais, étouffé par les hoquets — parce que Mehdi n'avait personne à ses côtés, parce qu'il était livré aux grands imbéciles du CM qui attendaient « qu'il y ait du sport », comme ils disaient. Lorsque mes sanglots ont cessé, je me suis aperçu que Madeleine se tenait près de moi. Son visage était grave, comme peut l'être celui d'un enfant tant qu'il ne sait pas différencier une vexation d'une sorte de condamnation à mort.

« Faut aller là-bas. »

Je crois que jamais plus je n'ai eu l'impression de commettre un acte à ce point transgressif, et cependant absolument juste. Je pourrais sans doute me souvenir de chaque pas sur l'asphalte craquelé jusqu'au sommet du cours des Trente-Prisonniers, d'où nous parvenaient quelques cris étouffés. Volontaire et butée, Madeleine a couru ; le sac trop lourd valsait sur son dos. Elle a séparé le rideau d'une petite dizaine d'échalas de dix ans qui faisaient cercle, cartables à terre ; ils beuglaient : « Du sang, des tripes et des boyaux ! Oh ! Oh ! Oh ! » Je l'ai suivie.

Mehdi pissait le sang du nez. Avait l'arcade sourcilière violacée. Mais il se tenait debout. Se mouchait dans le revers de sa chemise démodée. Son blouson Kiabi traînait par terre près de Romu qui se tordait de douleur en grimaçant, les deux mains sur les parties génitales, l'oreille mordue jusqu'au cartilage. Les grands se marraient. Ce n'était probablement pas si terrible, mais ça a été pour moi comme une première image de la guerre.

Madeleine aurait voulu soigner Mehdi, éponger son sang, qui était épais, sombre et lent. Pourtant quelque chose l'a retenue. Elle est restée à deux pas. Peut-être déçus, les autres ont rentré les mains dans les poches et, refroidis par l'air du soir et l'obscurité qui venait, sous les branchages encore trop hauts pour nous, ils se sont éloignés.

Mehdi s'est penché sur Romu. Il lui a demandé si ça allait. Romu a chialé : «Mon père va me tuer.»

Puis nous avons reconnu la voix grave et posée de M. Olsen, le père de Madeleine : «Qu'est-ce qui se passe par ici?» Il cherchait sa fille, il a fait la connaissance de Mehdi : «Est-ce que ça va, petit?» Romu était parti et Mehdi a dit que oui. Si je me souviens bien, je pourrais affirmer sans rire que Madeleine, en le présentant à son père, avait semblé déclarer : «Papa, ce sera lui mon mari.» Mais c'est une autre histoire. M. Olsen a proposé de raccompagner le garçon, qui a décliné l'offre. Mehdi désirait rentrer seul chez ses parents, soucieux sans doute de se nettoyer le visage dans les eaux de l'Hombre, près de l'aqueduc aux canards, de ne pas alarmer sa famille et de prendre le temps d'inventer l'excuse qu'il faudrait leur raconter.

Madeleine s'est retournée plusieurs fois, tandis que son père, qui portait son sac à dos, la prenait par la main en descendant le grand cours ombragé. Les nattes châtains encadraient comme des rideaux une fenêtre ses immenses yeux et sa bouche retroussée; elle ne lâchait pas du regard Mehdi qui s'était redressé en reniflant, ramassant ses affaires au pied des plates-bandes municipales.

Je me tenais près de lui. Je me suis rendu compte que je

ne m'étais pas fait dessus, en dépit de ma peur, et je lui ai dit bêtement : « Je peux être ton ami. »

Il m'a regardé de haut en bas, histoire de vérifier. Il a fait : « OK. » Après quoi il a trotté dans une autre direction. J'ai rejoint mon père, comme d'habitude en retard et qui n'a rien compris à l'histoire.

Le lendemain, j'ai proposé la moitié de mon goûter à Mehdi ; il a ri. Puis il m'a dit : « Je ne veux pas qu'on m'appelle Mehdi. Mon nom c'est Faber. » Ce serait le tribut payé à sa victoire. Et dès huit heures et demie, le fichier « J'apprends les maths ! » collé contre sa poitrine, Madeleine s'est assise au fond de la classe à côté de lui. Elle l'a appelé par son nom : « Salut Faber ! », et ne l'a plus quitté.

J'ai mis vingt ans avant de savoir d'où provenait vraiment le nom en question.

3

Les Faber

En dépit de mes efforts, les informations sont restées maigres.

Au mois de mai 1981, Richard et Anna Faber, un couple d'artistes, avaient adopté un bébé tout juste abandonné par ses parents. L'enfant, âgé de trois mois, était d'origine maghrébine et les Faber avaient décidé de conserver le prénom que l'Assistance publique lui avait provisoirement attribué : Mehdi. On n'a jamais su pourquoi ni comment ses parents immigrés d'origine algérienne s'étaient enfuis de la banlieue parisienne sans laisser de traces. Ils avaient déposé le petit dans les bureaux de l'administration, un samedi.

Je ne saurais dire si c'est un souci d'ordre biologique ou une préoccupation sociale qui avait dirigé les Faber vers l'adoption. Richard était l'architecte le plus doué de sa génération. Âgé d'un peu moins de quarante ans, il avait la réputation à la fois d'un constructeur engagé sur des chantiers pauvres d'Inde et d'un théoricien des utopies urbanistiques, donnant cours à l'université de Vincennes. De trois années sa cadette, Anna était une soprano atypique et une militante féministe. Selon la légende des milieux de l'époque, ses talents d'oratrice et d'organisatrice avaient évité quelques morts en Mai-68. Elle était d'une douceur et d'une patience infinies.

Richard était grand, longiligne et portait des favoris roux qui, en sus de ses lobes d'oreille exagérément longs, lui donnaient l'aspect du roi-singe du *Voyage en Occident*. On le disait facétieux, conscient de la vacuité des choses, fumeur de cigarettes roulées aux doigts orangés. Quiconque l'a rencontré dans les années soixante-dix pouvait témoigner de son détachement, de sa façon de flotter à la surface des choses, inaccessible aux compliments mais d'une extrême générosité.

Le couple vivait dans une jolie maison près de la place Rhin-et-Danube, à mi-chemin des Buttes-Chaumont et du parc de la Butte-du-Chapeau-Rouge. Là, Anna recevait tout ce que Paris pouvait compter de beau ou d'intelligent en ce temps. Aussi petite que Richard paraissait grand, elle était reconnaissable à ses cheveux d'une longueur proverbiale, qu'elle roulait en macarons sur ses oreilles. De constitution fragile, on a pu dire qu'elle semblait toujours sur le point de se fendre : la peau en papier de riz, les veines apparentes à l'intérieur de ses membres. Chantant toutes les musiques, ayant connu aussi bien Dutilleux que Zimmermann avant son suicide, elle aimait également le free jazz et la «pop music», comme on disait : John Cale, King Crimson ou Todd Rundgren. Ne se produisant plus en public qu'à de rares occasions après 1980, elle se consacrait à son enfant. Elle avait lu l'*Émile* et les œuvres de Donald Winnicott afin de l'éduquer au mieux. Mais une fatigue d'origine inconnue, peut-être une fièvre tropicale rapportée de l'un des voyages de son époux, l'a progressivement laissée à bout de forces.

Durant près de cinq années dont je ne connais pas les détails et dont Mehdi ne parlait jamais, les Faber ont chéri leur fils comme un petit ange. Il ne les a jamais quittés. Son univers devait être habité par le chant de sa mère et les plans que dessinait son père en le laissant s'asseoir sur ses genoux. Je vois d'ici le jardin fleuri de pensées jaune d'or et violet, d'iris germaniques, dont un peintre de leurs amis a laissé un superbe tableau.

J'ai retrouvé deux photographies seulement qui témoignent de la période plus sombre qui a suivi. La première représente son père torse nu, les favoris fournis, mince comme un adolescent et tenant contre lui Mehdi — qui jette un regard noir à l'objectif, les deux bras accrochés au cou de Richard. Sur la seconde, il y a une voiture ; Richard s'était pris de passion pour les Panhard cabriolets, qu'il réparait lui-même dans un garage près des Moulins de Pantin lorsqu'il avait du temps libre. Devant la voiture, Mehdi joue, soigneusement emmitouflé dans un anorak violet et coiffé d'un bonnet en laine, un bâton au poing. Il sourit. Les parents ne sont pas là. Probablement derrière l'objectif.

Petit à petit, d'après les rares témoignages que j'ai recueillis, il semble que les Faber se soient coupés du monde extérieur. Une série de drames a touché leurs proches : la sœur de Richard a fait une fausse couche, celle d'Anna a donné naissance à un enfant atteint d'une maladie dégénérative extrêmement rare, qui le condamnait d'avance. Il y a eu un cousin autiste, aussi. Comme si Mehdi avait été destiné à être le seul enfant en pleine santé. Par précaution, le couple s'est tenu à distance de la famille.

Malgré les traitements, Anna souffrait de carences.

N'apparaissait plus en public que le cou enveloppé dans de larges foulards et les yeux protégés par des lunettes noires. Elle devenait aveugle. Pour s'occuper d'elle, Richard a délaissé les chantiers, il n'est plus venu en cours.

Et quelques semaines après le Nouvel An 1987, d'après ce que j'ai lu dans les journaux de l'époque, il a perdu le contrôle de son véhicule sur une route départementale près de Melun, aux abords du Loing. Aucune voiture devant ou derrière lui, pas de plaque de verglas. Au petit matin, les Faber sortaient tout juste du garage d'une maison de campagne qu'ils louaient, pour prendre leurs distances avec le petit monde parisien, et dans laquelle ils avaient laissé dormir le petit Mehdi. Pourquoi étaient-ils partis sans lui ? Au premier tournant, la voiture avait quitté la route. Le rapport de gendarmerie a établi que les Faber roulaient sans freins. Les disques Bendix de la Panhard, que Richard avait démontés la veille, ont été retrouvés intacts dans le garage. Richard était un rêveur, un inadapté : préoccupé par la santé de son épouse, rendu méfiant à l'égard de sa propre famille, soucieux de protéger son jeune enfant de ce qui commençait à lui apparaître comme un mauvais sort peut-être contracté en Orient, il avait tout bonnement *oublié* de remonter le système de freinage.

Mais ce ne sont jamais que des suppositions de ma part.

Ce qui est certain, c'est qu'à la suite des malheurs qui avaient précédé, les Faber avaient rompu avec leurs frères et sœurs. Aussi l'enfant s'est-il trouvé orphelin et démuni, sans oncle ni tante disposés à s'occuper de lui. Il est probable que Faber en ait voulu à ses parents de n'avoir pas davantage anticipé leur possible disparition, inconscients des précautions administratives d'usage. D'après ce que je sais, ils n'ont laissé à leur enfant — dont les papiers d'adoption se sont révélés non ratifiés et donc non conformes — ni héritage, ni parrain, ni tuteur.

Il était tout seul.

4
La DDASS

Je ne sais à peu près rien de ce que Faber a fait entre 1987 et 1988. Il disait qu'il avait été à la DDASS, alors même que la DDASS (j'ai vérifié) venait d'être supprimée après le vote des lois de décentralisation de 1983. Dans la foulée, les services d'aide sociale à l'enfance avaient été délégués aux présidents des conseils généraux. Mais ici ou là, il se peut que les changements aient pris du temps. Faber a donc été placé dans une ancienne institution de Seine-et-Marne, à Melun ou dans les environs. Il me semble qu'il a évoqué quelquefois des souvenirs d'internat ou de « lits superposés ». Et puis son mépris généralisé à l'égard du vestimentaire (de tout ce qui se *porte*, en fait, des chapeaux ou des bijoux) était justifié de temps à autre par le fait que là-bas « il n'y avait qu'un trousseau de linge tous les six mois, et on s'en portait très bien ».

Il est certain qu'il n'a gardé aucun lien avec des éducateurs ou des instituteurs rencontrés durant cette période. Il s'est fait tout seul ; et quand il nous a rencontrés, il était déjà *fini*. Il se battait bien — j'en déduis qu'il a fait ses armes avec d'autres orphelins, des gamins en attente de placement, des cas sociaux; dès le primaire, il avait l'usage du couteau à cran d'arrêt, tout de même. Habile de ses mains, il a aussi développé d'emblée ses formidables talents d'apprentissage intellectuel : comme je devais bientôt le constater, il assimilait toutes sortes de connaissances en donnant l'impression qu'il les maîtrisait avant même de les découvrir. Rien ni personne ne pouvait lui donner la leçon — ou plus simplement l'aider. Lorsqu'il apprenait telle ou telle chose en notre compagnie, ses premiers mots étaient toujours : «Je sais.» Et il ne mentait pas. Il savait tout.

Il était déjà très beau, et il n'est pas étonnant que cet orphelin ne le soit pas resté longtemps. «Je n'ai rien demandé», remarquait Faber, «on vient toujours me chercher.»

À l'hiver 1988, Faber a posé son baluchon à quelques centaines de mètres de chez moi, dans les faubourgs de la préfecture de l'Indre-en-l'Hombre, à la périphérie de la région Centre.

Il a pris ses quartiers à Mornay, chez les Gardon.

5

Les Gardon

Marthe et Jean Gardon habitaient à l'extérieur de l'enceinte médiévale de la ville (matérialisée par le boulevard de Courtrai), dans un petit logement ouvrier datant de l'immédiat après-guerre et situé à trois rues de la place de Foudre-Tonnerre. Le couple a proposé dès le milieu des années quatre-vingt de recevoir en tant que famille d'accueil des enfants de la DDASS. Ils n'en ont jamais accueilli qu'un, mais ils y ont consacré les dix dernières années de leur vie.

Trop jeune (il était né en 1930) pour avoir combattu ou résisté durant la Seconde Guerre mondiale contrairement à ses deux frères, Jean était devenu ouvrier qualifié chez Peugeot et s'était engagé dans les grandes grèves de 1947 avant de faire le taiseux sur la politique. Il se montrait méfiant à l'égard des syndicats, était gréviste par solidarité, jamais pour « hurler avec les loups », répondait-il quand on lui posait des questions sur les Trente Glorieuses pour nos exposés d'histoire-géographie au collège. Les années cinquante dont il parlait nous paraissaient aussi exotiques que mornes, en noir et blanc. Jean était un petit monsieur moustachu qui n'entrait jamais dans les pantalons, qui respirait bruyamment et qui avait l'amour de la mécanique. Il plaçait au-dessus de tout la chose bien ouvragée et le génie humain. À l'occasion, il se laissait aller à quelques envolées philosophiques sur la morale, la vérité et l'avenir. Mais, effrayé par l'emballement de son propre discours, il s'en moquait bien vite et sa face prenait une couleur violette d'embarras. Intelligent mais limité par sa maladresse dans l'élément du langage, Jean a compris d'emblée que le gamin n'était pas un gosse comme les autres. Cruellement, il s'est parfois senti bête et démuni face au comportement, face aux lectures, face au regard de cet être qui le dépassait en toutes choses, mais dont il savait bien qu'il courait à sa perte.

En 1977, quelques mois avant la fermeture de l'usine auto de Sartranval, Jean avait perdu sa main gauche. Elle avait été happée puis broyée à l'emboutissage, à l'occasion d'un changement de matrice. Après quatre années de procédure aux prud'hommes, perturbées par les problèmes de licenciement ou de reclassement de ses anciens collègues, il avait tout de même obtenu une pension complète. En sus, il y avait gagné un crochet (« comme le capitaine ! »). À l'époque, les prothèses n'étaient pas encore opérationnelles. Jean avait retiré de cet épisode douloureux une rancune tenace à l'égard de Peugeot et n'achetait plus que des Lada.

Au début des années quatre-vingt, il s'était trouvé pour la première fois désœuvré à la maison, en compagnie de Marthe. Maladroitement, il avait tenté de l'aider dans les tâches ménagères. Ce qui ne provoquait en définitive qu'un rouspétage bruyant contre « ces conneries de machines de bonnes femmes », que ce soit l'aspirateur trois vitesses, qui recrachait de la poussière, ou l'étendoir à roulettes, qui glissait sur le carrelage. Plutôt jalouse de ses prérogatives sur l'aménagement, le rangement, le lavage et l'organisation du foyer, Marthe le renvoyait en charentaises devant la télévision où il devisait sur les (nombreux) malheurs du monde.

Marthe était une femme maigre, très souriante, dont l'amour douloureusement débordant n'avait jamais trouvé assez d'âmes autour d'elle pour l'écluser. Nous l'avons toujours connue souffrante. Jean évoquait souvent l'humidité, le climat de Mornay. Il échafaudait d'invraisemblables plans stratégiques afin de regagner à court terme le Sud où « le soleil, mes enfants, est le meilleur des remèdes ». Avec le temps, des noms et des diagnostics savants sont venus confirmer son état de maladie permanente. Rien, à dire vrai, n'allait vraiment : ni la circulation, ni les reins, ni la digestion, ni les articulations. Mais Marthe ne se plaignait jamais. Jean râlait à sa place contre les intempéries, contre les docteurs (« qui font leur métier, ceci étant dit ») et contre la vieillesse (« mais ne croyez pas qu'on n'est pas heureux de vous laisser la place, les jeunes ! »). En vérité, Jean avait épuisé au bout d'une dizaine de minutes tous les coupables possibles et imaginables. Maniant une dialectique robuste qui lui permettait de retourner toute accusation en reconnaissance honorifique de la nécessité des choses, il n'apercevait à la fin qu'une seule raison *intraitable* aux souffrances de son épouse. C'était l'absence d'enfant. Ils en avaient eu un ; mais je ne l'ai appris que bien plus tard. Lui n'en parlait pas et dans ses moments de lucidité il se terrait devant les programmes documentaires de l'après-midi, sur FR3.

Dès cinq heures « la demie », Marthe était debout. Son énergie semblait ne pouvoir être arrêtée par rien ni personne — exception faite de Faber, sur la fin. Après avoir préparé le petit déjeuner de son mari, elle traversait son jardin. C'était un modeste enclos (deux tiers potager, un tiers ornemental). Avant même de s'en occuper, elle soignait les jardins adjacents, puisqu'elle était en possession des clefs de tous les voisins. Marthe aimait les fleurs, les plantes et la nature, sans savoir dire pourquoi. « C'est comme ça » était sa phrase préférée. Du temps où Jean partait encore à l'usine, elle s'était occupée des boutures d'une bonne part de la bourgeoisie de Mornay ; elle connaissait les cours et les jardins des « gens bien », et des moins bien.

À midi, lorsqu'elle préparait le déjeuner (comme elle le dit un jour à Madeleine, qui deviendrait sa préférée, la « fille de son cœur » qu'elle prenait dans les bras avec cette force inattendue qui lui coupait le souffle), il lui semblait parfois qu'un grand vide trouait toute la maison. Elle avait le cœur qui ne voulait plus battre dans ces moments. Une grande fatigue l'écrasait depuis le ciel, en lieu et place du soleil. Mais il ne fallait pas le dire à Jean. Il revenait le midi du café avec le journal régional, *La République de l'Hombre*, et *France-Soir*.

Dix ans exactement après l'événement qui les avait prématurément vieillis, Jean n'avait pas dormi ; il s'était rendu au bar de Foudre-Tonnerre pour lire les nouvelles, sans boire la moindre goutte d'alcool (parce qu'il en avait vu des honnêtes garçons que la chose avait livrés aux démons). De retour à la maison, il avait trouvé Marthe évanouie sur le carrelage orange de la cuisine. Après avoir appelé le médecin du cabinet Gallieni, sur le boulevard de Courtrai, Jean avait entendu Marthe pleurer dans la chambre, en parlant du vide et de toutes ces histoires.

Alors M. Gardon a pris la décision de trouver un enfant à sa femme.

Il leur a fallu plus de trois ans. Mais lorsque la dame de la DDASS leur a parlé du petit Mehdi Faber, Marthe l'a aimé immédiatement.

Et Faber a culpabilisé pendant des années de ne l'aimer ni autant ni même assez.

C'était alors un petit bonhomme de presque huit ans (quelques mois plus tard, je faisais sa connaissance dans la cour de récré). Il se tenait à ce point tendu sur les chaises qu'il semblait prêt à les casser en deux. Le nez aquilin, le teint basané, les cheveux bouclés, grand et fin pour son âge, il vous regardait quelques secondes, pas plus, et c'était comme si vous aviez connu le Jugement dernier. Puis il se perdait dans la contemplation des objets. Il savait être d'une politesse absolue, dont la rigueur exagérée prenait vite l'aspect d'une insolence insupportable aux êtres d'autorité.

Marthe n'avait cure de l'autorité ; elle aimait.

Le premier jour, dans les bureaux de l'administration, elle lui a passé la main dans les cheveux en bataille et l'a appelé « mon petit ». En rentrant chez eux, assise sur le côté droit du lit tandis que Jean boutonnait son pyjama, elle avait dit (Jean rapportait souvent ses paroles) : « Ce petit garçon, je ne pourrais pas supporter de savoir qu'il est malheureux. »

En arrivant à Mornay, Faber a été choyé par les Gardon. Jean a passé des après-midi entiers à réaménager les combles, qui servaient de débarras pour les vieux outils du temps où il possédait ses deux mains. Certes, il était prévu que le garçon prît sa chambre au rez-de-chaussée. Mais à peine Faber avait-il vu les toits… Le premier soir, il était sorti de son lit pour finir la nuit dans le grenier. Ce serait son petit nid. Marthe avait dit à Jean : «Tu lui feras son chez-soi tout là-haut, c'est son besoin.»

L'étage était devenu sa forteresse : il ne descendait que pour prendre les repas. Il parlait peu, mais toujours très bien. «C'est un petit poli», affirmait Jean, «mais il y a un drôle de quelque chose qui fait peur aux gens quand il mange, quand il s'habille ou quand il répond aux questions, on voit bien qu'il a autre chose dans la tête.»

«C'est comme ça», répondait Marthe, qui aimait tellement son «petit bonhomme». Jamais il n'a manqué de quoi que ce soit. Faber a disposé bientôt d'une bibliothèque en pin, de livres pour la garnir et pour nourrir son esprit insatiable. Faber ne réclamait rien, mais tout ce dont il avait besoin, il l'obtenait. Marthe s'est souvent plainte de ce que le garçon mangeait bien trop peu pour un enfant de sa taille ; mais il mangeait de tout, des brocolis, des abats, des blettes. En revanche, il ne reprenait de rien. Il attendait la fin du dessert pour proposer de faire la vaisselle. Alors Marthe lui frictionnait le crâne tendrement, en lui conseillant d'aller plutôt regarder la télévision avec le Jean. Ce dernier lui ménageait une petite place sur le canapé, en tapotant le coussin, et lui demandait : «Mon garçon, qu'est-ce qu'on se voit de bon ce soir ?» Mais Mehdi ne manifestait pas d'envie. Il attendait en silence et, passés quelques instants, Jean toussotait, le prenait par l'épaule, lui donnait du «fiston». Après une tape affectueuse de son crochet en laiton sur la joue, il lui permettait de filer au grenier : «Fais ce qui te fera plaisir.»

Faber lisait.

Il engloutissait tout ce qui était possible et imaginable.

Certainement, Jean (qui respectait les gens savants) en était fier. Mais le monde, les mondes même qui paraissaient lui entrer dans le cerveau comme dans une bouche de géant et que Faber digérait à une vitesse effrayante (puisque Jean l'accompagnait trois fois par semaine à la bibliothèque, sur la place de Mai derrière la mairie) donnaient à M. Gardon le vertige — peut-être même la nausée. Il avait le sentiment que Faber ne vivait avec eux qu'en hôte exceptionnel et temporaire des plus hautes sphères de l'existence. Et il réalisait que jamais il ne partagerait avec son fils l'essence de leurs vies respectives.

Après nous avoir rencontrés et avoir vaincu Romu à l'école, je crois que Faber a médité sur sa situation. Au bout de six mois, il est parti acheter (grâce à l'argent de poche que le couple avait pris l'habitude de lui confier chaque samedi) un châle pour Marthe. Faber s'est rendu rue de Pâques chez Geneviève Daubenton, là où les femmes « qui ont du chic » se fournissaient en « falbalas », selon Marthe. Ce n'était qu'un châle oriental en mousseline bordé de perles et de paillettes, mais Marthe avait pleuré. Elle a cru, certainement, que c'était gagné. Qu'il les aimerait.

En réalité, Faber indiquait de manière détournée et réfléchie son intention de rester chez les Gardon non pas par affection, mais parce qu'il venait de nous trouver, Madeleine et moi, et qu'il avait peur de perdre quelque chose pour la première fois. Parce qu'il avait besoin de nous comme un animal pour se nourrir, pour grandir et pour comprendre *ce qu'il était*.

6

Ma fête d'anniversaire

Classe de CE2

Nous avons fait plus ample connaissance en 1989.

Un mercredi de printemps, trois jours avant mon anniversaire, je faisais les courses avec ma mère au supermarché Carrefour de Milières. Après avoir fait appel au vigile pour extraire la pièce de un franc qu'elle venait de coincer dans la fente du cadenas bleu installé sur le caddie, ma mère a voulu me faire plaisir. Elle projetait d'acheter un gâteau Savane, des bonbons Haribo en forme de banane et du jus de fruits concentré. Elle m'a proposé d'amener à goûter en classe, afin de fêter l'événement avec mes camarades. J'ai été paniqué à l'idée d'entendre tout le monde chanter «Joyeux anniversaire», tandis que je serais resté planté comme un piquet sur l'estrade, à la gauche du bureau. La maîtresse aurait sorti de sa boîte en laiton une image d'animal imprimée sur carton, et elle me l'aurait offerte en déposant sur ma joue un petit bisou; tout le monde se serait moqué de moi.

La sueur a glacé ma nuque dans les coursives du centre commercial. Je suis passé devant les tourniquets métalliques de la maison de la presse, les machines à tirette pour gagner des boules surprises, les chevaux peints destinés au rodéo mécanique. En tournant le dos à la trentaine de caisses sous les étendards annonçant la semaine exclusive de l'Asie, j'ai annoncé à maman que je préférais inviter «mes amis» samedi.

«Tes amis?»

Maman m'a regardé avec étonnement. Sa teinture rousse (à la Mylène Farmer) a vibré à la fois d'inquiétude et de fierté. Jamais sans doute elle n'aurait imaginé que son «chti choupi» ait pu se faire ce qu'on désigne communément sous le nom d'«amis». Elle-même n'en avait pas. Elle était secrétaire, après avoir longtemps servi d'hôtesse d'accueil au Centre des impôts sur la place du Châtelet, au-dessus du grand parking de Mornay. Maman était d'une maladresse maladive. Mon père a sans doute été la seule personne avec qui elle a jamais pu entrer en rapport. Elle l'aimait énormément, ce qui d'une certaine manière m'a sauvé.

Distraite par ma proposition, elle venait d'emboutir une grosse femme, qui avait basculé pour moitié dans son chariot, avant de rouler jusqu'au présentoir de luminaires japonais «zen attitude». L'ensemble s'est effondré sur le carrelage, provoquant un court-circuit tout le long de la travée.

Il a fallu une vingtaine de minutes de négociations et d'excuses à ma mère pour calmer la femme et les responsables de la semaine de promotion. Elle était cramoisie de honte et m'a envoyé chercher les articles à sa place dans le magasin. J'avais l'habitude d'arpenter les rayons en suivant une liste de courses affreusement précise (rédigée par mon père au Stabilo vert). Encore angoissé par la perspective de mon anniversaire public, j'ai collecté du papier toilette triple épaisseur (non parfumé), de l'huile de colza, de la margarine spécial minceur, du jambon blanc découenné, avec une tranche gratuite (c'était souligné), des filets de dinde du Père Dodu — et autres ingrédients de mon quotidien. Puis, j'ai retrouvé maman, déconfite sous son maquillage qui avait coulé. Elle a reniflé : «Y a qu'une chose qui me fait plaisir, c'est que tu te sois fait des copains. J'ai hâte de les voir.»

Je n'ai pas osé la décevoir.

Mais le jeudi et le vendredi matin ont passé et je ne savais toujours pas comment procéder. Je me rongeais les ongles, pourtant couverts d'un vernis répulsif, et je n'écoutais plus la leçon de sciences naturelles ; je me demandais simplement quand et comment me tourner vers Faber, assis derrière moi. Il passait le cours à dessiner (des cartes, des uniformes, des arbres généalogiques), à dresser des listes (de papes, de batailles napoléoniennes, de particules élémentaires) et à lire. Dans la mesure où il avait fini de remplir tous les cahiers d'exercice depuis le premier mois de sa présence parmi nous, il avait l'autorisation de se livrer à ses propres activités, du moment qu'il ne fichait pas le bordel. À la fin de l'hiver, il lisait encore de la littérature jeunesse (les romans de Catherine Missonnier ou les «Sans Atout» de Boileau-Narcejac) ; mais à la fin de l'année, il était déjà passé aux *Enfants du Capitaine Grant*, au *Robinson suisse* et à *Sa Majesté des mouches*. Faber me paraissait déjà plus que lointain, inaccessible. Je ne savais comment lui adresser la parole.

Après la sonnerie de onze heures et demie, il s'est dressé devant moi. Son cartable n'avait qu'une lanière, puisqu'il avait arraché l'autre, et il le portait sur l'épaule gauche, à sa manière négligente.

«Tu as quelque chose à me demander?»

Encore absorbé dans mes rêveries, j'ai sursauté. Il a contemplé mes affaires éparpillées sur le pupitre : crayons de couleur mal taillés, copeaux de bois, herbier ouvert, colle Uhu non refermée et ciseaux dévissés. J'étais du genre désordonné. Sans reprendre mon souffle, j'ai dit : « Je-fête-mon-anniversaire-samedi-est-ce-que-tu-veux-venir-chez-moi ? »

Faber a regardé mes mains. J'ai regardé les siennes. Sans me toucher, il m'a indiqué du bout des doigts : « Ton stylo a coulé, tu as de l'encre *là*. »

J'ai baissé les yeux vers mes mains tachées, le temps de l'entendre dire : « OK, je viendrai samedi. Merci. »

Il n'était déjà plus là quand je me suis redressé. Mais derrière moi Madeleine s'est penchée, les bras croisés contre la poitrine et les nattes en suspension, pour me tendre un kleenex en demandant :

« Je peux venir aussi ? »

« Oui. Bien sûr. »

J'étais heureux.

Ce samedi-là, je n'ai pas dormi de la nuit. Ma mère non plus. Nous vivions dans un pavillon récent du Grand-Tiers. Il s'agit d'un quartier résidentiel compris entre l'aqueduc, la place de Foudre-Tonnerre et les Grands-Champs. Maman a rangé de fond en comble ce qu'elle appelait « l'appartement » par habitude, alors que c'était une maison. Nous possédions même un minuscule jardin, une sorte de pelouse à laquelle on accédait depuis le salon par une baie vitrée dont la poignée cuvette, mal fixée, tombait tout le temps, de sorte qu'on n'arrivait presque jamais à profiter du jardinet.

Le matin, nous nous sommes disputés. Je ne savais quels vêtements mettre. Ma mère avait sorti de la commode une chemise blanche à fines rayures fuchsia que je détestais et à laquelle elle trouvait du chic. Puis elle s'était mis en tête de faire cuire un quatre-quarts maison. Mais elle avait perdu la fiche cuisine de *Femme actuelle*. Mon père et moi avons passé une heure à la chercher dans les tiroirs du meuble en chêne (un héritage du grand-père qui encombrait la salle à manger). En fin de compte, le quatre-quarts a brûlé. Ma mère l'avait oublié dans le four le temps de nettoyer de fond en comble la salle de bains. «C'est vrai que c'est utile au cas où tes amis voudraient prendre une douche!», s'est moqué papa.

La baraque empestait le cramé. En ouvrant grand les narines, on distinguait aussi un fort parfum de conifères et d'Ajax liquide.

On a sonné.

Mon père a ouvert et M. Olsen, le pasteur de Mornay, l'a salué. Il faisait deux bonnes têtes de plus que papa. C'était un homme sûr de lui, sûr de tout, cultivé et courtois. Mon père, qui passait la semaine sur les routes en tant que visiteur médical, l'a invité à prendre un verre de Ricard («c'est le printemps»). M. Olsen a décliné avec un tact tel qu'il m'a semblé que mon père acceptait ce refus comme s'il s'agissait d'une marque d'attention plus grande qu'une éventuelle acceptation.

«Je vous laisse Madeleine. Je viendrai la chercher à dix-huit heures.»

Il s'est penché vers sa fille : «Amuse-toi bien, Maddie.» Puis il a précisé : «Elle fait une allergie aux œufs. Pas de gâteaux, ma chérie», et a tiré affectueusement sur l'une de ses nattes.

Nous nous sommes trouvés tous deux perchés sur le canapé en skaï du salon. La télévision Toshiba était éteinte. Il s'est mis à pleuvoir à grands traits. Papa était retourné aider ma mère à récurer le four, tout en pestant contre l'autonettoyant qui ne fonctionnait pas.

Nos pieds ne touchaient pas le tapis. Madeleine m'a demandé : «Faber ne vient pas ?» J'ai haussé les épaules et lui ai proposé de la réglisse, une bouteille de Coca ou un petit ourson, dans le bol chinois sur la table basse en verre.

«Non, désolée, j'aime pas les sucreries.»

J'ai avalé une fraise tagada en battant nerveusement des pieds. Il pleuvait de plus belle. On a attendu sans rien faire. Du fond de la cuisine, on entendait mon père : «Tout se passe bien les enfants ?» Puis, de temps en temps, un juron.

Quand ça a sonné, nous nous sommes précipités, Madeleine et moi, dans le vestibule. Elle est arrivée avant moi devant la porte d'entrée en alu. Mais, par politesse, elle m'a laissé passer, me dresser sur la pointe des pieds et tirer sur la poignée. Il était là. Les cheveux ruisselant sous la pluie, sans blouson, en chemise rouge à carreaux, jeans et kickers aux pieds — croyez-le ou pas, ses vêtements étaient à peine trempés.

«'Scuse-moi, je suis un peu en retard.»

Sans transition, il m'a tendu un paquet enveloppé dans du papier journal (une page de *La République de l'Hombre* consacrée au départ à la retraite de l'adjudant-chef de la gendarmerie de Gervilliers, je l'ai gardée).

«Pour toi. Bon anniversaire.»

Dans le couloir, ma mère s'est écriée : «Mon Dieu, mais fais-le entrer !»

Faber lui a tendu la main : «Enchanté madame.»

Mon père est sorti tout penaud de la cuisine, le visage noirci comme par de la suie.

« Monsieur », a salué Faber.

« Excuse-moi bonhomme », lui a répondu mon père, « j'ai l'air d'un mineur. »

Faber a souri : « Drôle de mine, monsieur. »

Et papa a éclaté de rire.

Moi, je tenais le paquet devant moi, sans l'ouvrir. « Eh bien, regarde donc ce que c'est », m'a encouragé maman. Madeleine était curieuse, elle aussi. Elle observait le dessus et le côté de la chose, sans oser y toucher. C'était une bande dessinée. *La Mauvaise Tête*, un Spirou et Fantasio de Franquin. « Tu vas voir », m'a expliqué Faber, « c'est quelque chose. » J'ai tout de suite aimé cette histoire, qui est restée ma préférée.

« Alors », a-t-il demandé en posant les poings sur les hanches, « ça pisse fort dehors, qu'est-ce qu'on fait ? »

« Emmène-les dans le garage pendant que je prépare le goûter », m'a proposé maman. Par l'escalier en béton, nous sommes descendus jusqu'à la salle calfeutrée, mal éclairée, où j'avais eu le droit d'installer ma console de jeu. C'était une Atari posée sous l'ancienne télé, sur la commode de mémé. Devant un vieux canapé à fleurs et derrière la voiture de mon père, une Citroën noire.

« Est-ce que ça vous dit de jouer ? »

Madeleine nous a expliqué que chez elle, on n'avait pas le droit aux jeux vidéo. J'ai allumé le moniteur, je lui ai flanqué deux coups sur le côté pour le faire marcher, avec un air d'expert.

« Vous connaissez "Prince of Persia" ? »

Faber a froncé les sourcils. Je comprends aujourd'hui qu'il n'entendait rien aux jeux vidéo, et qu'il était légèrement agacé de découvrir chez moi une nouvelle forme d'intelligence qui lui avait échappé. Mais il était honnête.

«Je ne sais pas. Qu'est-ce que c'est? Comment on fait?»

Je me suis installé au centre du canapé, devant l'écran. Je leur ai raconté l'histoire du prince qui dispose d'une heure pour sauver la princesse des griffes de l'affreux Jaffar. Il part de sa cellule dans le palais des *Mille et Une Nuits*, il explore les souterrains. Avec les commandes, je leur ai montré comment sauter, courir, combattre, éviter les pics, sauter par-dessus les dalles qui s'effondrent, récupérer de l'énergie grâce aux fioles, de niveau en niveau, de donjon en donjon. Et on avait une heure pour sauver la princesse.

J'ai proposé les commandes à Madeleine, qui portait une jolie robe bleue dans laquelle elle paraissait mal à l'aise. Elle a refusé, préférant me voir jouer.

«D'accord.»

En tirant la langue, je suis parvenu jusqu'au niveau 6. Madeleine poussait de petits cris, des exclamations, chaque fois que j'étais près de tomber ou de succomber. Faber ne disait rien. Très poliment, il a demandé s'il pouvait essayer à son tour. À cet instant, ma mère est descendue pour nous proposer de manger.

«Je vous rejoins», a dit Faber.

Une demi-heure durant, nous l'avons attendu devant les tranches de Savane qui séchaient. Mon père préparait «quelque chose» dans la chambre. Fébrile, ma mère n'arrêtait pas de demander à Madeleine si tout allait bien, si elle voulait un autre verre d'eau (puisqu'elle n'aimait pas le jus d'orange conditionné), si notre copain n'avait pas envie de monter à présent.

Alors, avec Madeleine, on a commencé à parler.

C'est depuis cette petite discussion dans la cuisine que

nous nous apprécions. Et ni elle ni moi n'avons cessé de parler comme ça, de tout et de rien, en passant naturellement de futilités aux sujets qui nous tenaient le plus à cœur. Elle m'a dit qu'elle aimait bien mon pantalon et que sa robe lui grattait de partout. Lorsque ma mère s'est éclipsée, elle a aussi déclaré qu'elle la trouvait gentille, que sa mère à elle ne parlait jamais, mais que son père était l'homme le plus fort du monde.

« Plus que Faber ? », ai-je demandé.

Elle a humecté ses lèvres dans un fond d'eau, en fronçant les sourcils : « Il est plus vieux, mais je crois que Faber est encore plus fort. »

J'ai hoché la tête. Elle a trouvé qu'on ferait de bons amis. Puis nous sommes redescendus chercher Faber. Il venait de dépasser le sixième niveau.

« Waouh ! », ai-je crié, « si je te laisse encore une demi-heure, tu finis le jeu ! »

« Hum », a fait Faber. Il a relâché les commandes. « Il ne pleut plus, non ? On peut sortir. »

« Comment tu le sais ? »

« Le bruit des gouttes, sur le toit du garage. Terminé. »

Avec la permission des parents pour une petite heure, nous nous sommes dirigés vers la plaine de jeu. Il faisait frais mais beau. « Tu n'as pas froid ? », lui a demandé Madeleine en remontant le zip de son petit caban, qui la faisait ressembler au chaperon du conte. « Jamais », a répondu Faber en bras de chemise.

Il a sélectionné de petits cailloux plats sur le bord de l'asphalte. Écartant deux touffes d'herbe sur le bas-côté, il nous a montré une grenouille, vert et rouge. Sur le pont en bois qui conduisait au stade par-dessus le canal, en sifflant, il a commencé à faire des ricochets.

«Vous voulez apprendre ?»

Madeleine avait envie. Faber a ricané : «Toi, tu aimes les trucs qui ne sont pas faits pour les filles, hein ? », avec un drôle de rire très franc. Vexée, Madeleine a rentré le menton dans son col avant de partir en courant vers la maison.

« Pfff», il a roulé des épaules. « Les filles.»

Et il a terminé sa séance de ricochets.

En courant, il a tout de même eu le temps de rattraper Madeleine. Nous avions les joues rouges. Je ne sais pas ce qu'il lui a dit mais ils ont ri, et moi aussi quand je les ai rejoints. Après avoir essuyé nos semelles sur le paillasson qui indiquait « Bienvenue », nous avons convenu que « dehors, c'était mort ». Nous nous sommes installés dans le salon.

Malheureusement, mon père s'est imposé.

Il avait cette lubie (qui plaisait à ma mère) de se croire magicien. Il pensait aussi que j'aimais ça. Le pauvre, je ne lui en veux pas. Mais la magie d'abord m'a fait peur, ensuite m'a ennuyé. Lui passait les dimanches à peaufiner des tours, à pérorer sur David Copperfield, à visionner de « vrais professionnels » sur cassette VHS, à emprunter des ouvrages à la bibliothèque, à repasser son faux frac noir et à m'imposer des représentations surprises du grand « Géromini », puisqu'il s'était choisi ce nom de scène ridicule. Ses spectacles alternaient laborieusement cartes svengali, corde blanche, boules et gobelets aux couleurs criardes, billets de banque transpercés par un stylo, pièces de monnaie apparaissant et disparaissant, allumettes, bougies et feux instantanés (comme lorsqu'il avait provoqué un début d'incendie sous les rideaux de la chambre à coucher), sans parler de ses affreux accessoires en mousse : carottes, briques ou balles de golf.

Il avait attendu dix-sept heures trente pour nous offrir un échantillon de ses talents.

« Papa… », ai-je gémi.

« Voyons, Basilou », s'est-il exclamé, « est-ce que tes copains n'ont pas envie de voir un *vrai* magicien ? »

Madeleine semblait pour le moins circonspecte, mais Faber s'est assis sur le divan : « Oui, m'sieur, montrez-nous ça. »

« Tu vois… » Papa a cligné de l'œil : « Je crois que nous avons ici un authentique amateur. »

Pourtant, dès le premier acte, mon père a paru gêné par le regard insistant de Faber. Papa a proposé à Madeleine de prendre une carte au hasard dans le jeu, de la réintroduire dans l'éventail du tarot, avant de rebattre les cartes et de tirer de nouveau celle qu'avait choisie Madeleine. « C'est bien celle-ci ? » Elle a acquiescé, pas spécialement impressionnée.

Puis il s'est approché de Faber, qui a frémi lorsque mon père l'a touché en lui glissant dans la paume de la main une pièce de monnaie. Papa semblait avoir été frappé par une décharge d'électricité. Il a repris contenance, a demandé à Faber d'observer la pièce avec soin, de sélectionner un marqueur de couleur dans la boîte, de tracer une figure de son choix — un cercle, une croix, n'importe quoi — sur l'objet, puis de le lui lancer. Faber s'est exécuté. A caché avec soin à nos regards la couleur et la figure indiquées sur la pièce de monnaie. Papa l'a rattrapée au vol. Nous l'a exhibée une dernière fois, a refermé son poing et écarté théâtralement les deux mains sur du vide : dans sa main, il n'y avait plus rien.

«Abracadabra… Et maintenant, mon petit» (il s'adressait à Faber), «plonge la main dans la poche de ta chemise. Dis-moi ce que tu sens sous tes doigts…»

Faber a tâtonné près de son cœur. Il a dit :

«Rien.»

Un mouvement de recul : «Comment ça, rien?

— Rien.»

Inquiet, papa a remis en place son chapeau, et m'a demandé : «Basilou, regarde ce qu'il y a dans la poche de ton copain.» J'ai plaqué ma main contre le cœur de Faber. Il était froid. Sous le tissu, seulement sa peau tendue, et un rythme lent. Je me suis retiré.

«Rien.»

«Comment ça?», a répété papa, «Ce n'est pas possible.»

Alors Faber s'est penché. Du bout des doigts, il a soulevé la boîte noire d'accessoires et il a ramassé d'un geste sec une pièce de monnaie, puis l'a laissée tourner entre l'index et le majeur : «C'est ça que vous cherchez, monsieur?»

Mon père est demeuré sans voix.

Fort heureusement, la sonnerie de l'entrée a retenti. Maman a annoncé à Madeleine que son père l'attendait. Elle s'est tournée pour m'embrasser : «Merci Basile, c'était chouette. Excuse-moi de pas t'avoir apporté de cadeau.»

«C'est pas grave. Je suis content que tu sois venue.»

Madeleine a voulu m'enjamber pour claquer la bise à Faber, assis sur le canapé. Il lui a tendu la main et elle s'est contentée de la lui serrer.

Une fois M. Olsen reparti, Faber s'est levé : «Je dois y aller.»

Maman s'inquiétait : «Tes parents ne viennent pas te chercher?

— Mes tuteurs», il a insisté sur le mot, «m'attendent, mais je ne veux pas leur causer de souci.»

Dans le vestibule, il s'est tourné vers papa et lui a tendu un objet : «Tenez.» Caché derrière ma mère, je n'ai pas vu de quoi il s'agissait et je n'ai pas eu le temps de dire au revoir à mon nouveau copain, qui a crié : «Salut Basile, à lundi.» Le temps de regarder dans sa direction, il était déjà reparti.

«Qu'est-ce que c'est?», a demandé maman, en s'approchant de mon père.

Lui, en tenue de Mandrake, tenait dans la main droite son portefeuille, celui avec une photo de moi à l'âge de trois ans glissée sous le revers plastifié. Il a murmuré : «Pendant que je faisais mon tour, il a réussi à me le *voler*... Tu te rends compte?»

«Basile», il a posé sa main sur mon épaule, «ton ami... Fais attention à lui, mon petit.»

«Mais papa», ai-je protesté, «avec moi il est gentil.»

«Je voulais dire : veille sur lui.»

Puis mon père a rangé ses affaires de magicien dans le placard et plus jamais il ne les en a sorties.

7

Première fugue

Classe de CM1

Du lundi au vendredi, Madeleine travaillait à côté de Faber, j'étais assis devant ; nous étions inséparables. Faber faisait nos devoirs lorsque nous en avions besoin, il ratait volontairement les siens dès que l'équipe pédagogique évoquait l'idée de lui faire sauter une classe et de le transférer en cours d'année au CM2. Pas question de nous abandonner.

À la cantine, nous faisions bande à part. Faber nous résumait les livres qu'il avait lus. Il dessinait à notre intention des cartes de l'Afrique équatoriale ou de l'Amazonie ; nous racontait des aventures, des histoires de singes, d'exploration des pôles et de grandes épopées. Faber envisageait même qu'on fugue un beau soir pour traverser la France, mais nous avions beaucoup trop peur. Il nous traitait de poules mouillées. À défaut de partir avec lui sur d'autres continents, le baluchon sur l'épaule, nous l'avons suivi dans ses petites lubies : vaincre à trois contre douze une sélection des meilleurs CM2 au foot ; passer un mois à construire dans le réfectoire une maquette de drakkar en allumettes, pour la fête de départ de M. Dorge (qui comptait passer sa retraite à Skagen) ;

tenter de résoudre l'énigme de la Grande Pyramide, dont Faber avait lu l'exposé dans un ouvrage illustré, *La Vie quotidienne au temps de l'Égypte antique,* et au début du second volume d'un « Blake et Mortimer » ; commencer à écrire un roman sur la conquête de Mars par trois jeunes écoliers.

À cette époque, Faber était enthousiaste et resplendissant. Il recherchait toujours la justice dans une forme de service rendu à l'autorité. Forçant son caractère, il se contraignait à être agréable avec les parents, les professeurs, les dames de la cantine, les commerçants. Il prônait la plus grande sévérité à l'égard des Romu de toute espèce, des petites frappes et des grands cons. Cela peut prêter à sourire aujourd'hui, mais il se comportait comme un scout, en aidant les aveugles et les mamies à traverser le passage piéton sur la grand-place.

Pourtant il ne parlait presque jamais de ses parents. Enfin, des Gardon.

Chaque samedi vers quatorze heures, M. Olsen conduisait sa fille chez moi. Puis Faber faisait son apparition. Toujours une fleur, récoltée en chemin, à offrir à ma mère. Elle rougissait, avant de la plonger dans un vase en plastique imitation verre dépoli. Quant à mon père, il observait avec un mélange de crainte et de fascination ce petit personnage qui grandissait à vue d'œil. Ayant renoncé à la magie, mon père s'intéressait à la peinture (« en amateur »). Faber donnait son avis sur les barbouillages de mon paternel, qui appréciait son « sacré coup d'œil ».

De par sa profession, mon père connaissait bien la mère de Madeleine, pharmacienne aux Basses-Filles-de-Dieu. Il disait d'elle que c'était…

« Chut », coupait court ma mère lorsque j'étais présent.

Je me doute de ce qu'il voulait dire. Je la croisais dans la belle maison de la rue de Logres où habitaient les Olsen, qui nous accueillaient le dimanche. En découvrant la vie des Olsen, j'ai eu l'impression de comprendre la position sociale de mes parents, par contraste. Chez Madeleine il y avait des livres, pas de télévision ni de bibelots, des photographies d'art au mur, du blanc, un silence tranquille peuplé de masques et de guéridons. La mère de Maddie faisait partie du décor : extrêmement belle, blonde, de longs cheveux bouclés rejetés sur l'épaule. Et puis elle avait cette manière de tenir le menton de Faber lorsqu'il se présentait sur le perron.

« Bonjour, petit monsieur », disait-elle.

Pour ma part je ne possédais qu'une forme inférieure d'existence à ses yeux. Mais son mari m'appréciait. C'était un homme robuste, charmant, sachant tout faire, tout dire et tout comprendre, qui veillait sur nos jeux de loin en loin jusqu'au soir, où nous nous quittions à regret.

Nous allions chez elle, nous allions chez moi ; mais Madeleine et moi brûlions d'envie de nous rendre chez Faber, de visiter sa chambre comme il avait exploré la nôtre et de rencontrer sinon ses parents, du moins ses tuteurs.

Or, un mardi de février, il n'est pas venu en classe.

À huit heures quarante, alors qu'il n'était jamais en retard, sa place était restée vide. Je me suis tourné vers Madeleine qui était blême. Sur son visage en porcelaine transparaissait le réseau bleu de ses veines, autour de ses grands yeux. Sa lèvre supérieure avait gonflé, comme lorsqu'elle pleurait.

« Qu'est-ce qu'il fout ? »

Lorsque je me suis retourné, l'instituteur m'a collé une vingtaine de lignes à copier pour le lendemain. Faber connaissait par cœur mon écriture et celle de Madeleine ; il écrivait très vite et très bien, donc il se chargeait à notre place de toutes les corvées scolaires. Je me suis demandé ce qui se passerait s'il venait à disparaître de notre vie aussi vite qu'il y était apparu. Personne ne recopierait les vingt lignes pour moi. Sans Faber, tout m'a semblé froid et méchant à la fois.

À quatre heures et demie, j'ai demandé d'une petite voix à notre maître s'il avait des nouvelles de notre camarade, si sa famille avait appelé. L'instituteur venait d'effacer au tableau la date du lendemain et les numéros des exercices. En rangeant sa sacoche, devant la carte des fleuves et des canaux de France, il s'est laissé aller à une confidence : « Tu te fais du souci pour ton ami, hein. Moi aussi. » Puis il s'est levé.

Madeleine m'avait attendu pour m'accompagner sur le chemin du retour. Elle avait parfois cette manière de parler, l'air illuminée, comme une sainte de Mai sur les vitraux de la cathédrale. Le bras droit levé comme pour saisir le glaive de la justice, Maddie a conclu : « On va lui porter les devoirs. »

Nous connaissions son adresse, au 13, rue d'Abondance. Ça se trouvait à cinq minutes à peine de l'école. Mais l'endroit faisait l'objet d'un interdit majeur et nous inspirait une crainte presque sacrée. Jamais nous n'avions posé les pieds à moins de deux cents mètres de la maison de notre ami. Inquiets comme à l'entrée d'un temple interdit, nous sommes entrés rue d'Abondance. Les façades des maisonnettes n'avaient pourtant rien d'exotique. Typiques d'une architecture du Nord exportée en pays de Valois : briques sombres, pignon asymétrique, fenêtres ornées de paniers de plantes grasses. Nous avons senti quelque chose de plus ancien que nous qui pesait, comme le ciel lourd, sur cette rue tranquille. Je crois bien qu'aucun autre enfant n'y habitait. Quelques couples âgés, des retraités de la SNCF, de vieilles grands-mères et leurs chats, derrière les rideaux en dentelle piquée.

Lorsque nous fûmes parvenus devant la grille rouillée du numéro 13, Madeleine a hésité à appuyer sur la sonnette. Au-dessus, un petit carton en noir et blanc portait la mention manuscrite : « M., Mme Gardon et Faber ». Madeleine s'est décidée.

M. Gardon a ouvert la porte : moustache fournie, bretelles, le front barré par une ride verticale, le nez fort, la respiration difficile. Son visage s'est illuminé dès qu'il nous a vus. Puis s'est rembruni. Il s'est adressé à sa femme, hors de notre champ de vision, en criant : « Ce sont des enfants. » Et après une courte pause : « Ce n'est pas lui. »

Agrippant de ses deux mains les grilles du portail, Madeleine a pris les devants, d'une petite voix assurée : « Bonjour monsieur Gardon, désolés de vous déranger. Nous sommes les amis de Faber. Nous lui apportons les devoirs. Est-ce qu'il va bien ? »

« Ah, des amis ! »

Jean Gardon est venu nous ouvrir. Il portait un lourd trousseau de clefs, dans ce qui m'est apparu avec horreur non pas comme une main, mais comme un crochet. Le teint gris, Marthe Gardon attendait en tablier à la porte de la cuisine, hors de portée du courant d'air froid qui balayait le couloir d'entrée. Elle nous a embrassés sur les deux joues.

«Vous êtes ses amis, alors. Ses amis!» Elle n'en revenait pas.

Madeleine a froncé les sourcils : «Il ne vous a jamais parlé de nous?»

Désemparée, Marthe s'en remettait toujours à Jean, qui a levé les bras au ciel : «Ce gamin, il a ses secrets. Le diable aux trousses, jamais un mot. Où il est? Où il va?»

«Jean...», murmurait alors rituellement Marthe en lui déposant la main sur le bras. Elle nous a proposé un bol de chocolat.

Assis près de la gazinière, Jean s'est renfermé; je n'ai pas dit un mot. Mais entre Madeleine et Marthe, quelque chose s'est noué. Un châle sur les épaules, Marthe a raconté qu'ils auraient tout sacrifié pour cet enfant, qu'il fallait le laisser sortir le samedi, le dimanche, pour aller Dieu sait où, que ce n'était que silence et cachotteries, mais qu'il était ainsi. Madeleine a eu l'intelligence de la rassurer, en lui expliquant que Faber venait en fait jouer tous les week-ends chez nous. Elle lui a menti, prétendant qu'il nous parlait souvent d'eux (ce qui a fait très plaisir à Marthe) et qu'il n'y avait pas de raison de s'inquiéter.

«Mais aujourd'hui il est où, s'il n'est pas chez nous?», ai-je remarqué en soufflant sur le caillé de mon chocolat au lait.

Marthe a écarté les mains, les a jointes, ne sachant plus quelle posture adopter : «Si c'est pas un malheur...» Et Jean a pris le relais : «Il a ses *crises*. Personne ne peut le voir, quand il est comme ça. Alors on le laisse aller là-haut. Marthe lui porte de quoi manger devant la porte. Mais elle se fait du souci, après ça...»

« Oh oui ! Du souci. »

« On ne veut pas le forcer à rien du tout. Il ne veut pas qu'on le dise au médecin, on ne le dit pas au médecin. Le lendemain, ça va mieux. Mais parfois, il se fait du mal… » Les mots lui manquaient pour décrire ce que cet enfant s'infligeait. Cela se situait hors de la sphère de l'intelligible pour lui.

« Il est en haut ? », a demandé Madeleine.

« Non. Il est parti, dehors. On ne sait pas, on ne sait rien. »

Le cartable à la main, Madeleine s'est levée : « On va le chercher, nous. »

« Madeleine, quelle bonne fille vous faites ! »

Dehors, il faisait déjà soir, tout était presque noir. Les réverbères se sont allumés sur le tard. Comme toutes les villes de taille moyenne, Mornay s'enfonçait progressivement dans l'apathie qui accompagne la nuit. Des gens pressés sur le trottoir. Place de Foudre-Tonnerre, derrière les derniers bus à l'arrêt, on apercevait les vitrines miroitantes de mille reflets du buraliste, de la supérette et du boucher, barrées par les rideaux de fer. Sur le boulevard de Courtrai, tous phares allumés, les voitures tournaient de feu en feu. Devant un passage piéton, nous avons attendu de pénétrer dans la ville, sans savoir de quelle manière l'explorer. Où trouver le seul susceptible de nous apprendre comment nous y repérer ?

Madeleine a murmuré : « La ville est trop grande. »

J'ai regardé droit devant nous, en direction de la silhouette éclairée de la cathédrale. Les tours étaient comme coupées par le crépuscule. Plus proches de nous, les formes sinueuses des bâtiments récents des Basses-Filles-de-Dieu : balcons, fenêtres jaunies par les luminaires de salon, dans le cadre desquelles apparaissaient des portions de buffets, de télévisions allumées et de silhouettes rassurantes. On imaginait que tous les enfants étaient rentrés et terminaient leurs devoirs sur une table déjà dressée pour le dîner.

« Madeleine », ai-je dit, « nos parents vont s'inquiéter. »

La ville et la nuit n'étaient pas faites pour nous. Je l'ai senti et elle aussi. Ce soir-là, nous avons reculé devant ce qui lui appartenait, ce qui était devenu son territoire parce qu'il était trop précoce. Nous n'avions que dix ans et pas la moindre idée de la carte, du plan de la ville, ni même de la vie hors de l'école et de la maison, dans les rues, dans les bars, dans les restaurants. Faber était peut-être quelque part là-dedans. Il nous avait précédés ; pour nous, il n'était pas encore temps.

« Il reviendra. » Je me suis voulu rassurant. « Demain, tu verras, il sera là. »

Je suis rentré seul à pied, dans notre pavillon du Grand-Tiers. Ma mère m'a passé un savon mémorable ; j'ai fini au lit sans dessert, en pleurant. Quant à Madeleine, qui m'en a voulu terriblement, elle est partie tête baissée en direction de la pharmacie tenue par sa mère, qui a tout de suite téléphoné à son père pour qu'il vienne la chercher. Elle a été privée de week-ends en notre compagnie pendant trois semaines.

Moi, j'ai cru que je ne dormirais jamais. J'ai pensé très fort à Faber ; mais je suis certain qu'avant onze heures, ivre de sommeil, je me suis effondré sans même m'en rendre compte.

Le lendemain matin, Faber était à l'heure.

J'aurais voulu lui sauter dans les bras. Madeleine, elle, s'est détournée un instant de rage, de colère de l'avoir pleuré et attendu toute la nuit «comme une conne» dans son lit. Il a discuté, l'air de rien, demandant comment ça allait et nous montrant tout fiérot un trèfle à quatre feuilles, ramassé près de l'aqueduc aux canards. C'était une veine.

Avant le début du cours, bouillant d'impatience et de curiosité, je me suis tourné vers lui : «Faber, dis, t'étais où ?»

«Hier ?» Sans ciller, il a affirmé : «J'ai séché. Ça me faisait chier.»

Les pommettes rouge vif, Madeleine aurait aimé lui hurler à la face : Menteur ! Mais elle a simplement expliqué, tout en le fusillant du regard : «Tes parents nous ont invités, ils ont dit qu'on pouvait manger chez toi quand on voulait. C'est sympa là-bas. On ira.»

Pris de court, Faber a bégayé. Un peu de son barrage avait cédé : il venait de comprendre qu'il lui faudrait se livrer et y mettre du sien, s'il ne voulait pas nous perdre.

Parce qu'on bavardait, on a tous les trois ramassé cent lignes pour le lendemain et on est revenus au train-train quotidien.

Pourtant le jeudi, pendant qu'on se déshabillait dans les vestiaires avant l'heure d'endurance, j'ai remarqué que Faber se contorsionnait afin de changer de tee-shirt sans nous montrer son torse. Et à l'occasion d'un faux mouvement, il a dévoilé ses côtes flottantes, une partie de son flanc. J'ai distingué clairement des cicatrices, une zébrure rougeâtre, du sang séché et un pansement blanc juste sous le téton.

Mes lunettes étaient embuées. Mon ami souffrait, mais il ne disait rien. Faber m'a dévisagé, la bouche en cœur : «Quoi ? Qu'est-ce que t'as, gamin ?» Il m'a décoché un petit coup de poing près de l'estomac, sans me faire mal. Et allez ! « On va leur mettre la pâtée à la course, Baz' ! » Il a couru comme un dératé, mettant trois tours dans la vue à tous les autres.

Je n'en ai pas soufflé mot à Madeleine ; je le regrette.

8

La volupté

Classe de CM2

Il y a quelque chose que je n'ai jamais dit à Basile.

À la fin de l'année de CM2, nous avions mangé le vendredi chez les Gardon, comme toujours, mais nous n'avions pu nous rendre chez les Lamaison le lendemain. Nous venions d'apprendre que Basile était entré à l'hôpital sud, afin d'être opéré d'urgence de l'appendicite. Il avait eu mal au côté droit durant la semaine, s'était plaint de maux de ventre et le médecin du cabinet Gallieni avait fini par l'expédier au CHU. Dès quinze heures, Faber et moi avions pu lui rendre visite.

Faber avait été adorable : il se faisait un sang d'encre pour Baz' et avait passé une bonne demi-heure à la librairie Dalva à lui chercher un cadeau pour sa convalescence. Il avait finalement opté pour les Mémoires du pirate Trelawny, enveloppé dans un emballage de son cru : du papier-toilette sur lequel nous avions dessiné au feutre à paillettes un drapeau à tête de mort. Faber nous a expliqué que Trelawny avait écumé tous les océans, participé à des batailles sanglantes, mais qu'il était mort tranquillement à la campagne. Et qu'il espérait que nous en ferions autant.

Le lendemain, Basile était encore en convalescence. Ses oncles et tantes de Joué-lès-Tours sont venus lui rendre visite et l'assommer de leur conversation, à propos du mariage de la cousine, du traité de Maastricht et du prix de l'essence — ce genre de choses.

Chez moi, Marie était partie au cinéma avec son petit ami. Papa était occupé par une urgence à la Cimade, l'organisation de défense des étrangers sans papiers pour laquelle il travaillait bénévolement : un Malien que la préfecture venait d'envoyer en centre de rétention.

Il bruinait — comme souvent à Mornay lorsque les beaux jours rechignent à revenir, à la fin du mois de mai. J'avais onze ans. Je me revois : je venais à peine de faire couper mes tresses. J'arborais une coupe au carré qui me donnait enfin, à ma grande surprise, le visage d'une jeune fille. Je portais un pull-over violet-mauve trop large. L'encolure glissait malgré moi d'une épaule vers l'autre. Je me doutais que je ne tarderais pas à enfiler des soutiens-gorge. Pour l'instant, je me regardais de biais dans le miroir de la salle de bains dans l'espoir d'apercevoir mon profil. Pieds nus sur le tapis de douche, assise sur le rebord de la baignoire dans les jeans corsaires de ma sœur. Je trouvais le parfum de ma mère à la fois écœurant et enivrant ; j'en avais vaporisé au creux de ma nuque. Puis j'ai contemplé mes doigts de pied. Ils ressemblaient à ceux d'un garçon. Alors j'ai cherché dans le tiroir de ma sœur Marie du vernis, sans succès.

Suivant notre accord tacite, je savais bien que Faber ne viendrait pas cet après-midi chez moi : c'était à trois ou pas. Me suis étirée comme un chat. Je crois avoir cherché à m'occuper, sans succès. Je lisais peu, en tout cas moins qu'eux deux. J'aimais agir, j'aimais aider. J'étais plutôt déterminée. Mais je n'avais pas encore trouvé ma voie : en attendant, je les suivais.

Pour être honnête, je n'ai pas été si surprise que ça lorsque la cloche a sonné. Sans même enfiler de chaussons, j'ai trotté le long du couloir mal éclairé, parce que l'après-midi était gris. Derrière la vitre épaisse et fumée de l'entrée, j'ai reconnu la silhouette mince et longue de Faber, les mains dans les poches.

J'espérais bien que ce serait lui.

Je me suis recoiffée, puisque mon carré passait son temps à s'écouler devant mes oreilles. Une mèche caressait régulièrement ma joue et je n'y étais pas encore habituée.

«Salut, je peux entrer?

— Ouais.»

Il a frotté ses tennis sur le paillasson de la maison. Tout était silencieux.

«Ton père n'est pas là?

— Non, il est occupé.

— Et ta sœur?

— Avec son mec.

— Celui de la dernière fois? Nicolas?

— Pfff!» Adossée au mur, j'ai pouffé de rire. «C'est lui...

— Bah, c'est *quelqu'un de bien*, non?» Ce qui dans notre langue signifiait : quelqu'un d'inutile.

Faber a imité le gars en question, qui avait l'accent du Perche *et* des difficultés d'élocution (un appareil dentaire), si bien que j'ai failli m'étouffer : «Ouais ouais, euh, tu vois... Tu veux, euh, venir avec moi, tu vois, au, euh, chinéma... Bon, ils sont allés voir quoi?

— Devine.

— Le *Terminator*?

— *La Reine blanche*.

— Oh la vache. Quelle purge.»

Puis on s'est tus. On s'est souvenus qu'on n'était que deux.

«Je me disais...» Il hésitait. «Même si Basile n'est pas là...»

«Mmmh», ai-je acquiescé. Une mèche brune s'est encore échappée. «Tu t'ennuyais?» Je voulais dire : comme moi.

«Non, non.» Il faisait semblant.

«OK. T'étais pas *obligé* de venir.»

«Ch'est vrai, bon, mais euh...» Et il a recommencé à imiter le soupirant de ma sœur.

On entendait lointainement le crachin de Mornay. Ici, aux Basses-Filles-de-Dieu, quartier tranquille, il n'y avait pas d'autre bruit.

«Ta mère...

— Est allée voir une amie.

— Je t'aide pour le devoir de maths?

— Non, merci. J'ai compris ce que tu m'avais expliqué.

— Cool.»

J'ai cru qu'il allait repartir. Gênée, j'ai réajusté le col trop échancré de mon pull violet.

«Bon, ben, euh, alors, on n'a plus rien, euh, à che dire.»

J'ai ri.

«Et, euh, alors, je peux, euh, t'embracher avec, euh, la langue.

— T'es con. Tu veux prendre un chocolat chaud?

— Ouais. Plutôt un café.»

Faber savait préparer le café, moi pas. Et puis on n'avait pas le droit. Mon père était très strict quant à ce qui était permis ou défendu à chaque âge, pour Marie comme pour moi. Le café : au collège. Le cinéma avec le petit copain : au lycée.

On s'est assis au pied de mon lit. J'avais les pieds nus et bleuis. Il a ôté ses chaussures, parce qu'il y avait de la moquette dans ma chambre et qu'il savait que mon père exigeait qu'on se déchausse.

« Montre un peu tes doigts de pied », ai-je demandé.

Il se tenait à un peu moins d'un mètre de moi. J'avais l'habitude : Faber était un garçon *à distance*. Il a tendu en éventail ses doigts de pied. Je me suis marrée : « Ils sont vraiment bizarres… On dirait que tu as les pieds palmés ! Laisse-moi voir…

— Non. » Il s'est rétracté.

« Oh, excuse-moi. »

On a bu le café, c'était amer. Je ne suis pas certaine d'avoir aimé.

« Tu trouves ça bon ? »

Il a souri : « Quand tu seras adulte, tu ne pourras plus t'en passer.

— Peut-être. Peut-être pas. »

Lorsque Faber philosophait, je préférais rester perplexe. Sous beaucoup d'aspects, je ne le comprenais pas vraiment. J'étais encore une petite fille.

« Tu veux un peu de musique ? »

À cette époque, Faber prétendait tenir la musique en piètre estime. Parce qu'il ne la connaissait pas, ou peu. J'avais quelques CD, que je tenais de mon père. De la musique classique : Vivaldi, Monteverdi et Bach. Une compilation de jazz « Saint-Germain-des-Prés ». Le live de Téléphone. Le best of *77-87* de Francis Cabrel. Du Dire Straits : *Love Over Gold* ou *Making Movies*, je ne sais plus. Et presque tout Pink Floyd, qui venait de ma sœur.

J'aimais bien chanter à tue-tête et Pink Floyd, ma foi, ça m'endormait lorsque j'étais fatiguée, ça me faisait rêver. J'adorais Supertramp aussi. À la radio ? Quelques airs de Mecano, de Niagara, une chanson d'Elli — des trucs pour les petites filles.

J'ai mis *Wish you were here*, que je prononçais «Vishiouverhère», et je me suis accroupie au pied du bureau en pin, les talons sur mon cartable vide.

« L'école, c'est bientôt fini.»

Faber n'a rien dit.

« On sera au collège.»

Et puis j'ai exprimé ce qui me pesait sur le cœur :

« Est-ce que tu iras aussi à Octave-Joly ? Tu crois qu'on sera dans la même classe ?»

Il a reposé sa tasse de café — en fait le mug de ma mère, à l'effigie de l'une des Tortues ninja, parce qu'elle s'appelait Raphaëlle, c'était une idée de ma sœur pour sa fête, contre l'avis de mon père.

«Y a une chance sur deux. On fait allemand en première langue, toi et moi.» Il s'est repris : « Et Basile aussi. C'est pour ça que je vous ai dit de choisir allemand. Mais il y a deux classes d'allemand à Octave-Joly, alors c'est cinquante-cinquante. Mais si on avait pris anglais, y a au moins dix classes… »

« Faber… » J'avais les cuisses qui durcissaient. « J'espère qu'on sera ensemble… »

« Ouais.»

On a écouté la musique. Je suis prête à parier que Faber a commencé à s'intéresser au rock — et bien entendu à détester le rock progressif, donc Pink Floyd — à compter de ce jour. Il était comme ça : il reconstruisait tout ce qu'il aimait avec des briques de haine et de rage, pour se retrouver prisonnier dedans à la fin, tout seul. Je pense qu'il était ému, alors il s'est mis à se concentrer sur la musique, à la critiquer, à lui en vouloir — parce qu'il ne supportait pas qu'elle aille dans le sens de son sentiment.

Je connaissais déjà ses faiblesses. J'en ai profité, je ne dirai pas le contraire. Je l'ai laissé parler à sa guise, de la musique, de l'art, de je ne sais trop quoi. J'ai fermé les yeux et j'ai si peu réagi que de lui-même il s'est tari. Lorsque Faber ne pouvait plus parler *d'autre chose que de lui*, il paniquait — il se retrouvait ici et maintenant, il se croyait littéralement nu.

En rouvrant les yeux, je me suis sentie portée par la pluie qui frappait contre la vitre, par un sentiment diffus dont je ne connaîtrais que des années plus tard le nom et la définition.

C'était la volupté.

Mais comme je ne le savais pas, je ne peux pas être certaine que c'était tout à fait ça.

«T'entends la pluie?

— Oui.»

Sans réfléchir — je le jure — et bercée par la pluie, par la musique, par la mèche de cheveux sur ma joue, par mes pieds nus, par ma mère absente, par ma sœur et son copain au cinéma, par mon père, par Faber raide comme un chevalier des contes illustrés… je me suis penchée. Il gardait les genoux entre les bras. Il avait la peau basanée, le nez fin et recourbé, les cheveux ondulés, les épaules larges pour son âge. J'ai senti mon corps grandir, combler la distance qui nous séparait. Et je l'ai embrassé.

Qu'est-ce que je n'avais pas fait…

Rouge comme une pivoine, pris d'une crise de démangeaisons, il s'est levé en bafouillant. Il bégayait. J'ai voulu m'excuser. Poser une main sur son avant-bras — mais il m'a violemment repoussée.

Lorsque j'ai commencé à pleurer, mon père est entré.

«Tu fais pleurer ma fille?» Papa lui-même avait les yeux rouges : je l'ai remarqué.

Faber ne parvenait plus à articuler une phrase : «Je v... vou... voulais p... pas...»

J'ai repris la parole : «C'est moi, papa. J'ai fait une bêtise.» Tout en séchant mes larmes, je me suis levée. Paraissant soudain âgé sur le seuil de ma porte, il a regardé Faber : «Cette petite, c'est un sac de larmes. Attention, ne le perce pas.» Dans la famille, j'avais la réputation de pleurer abondamment. Papa a souri; il aimait beaucoup mon camarade : «Tu peux la consoler, dis-lui quelque chose de gentil.»

Je me doute des efforts qu'il a coûté au pauvre Faber pour faire un pas vers moi et me toucher le bras puis l'épaule. Il a repris son souffle : «Ex... Exc... cuse-moi.» Mais j'avais l'impression que c'était mon père qui me consolait, pas lui. Je me suis dégagée.

«On goûte?»

Mon père était fin cuisinier, et il savait préparer pour sa fille allergique des crèmes sans œufs, même des crêpes. Sa spécialité, c'était la Linzertorte aux cerises noires, parfois aux abricots. On a mangé une tarte, on a bu un verre de sirop. Il n'a rien dit pour le café, quand il a vu le filtre dans l'évier.

Mais mon père a demandé à Faber, resté silencieux à l'autre bout de la table en céramique, s'il *croyait*.

La pluie a redoublé d'intensité.

«Croire? En Dieu, vous voulez dire?»

Faber avait repris contenance. Il pouvait parler d'un vrai

sujet. Il avait à peine onze ans. Pourtant, quand je me rappelle cette conversation, je lui en donnerais facilement le double.

«Non.»

Mon père a hoché la tête avec gravité.

«Je comprends. Mais qu'est-ce que tu fais du Mal, Faber?»

Papa était bizarre et s'adressait à lui comme à un adulte. Les yeux brûlants, jaunes de fièvre, Faber a ouvert la bouche — puis l'a refermée. Alors que je pensais qu'il se tairait, il a récité très rapidement :

«Il n'y a pas de Mal, M. Olsen. Il n'y a pas de Mal, il y a seulement de l'humiliation.»

Mon père l'écoutait.

«Il n'y a pas de Bien.» Faber a marqué une pause. «Il n'y a pas de justice. Il y a seulement des châtiments.» Sa voix venait de loin.

En le regardant, j'ai eu l'impression fugitive que mon père avait bu; il a frissonné : «Où est-ce que t'as lu ça?»

«Je ne l'ai pas lu, monsieur.»

Maladroitement, mon père s'est levé de son siège, en se cognant contre le coin du plan de travail, près des plaques à induction. Il paraissait au bord d'un gouffre, a vacillé puis repris contenance. Nettoyant les miettes de la tarte autrichienne à la pâte d'amandes et aux griottes, il nous a dit, de dos :

«Allez jouer dehors les enfants, il reste encore un peu de temps.»

De fait, la pluie s'était arrêtée.

Je n'ai jamais parlé de tout ça à Basile. Et quelques mois plus tard nous sommes tous entrés en classe de sixième au collège Octave-Joly, sur le Grand-Cours de Mornay.

9

Au collège et dans les bois

Classe de sixième

Pour arriver de bon matin au collège, maman et moi devions descendre dans l'obscurité le cours des Trente-Prisonniers et longer l'ancienne compagnie de chauffage de Mornay, une énorme usine désaffectée. Puis nous traversions le Châtelet. Ma mère me laissait là et partait travailler à l'hôtel des impôts, derrière la Grande Poste. En pressant le pas, je dévalais alors le Petit-Cours jusqu'à la Porte du Perche. Il s'agit de la vaste place circulaire et fleurie qui marque l'entrée dans le quartier des commerçants, des touristes et des Mornéens les plus riches. Traditionnellement, leurs enfants sont inscrits à l'établissement catholique de la Providence, qui se situe entre le marché aux Fleurs et le jardin de l'Évêché. Sur la Porte du Perche, je me souviens des magasins encore fermés, du Crédit rural, de la pâtisserie fine et, à l'angle de la rue de Pâques, du salon de coiffure Débotté qui affichait en devanture de grandes photographies de dames à manteau de fourrure, en noir et blanc. C'était l'ancien monde des grands propriétaires terriens. En sixième, je lisais Zola avec difficulté et, pour me le rendre plus imagé, je me figurais que l'action se passait à Mornay : *La Terre*, c'était les fermes de Dorville ; *Pot-Bouille*, les immeubles résidentiels près du jardin Japonais ; *Au bonheur des dames*, la Porte du Perche. Faber se moquait de moi et de Zola : il lisait Huysmans.

Passé la Porte du Perche et son cercle ovale de demeures grises et tranquilles, l'aube violette s'éveillait. Sur le Grand-Cours filaient en direction de la gare les voitures des cadres qui prenaient le train pour Paris. L'allée était flanquée de deux rangées de tilleuls sous lesquels transhumaient les collégiens. Comme des filets d'eau, puis des rivières, ils confluaient jusqu'au fleuve du boulevard. Et leur flot bruyant venait se briser contre le portail blindé du collège Octave-Joly. L'établissement était voisin du Théâtre des Belges, une sorte de pièce montée viennoise. Entre le théâtre et le collège, une ruelle venteuse permettait d'accéder à la porte principale, qui tardait souvent à s'ouvrir. À nos pieds, les feuilles décomposées en bouillie et martelées par les semelles formaient un bien maigre terreau urbain, balayé par les bourrasques. En piétinant devant l'entrée de Joly, j'attendais Madeleine, conduite en voiture par son père. Elle jaillissait du siège avant passager avec un sac à dos marin, une ancre en cuir cousue sur le tissu bleu, et me claquait une bise. En sixième, elle me dépassait déjà d'une bonne tête. Enfin débarquait Faber, qui sentait la cigarette : sans pull, sans veste, en manches de chemise et les cheveux de plus en plus longs.

Nous avions tous changé.

Faber ne parlait plus de pirates, de corsaires, de Surcouf et de grande aventure, comme lorsque nous étions au CM2 ; mais toujours plein d'enthousiasme, il avait décidé que nous deviendrions détectives, pour punir les crimes qui ne l'avaient pas été. Sa lecture des enquêtes de Dupin, de Sherlock Holmes, du père Brown, du Dr Fell et de sir Henry Merrivale avait développé en lui une certaine passion pour l'esprit analytique au service de la justice.

La décision avait donc été prise de nous bâtir un quartier général secret. Faber possédait un talent certain pour la construction, que M. Gardon lui avait permis de développer. Bricolée derrière de hautes palissades de bois à l'aide d'instruments « empruntés » à Jean, la cabane était cachée à la lisière d'une petite clairière. Je sais aujourd'hui que ce coin de la forêt sert de lieu de rendez-vous aux messieurs qui fréquentent de jeunes garçons consentants, le week-end. S'y arrêtent des Citroën Xantia et des Volkswagen, tous phares éteints, dans lesquelles montent des gars du lycée technique de Milières. Avant de faire l'armée, pour les plus chanceux d'entre eux, ils viennent se procurer de quoi se payer l'essence du scooter et de l'argent de poche.

Nous ignorions tout des activités nocturnes dans la sente située derrière le parking du musée de la Culture agricole. Tous les samedis, après avoir mangé chez moi, nous empruntions innocemment le chemin qui longeait l'ancienne voie ferrée. Je roulais en vélo de ville, Madeleine en VTT et Faber en BMX (les Gardon le lui avaient offert pour son onzième anniversaire).

Lorsqu'il avait plu, la sente était inondée et je peinais. Faber et Madeleine m'attendaient, les joues rosies par l'effort. Le grillage rouillé et défoncé pliait sous les coups de pied de tous ceux qui étaient passés avant nous, sans doute pour fumer tranquillement dans les bois. Il fallait traverser une jungle de feuillages verdoyants, enjamber quelques blocs de pierre blanche et traverser les rails qui dessinaient encore une ligne en pointillé au milieu des mauvaises herbes et du ballast constellé de crottes de chien, sous une dizaine de poteaux électriques penchés comme la tour de Pise. De l'autre côté, en hauteur, les courts de tennis du club — puis c'était la forêt. Faber avait ménagé une entrée secrète dans la clôture. Là où la voie amorçait un virage, à la lisière des champs céréaliers, au sommet de la butte de gravier masquée par un dernier rideau d'arbres, il nous avait fabriqué une magnifique cabane. C'était une cache montée avec des planches et aménagée : des sièges plastique ramassés dans la décharge, un fauteuil de théâtre en velours rouge, une petite commode et un coffre fermé à clef. Il gardait toujours la clef sur lui. La boîte contenait des cahiers sur lesquels Faber écrivait ses « projets », concernant essentiellement des enquêtes à mener. Dans la commode, quelques bouteilles (du sirop pour Madeleine qui ne supportait pas l'alcool, de la bière pour nous deux), trois paquets de Camel qui me faisaient tousser, une radiocassette, des disques apportés par Maddie, des couvertures pelucheuses, un dictionnaire Larousse et du café. Longtemps, nous avons cherché une bouilloire et un transfo pour avoir de l'électricité. En vain.

En partant, il fallait camoufler la cabane du QG avec soin, la recouvrir d'une bâche marron, de branchages et de feuilles.

Qu'est-ce qui nous occupait ? Tout et rien. C'était notre coin. Allongés, nous parlions de la semaine de cours, des professeurs, des parents et de tous ceux que nous appelions les « autres » : notre génération, pour laquelle nous n'avions que mépris. Les « autres » étaient des moutons ou bien des petits cons. Et puis Faber nous parlait de l'avenir. Qui paraissait merveilleux.

Restait à trouver un forfait, un crime sur lequel enquêter, car notre agence secrète de détectives est restée tout au long de l'année de sixième désœuvrée. Nous n'avions pas d'ennuis, pas d'ennemis. Il ne se passait jamais rien à Mornay. « Mais comment ils font ? », a pesté un jour Madeleine un jour de printemps. Étalée sur le plancher en robe blanche, à moitié endormie. Sa tête reposait contre un coussin sale, les cheveux en bataille. Entre les lèvres, un brin de paille. « Comment ils font dans les films et dans les livres pour qu'il arrive *quelque chose* ?

— Tu veux dire ?

— Ben... Il se passe toujours un truc. Une agression, je ne sais pas, moi, un assassinat. Une révolution, la guerre, des trucs comme ça, comme dans les autres pays. » Elle a soupiré. « Nous, on n'a rien. »

Madeleine se rabattait sur la musique. Elle collectionnait les cassettes enregistrées par le premier soupirant de sa sœur, un certain Samuel, qui se voulait un peu dandy, auquel Marie avait hélas préféré le Nicolas qui avait l'accent chuintant et qui voulait devenir avocat. À défaut de sortir avec la grande sœur, Samuel s'était intéressé à la petite. Maddie en profitait donc pour récupérer des disques. Je me souviens en vrac de *Strange Days* des Doors, d'*Aftermath* et *December's Children (And Everybody's)* des Stones, du troisième Velvet, de *Younger Than Yesterday* ou de *Lust for Life*, qu'on écoutait sur une baffle unique et sans basses, tant le son était mauvais. Faber augmentait le volume. Même assis, il devait se pencher parce que le plafond de la cabane était trop bas. Il était tellement *impatient*. Il remuait la jambe droite comme pour maintenir ses nerfs en alerte, en cherchant quelque chose à faire.

«Faut se tenir prêts.»

Le menton enfoncé dans le cou, Madeleine rigolait et levait deux doigts comme les scouts : «Toujours prêts.»

J'ai bâillé : «On pourrait aussi rester comme ça toute la vie. On est bien.»

10

Jean-Charles Mézières
Classe de cinquième

L'année de cinquième nous a donné l'occasion de fixer notre désir papillonnant de justice sur une personne en particulier.

M. Mézières, le professeur de mathématiques, jouissait parmi les élèves d'Octave-Joly d'une réputation *indicible* ; il fallait l'avoir pour savoir, disait-on. C'était un homme de grande taille, qui boitait. Son visage triangulaire s'insérait avec exactitude dans le col toujours cravaté de son veston, qu'il n'ôtait que pour révéler de vieux gilets gris, au début de chaque cours. Il sortait alors de sa poche une montre de gousset, à l'aide de laquelle il nous paraissait ralentir le cours des aiguilles d'un seul regard. Comme pour nous conserver plus longtemps en son pouvoir. Que dire d'autre ? Il était impeccablement peigné. Encore aujourd'hui, je n'aurais aucun moyen de déterminer son âge, tant il usait d'accessoires que nous jugions archaïques. Son corps semblait mince et jeune, ses cheveux n'indiquaient pas la moindre trace de blanc ou de gris ; mais sa peau apparaissait couperosée aux joues et parcheminée à la base du cou. Jamais il ne riait, mais il se moquait beaucoup. Pour certains d'entre nous, il a représenté le premier contact avec l'ironie. Il méprisait le collège, ses collègues et l'Éducation nationale, qu'il qualifiait de «bûcher sacrificiel des âmes hébétées». Il respectait les nombres parce qu'ils n'avaient pas d'histoire, selon lui, et que «l'Histoire, jeunes écervelés, c'est le péché». Les nombres seuls étaient innocents.

Sans cesse il se lamentait de ce que nous n'y entendions rien. À la main il tenait un double décimètre métallique, du bout duquel il scandait, en alexandrins s'il vous plaît, les théorèmes à retenir. Nous, enfants de Mornay, fils et filles des pavillons résidentiels de cette petite ville, nous le regardions bouche bée, comme des veaux. Surtout, il fascinait par ses ongles longs, soigneusement entretenus. Lors de la remise de chaque devoir écrit, au cours d'un rituel lent et effrayant, il venait planter ses ongles dans le lobe de l'oreille des «coupables». Non pas des plus mauvais, expliquait-il, car l'erreur est humaine et la perfection divine, mais des médiocres. Parce que Dieu vomit les tièdes.

Évidemment, je me suis remis à me faire dessus. Mais c'est Madeleine qui a le plus souffert. Elle était au calvaire en algèbre; son esprit peinait à l'abstraction. M. Mézières se faisait l'orgueil de ne pas connaître les exigences du programme, pondu par un tas de trissotins béats du ministère et de l'Inspection. Il se gaussait de la pédagogie qui est «l'art de se rendre aussi ignorant que ceux qui ne savent rien». Alors il passait allègrement, dès la classe de cinquième, de la distributivité de la multiplication par rapport à l'addition, qui était de notre niveau, aux produits remarquables, qui échappaient à l'entendement de la plupart d'entre nous. Puis il en était venu aux équations à deux et trois inconnues, sans prévenir. Nous étions perdus ; Madeleine était noyée. Seul Faber suivit le rythme de Mézières, qui parcourait les rangs de la classe en nous invectivant : «Alors, Olsen… (9x + 3) (2x + 5) = $18x^2$… J'attends encore… Mademoiselle Olsen… »

Pétrifiée, Madeleine fermait les yeux. Il s'emparait de l'extrémité de son oreille, entre le pouce et l'index, afin de la pincer lentement, tout en demandant : «Vous n'avez pas de *piercing*, comme votre camarade ?… » En l'occurrence, il parlait de Mathilde Sargent, au deuxième rang. «Vous n'êtes pas à la *mode*, mademoiselle Olsen. Vous préféreriez peut-être un anneau dans les narines… » Mézières dévisageait avec dégoût une fille du fond. « Comme une *vache*. »

Puis il relâchait la pression. « Une vache, ce n'est pas un être humain parce que ça ne sait pas compter. Est-ce que vous voulez devenir l'un de ces bovidés qui peuplent notre société ? »

Nous ne disions mot. Et Madeleine éclatait en sanglots.

« Pleurez, c'est ça, pleurez… » Puis il s'emportait : « Qu'est-ce que vous pleurez ? Qu'est-ce que vous en savez ? »

J'étais certain que cet homme était fou. J'ai été étonné que Faber manifeste un certain intérêt, presque de la fascination, pour ce taré. Début octobre, notre ami n'avait encore rien fait pour soulager Madeleine et nos camarades. Faber lui rendait des devoirs impeccables. Mézières les inspectait avec suspicion. Faber baissait la tête et écoutait le professeur. Qui le prenait en exemple : «Voici le seul, l'unique, je dis bien l'unique parmi vous », il était vert de rage, « qui sache compter ! » Du poing il tambourinait contre le bureau, faisant sursauter les plus inquiets d'entre nous sur leur siège.

Des parents se sont plaints. Mézières passait alors quelques minutes à disserter sur la corruption des mœurs et la toute-puissance des parents, devenus semblables aux clients d'un vaste supermarché.

Mais il ne se passait rien de plus. Du courrier qui était remonté jusqu'à l'Inspection académique, peut-être.

Dans la cour de caserne de Joly, près des toilettes sous le grand pin, les troisièmes nous ont expliqué avec philosophie qu'on était tous passés par là. C'était la loi de la vie. Il fallait se farcir Mézières pour devenir un homme. Tout l'ordre et toute la hiérarchie du collège tournaient autour de ce rite d'initiation : le passage du premier au second service à la cantine, l'affranchissement de la corvée des livres de classe, l'obtention de casiers demandaient systématiquement d'avoir passé un an avec le «vieux salaud». Il y avait un avant et un après.

Un samedi de novembre, il pleuvait et nous nous étions réfugiés dans notre QG. Les vélos restaient à l'extérieur, posés contre la palissade. Nous attendions la fin de l'orage. Faber a sorti un cahier à spirale du coffre : «Je me suis renseigné sur Mézières.»

Madeleine a levé la tête, à la fois inquiète et soulagée.

Faber avait couvert des dizaines de pages de son écriture serrée, ainsi que de cartes de Mornay dessinées à main levée, barrées d'inscriptions au feutre rouge. Comme un authentique détective dans les livres.

«Jean-Charles Mézières», a-t-il annoncé. «Habite ici.» Et il a désigné une rue de la vieille ville, à deux pas de l'évêché. «Vit seul. Pas marié. Ancien coureur à pied amateur. Normalien, agrégé, une thèse jamais terminée. Trois articles répertoriés à la bibliothèque, sur l'écoulement de Poiseuille en mécanique des fluides. Scientifique mais amateur de littérature, a rédigé un pamphlet contre l'enseignement moderne, une courte étude de démonologie, une notule sur l'âme chez John Cowper Powys et des fragments de traduction du *Paradis perdu* publiés dans une revue de poésie. »

11

Deux heures de colle

Classe de cinquième

Il avait un plan.

Sur l'insistance de Faber, nous nous sommes condamnés à deux heures de colle, la mort dans l'âme. Afin de mériter cette punition, nous avions volontairement oublié notre bouquin de maths. Mézières a sorti son calepin et inscrit le nom de Madeleine et le mien dans la colonne des malheureux du mercredi. Salle 308, troisième étage, bâtiment A : «Vous avez de la chance, vous serez seuls.»

Les planches grinçantes du couloir mal chauffé hantaient les cauchemars de tous les élèves condamnés. La salle 308 se trouvait tout au fond.

Je ne sais pas exactement comment s'y est pris Faber. Quelques minutes avant le début de la colle, dans l'escalier du A, notre ami avait dérobé le portefeuille de Mézières, garni d'un trousseau de clefs, grâce à ses talents de pickpocket. Il le lui avait subtilisé dans la poche intérieure de sa veste, que j'appelais sans doute à tort une redingote (parce qu'elle m'évoquait les gravures des romans de Dickens).

À présent, c'était à nous de jouer. Nous n'avions qu'une seule consigne : occuper le professeur pendant deux heures, ne pas le laisser prendre conscience du larcin.

La langue entre les lèvres, nous nous sommes penchés sur notre copie double, bien décidés à abattre la quinzaine de problèmes imposés. Il nous fallait empêcher à toute force (avait répété plusieurs fois Faber) qu'il ne glisse une main en direction de sa poche intérieure, jusqu'à ce que Faber vienne nous récupérer. Alors seulement il rendrait discrètement à son propriétaire le contenu de son cuir et ses clefs, après en avoir fait Dieu sait quoi, puisqu'il se réservait « les détails du plan ». Je crois indiquer assez par notre obéissance aveugle la foi que nous avions en Faber.

Madeleine s'était installée devant à gauche. Moi au fond à droite. L'interminable diagonale de la salle de classe nous séparait. Pourtant j'entendais le souffle de Maddie et je savais que, comme moi, elle se retenait avec difficulté de renifler : Mézières détestait toute manifestation sonore de notre appendice nasal. « Mouchez-vous une bonne fois pour toutes et expulsez le mucus de votre groin. » Comme il était interdit, par manifestation de « la plus élémentaire des courtoisies », de conserver sur soi écharpe et bonnet, je grelottais, la goutte au nez et les mains rougies par l'humidité de la salle mal éclairée.

« Maîtrisez-vous, Lamaison », bougonnait Mézières. Il ne levait même pas les yeux de son épais volume relié en peau, dont le titre était tissé de fils d'or. « Faites fonctionner votre cerveau, vous oublierez la fraîcheur de l'air. »

Madeleine a éternué.

Il l'a fusillée du regard : « Mademoiselle Olsen ! »

Et elle s'est replongée dans l'étude d'une banale question de statistiques : des arbres de probabilités.

La salle était certainement un ancien grenier de la caserne, avant qu'elle ne soit réhabilitée en collège. Le châssis des fenêtres était à tabatière, dans le toit au-dessus de moi. Dehors, l'air paraissait dur et blanc. Mon imagination a voleté comme une feuille de papier pliée en forme d'avion. Elle fonçait vers Faber. Que faisait-il avec le portefeuille de Mézières ? Je me représentais notre ami marchant à grands pas sur le cours, le col relevé. L'hiver venant, Mornay devenait comme la pierre, gris, blanc, grêle et biseauté aux angles. Vous pouviez vous cogner contre l'air ambiant tant il était rocailleux.

J'ai eu envie de tousser, mais je me suis retenu.

Alors Mézières s'est levé. S'est raclé la gorge et a attrapé son manteau dickensien par le col.

« Je descends chercher un café. »

Le professeur a levé l'index, menaçant.

« Attention, je peux revenir à tout moment. »

J'admire beaucoup Madeleine pour sa faculté à improviser. Pour ma part, je n'ai ni repartie ni inventivité lorsque les événements s'emballent. Maddie s'est redressée, les joues cramoisies. S'est dessiné une mine onctueuse. Les dents blanches et les yeux d'une enfant : « Je vais vous le chercher, monsieur. »

Évidemment, nous n'avions aucun intérêt à ce qu'il descende, cherche de la monnaie au fond de sa poche et découvre qu'on lui avait dérobé son argent, ses papiers et ses clefs.

Surpris par l'intervention de Madeleine, Mézières s'est figé à mi-chemin entre la position du sphinx assis et celle du marin debout à la barre de son navire. Dans cet équilibre un peu ridicule, il a demandé : « Vous voulez m'apporter mon café ? »

Peut-être n'avait-on jamais osé rendre à M. Mézières un service, puisqu'il exigeait tout comme autant de *devoirs*.

Alors il était surpris.

Madeleine a ajouté (j'ai craint qu'elle n'en fasse un peu trop) : «Comme ça vous pourrez surveiller Basile.» Du mieux que je pouvais, j'ai pris l'air suspect.

Avec l'expression d'un seigneur, il s'est laissé de nouveau couler sur son siège et a indiqué d'un doigt à Madeleine qu'il acceptait son offre : «Je vous donne la monnaie...» Ses doigts fins et bleuis par le froid ont tâtonné vers le revers fourré du vêtement.

«Non!»

Madeleine avait presque crié. Puis elle a changé de ton. Pour la première fois de ma vie, je l'ai vue séduire. Elle a souri : «Je vous l'offre, monsieur.» Madeleine avait quelque chose de très pur sur le visage. Si elle se décidait à minauder (à «faire la putain», aurait plus crûment dit Faber), sa personne devenait sans doute irrésistible aux hommes mûrs sensibles aux charmes combinés de l'innocence et de la perversité.

Je ne m'en rends vraiment compte qu'aujourd'hui. Mais je me rappelle le visage violacé de Mézières. Le dégoût me revient du moment exact où j'ai réalisé, naïf que j'étais, qu'il y avait du désir étalé sur toute la surface de la tête de notre professeur, comme du beurre sur une tartine grasse. Il a suivi du regard les gestes de Madeleine, qui s'est faufilée entre les chaises crissant sur le sol de la salle 308. Elle a remis une mèche brune en place, derrière son oreille. Puis a actionné timidement la mécanique ondulatoire de ses fesses, moulées dans un pantalon marron. A tiré sous son nombril son petit pull marin, révélant par la même occasion la naissance de sa poitrine, accentuée par l'effet des bandes alternées. Mézières ne pouvait plus faire semblant de ne pas la suivre du regard. Et lorsque Mézières a vu que je le voyais, il a eu honte, à mes dépens.

« Lamaison. Regardez votre feuille. Les nombres. » A reniflé bruyamment, transgressant son propre interdit.

J'ai prié pour que Faber venge l'honneur de Madeleine. J'étais pudique et délicat. J'avais très peur de ce que je venais de voir naître dans les yeux de cet homme, autant que dans les miens ; je l'ai rendu responsable de l'apparition fugitive de mon propre désir coupable pour Maddie. Et j'ai conçu entre mes dents serrées une vengeance que mon puissant ami ne manquerait pas de mener à bien. J'en étais certain.

J'ai fait le vœu que cet homme soit détruit.

D'après le récit qu'elle nous a rapporté par la suite, Madeleine était sortie de la salle 308. Avait emprunté quelques francs à Mathilde Sargent, croisée dans le hall et qui avait activité volley au gymnase, le mercredi après-midi. Madeleine a apporté son café déjà froid à Mézières. Lequel a fait l'effort de ne pas la regarder et de ne pas articuler le moindre remerciement à son intention. Les bras croisés contre la poitrine, elle a rejoint sa place à petits pas. Nous n'en avons jamais reparlé : je ne sais pas si elle s'est sentie salie par cet épisode, ou si l'exaltation de plaire et de prendre conscience de son charme l'a emporté.

À quinze heures, il a fallu rendre le fruit de notre labeur. « Un torchon », a grimacé Mézières en parcourant ma copie double raturée. Comme par magie, Faber est apparu sur le seuil de la salle. Il a salué « Monsieur le professeur», en se penchant vers lui sur l'estrade. Je ne l'ai pas quitté une seconde du regard : impossible de le *voir* remettre en place le portefeuille et le trousseau de clefs dans le manteau. Pourtant, je savais qu'il l'avait fait.

«Vous êtes venu chercher vos malheureux amis, monsieur Faber, vous êtes bien charitable», a remarqué Mézières.

«C'est ma principale qualité.»

12

La malice

Classe de cinquième

Faber avait eu le temps de réaliser un moulage de la clef de l'appartement de Mézières à Saint-Jean. Le lendemain, il a débarqué dans notre petit QG avec un trousseau flambant neuf.

«Tu veux aller chez lui ?»

Je sentais que la pente sur laquelle il nous entraînait plongerait bientôt dans l'illégalité. Mais au nom de la justice.

Le vendredi après-midi, Mézières donnait cours à la cinquième 5. Après la cantine, au lieu de rejoindre la classe sur la route de la piscine, nous avons filé par la ruelle. C'était un chemin qui faisait le tour du collège et où pissaient les plus grands, où s'échangeait la «matière», où on trouvait des copies maculées de merde et pas mal de glaviots. Sans dire un mot, nous avons trimballé nos sacs de classe à travers la sente. En coupant par la rue de la Grange-au-Blé (là où on trouvait tous les magasins de vêtements bon marché), nous avons atteint le parvis de la cathédrale de Mornay, surveillés par les hautes flèches et la rosace, bouche noire immobile. Puis notre petit groupe est entré dans le jardin de l'Évêché, poussant jusqu'au numéro 27 de la rue Saint-Jean. La cage d'escalier était sombre, encombrée par un vélo d'enfant, une poussette et une plante grasse en pot. Madeleine a vérifié les noms affichés sur les boîtes aux lettres couleur wengé. Faber avait déjà gravi un étage sur l'escalier tortueux. Dans un espace très réduit, les marches conduisaient jusqu'au troisième, sous les toits. Là, une seule porte en chêne massif et pas un bruit.

« Je crois », ai-je murmuré, « que j'ai envie de passer aux toilettes…

— Alors on rentre et tu vas pisser. »

Péniblement, la clef a pénétré la serrure dorée et, comme si des blocs de granit s'ouvraient dans le flanc d'une montagne magique, le battant a grincé sur ses gonds. L'appartement était petit, aussi sombre que l'immeuble. D'une certaine manière il nous a déçus, n'étant pas à l'image de son propriétaire. Mézières, le démon incarné, n'habitait pas un cabinet d'amateur surchargé de tapisseries à licornes, de grimoires d'alchimie, de crapauds dans des bocaux et d'horloges à foliot, de machines folles gardées par des dogues noirs — mais un triste studio de célibataire. La bibliothèque en pin occupait le mur du fond. Fauteuil en osier. Dans l'évier, de la vaisselle sale. Rien ou presque au mur, sinon une photo en couleurs d'une femme sur une plage, étrangement kitsch.

« Va aux chiottes », m'a ordonné Faber, déstabilisé par l'endroit et qui cherchait un moyen d'expliquer *l'absence* de mystère.

Porte repeinte en blanc cassé. Un tas de journaux. Annonces immobilières. Publicités pour les supermarchés locaux. Un paquet de lettres non encore ouvertes. Une petite étagère soutenant une rangée de livres à dix francs : *Voyage autour de ma chambre* de Xavier de Maistre, pamphlets de Swift, aphorismes de Gracián. Pochette de négatifs sous leur emballage Fuji vert. Et la cuvette.

Je me suis cogné la tête contre une poutre. J'ai descendu mon pantalon, mon slip. Lorsque la pensée m'a effleuré que je posais mes fesses là où M. Mézières déposait quotidiennement les siennes… Écœuré, j'ai doucement relevé mon séant. Comme si le propriétaire des lieux m'observait à travers la lunette, je me suis senti épié et rien n'est sorti, sinon un petit pet ridicule qui m'a fait moi-même sursauter.

« Basile ? », a répondu Madeleine. Histoire de donner le change, j'ai tout de même tiré la chasse.

« Oui ? »

À genoux dans la chambre, Faber fouillait sous le lit défait. Le long du mur, quelques cassettes vidéo enregistrées d'émissions de La Sept et d'Arte. Un vieux téléviseur de marque coréenne. Madeleine a ouvert la penderie, dont le papier peint gondolait au fond, abîmé par une inondation récente. Une grande variété de vêtements : pantalons, vestes, chemises et gilets, que nous avons reconnus parce que Mézières les portait suivant un certain cycle régulier et obsessionnel, mois après mois. Il nous a semblé qu'il était là, tapi au fond de son placard, et nous l'avons refermé.

« On devrait y aller. »

Faber n'a pas réagi. Il a continué de chercher.

« Qu'est-ce que tu comptes trouver ? »

À une pièce de distance, la porte d'entrée a claqué. Quelqu'un a reniflé. Puis nous avons entendu tomber sur la table en formica son trousseau de clefs. Il était dans la cuisine. Bruit de tiroirs. Il était rentré plus tôt que prévu et cherchait quelque chose avec empressement.

Sans doute l'a-t-il trouvé, puisque nous l'avons entendu prendre un peu d'eau au robinet, boire et soupirer avec une forme de satisfaction.

Puis il a roté. Un rot très sonore et très long.

Blafarde, Madeleine a croisé ses bras contre sa poitrine, moulée dans sa tenue de petit rat de l'opéra, en fuseaux et tee-shirt noir. Elle n'en menait pas large.

Plus forte que jamais, l'envie d'uriner m'a saisi au bas-ventre, comme un assassin prend sa victime à la gorge avant de l'étrangler. Il fallait ou bien que je crie ou bien que je pisse, à travers mon pantalon de velours, sur le plancher. Toute la peur tapie au fond de mon être, localisée dans ma vessie, était sur le point de s'écouler. En tremblant j'ai entamé, d'abord lentement, la vieille danse de Saint-Guy ridicule à laquelle je me livrais lorsque Romu me menaçait sous le préau de l'école, gigotant et m'appuyant sur un pied puis sur l'autre avec force grimaces…

Mais Faber est resté calme et m'a fait signe jusqu'à ce que je le regarde dans les yeux. La catastrophe semblait imminente, et Mézières se tenait à quelques pas à peine, dans la cuisine. Les yeux de Faber ont brillé, comme si ses pupilles étaient serties d'or; peut-être m'a-t-il hypnotisé. Il m'a semblé, agité par l'angoisse et paniqué par la première goutte que je sentais rouler dans mes dessous, qu'un troisième bras a poussé à Faber, un long bras qui est venu jusqu'à moi, un bras de camarade qui m'a pris par l'épaule et qui m'a apaisé.

Chut… Lentement, l'envie est partie — et Mézières aussi. Faber a souri : la porte d'entrée avait claqué de nouveau; nous étions seuls, sains et saufs.

Après avoir retenu notre souffle par précaution une bonne minute de plus, nous avons traversé le petit salon jusqu'à la cuisine. Tiroir après tiroir, Faber a inspecté le buffet pendant que Madeleine observait, comme un épidémiologiste devant un échantillon exceptionnel de peste bubonique au fond d'une pipette, le verre à pied dans lequel le professeur venait tout juste de se désaltérer.

«Y a la trace de ses lèvres.»

«C'est dégueulasse», ai-je répondu. Et j'ai ouvert le placard sous l'évier, pour jeter un œil dans la poubelle.

Faber ne parvenait pas à trouver ce que Mézières s'était servi : de l'alcool? Du sirop? Des médicaments, mais lesquels?

«Je crois que j'ai trouvé.» Avec précaution, j'ai extrait de sous les pelures de pomme de terre une plaquette vide, dont les alvéoles avaient été percées les unes après les autres.

«Donne-moi ça.

— Qu'est-ce que c'est?»

Un éclair de malice, qui ne m'a plu qu'à moitié, a traversé l'œil de notre ami.

«Du lithium.»

Je ne connaissais de l'anxiolytique que le titre de la chanson de Nirvana dans *Nevermind*. Mais Faber savait à qui s'adresser et dès le lendemain, il a commencé à faire la cour à la mère de Maddie. Il ramenait sa fille après les cours et, tandis que Madeleine, fâchée avec sa mère, repartait faire ses devoirs chez les Gardon, Faber prenait tout le temps de discuter avec Mme Olsen. Elle n'était pas insensible à son charme *canaille* et riait de son audace quand, accoudé au comptoir, attendant qu'il n'y ait plus un client, il faisait exprès de s'enquérir de son âge et, par une forme supérieure de galanterie, lui faisait ainsi sentir non pas qu'elle paraissait plus jeune qu'elle n'était, ce qui aurait été de la flatterie, mais qu'elle excitait les jeunes gens en raison même de son âge, ce qui était plus cru et plaisait fort à Mme Olsen. Si Madeleine les avait vus, elle en serait morte de rage, de honte et de jalousie ; moi-même, je n'ai perçu qu'une partie de l'affaire. Toujours est-il que Faber a fini par manifester son intérêt pour la pharmacie et pour les médicaments, au-delà de la personne même de la mère de Maddie. C'était destiné à montrer à Mme Olsen, qui n'était pas idiote, que Faber n'avait pas d'abord des vues, platoniques, sur elle, mais surtout besoin de lui faucher des produits. Ainsi, elle ne prenait pas Faber pour un adolescent imbécile et amouraché d'une *maman*, mais pour une graine de petit voyou qui, tout en reluquant ses fesses, jaugeait les stocks d'alcool à 90°, amphétamines et métamphétamines. Faisant mine de le contrôler en prétendant ne pas le voir faire, elle l'a progressivement laissé flâner dans les rayons, en échange de ses compliments et de son si doux visage. Alors Faber a prélevé dans la réserve, non pas de quoi dealer pour s'acheter un scooter, mais des boîtes de lithium, dix par dix en moins d'un mois. Et je suppose qu'il s'est couvert en trafiquant les livres de compte, avec l'accord tacite de Mme Olsen qui n'avait rien contre le frisson du risque, à l'occasion.

Bien évidemment, Madeleine boudait : j'étais seul à venir le mercredi après-midi au QG. Là, j'ai aidé Faber à décoller avec force précautions la pellicule protectrice des plaquettes du médicament contre les troubles de l'humeur et du comportement. Puis à vider les gélules et à les remplir d'une poudre fine, mélange de farine et de Lexomil pilé à la main.

« C'est pour les schizophrènes », m'a expliqué Faber. Il avait l'air de s'y connaître.

Un vendredi après-midi, nous sommes partis pour la piscine et il a séché le cours sans nous. Il est retourné dans le petit appartement de Saint-Jean et, comme il nous l'a expliqué un peu plus tard, il a remplacé les médicaments de Mézières par ceux de sa propre composition. « Suffit d'attendre un peu. »

L'hiver est passé. Tous les quinze jours, Faber s'autorisait une petite escapade chez M. le professeur. Lorsque, réalisant sans doute que la substance prescrite n'avait plus l'efficacité attendue, Mézières a échangé le lithium contre du valpromide, puis du divalproate, Faber a changé également. Et quand il n'a plus eu l'usage des médicaments dont il avait constitué un petit stock dans le coffre de notre cabane, il a en quelque sorte « rompu » avec Mme Olsen, à qui il n'a presque plus adressé la parole et dans l'officine de laquelle il ne s'est désormais rendu qu'à de rares occasions, pour lui parler de sa fille et l'humilier discrètement. Il lui est même arrivé de tenir la main de Madeleine en sa présence, façon de montrer à la mère qu'il n'avait plus besoin d'elle et que Maddie seule comptait. Laquelle a haï Faber durant quelques semaines, avant de comprendre qu'il venait de la venger doublement. Parce que Faber n'avait de *malice* que pour nous plaire et, par-dessus tout, pour la satisfaire. D'une part il faisait souffrir sa mère d'avoir été une vieille coquette ridicule au cœur brisé par le petit ami de sa fille ; d'autre part il ourdissait la perte du pire ennemi de Maddie : Mézières.

Les premiers effets n'ont pas tardé à se faire sentir.

13

Un élève populaire

Classe de quatrième

Au fil du printemps 1994, Jean-Charles Mézières s'est enfoncé dans le renoncement, puis dans la dépression.

Il faisait cours de moins en moins longtemps, multipliait les congés maladie d'une journée. Nous entrions dix minutes après la cloche, nous sortions un quart d'heure avant la fin. D'une voix ensommeillée, il débitait des corrections d'exercices bateaux sur la factorisation, le cosinus ou le cercle inscrit — ce qu'il appelait naguère «des conneries pour débutants». Notait avec une largesse presque criminelle; même Madeleine a terminé le second semestre avec un 16 de moyenne, c'est dire. S'habillait moins bien, aussi, et se rasait un jour sur deux, puis sur trois; enfin il ne s'est plus rasé du tout.

Le malheureux ignorait qu'il avalait de la farine et du Lexomil en lieu et place de son traitement psychiatrique.

À la fin du mois de mars, Faber avait pris l'ascendant sur lui. En classe, il dominait tout à fait les débats et chacun avait conscience que le prof de maths, aux réflexes affaiblis, à l'esprit pâteux, ne faisait plus le poids. Notre ami a décroché des places de devant, regagnant le poste le plus prestigieux : au fond, près du radiateur. De temps à autre, il jetait un œil assuré sur le pauvre professeur, dont la voix plongeait vers les basses à mesure que les jours passaient. Bientôt, ce qu'il disait est devenu inaudible. Faber l'avait littéralement éteint, comme on coupe peu à peu la lumière en laissant glisser son doigt sur un interrupteur rotatif. Celui qu'on avait tant craint nous faisait rire, désormais.

Dans toutes les autres classes, Mézières est devenu un prof faible et chahuté. Le bruit de sa défaite s'était répandu et on disait que Faber (on ne savait absolument pas comment, ce qui ajoutait au prestige de la chose) avait «niqué» le vieux saligaud. Le barrage traditionnel, constitutif de l'ordre de notre collège, a alors cédé entre ceux qui «s'étaient tapés» Mézières et ceux qui n'étaient pas encore passés par là. Faber est devenu la nouvelle *autorité supérieure* des collégiens. On parlait tout bas dès qu'il paradait en notre compagnie dans les coursives du collège Octave-Joly, le midi, avant de faire un tour au CDI. Il portait son sac de marque C17, l'étiquette arrachée, sur une seule épaule et rendait la justice dans les couloirs : vols de cartes Magic, insultes, chaussures Reebok Pump abîmées. Les redoublants lui ont abandonné la zone du «trône» près des toilettes. Là-bas, un tapis de pommes de pin délimitait à l'automne le territoire des patrons du collège — ceux qui, d'un seul coup d'œil, pouvaient surveiller tout ce qui se passait dans la grande cour de caserne de l'établissement. On s'est installés tous les trois à cet endroit. Faber donnait audience près de la porte des chiottes des filles. La «rousse aux gros seins», comme on l'appelait, lui a même proposé de sortir avec elle. Il n'en a pas fait grand cas : il n'avait pas le temps pour les bagatelles.

Faber était populaire.

Rien ne se faisait sans son avis. En avril, il a mis fin au petit trafic d'herbe et nettoyé la ruelle derrière le collège, sans grande conviction. Le manège des dealers du LEP de Sartranval s'est déplacé près de l'arrêt de bus du Théâtre des Belges.

Un beau jour de juin, Madeleine a demandé : « Est-ce que c'est mieux comme ça ? » Et comme Faber n'a pas répondu, j'ai su qu'il changerait de voie. La justice et la loi lui pesaient. Il commençait à lire de la politique, à laquelle il était venu par la poésie. Il nous a parlé un après-midi de conjuration des Égaux, la semaine suivante du « Spectacle » et de la revue *Les Lèvres nues*. Puis il a délaissé son « trône », peu de temps avant la fin du trimestre et de l'année.

Nous nous sommes repliés avec lui dix mètres derrière les toilettes, près du muret. Il a livré la cour du collège à ceux qui la voulaient. Plus question pour lui de jouer au « surgé ».

La même semaine, Mézières n'a pas fait cours, et n'est jamais revenu. Certains ont affirmé qu'il avait démissionné, d'autres qu'il avait été interné à La Verrière. Après quoi Faber a cessé de nous entretenir d'histoires de policiers et de voleurs. Il a cherché la justice ailleurs.

En classe de quatrième, Faber a changé, nous aussi et le collège avec : de nouveaux sixièmes ont débarqué, qui ont mis le bronx. Les parents se sont plaints que la carte scolaire avait changé, que les éléments perturbateurs venaient de la « téci » de Beaulieu et que le ver était dans le fruit. Il y a eu cette année-là des bagarres, un couteau au fond d'un sac et même un pistolet à air comprimé trouvé par un petit dans le hall du bâtiment B. On ne parlait plus du tout de Mézières, du «grand salopard en chef», et les petits se bastonnaient avec les grands, dans le désordre le plus complet.

J'entends encore Madeleine : «Est-ce que c'est mieux comme ça ?»

Ma foi, je ne sais pas.

14

Vacances d'été

Pour les vacances de l'été 1994, je suis parti avec mes parents en camping-car dans les Landes. Je n'ai rien à dire de ces trois longues semaines ; je ne me souviens de rien, sinon de m'être ennuyé. Mais ce n'était rien comparé à ce qui m'attendait les trois semaines suivantes chez ma tante Bernadette, la sœur aînée de ma mère qui habitait près d'Auch, puis chez mes grands-parents dans la banlieue de Bordeaux.

J'ai écrit une douzaine de lettres à Faber, sur du papier acheté dans une petite librairie à l'entrée de la préfecture du Gers. À ma grande honte, la feuille était ornée d'une frise de pingouins dessinés en jaune et noir. J'avais conscience d'envoyer à mon ami quelque chose qui « faisait gamin », mais les libraires n'avaient rien d'autre en stock. Avec le temps, je me dis que j'aurais pu couper aux ciseaux la bande illustrée, afin d'obtenir une feuille blanche et digne — hélas, je n'avais aucune initiative quand j'étais seul.

Quant à Madeleine, désespérée, elle s'est envolée pour un mois et demi de séjour linguistique à Manchester. Elle a rapporté à l'intention de Faber des singles en CD : « My

Love Life » de Morrissey, « Bizarre Love Triangle » de New Order, « One love » des Stone Roses, « Ever Fallen in Love (With Someone You Shouldn't've ?) » des Buzzcocks et puis quelques 33-tours de groupes « déprimants » de Factory, dont Section 25 et les Stockholm Monsters, qu'on a tous énormément aimés. Les titres des chansons — soigneusement sélectionnées — étaient autant de messages adressés à Faber.

Jusqu'alors, pour avoir l'air dans le coup, on écoutait surtout des alternos français, Ludwig Von, LSD, Parabellum, les Rats, les Olivensteins ou les Thugs. Madeleine n'a guère parlé de cette parenthèse mancunienne dans son existence. Pourtant elle lui a permis de découvrir l'indie rock, qui est resté sa musique de cœur, et de rattraper le niveau de Faber en langue vivante 2. Aussi, derrière les quelques anecdotes sur son séjour, j'ai cru percevoir la présence fantomatique d'un certain « Martin » : peut-être l'amour d'un été, pour rendre jaloux notre ami. Mais Faber semble n'en avoir jamais rien su.

Il m'a adressé mi-août une carte postale avec quelques mots griffonnés au dos :

> Salut Mon vieux,
> je compatis pleinement pour la famille, c'est mieux sans. Ici, il fait l'été comme tout à Mornay, durement. La ville est une étuve, petit frère de lait, et on respire à l'arrachée. Dur à croire, n'est-ce pas ? Madeleine écrit que l'Angleterre est très britannique, et j'espère qu'elle nous en dira plus. STOP. Pas d'autres nouvelles dans la besace. Ils ont coupé du bois près d'où tu sais, la cabane a vécu, on fera sans. On ne serait quand même pas retournés là-bas à la rentrée, pas vrai ? Ça a pas mal vieilli — la fin est proche, camarade. J'ai rencontré des « gars », c'est tout un roman,

cette histoire-là. Je me fais une politique, t'en dirai plus à l'occasion. Kropotkine, Makhno — je ne t'écris que ça, va voir de l'autre côté, garçon, tu comprendras. Je roule un tas de cigarettes au Khédive, et je discute ferme. Il y a des solutions. J'élabore le problème.

Svalutations, Kamarad

F.

PS : fais le mur, quitte tes parents. Viens !

C'était sa manière d'écrire.

Le soir dans le Bordelais, sous mon duvet en plumes d'oie et au beau milieu d'une chambre aux murs couverts de toile de Jouy (des scènes de bergères jaunies), j'avais les pieds qui dépassaient du lit trop petit de mon cousin. Et je relisais la carte de mon ami. Ensuite je déposais près de la lampe au pied potelé, en céramique fendue, ma paire de lunettes. J'éteignais la lumière et refermais les yeux, non sans avoir soupiré lourdement. J'entrais dans ma quatorzième année.

Mais qui diable étaient donc ces « gars »-là ? Qui m'ont rendu jaloux, je dois l'avouer.

15

Sous la neige

Classe de troisième

En troisième, comme disait Gidéon (notre vieux prof de physique), Faber était si fort qu'il ne pouvait que s'affaiblir en travaillant.

Mais de son côté il lisait beaucoup d'historiographie, les ouvrages d'Immanuel Wallerstein sur les brigands, de Lissagaray sur la Commune, qui le mettaient dans un état d'excitation singulier. En parallèle aux deux volumes d'*Au bord de l'eau* sur Song Jiang et les cent huit brigands, qu'il a mis trois semaines à finir, il annotait aussi les «vieilleries» de Grousset et de Maspero sur la Chine précommuniste. Enfin, il dévorait de la stratégie, dont le petit volume de Liddell Hart et le texte de Lawrence d'Arabie sur la guérilla. Faber nous entretenait de mouvements, d'insurrection et d'une «grande chose»; mais il nous expliquait aussi que l'Occident de notre époque avait oublié les événements, les révolutions, et se vautrait dans une démocratie informe. Nous étions nés trop tard pour l'Histoire.

On ne le comprenait qu'à moitié.

En cours, lui n'en foutait pas une. Accoudé au radiateur dans une attitude plus ou moins narquoise, il plongeait dans l'un des volumes qu'il avait empruntés à la bibliothèque municipale. Faber avait 19 ou 20 dans toutes les matières. Lorsqu'il s'ennuyait, il baissait volontairement sa moyenne en multipliant les étourderies ou en oubliant de rendre des devoirs. Histoire de garder le contact avec nous. Ce n'était ni prétentieux ni condescendant : il y avait quelque chose de naturel dans sa manière d'être à part.

Excepté moi et Madeleine, il n'avait pas d'amis entre les murs du collège, à peine des connaissances : tous les autres troisièmes de Joly le craignaient comme la peste. Depuis plusieurs mois, il avait déserté le collège avant et après les cours ; il ne s'y rendait plus qu'à contrecœur. Son territoire s'étendait désormais au centre-ville.

Le Khédive n'était qu'un petit troquet aux tables rectangulaires en chêne massif de Bourgogne verni. Une mosaïque gris et bleu y tenait lieu de sol et des photos de Ferré, Brel, Brassens et Barbara recouvraient les murs. Lorsqu'il faisait froid, l'endroit servait de nouveau quartier général à Faber. On y croisait les quatre derniers anarchistes de la ville : un poivrot affable ; un ancien « Espagnol » à l'accent bizarrement slave ; un ex-kiosquier bibliophile et le représentant officiel de la CNT Vignoles dans les rares manifestations organisées à Mornay. C'était un postier lecteur de Tardi, du Poulpe, de Jules Vallès, abonné au *Monde libertaire* qu'il filait à Faber. Qui se montra vite déçu par cette maigre compagnie pestant contre Chirac, Juppé, Pasqua et toute la clique, mais aussi bien les socialos, les cocos, les trotskos, en éclusant des Guinness. Eux l'aimaient beaucoup, lui tapaient dans le dos et l'appelaient le « jeune Rimbaud ». Ils étaient gentils, mais ils étaient vieux, un brin amers et rien de nouveau ne pouvait plus ni entrer dans leur esprit ni en sortir : leur avis était fait.

Au printemps, il y eut fort heureusement l'apparition des deux filles d'Alternative libertaire, dont la grande blonde habillée en noir que Madeleine n'aimait pas. La fille en question proposa à Faber plusieurs virées à Paris. Elle était vive, zozotait un brin. Elle écoutait Casse-Pipe, les Têtes raides ; elle avait lu Bourdieu mais vénérait surtout Daniel Guérin, son bouquin sur 1936 et celui sur l'anarchisme en Folio. Elle publiait dans *Clash !*, militait contre les violences faites aux femmes et luttait contre le SMIC jeunes. Elle a initié Faber à l'autogestion avant de partir comme étudiante à Censier, à la fin de l'année.

Je n'ai jamais su son nom, puisque Faber ne présentait pas les gens les uns aux autres. Nous étions simplement ses « poteaux », lorsqu'il allait « faire bonjour » au bar. Le samedi, il passait chez Dalva (la librairie) ou chez Undertone (le disquaire indépendant bientôt affilié à la chaîne Starter, à notre grande consternation). Il saluait Yo-Yo, le gars aux cheveux longs qui fumait pas mal, grâce auquel il récupérait des imports contre un peu d'argent obtenu Dieu sait comment. C'est là que Faber a rencontré Chris et Tom-Tom, les fameux « gars » qu'il avait mentionnés dans sa carte.

À la maison, Marthe était malade. Faber aussi, sans doute ; mais jamais il n'évoquait ses propres crises ou ses fugues en notre présence.

Les Gardon étaient terriblement fiers de leur fils et de son relevé de notes dont Jean affichait les photocopies qu'il s'obstinait à faire à la Poste, place du Châtelet. À chaque bonne note ou presque, Marthe demandait à Jean d'acheter au petit « ce qui lui ferait plaisir ». Faber répondait : « Non, Marthe, ça va. » Mais comme elle insistait, Jean accompagnait Faber en fin de semaine sur la place de Foudre-Tonnerre. Il lui achetait une revue, *Historia* ou *Géo*, que Faber ne lisait pas.

À quatorze ou quinze ans, il se laissait encore faire lorsque Marthe le grondait à propos de sa coiffure négligée, de la chemise à demi rentrée dans le pantalon, des ourlets approximatifs, de son refus de porter des ceintures (et même des chaussettes, puisqu'il allait pieds nus dans ses tennis). Lorsque j'ai commencé à développer une pénible acné au front, sur les joues et dans le cou, lui a gardé une peau parfaite. Il semblait encore imberbe. J'ai à peine eu le temps de lui voir pousser des poils que déjà, trois mois plus tard, il portait la barbe. Avant de la raser. Il était beau, grand, à l'âge où ne pas prendre soin de soi ne fait jamais que renforcer son charme ; bien sûr, les années passant, il en va autrement. Marthe remontait le col de son grand adolescent chétif. Faber se penchait en avant lorsqu'elle disciplinait sa crinière noire, en se plaignant (« aïe aïe aïe ! ») du fait qu'il y ait autant de cheveux sur sa tête que de miséreux sur la terre. Elle les peignait, mais le peigne ne pénétrait jamais la crête broussailleuse jusqu'au cœur. Alors elle les brossait, ce qui avait pour conséquence d'électriser sa coupe : il ressemblait à un jeune Bob Dylan de Mornay. Parfois, elle le suppliait de se rendre chez le coiffeur, rue de Pâques, et il disait oui pour lui faire plaisir. Mais dépensait tout l'argent pour acheter à Marthe un bouquin. Il lui offrait des romans. Il se torturait même l'esprit des jours entiers à ce sujet, dans l'espoir qu'elle lise autre chose que ses fiches cuisine. Hélas, elle avait sommeil le soir, elle avait du travail le matin. Les livres, c'était « les affaires de Faber » et ses cadeaux, sans prendre la poussière (puisqu'elle les aspirait trois fois la semaine), s'accumulaient sur l'étagère de la chambre, près de sa photo dans un médaillon ovale. Et de la photo d'Édith, évidemment.

Mais il n'était presque jamais question d'Édith.

Pourtant, nous passions de plus en plus de temps chez les Gardon. La grande sœur de Madeleine avait quitté la maison familiale et Maddie en jugeait l'air irrespirable depuis que ses parents ne s'adressaient plus la parole. Quant à mon père et ma mère, ils étaient toujours aussi gentils, mais je les trouvais idiots.

Le week-end, nous nous réfugiions régulièrement dans la « tanière » de Faber. L'hiver de 1995 a été long et rigoureux ; je me souviens très bien de longs après-midi comateux à écouter au chaud Nirvana (Kurt Cobain était mort), Hole, L7, Hüsker Dü, les Replacements, Sonic Youth et le deuxième Breeders. De l'électricité semblait sortir de la chambre, geler au contact de l'air et dessiner dans le ciel des sculptures abstraites translucides, derrière la vitre. La chambre de Faber possédait une vaste fenêtre de forme circulaire, comme un hublot, et Faber l'ouvrait pour pouvoir fumer en dépit des protestations de Madeleine qui grelottait. La fumée s'échappait avec la musique, en direction de la gare. Faber parlait beaucoup. Il cherchait des formules et nous lui servions de public, en attendant qu'il parte à la conquête du monde. Il était évident à nos yeux qu'il incarnerait plus tard quelqu'un d'important.

Puis il refermait la fenêtre.

Un dimanche, nous nous étions endormis tous les trois dans sa chambre. Lui et moi sur de vieux matelas récupérés par le Jean, dans des sacs de couchages orange et bleu ; Madeleine dans le lit trop petit. Je me suis réveillé les joues en feu. Il fallait que je m'applique en cachette ma lotion Exfoliac contre le sébum, pour les jeunes peaux sensibles. Il me semblait avoir mariné dans le jus de mes propres hormones déréglées.

En rechaussant mes lunettes, j'ai aperçu Madeleine et Faber sous le même duvet. Ils étaient allongés dans un sac Décathlon prévu pour une seule personne et dont la fermeture éclair était remontée ; pourtant, aucune partie du corps de l'un ne touchait le corps de l'autre. Madeleine avait des formes, mais Faber était très maigre. Le duvet semblait sur le point de craquer : leurs corps se repoussaient et tendaient le tissu. À l'intérieur, mes deux amis luttaient immobiles comme les deux pôles opposés d'aimants pris dans un mouchoir de poche.

Cramoisi, Faber a senti mon regard et il s'est dégagé en bégayant : « Qu… Quelle heu… heure… il… il est… ? »

Dehors la neige avait recouvert tout Mornay. Des Trois-Tiers jusqu'à Dorville, tout était blanc et silencieux. La neige flottait plutôt qu'elle ne tombait. On aurait même pu croire que les flocons, attirés par le ciel immense et vide, n'allaient pas de haut en bas, mais de bas en haut. Depuis notre hublot, les pylônes, les voies et les ateliers en bordure du chemin de fer semblaient avoir disparu. Madeleine, dont le carré long de cheveux bruns s'inscrivait parfaitement dans le cercle blanc de la fenêtre farineuse, a murmuré : « J'avais froid. » J'ai compris qu'elle voulait justifier son incursion dans la couche de notre ami.

Malgré les protestations de Marthe, nous sommes sortis. Mme Gardon avait emmitouflé la pauvre Madeleine sous trois couches de pulls épais : la tendance de Maddie à s'enrhumer d'un rien était légendaire parmi nous.

Nous ne disions pas un mot, tant la neige nous coupait le souffle. Les yeux attaqués par ce coton froid, qui ne laissait à la bouche qu'un goût d'eau sale, nous avons remonté l'Arrivée des Pèlerins jusqu'au cours des Trente-Prisonniers. Le cours se dressait comme un mausolée blanc qui aurait contenu tous les morts de la ville ; nous l'avons contourné, parce que la chaussée était glissante. Nous avancions en ligne vers la ville engloutie, alors qu'il neigeait encore sans discontinuer. Pas un passant. Même le Khédive était fermé et nous avons erré dans le centre, en passant par le pont du Cochon. Nous avons observé sous nos pieds l'Hombre gelée, à deux pas de la collégiale Saint-Jean. Obliquant au niveau de la maison de Madeleine (qui ne voulait pas croiser ses parents), nous sommes repassés par le pont aux Chevaux, sur les pierres fendues par le froid. Puis nous avons tourné sans but précis dans le jardin de l'Évêché, entre les buis, sur les allées tapissées d'une neige épaisse. Nous nous sentions pétrifiés et mélancoliques. À peine avions-nous envie de faire des boules et des bonhommes. C'est une petite bataille déjà avortée que le gardien a interrompue près des grilles, en nous enjoignant de quitter l'endroit. Le parc fermait sur décret municipal.

« C'est bizarre », ai-je dit, « il y a un an, on n'aurait pas obéi. »

« On aurait fait un bonhomme de neige à la con », a renchéri Madeleine. Son nez était tout rouge, entre l'écharpe et le gros bonnet un peu ridicule qu'elle portait. Les chauffe-oreilles et la doudoune de bibendum prêtés par Marthe n'arrangeaient rien à sa dégaine. Alors Faber a gloussé : « C'est *toi* le bonhomme à la con. » Le poing fermé sur de la neige qu'il venait de ramasser sur les grilles de la cathédrale, Faber a étalé le tout comme une crème de beauté sur le visage de Madeleine qui a hurlé, les bras en croix.

« Salaud ! »

Elle a entrepris de courir derrière lui sur le parvis. Essoufflé, je me tenais à deux pas. Je les revois se courser en s'étouffant de rire et de mots injurieux, pour se réchauffer.

J'ai compris qu'ils s'aimaient.

Ils sont descendus le long de la Providence puis par les lacets de l'Espoir des Pèlerins, se sont engagés dans la sente étroite qui menait à la cathédrale, à partir de la place du Guépard. Là, Faber a glissé sur une plaque verglacée, les quatre fers en l'air. Il n'y avait pas un pelé. Les façades des commerces étaient aveugles, grilles baissées. Madeleine lui a sauté dessus. Ils se sont battus dans un bon mètre de neige molle, entre les arbres nus. Secoué par le hoquet, Faber a imploré grâce : « S'il te plaît, s'il te plaît ! J'ai envie… » Elle le chatouillait et il gargouillait de rire.

« De quoi ? De quoi t'as envie ? »

Madeleine avait eu le dessus : elle le maintenait bien à plat entre ses cuisses et le martelait de petits coups, couvrant sa face de neige sale. Comme le bonnet de Maddie était tombé dans le chahut, son carré de cheveux sombre était saisissant, sur le fond blanc éclatant de la place vide. J'aurais aimé prendre une photo.

« J'ai envi… vie… », Faber s'étranglait de rire, ne parvenant pas à terminer sa phrase. « Merde ! J'ai envie… J'ai envie de pisser ! Je vais me pisser dessus, Madeleine ! Fais pas le con ! »

On a tous beaucoup ri et Madeleine l'a libéré.

16

L'avenir

Classe de troisième

À notre retour, tout allait comme d'habitude.

Marthe avait préparé le goûter : des cracottes, du chocolat au lait et des toasts au sirop d'érable. Nous avons discuté de ce pourquoi nous étions censés passer le week-end ensemble : en l'occurrence, un concours auquel le vieux professeur Gidéon nous avait inscrits. Et qui ne nous inspirait guère. Il s'agissait d'écrire ou de dessiner quelque chose sur le thème de l'avenir : « Dans vingt ans, comment sera le monde ? » Nous n'avions accepté que parce que la cérémonie de remise des prix avait lieu au Futuroscope de Poitiers ; le voyage était payé.

« Moi, ça me dirait bien qu'on passe deux jours là-bas ! », s'était enthousiasmée Madeleine. Faber aurait voulu emmener Maddie là-bas, mais il ne cessait de tourner en dérision le « rêve européen » qu'on vendait à notre génération, en feuilletant le dépliant du concours Jeunesse-Avenir annuel de la Communauté économique européenne ; il était question de Robert Schuman et de Jean Monnet, de ne plus jamais se faire la guerre entre voisins, d'amitié entre les peuples, de projets éducatifs qui portaient tous des noms vaguement gréco-latins, pour se donner un air européen, et puis de «faire sauter les frontières dans nos cœurs».

Nous étions circonspects.

«Alors, l'avenir?», a demandé Faber en mimant l'ennui.

Jean n'aimait pas l'ironie. Assis près du chauffage qui fonctionnait à plein régime, les joues empourprées, il s'est lancé dans un petit discours sur les privations durant la guerre, un Allemand qu'il avait connu à l'usine (un «type bien»), Jacques Delors qui était un «homme honnête» et l'Europe qui était peut-être bien notre dernière chance, «dans ce monde-ci». Tête baissée, Faber plongeait ses cracottes dans le bol tiédi. Marthe a interrompu son mari en posant la main sur son épaule : «Arrête, tu vas dire des bêtises. Ils sont plus intelligents que nous, Jean, qu'est-ce que tu vas raconter?»

«Vous» (il me désignait du doigt, mais je savais qu'il pensait d'abord à Faber), «puisque vous êtes des jeunes gens savants, de quoi vous diriez que l'avenir sera fait, hein? Dites-moi, j'attends!» Il a croisé les bras et sa moustache a frémi.

«Jean...», a protesté faiblement Faber.

«Est-ce que c'est vrai qu'il y aura des machines à la place des hommes? Mon fils...» Et il m'a tapoté l'épaule du bout de son crochet métallique : «Je te demande si les machines», il semblait frappé par une inspiration soudaine, «elles n'auront pas besoin de l'intelligence dans ta caboche, parce que les machines, les machines, hein...», mais déjà il semblait en bout de course. Il cherchait ses mots, comme lorsqu'il passait des heures bloqué à la deuxième ligne de ses grilles de mots croisés. Derrière lui, la neige recouvrait le jardinet. Marthe a nettoyé les verres et les mugs. Fait chauffer une petite casserole sur le feu du fond de sa cuisinière, un torchon sous le bras. Cherché dans la tisanière quelques sachets à la menthe ou au citron.

Jean s'est enfoncé. Son discours n'allait nulle part, et il le savait.

Madeleine s'est levée afin de prêter main-forte à Marthe, qui l'a remerciée en l'appelant « ma fille ». Toutes deux ont commencé à sécher la vaisselle en tournant le dos au petit tableau accroché sur le frigidaire, qui comprenait un calendrier, un cadran d'horloge et un baromètre. C'était un cadeau de Madeleine et moi, l'année précédente.

« Tu sais, l'avenir quand j'avais ton âge… »

Jean a regardé Faber, qui gardait le dos courbé et les épaules rentrées.

« Je voulais une vie honnête. Pas pour gagner de l'argent, non, non. Mais avec ta mère, pour travailler, pour faire, comment on dit, amende honorable, c'est ça ? »

« Ça ne veut pas dire ça », a soufflé Faber sans relever la tête, « c'est autre chose. »

« Bref, tu me comprends… L'avenir, je croyais que ce serait quand tout le monde aura une vie honnête. Et maintenant… Maintenant, je ne crois pas que ce soit l'avenir que vous voulez, vous les jeunes. Je me trompe ou pas ?

— Je ne sais pas ce que tu veux dire. »

Madeleine rangeait les assiettes, Marthe les fourchettes et les couteaux. J'ai cherché à me rendre utile, en vain : il n'y avait pas de cuillères. Faber paraissait s'être assoupi. Jean a continué.

« Dans l'avenir, qu'est-ce que tu feras, Basile ?

— Je n'en sais rien, monsieur.

— Et toi ?»

Impuissant, Faber écarta les mains.

Alors Jean a commencé à parler du passé.

«Moi…», il était au bord des larmes, «avec maman, j'aurais voulu qu'elle vive aussi.»

J'ai compris qu'il parlait de cette Édith. C'était leur fille et pour la première fois il m'est apparu qu'elle n'était pas partie, mais morte. Marthe a grimacé et s'est appuyée contre le rebord de l'évier en grès.

«Jean, je crois que ça me revient…»

Lorsque Marthe faisait une crise, il fallait l'allonger dans la chambre, poser une bouillotte sur son ventre et attendre à côté d'elle. Rien d'autre. C'est Faber qui l'a transportée jusqu'au lit. Madeleine lui a épongé le front, en demandant si elle pouvait appeler sa mère qui travaillait à la pharmacie. Mais Marthe ne désirait rien d'autre qu'un peu de repos. Nous avons apporté quatre chaises et nous nous sommes assis. Ils étaient très allusifs. Pourtant, j'ai deviné qu'Édith était devenue ce que pudiquement ils n'auraient pu (ou même pas su, peut-être) appeler une junkie. Elle était enterrée au cimetière des Sarments, près de l'Hombre.

Jean s'est reproché de s'être emporté et d'avoir dit n'importe quoi. Marthe lui a pris la main. Elle a soupiré qu'elle était heureuse qu'on soit tous là, ses enfants. Avec une douceur infinie, elle regardait la malheureuse Madeleine, qui ne savait pas où se mettre. Lorsque Faber est parti chercher du sirop contre la toux dans la salle de bains, elle m'a chuchoté : «Je suis contente que vous ayez une bonne influence sur lui.

— Oui, madame.»

Au bout d'une heure, elle a repris des couleurs. Nous

sommes montés au grenier, les mains dans les poches. Le ciel s'était couvert, il a plu. Madeleine a passé un morceau des Smiths, «Well I Wonder». Entre les murs écroulés de livres, Faber a roulé les duvets qui portaient encore notre odeur et achevé le rangement entamé la veille. Dans des caisses de déménagement, il a empilé avec moi tous nos jouets : les Lego que nous avions partagés, en construisant sous ses ordres le vaisseau TIE Fighter de Darth Vader en briquettes, le repaire de Long John Silver sur une île de pirates, une pyramide de Gizeh ou une rampe de lancement pour les fusées Columbia. Quand il a eu fini de coller le scotch d'emballage sur les cartons, Faber a fait un pas de côté afin de refermer vivement son carnet gris Bellefontaine à spirale, oublié sur le bureau. Madeleine s'en était approchée dans l'espoir de jeter un œil discret sur ce qui nous avait tout l'air d'être son journal intime.

Pour changer de sujet, j'ai demandé : «Qu'est-ce qu'on décide pour le concours, sur l'avenir?

— On laisse tomber.»

17

La dernière nuit de l'enfance

Classe de troisième

Six mois plus tard, Faber a décrété que nous passerions au collège notre « dernière nuit avant l'adolescence ». Il nous a priés d'emporter dans notre sac de piscine nos duvets, des abricots secs et de la bière. Lui s'est chargé de l'herbe, des disques et du plan de bataille.

À dix-huit heures se terminait le cours de dessin de M. Méridien, un rasta en pataugas. Il nous faisait peindre du muralisme mexicain, en parlant de Frida Kahlo, de Bob Marley et de Peter Tosh (qu'il prononçait « Peter Teush » pour notre plus grand bonheur). Durant le nettoyage des pinceaux et de leurs supports dans le lavabo, les attardés du fond de la classe, ceux qui écoutaient Difool le soir sur Fun Radio, s'étripaient à coups de verres à moutarde dans la gueule. M. Méridien les calmait en prêchant la tolérance et le respect : « *Jah rules* », rigolaient les crétins. Puis le prof tirait de sous le placard un bac de bandes dessinées d'occasion : de vieux numéros de *Métal hurlant*, d'*(À suivre)*, voire de *Fluide glacial* ou de *L'Écho des Savanes*, qui faisaient glousser les filles. Chaque élève avait le droit d'emporter chez lui un exemplaire.

D'habitude, c'était le signe que le week-end commençait ; ce soir-là, c'était l'année qui prenait fin.

En ordre dispersé, nous avons filé vers le troisième étage du bâtiment A. Parce qu'elles étaient en bois et mal chauffées, les salles qu'on destinait à la réfection pendant l'été avaient été vidées. Par la fenêtre, on voyait nos camarades s'écouler comme un torrent d'été vers la porte blindée. Ils étaient pressés de prendre le bus ; ils étaient pressés de quitter le collège, d'acheter une voiture, de ne plus être des enfants et d'en avoir à leur tour.

Pas nous.

Ouvrant la porte de la première salle, Madeleine s'est agenouillée sous l'ancien bureau de Mézières ; au bout du couloir, je me suis glissé dans le placard à balais des toilettes de service. Il était encombré d'une penderie montée sur roulettes, de seaux roses et de balais-brosses poussiéreux. Quant à Faber, ni moi ni Maddie ne savions où il s'était planqué. Pour disparaître, on pouvait lui faire confiance.

Les instructions ? Attendre jusqu'à vingt heures le premier passage du veilleur ; puis se rejoindre en haut des escaliers du B. J'ai somnolé en grignotant de vieux Bounty glissés pour les cas de force majeure dans la poche intérieure de mon blouson. J'avais les yeux rivés sur ma montre à quartz, dont la fonction lumineuse était activée en continu, pour ne pas m'endormir. Difficile de ne pas se contorsionner dans ces quelques mètres carrés. Un gros bouton était en train de naître à la commissure de mes lèvres. À plusieurs reprises j'ai été tenté de faire un tour aux lavabos afin de m'asperger d'eau. J'avais envie d'éclater cette vilaine excroissance qui m'irritait.

Mais au-dessus de moi la voix de Faber a paru résonner dans le cagibi : «Basile, reste où tu es !»

Je n'ai pas cillé.

À l'heure dite, j'avais les yeux rouges, fatigués par l'éclairage verdâtre de ma montre bon marché. Je suis sorti des cabinets. Sans un bruit, j'ai marché dans le long couloir de bois. À ma gauche, les larges fenêtres donnaient sur le soir tourmenté, noir et bleu. Au-dessus des quatre murs de l'ancienne caserne, le ciel noyait l'horizon de Mornay sous un glacis de couleurs saturées. Dans la direction de la cathédrale, je voyais successivement les toits de tuiles du voisinage, les immeubles de la Providence, le sommet des arbres et les premières lumières du parvis. J'ai pensé que nous abandonnions quelque chose. Je n'imaginais même pas que c'était l'innocence, parce que je croyais en être sorti depuis longtemps.

«Tu rêves, Baz' ?»

Faber était assis en équilibre sur la rampe du vieil escalier. Il tenait une feuille à rouler dans une main, de l'herbe séchée dans l'autre.

«Tu te souviens de tout ce qu'on a fait dans cet escalier ?»

J'ai contemplé le vide des trois étages par-dessus la rampe. J'ai suivi du regard le dessin en escargot des marches que nous avions arpentées durant quatre ans.

«Putain oui, je m'en souviens.»

Madeleine est arrivée la dernière.

Elle avait pris l'habitude de porter un caban noir avec capuche, double boutonnière et rabat. Avec un sourire moqueur, Faber l'appelait Florence Arthaud, comme la navigatrice. Pour toute réponse, Maddie lui tirait la langue. Son carré désormais noir était long. Souvent elle attachait ses cheveux, mais des mèches lui balayaient toujours le visage. Elle ne se maquillait jamais, parce que Faber se foutait de la tronche des « stylées ». Et Maddie était persuadée de ne pas faire partie de cette catégorie. Faber se gaussait d'elle et de sa légendaire maladresse, mais il ne fallait jamais s'attaquer à Madeleine en sa présence : il anéantissait littéralement l'agresseur. Mlle Terray, la prof de chimie qui surnommait Maddie « la petite empotée » parce qu'elle cassait les pipettes, en avait fait les frais. Elle a passé deux mois avec un plâtre au poignet, le mois suivant en béquilles, la cheville foulée, et le mois d'après avec trois dents en moins : elle ne cessait de tomber dans les escaliers. Je n'ai jamais su comment Faber s'y était pris. En tout cas, il n'a arrêté que lorsque Maddie le lui a demandé.

Madeleine n'aimait ni les fréquentations politiques de Faber ni son goût pour la beuh. Elle avait quelque chose de la raideur luthérienne de son père. Mais parfois aussi des manières lasses et voluptueuses de sa mère. Alors elle accompagnait Faber dans ses petites folies. Moi aussi.

Nous avons exploré de fond en comble notre bon vieux collège. À distance respectable, nous suivions le gardien dans son tour de ronde. Faber avait déniché une copie de son trajet « pour pas grand-chose » au secrétariat. Il avait toutes les secrétaires dans la poche. Elles l'adoraient depuis qu'il les avait vengées du CPE, un sale con qui avait fini en congé maladie. Après le bâtiment B, nous sommes retournés dans nos salles de cours de sixième et de cinquième. Nous avons cherché quelques traces de notre passé en ces lieux, dans les armoires fermées à clef (que Faber savait crocheter sans trace visible d'effraction). Pas de vieux livres, pas de cahiers ; ni dessins ni photographies. À la surface des tables en bois que nous avions gravées à coups de cutter, piquetées au compas et constellées de traces de blanco : rien. Tout avait été nettoyé, effacé, remplacé. Toutes les heures d'ennui que nous avions connues, nos rires et notre mélancolie avaient été recouverts par la marée de la génération qui suivait. Dans l'obscurité, en nous cognant au coin des paillasses, nous avions les pires difficultés à retrouver nos places dans les classes de bio du bâtiment. Les tableaux noirs avaient été changés pour des tableaux blancs. Mais à l'angle d'une table du labo de langue (où nous passions notre temps à contempler la braguette toujours ouverte de Mlle Szarmach), j'ai découvert un graffiti malhabile : les prénoms de «Maddie» et de «Mehdi» inscrits dans un cœur AESD. Je n'ai rien dit. Je me suis demandé qui d'elle, de lui ou de moi occupait cette place au fond à gauche, cette année-là. Je ne m'en souvenais pas.

Faber a sifflé.

Nous sommes passés par le gymnase. Le tapis, les poutres, les chevaux-d'arçons et les matelas avaient été alignés sur trois côtés de la salle, comme des troupes en rang pour la parade. Sur le mur restant, les hautes fenêtres grillagées donnaient sur la nuit. Personne. Madeleine a esquissé un salut militaire. Un adieu amical aux objets.

Ensuite nous nous sommes glissés dans la remise. Nous avons marché jusqu'au bloc électrique. C'est là que nous nous étions amusés à perturber le travail des gars du service d'entretien, en coupant le courant histoire de retarder la tenue d'un cours de techno de Cazeneuve qui nous faisait chier. Faber savait comment trafiquer l'installation en toute discrétion.

Il a sorti une lampe torche, a éclairé devant nous les sous-sols de Joly. Tête baissée, nous avons longé des portes de cave encadrées par des toiles d'araignées, des panneaux de sécurité, des instructions concernant les canalisations, les circuits électriques, les dérivations, les éventuels incendies et inondations. C'était l'envers du décor du théâtre de toute notre scolarité. Nous y avons tourné en rond. Madeleine a avisé un petit escalier, au coin d'une grille qui protégeait des « archives » : quelques caisses humides de papiers moisis et illisibles. Après les avoir enjambées, nous avons débouché au niveau de la cantine, dans les douves qui entouraient le bâtiment D. Un réseau serré de lierre et de mauvaises herbes avait envahi les dalles qui semblaient antédiluviennes.

Il faisait parfaitement nuit.

Je me suis gratté le coin des lèvres. J'ai désigné les toits du bâtiment A, l'ancien corps central de la caserne devenu la partie administrative du collège, celle qui donnait sur le Grand-Cours : « Si on montait ? »

Au sommet, il ne faisait ni chaud ni froid.

Du gravillon recouvrait la plate-forme. Rien d'autre ne dépassait du muret qu'une antenne de télévision, sans doute reliée à l'appartement de fonction du proviseur, une échelle de secours et une petite cheminée. En partant du quatrième étage, nous avions grimpé le long de la conduite d'eau grâce à la corde que Faber avait eu la prévoyance de voler à Jean.

« Personne n'a jamais dû venir ici à part nous ! », a dit Madeleine à bout de souffle.

« Et les ouvriers qui l'ont construit », a ajouté Faber.

Rien d'autre ne nous dominait ici que la lune. Et vu d'en haut, sous une perspective vertigineuse, le Grand-

Cours ne semblait guère peuplé : quelques couples tournant autour du Théâtre des Belges ; plusieurs touristes à la recherche de leur hôtel, sur le Châtelet ; des gars avinés du lycée qui préparaient leur fête de bacheliers. Et dire que je me représentais le Grand-Cours comme les Champs-Élysées de l'Hombre !

« C'est la ville », a dit Faber.

Il nous a servi des canettes de bière (de la mauvaise « Despé ») et a porté un toast. Nous buvions sans un mot.

Madeleine a sorti son duvet. Je me suis souvenu de notre peur d'enfants, le soir où Faber avait fugué. Mornay à la tombée de la nuit m'avait effrayé. Ce qui paraissait alors un labyrinthe de charbon, de soufre et d'électricité ressemblait à une construction en Lego, aujourd'hui.

« C'est tout petit », ai-je murmuré, déçu.

« Ouais. Le monde aussi. »

La plupart des volets étaient encore ouverts. Les façades blanches des habitations bourgeoises jaunissaient sous le coup des lampadaires, qui transformaient les tilleuls et les marronniers du printemps en spectres de pacotille. Les arbres étaient comme les mannequins d'une gigantesque vitrine. Dans une mare de gris clair surnageaient quelques bancs sur les trottoirs dallés, roses et lisses. Au coin de la Providence, les fontaines illuminées, bleuissantes. Par-dessus quoi pointaient les flèches blafardes de la cathédrale. Puis la robe presque infinie, qui nous entourait nous aussi, des plaines de l'Hombre. Dorville, Morval et Milières, le grenier de la France, s'abîmaient dans un calme qui nous révélait l'essence absolue de la province. La vie sans capitale. Le « moyen » en toute chose. Ce que ça a de rassurant et de déprimant à la fois.

J'ai compris que j'étais un provincial et que je le resterais probablement. Cela signifiait que je n'étais né qu'à moitié, que j'étais déjà mort pour partie. Je me sentais engourdi, paralysé d'un côté. Cette vie mêlée de non-vie était mon destin. Et ce destin médiocre, je l'aimais bien. Puis j'ai regardé Faber. J'ai su qu'il ne reconnaîtrait jamais ces vérités plates, décevantes et paisibles. Celles qui nous font admettre qu'il existe un réel hors de portée de notre volonté. Le fil du temps. Le quotidien, l'ordinaire. Les occasions réussies, les occasions ratées. Un peu de la tombe dans notre berceau. L'idée que ce qu'on attend n'arrivera jamais vraiment. Le sentiment que nous ne sommes la capitale de rien, simplement la province d'un royaume que nous ne connaîtrons jamais.

«À quoi tu penses, Baz'?»

Mais je n'ai pas trouvé les mots que je trouve aujourd'hui.

Il a sorti la radiocassette. Madeleine s'était allongée sur son duvet molletonné et contemplait les cieux. En se concentrant suffisamment, on devinait déjà les étoiles de quelques constellations, derrière le voile des lumières urbaines.

Parce que Madeleine aimait la pop anglaise, parce qu'il voulait lui faire plaisir, Faber a diffusé la compilation d'indie de Maddie : pop anorak, C86, *shoegaze* et disques Sarah. Il a monté le son grésillant du poste. On aurait cru que le carrousel du Grand et du Petit-Cours, du boulevard de Courtrai loin devant nous, s'animait. La musique tournait, montait — et nous avec. On apercevait distinctement l'étoile Polaire, Cassiopée, les Pléiades et Aldébaran, en scrutant l'ouest dans la direction de l'autoroute A11. L'échangeur routier luisait, vacillant, au milieu des champs obscurs. On s'est écouté le « Regret » de New Order, puis « Blown a Wish » par My Bloody Valentine, mauve et filandreux. J'ai tiré une taffe. Madeleine a essayé : c'est Faber qui lui tenait le joint, sans la toucher. Elle a toussé et elle s'est tue. Je crois que tout était un peu trop intense pour elle, qui était si sensible. « Vapour Trail » est passé dans la nuit. Sur « Christine » de The House of Love, j'ai eu envie de pleurer. « *The whole world drag us down* », chantait Guy Chadwick. Je me suis senti fragile comme dans « Sensitive ». Et puis « *There was a lonely boy… Where has he gone from here ?* », des Pale Fountains. « Nocturnal Me » d'Echo and The Bunnymen. Enfin « The Night Owl » et « Moon Moon » des Nits. Sur « 1936 », le dernier morceau, tout le monde dormait.

Ce qui a suivi tient certainement au brouillard dans lequel nous étions plongés vers trois ou quatre heures du matin. Défoncés et très jeunes, j'admets que nous avons pu mélanger quelques souvenirs très précis avec des fantasmes incertains. Mais de ce que je vais raconter, je suis sûr. Madeleine ne l'est pas moins.

Est-ce que je rêvais ? Mornay était plongée dans la mélasse d'une nuit de printemps. Rien ni personne n'animait les rues, au-dessous de nous. Alors Faber s'est accroupi. Ses yeux étaient d'or. Il avait vieilli de quelques années, comme chaque fois qu'il s'est manifesté de la sorte à nous. Madeleine et moi ronflions sans doute, emmitouflés dans nos sacs de couchage respectifs. Fumer nous avait pris les sinus. Faber se raclait la gorge et quelqu'un a sangloté. Je ne dormais plus qu'à demi. Sur la radiocassette bourdonnait faiblement la fin d'un morceau (qui l'avait lancé ?) : je crois me souvenir du « Dernier étage » de Diabologum (mais ce n'est pas possible : le disque est sorti l'année suivante, j'ai vérifié). Il m'a semblé entendre un animal rugir. Faber devait bien faire trois mètres de haut; perché sur le muret, penché à quarante-cinq degrés au-dessus du vide, il tenait en équilibre au mépris des lois de la gravitation. Contemplait les lieux dévastés et déserts en grognant. Car l'animal rugissant, c'était lui. Ses membres étendus flottaient en l'air comme à la surface d'un lac. À ses pieds était posé son carnet à spirale gris, sur la couverture duquel il avait tracé au bic neuf cercles concentriques, surmontés d'une couronne à trois pointes. Je le voyais, mais je sommeillais encore. C'est sa lamentation qui m'a réveillé pour de bon. Une plainte aiguë et lancinante, à vous donner la nausée.

Il parlait depuis longtemps déjà lorsque j'ai commencé à l'écouter. Comme si trois voix se disputaient en lui, à la fois il grognait comme une bête, pleurait comme un enfant et parlait comme un homme.

« Faber », ai-je chuchoté, « qu'est-ce que tu dis ? »

« Basile, Madeleine ! » Mais sa voix était en partie couverte par le mugissement et par les pleurs qui sortaient en d'égales proportions de sa bouche. Je n'identifiais et je ne comprenais que quelques mots parmi le flot indistinct de ce qui se disait.

« Regardez… »

Il nous a montré la ville, puis les étoiles devenues noires et la nuit tout autour, claire comme la flamme.

« Réveillez-vous ! »

Soudain j'ai compris qu'il prêchait. Il parlait comme un prêtre.

« Je vous ai laissés dormir des années. Moi ! » Il se tapait la poitrine. « Je n'ai pas fermé l'œil. » Il a cligné du droit. « Je vous ai attendus. »

« Qu'est-ce que tu veux faire ? », a interrogé Madeleine. Elle avait la bouche pâteuse, un peu de bave au coin de lèvres boudeuses : « La révolution, c'est ça ? »

Il a éclaté de rire.

« La révolution, c'est fini. Il faut détruire maintenant.

— Faber… » Je commençais à prendre froid. « Tu me fais un peu peur, parfois. »

Il a paru touché. Mais s'est repris et s'est redressé au bord du vide.

« Mes amis… » Un instant, c'était l'enfant qui sanglotait ; l'instant suivant, il grouinait comme un cochon. Puis l'homme a repris la parole : « Il faut que je vous dise ce que je suis… » Il a renversé la tête en arrière en pleurant. « Je ne suis pas humain. »

J'ai failli éclater de rire.

« Il faut me croire ! On m'a envoyé ici. Je suis le diable et on m'a donné la forme d'un gosse. »

Avec mépris, il a reniflé l'air de Mornay. Une voiture a klaxonné au loin, vers Milières.

« Je souffre énormément. Je me réveille peu à peu. Mais je suis coincé dans ce trou.

— Le diable ? Tu te fous de nous ?

— Il faut m'aider ! », a piaillé la voix de l'enfant.

Puis les pleurs ont repris. Les grognements aussi.

« Je suis le diable ! » Sa voix était déformée, mugissante. « Enfermé dans un corps et dans un esprit… »

L'espace d'une seconde, je l'ai cru et j'ai pris pitié.

« Je veux être un homme. S'il vous plaît ! Je cherche une âme.

— Qu'est-ce que tu racontes ? », a murmuré Madeleine. « Qu'est-ce que c'est que cette histoire ? »

Il nous a tendu son cahier gris à spirale. Dans le même

temps sa chemise à carreaux s'est ouverte. Nous avons entr'aperçu son ventre couvert de cicatrices, comme s'il s'était dessiné sur la peau des tatouages au cutter et au compas, dans un alphabet indéchiffrable.

J'ai feuilleté le cahier. Rempli d'une écriture pathologique si serrée, presque miniature, qu'on ne percevait plus que des variations d'intensité dans des sortes de monochromes d'encre noire ou bleue, page après page. J'ai bien tenté de lire, en plongeant le nez au plus près des lignes, sur les feuilles qui sentaient l'intestin. Je n'ai rien compris.

« T'es défoncé. »

Péniblement, Madeleine s'est levée.

« Mais dans quinze ans vous comprendrez ! », a-t-il sifflé.

Elle l'a baffé sans aucun ménagement. Puis l'a rattrapé par le poignet et l'a empêché de basculer par-dessus le rebord de la plate-forme. Il est tombé tout du long, sur les gravillons. Le temps qu'il se relève, Madeleine a ramassé le cahier gris. Palpant les poches du pantalon de Faber étourdi, elle lui a emprunté son briquet piézo, a fichu le feu au cahier, qui s'est embrasé en un rien de temps.

« Peut-être bien, Mehdi. » Elle faisait exprès de l'appeler par son prénom. « Mais on ne va pas te laisser tomber. » Puis elle a étouffé un rot, s'est penchée sur le gravier et a vomi, prise de convulsions — comme les malades atteints par le tétanos.

Le long de l'échelle métallique, on a entendu un bruit qui montait du corps de bâtiment jusqu'à nous.

« Putain, il y a quelqu'un ! »

Faber a abandonné les bouteilles de bière, les mégots et le feu qui diminuait d'intensité. Il a fourré la radiocassette au fond de son sac. Attrapant d'une main la taille de Madeleine sur le point de s'évanouir, il a empaqueté les duvets de l'autre et m'a poussé vers la sortie. J'aurais juré qu'il avait trois bras. L'aube pointait du côté des Trois-Tiers de Mornay et le bruit cliquetant le long de l'échelle s'était mué maintenant en un boucan monstrueux. Pétrifié, j'attendais de voir ce qui arriverait. Mais Faber m'a entraîné le long de la corde, avec une force qui m'a semblé surhumaine; sur son épaule il a pris Madeleine comme un baluchon, il a bondi et je crois qu'il a atterri d'un seul coup quatre étages plus bas.

Je ne me rappelle plus clairement notre fuite dans la cour vide du collège. Une lumière blanche aveuglante, à la manière d'un projecteur directement venu du ciel, nous a suivis un instant. Puis Faber a fait le mur derrière les toilettes. Le temps d'enjamber le parapet en ciment, de me râper les genoux contre la pierre crayeuse et le mortier, et nous revoilà en train de galoper dans la ruelle, juste derrière le collège Octave-Joly. Jamais nous n'y sommes retournés.

Nous avons repris nos esprits. Lorsque le Grand-Cours familier s'est ouvert devant nous, les voitures bourdonnantes du petit matin ont entamé leur ronde routinière sur le boulevard. En s'étirant, Madeleine a ouvert les yeux : « Qu'est-ce qui s'est passé ? »

Faber m'a adressé un clin d'œil.

Il a indiqué le vieux bâtiment dans notre dos : « On lui a dit adieu. »

« Ah. » Madeleine a bâillé. « À qui ? »

« L'enfance, évidemment. »

TROISIÈME PARTIE

IL EST LÀ

1

L'âme et la mémoire

C'était l'histoire de notre enfance, et je ne pense pas me tromper en rapportant ce dernier épisode.

Je n'ai pas la mémoire des formules mathématiques ou des grands événements historiques, parce que ni les uns ni les autres ne me sont jamais arrivés, mais je me souviens avec exactitude de ce qui a eu lieu dans ma vie — ou plutôt dans la sienne.

Cette qualité, ou cette faiblesse, j'ai compris en devenant adulte qu'elle était constitutive de ma sensibilité. Je souffrais de trop retenir les choses du passé, de ne pas savoir les laisser aller. Et comme il m'était impossible de raconter mon existence, parce que je n'ai pas assez d'importance et que je ne veux pas m'en donner plus, j'aurais voulu tenir la chronique de sa vie à lui, donc capturer son âme. Non pas pour la posséder mais pour vous la rendre.

Je crois que ce qui ressemble aujourd'hui le plus à ce qu'on a appelé pendant des siècles une âme, et qui l'a remplacé, c'est un roman (ou un film).

L'âme ce n'est ni le cerveau ni ce qu'il contient : il ne s'agit pas de *tout* ce qu'a vu, entendu ou voulu un homme. Ce serait insondable et aussi fastidieux que le listing exhaustif des fichiers récupérés dans un disque dur. Les récits de science-fiction et les savants posthumanistes voudraient immortaliser l'esprit dans son intégralité, sur des circuits imprimés avec des microprocesseurs. Au contraire, l'âme c'est un point de vue concentré : avec des mots ou des images, mais en tout cas fini et ramassé ; ordonné et raconté ; non pas immortel, mais résistant plus longtemps à l'usure que le corps périssable dont il a été extrait. Et s'il existe une vie après la mort, ce ne peut être qu'une bibliothèque de récits — la plupart plongeant dans l'obscurité et l'oubli, certains brillant plus longtemps que d'autres, mais disparaissant tout de même tôt ou tard. Comme une âme n'est rien d'autre qu'une mémoire racontée, et que tout ce dont nous nous souvenons est destiné à être oublié, toutes les âmes sont mortelles.

Je suis devenu professeur de français. Durant mes deux ou trois premières années d'enseignement, il m'arrivait de vouloir faire partager à mes élèves cette vision grandiose et désespérée que j'avais de l'art. Je me croyais peut-être monté en chaire. Certainement mon charisme était trop faible : il faut un corps remarquable pour parler d'âme aux gens. D'abord j'en ai voulu aux lycéens ; j'avais été muté dans la banlieue nord-est de Paris et j'ai considéré les gamins actuels comme des veaux, insensibles à toute manifestation un tant soit peu élevée de l'intelligence. J'ai eu de la chance : les élèves n'étaient ni méchants ni insolents, mais indifférents à moi. Alors j'ai accusé la société : pêle-mêle le libéralisme, le changement de mœurs, le manque d'autorité, les parents démissionnaires, l'appauvrissement du langage, le multiculturalisme, la fin des humanités, les jeux vidéo et autres coupables de la modernité. Puis je me suis souvenu de M. Mézières et je n'ai pas voulu lui ressembler. Je me suis adouci (affadi diront certains), mais je ne suis pas devenu amer. Le présent n'est qu'un instant, le passé en est une infinité. Il est donc toujours aisé d'humilier aujourd'hui au regard d'hier, et une seule génération de jeunes gens par comparaison avec toutes celles qui l'ont précédée.

Je préfère voir les choses autrement : les enfants de jadis sont comme des fantômes qui clignotent, de plus en plus faiblement, par-dessous la lumière plus vive des enfants d'aujourd'hui. Ni décadence ni progrès, le présent et le passé ne se comparent pas, ils s'éclipsent l'un l'autre.

Par exemple, j'ai contemplé la classe de seconde 6 devant moi, j'ai cligné des yeux et je nous ai vus, *nous*. Sur le fond de mon œil notre enfance était là, inchangée. J'ai rouvert les yeux; j'ai aperçu d'autres enfants. Mais je ne pouvais pas les regarder, tels qu'ils étaient, sans que notre jeunesse se surimprime à la leur.

Puis l'image du passé s'obscurcit et celle du présent, plus vive, l'emporte. Et la nostalgie retient dans l'ombre la lueur qui faiblit. Ainsi va l'affaiblissement de la sensation chez l'homme : l'éclat supérieur de la sensation présente, au lieu de ternir l'éclat de celle du passé, le rehausse; donc on croit volontiers que l'image devenue la plus sombre est celle qui *a été* la plus claire. Mais si on cligne des yeux, on aperçoit deux sources lumineuses distinctes : la source intérieure du souvenir, qui nimbe le passé et le magnifie; la source extérieure du monde tel qu'il va, qui surexpose le présent et le laisse triompher.

J'aurais voulu être juste avec l'une et l'autre, raconter également l'enfance et le présent, mais déjà la vision de jadis devenait moins nette et ma perception d'adulte reprenait le dessus.

Nous étions au printemps 2011 et j'avais trente ans. Je terminais le cours de l'après-midi dans une salle du rez-de-chaussée du lycée. Début avril, il fait parfois très chaud à Mornay et les élèves de seconde semblaient sous le coup de la digestion des saucisses de Morteau à la cafétéria. Avec un peu d'effort, il m'était presque possible de sortir de moi pour reprendre ma place parmi eux. Sentir la pesanteur de l'air durant les premières heures de l'après-midi, manifester une indifférence polie au contenu du texte qu'il s'agissait de commenter. Vouloir dormir. Respirer dans la salle comme dans un sauna. Attendre l'estomac lourd, affalé sur la chaise en contreplaqué. L'espoir de la sonnerie. Tout me revenait. Les coudes sur la surface mélaminée des pupitres. Mes mains étaient posées sur le bureau de bois du professeur ; pourtant, au bout de mes terminaisons nerveuses, je sentais encore le granulé du revêtement blanc de ma table d'élève.

« Tristan », j'ai tendu le doigt vers le premier de la classe. Exilé au fond à droite près du radiateur, il n'avait même pas ouvert son manuel, mais dessinait des spirales au dos des photocopies distribuées au début du cours.

« Ouvrez la fenêtre. Vos camarades sont en train de cuire. »

Par souci de connivence, j'ai ajouté : « Comme des *saucisses*. »

Les trois du fond m'ont adressé un sourire atterré. Pris de pitié à l'idée que je croie acheter leur confiance par des blagues aussi mauvaises. Qu'est-ce que j'aurais pensé à leur place ?

Si je me souvenais trop bien, je n'étais plus moi : le

professeur que j'étais devenu, donc l'élève que je n'étais plus, se confondait avec l'image que j'avais d'eux. Et si je ne me souvenais pas du tout, un fossé se creusait : je n'étais plus comme eux, ils n'étaient plus comme moi, il n'y avait plus de *nous*. Auquel cas ils étaient seulement jeunes et j'étais seulement vieux.

J'ai cligné des yeux.

« Pourquoi Giono a-t-il choisi une telle entrée en matière ? Je vous relis : "Le soleil était haut : il faisait très chaud mais il n'y avait pas de lumière violente. Elle était très blanche et tellement écrasée qu'elle semblait beurrer la terre avec un air épais." Le beurre, ça ne vous rappelle rien ? »

Écœurée, Sandra a roté. Elle a rougi : « Oh, excusez-moi, m'sieur. »

J'ai de nouveau cligné des yeux.

Regardé la trentaine de gosses, qui m'ont regardé. J'avais observé ainsi des heures durant les gesticulations du vieux Balsance, qui s'essoufflait dans le vide. Ni animosité ni bienveillance dans les regards que j'avais adressés à ce professeur et qui m'étaient désormais destinés : de la patience et l'acceptation docile de ce qui nous séparait. L'âge, rien de plus, rien de moins. L'âge fait toute la différence, il sépare les hommes comme le font les genres, les classes et les cultures ; mais il ne coupe pas seulement les individus les uns des autres, il écarte chaque individu de lui-même, d'année en année.

J'ai tenté de les laisser revenir vers moi.

« Sandra, le beurre c'est quoi ? Le beurre c'est *gras*. » Et je me suis aperçu des sottises qu'il m'arrivait d'énoncer pour leur faire croire que je les guidais vers l'intelligence. « Le gras, dans le texte, ça vous rappelle quoi ? »

Comme toujours, c'est Tristan qui m'a sauvé. Les cheveux mi-longs, noirs et abondants. Le visage d'un petit garçon, mais avec les angles aigus d'un adolescent. D'une voix charitable, il a répondu à mon appel en citant l'extrait : « Une haleine de four et de fièvre, visqueuse, dont on voyait trembler le gluant et le gras. » Il n'avait pas le texte sous les yeux. Ce garçon était doué d'une mémoire stupéfiante.

« Oui, très bien Tristan. Alors le *graisseux* d'une part, et quel est l'autre champ lexical ? »

Cligné des yeux.

Cette même salle voilà quinze ans. Les trois volets du grand tableau vert glauque dans mon dos. Le panneau en liège sur lequel étaient épinglées les photographies d'un voyage à Cologne et la reproduction de la tour de Babel par Bruegel. Le vieux téléviseur. Le magnétoscope à cassettes VHS, pour visionner les pénibles adaptations des *Contes de la Bécasse* de Maupassant. Six néons aveuglants au plafond. La fenêtre à soufflet.

Et son visage.

J'ai cligné des yeux. Mais le visage n'a pas bougé.

Dans le coin inférieur gauche de la dernière fenêtre à soufflet de la salle, entrebâillée sur sa partie haute : Faber ! Faber en personne. Il nous regardait. Il me regardait.

J'avais beau cligner des yeux : il était là.

La plus grande partie de la classe demeurait ensommeillée. Pourtant Tristan et les trois du fond ont aperçu aussi la tête hirsute de cet homme. Je n'avais pas rêvé. On n'a entendu qu'un craquement, comme si les vertèbres d'un dos invisible cédaient. C'était le châssis de la fenêtre qui basculait. Puis le silence. Comme une nuée de guêpes, les élèves ont détourné leur semblant d'attention vers le fond. La fenêtre que Tristan avait entrouverte et qui s'était refermée. Derrière la vitre, une cour vide. La coursive aux piliers blanc et bleu, les ormes et l'esplanade de brique. Enfin, le parking : scooters, vélos et voitures étincelantes, la carrosserie tordue par des reflets crépitant sous le soleil. Personne. Faber avait disparu.

Il errait sans mémoire quelque part dans le lycée, à la recherche de son âme.

2

Les casiers

La cinquième heure a retenti.

Une sonnerie d'aéroport servait toute la journée de signature sonore au lycée. Elle avait été conçue par Fabien, le mari de Madeleine, prestataire de services en *sound design* pour les collectivités.

J'ai pris mon blouson sous le bras, j'ai abandonné sur le bureau mes trois feutres pour tableau blanc, sans même effacer « Le hussard sur le toit », souligné deux fois, « incipit », « Giono (1895-1970) » et « choléra » à l'intention de ceux qui ne savaient pas que ça s'écrivait comme ça. Paniqué, j'ai exempté les élèves du prochain commentaire à la maison et j'ai fui la salle 117 encore plus vite qu'eux.

En le faisant revenir à Mornay, Madeleine et moi savions quels étaient les risques encourus. Madeleine m'avait dit : « Tu vas être attendri. » Je l'étais déjà. Repenser au passé ne faisait que me rendre plus réceptif à l'idée selon laquelle « il aurait pu redevenir comme avant ». Mais je ne voulais surtout pas qu'il fouille dans mon casier et découvre le manuscrit. Toute l'âme de Faber était là-dedans.

J'ai traversé l'interminable couloir du rez-de-chaussée, en enjambant des dizaines d'élèves de première qui m'ont retardé de leur «Bonjour, monsieur Lamaison». La plupart d'entre eux se tenaient adossés aux murs sous la lumière rare. Par couples, enlacés comme toujours au printemps, ils consultaient sur leurs portables les messages et les statuts dont les premières heures de cours de l'après-midi les avaient frustrés. Leurs rires. Je savais reconnaître l'air solitaire de ceux qui, accroupis ou assis sur leur sac, ne voulaient ou ne pouvaient pas participer à la parade. C'était l'air que j'avais au même âge. J'ai évité les longues jambes des filles qui papotaient, allongées dans l'obscurité du couloir. Bientôt la lumière du grand hall. Une rotonde décorée de carreaux de faïence, percée par un puits de jour, qui servait de caisse de résonance au grand brouhaha des classes libérées. Des grappes de jeunesse, se répandant depuis le grand escalier circulaire des labos de langue et des anciennes salles de SVT. De leurs corps, je ne distinguais guère que les tee-shirts… Depuis un ou deux ans, je n'en reconnaissais plus les inscriptions ni les marques : j'étais largué. Par la porte à double battant près du distributeur de friandises, j'ai débouché au grand jour, en pleine canicule. Direction le bâtiment D.

À force de presser le pas, j'ai presque couru le long de l'esplanade de brique.

Si Faber avait eu l'idée de se faufiler dans la salle des profs du lycée, il avait certainement ouvert mon casier : pas besoin de clefs lorsque l'esprit sert de passe-partout. Quel idiot j'avais été d'y laisser le manuscrit, comme d'habitude, alors qu'il était revenu en ville. Je me suis maudit et…

J'ai pris un ballon de basket en pleine face. Lunettes tombées par terre. Tourné deux fois sur moi-même comme une girouette.

« Excusez-nous, m'sieur ! » L'élève, sincèrement désolé. « Ça va aller ?

— Oui.

— Vos lunettes. »

Le sang m'est monté à la tête puis s'est répandu dans mes artères, comme sous le coup d'un gong résonnant au sommet de mon crâne. Je ne savais plus très bien où je me trouvais. À droite, à gauche, des nuées d'élèves assoiffés. Une canette à la main. Les manches retroussées. Les filles qui scintillaient sous la couche de leur premier maquillage. Peaux imberbes en sueur. Épaules dénudées des garçons entamant leur migration vers le terrain de basket. Des sourires. Qu'est-ce que je faisais là ? Je me suis souvenu : Faber, mon casier.

Pénétrant dans la salle des profs, j'ai abandonné la chaleur de l'air libre et le visage des adultes m'est apparu, refroidi et fripé par l'air conditionné. J'étais apprécié de mes collègues. Devenu l'un des leurs à force de me croire différent d'eux. Marina, la prof de physique, n'avait pas renoncé à me draguer depuis que je vivais avec Mathilde. Les yeux las et la voix cassée en suçant une pastille Drill, parce qu'elle criait à longueur de journée contre les STT. Je l'ai à peine saluée. Passant derrière Carole et Jean-Claude, qui parcourait *Le Canard enchaîné*, les pieds sur la table basse, je me suis précipité en direction des casiers. Fébrilement, j'ai cherché la clef suspendue à mon portefeuille, sous le revers plastifié duquel j'avais glissé une photographie d'identité de Mathilde. Et d'un geste sec, j'ai ouvert la petite porte, à mi-hauteur. À l'intérieur, comme dans une grotte de laiton, il faisait sombre et frais.

Rassuré, j'ai repris mon souffle : le manuscrit était là et n'avait pas bougé d'un pouce.

J'ai délacé la pochette cartonnée, sorti le cahier Bellefontaine à spirale, parcouru quelques lignes, quelques pages. Puis j'ai vérifié le second carnet, plus petit, celui *qui n'était pas encore écrit.* C'était pour cette raison que nous l'avions fait revenir.

Après avoir refermé le box, un doute m'a envahi, je me suis souvenu que Faber était prestidigitateur. Qu'il savait ouvrir et fermer, remettre les choses en place, les laisser disparaître et réapparaître à sa guise.

« Jean-Claude », ai-je demandé, « tu as vu passer quelqu'un ? Grand, pieds nus, bizarre. Peut-être qu'il me cherchait. »

Une moue qui voulait dire non.

« Certain ?

— Personne. À part ton élève à midi, qui vient de temps en temps. Un devoir en retard.

— Mais un adulte ? Habillé comme un clochard ? »

Une mine d'incompréhension.

Mon collègue s'en souviendrait, s'il l'avait entr'aperçu. On n'oublie pas Faber.

« De qui parles-tu, Basile ? »

La voix tremblait dans l'ombre au fond de la salle, là où personne d'autre n'allait jamais, près de l'armoire en chêne.

« Salut Francis », ai-je répondu en épongeant du revers de la manche mon front en sueur. C'était Fauré. Notre ancien prof d'histoire de seconde. Militant syndical qui avait consacré trente années de sa vie au SNES, et à la rédaction d'un ouvrage définitif sur le PCF du département, du congrès de Tours jusqu'à la chute du Mur. Mais il avait rendu sa carte du Parti et perdu sa femme. À présent, il s'était lancé dans une vaste histoire de la ville de Mornay, depuis les Gaulois et l'oppidum d'Umbra jusqu'au mandat du maire UMP Georges Hersent. Au fil des ans, en dépit de la différence d'âge, il était devenu sinon un ami, une sorte de camarade. Alors qu'il avait bataillé pendant une bonne partie de sa carrière contre le recul de l'âge du départ à la retraite dans l'Éducation nationale, à présent qu'il n'enseignait plus et qu'il vivait seul, il avait la nostalgie du lycée et, plutôt que d'aller en bibliothèque, passait ses journées au CDI ou dans la salle des profs. Voire à errer dans les couloirs de l'établissement, un cartable sous le bras, toujours occupé à réunir de la documentation en vue de son histoire monumentale de la cité. Le cancer l'avait affaibli, mais il en était arrivé au haut Moyen Âge et progressait en parallèle du présent vers les temps anciens : son objectif était d'écrire l'histoire comme on construit un pont, de manière à ce que les deux sections, du passé jusqu'à aujourd'hui, et d'aujourd'hui vers le passé, se rejoignent, aux alentours de la guerre de Cent Ans probablement. Les collègues les plus jeunes l'ignoraient et se moquaient même de lui. Pourtant, quel professeur merveilleux, aimé de tous les élèves, il avait été. Éternel étudiant, il savait communiquer sa passion non sans humour ; mais à présent qu'il ne servait plus à rien dans la grande chaîne de l'éducation, ni élève ni professeur, c'était une âme en peine dans les travées du lycée Janvier.

« Comment ça va ? »

Assis, blême, sur une chaise d'élève, devant l'armoire

en chêne. Le corps lourd et des bajoues. L'homme regardait droit devant lui à travers la fenêtre qui donnait sur la chapelle dont il avait, tout au long de sa carrière à Janvier, combattu l'existence au sein de l'enclave laïque du lycée. Sur la table en contreplaqué : trois classeurs, une trousse, des feutres rouges pour souligner les passages importants sur quelques photocopies d'ouvrages des archives départementales.

«Basile», m'a-t-il dit soudain, «il est mort, n'est-ce pas?»

Depuis que nous étions devenus collègues et amis, sans trop savoir pourquoi, c'est ce que je lui avais raconté. À mon corps défendant et la plupart du temps sans raison, je mentais beaucoup. Il ne faut pas me croire sur parole. Peut-être parce que Fauré l'aimait trop et que je voulais l'avoir un peu pour moi, j'avais prétendu que Faber était mort dans les Pyrénées, il y a trois ans. Honteux, j'ai balbutié :

«Oui, bien sûr.

— J'ai cru le voir dans la cour.»

Mon angoisse de toujours, celle d'être confronté à ma propre imposture, m'a rattrapé par le col. Il savait que je lui avais menti. Pourquoi l'avoir fait? Sans doute étais-je jaloux de l'affection qu'il continuait de porter à Faber, après toutes ces années.

«Lui, les cheveux éclaircis, les pieds nus?»

Agacé, Fauré a répondu : «Non, pas le clochard. Faber était très beau, voyons, des cheveux noirs, abondants. Tu ne te souviens pas?»

J'ai souri : «Ah, alors c'est un élève de seconde, ce n'est pas lui.» J'étais rassuré : ce n'était pas la première fois qu'il me faisait le coup. En fait, il avait vu Tristan passer.

Ses souvenirs étaient chancelants (peut-être Alzheimer) et il confondait souvent Faber, qui avait été son élève préféré, avec de nouveaux lycéens qu'il ne connaissait plus.

« Je me disais bien. »

En toussant, Fauré s'est replongé dans l'histoire et la mémoire de Mornay.

3

Place de Mai

Derrière le panneau du conseil régional du Cœur-de-France s'étalait le parking du lycée. Flanqué de deux rangées d'ormeaux, il donne sur la grande place de Mai de Mornay. Le lieu est ainsi nommé en hommage à la victoire des Écorcheurs d'Étiennes de Mornay rallié à Charles VII contre les Anglais, en 1429. Après un siège sanglant de trente et un jours seulement, mais dans une cité ravagée par la peste, la prise de la citadelle par la compagnie des Écorcheurs avait marqué une étape importante de la reconquête de la France, assombrie par le massacre en place publique d'une centaine d'innocents, femmes et enfants, livrés par les habitants eux-mêmes. N'importe quel Mornéen connaissait cet épisode honteux. Quand il enseignait encore, Fauré racontait aux élèves que les grands bûchers de Mai avaient sonné la fin de la prospérité de la ville des marchands. Sa mauvaise réputation l'avait enclavée et l'Histoire, après cette infamie, avait toujours pris soin d'éviter notre cité : aucun roi ne lui avait plus rendu visite, la Révolution et la Commune n'y avaient déclenché aucun trouble notable, et même les Allemands, en 1940, s'en étaient désintéressés.

Plate et placide en toute saison, la place de Mai assurait depuis des siècles à la ville qu'il ne s'y passerait rien, ou presque.

J'ai arpenté la place sans trouver mon vieil ami. À la surprise des élèves venus récupérer leur mobylette ou leur vélo, j'ai même pris quelques minutes pour vérifier sous les voitures qu'il n'y avait sur le sol rien d'autre que du bitume fumant et des lignes de peinture blanche. Au lycée, Faber avait en effet l'étrange habitude de se glisser sous les véhicules motorisés pour dormir des heures entières à l'ombre. Cela faisait partie de ses petites fantaisies. Il se reposait là-dessous de sa « grande guerre » contre la ville entière.

Mais aujourd'hui il n'était pas là.

Je me suis dirigé vers Mathilde, qui m'attendait adossée à ma petite voiture vert pomme, la cigarette à la bouche.

« Chérie ! »

Pour embrasser les lèvres fines et serrées de Math, il était indispensable que je me baisse : elle était beaucoup plus petite que moi. Un sourire aux lèvres, elle a relevé ses lunettes de soleil d'un geste de la main droite, ornée d'une lourde bague en forme de fleur de métal.

Mathilde Sargent était une ancienne camarade que je n'avais guère fréquentée au collège et au lycée. C'était *quelqu'un de bien*. Obnubilé par Faber et Maddie, c'était à peine si je l'avais remarquée. Une fille discrète au nez pointu. Les cheveux tirés en queue-de-cheval. Nerveuse. Très peu sûre d'elle à l'adolescence. Parfaitement à l'aise avec le sentiment d'être devenue normale depuis lors. Soulagée d'appartenir à la majorité des gens : les adultes. Comment la ramasser autrement dans un mot ? Elle était très adulte. Et je l'aimais pour cette raison. N'avait aucun mal à tenir ses trente ans.

« Madeleine a téléphoné pour toi. M'a dit que Fabien sortirait de l'hôpital dans la soirée. Propose que vous passiez tout de suite à la pharmacie. » Elle a regardé derrière mon dos : « *L'autre* n'est pas avec toi ? »

Comme on peut s'en douter, elle ne l'avait jamais apprécié. Et elle n'aimait rien de ce qui, en moi, tenait à lui. Il me semblait souvent être deux hommes : l'un, très ancien, élevé par mon ami ; l'autre éduqué par la femme avec laquelle je vivais. Et le second prenant l'ascendant sur le premier, celui-ci n'apparaissait plus qu'à de rares intervalles dans mon existence : la nuit dans mes cauchemars, la journée dans mes rêveries.

Je lui ai piqué une Camel.

« Je l'ai laissé là ce matin. Doit être dans les parages. Aperçu par la fenêtre pendant que je faisais cours.

— Quel connard. Il se prend pour qui ? Les vigiles vont le choper. »

J'ai tâtonné à la recherche du zippo dans la poche arrière de son jean rouge, touchant au passage la carrosserie brûlante. C'était déjà l'été.

« Il a l'habitude. »

Ses sourcils épilés se sont déployés dans un double V d'indignation et elle s'est dégagée de mon étreinte, afin de me dévisager, l'air inquiète.

« Ne me dis pas que c'est de l'*admiration* que j'ai entendue dans ta voix ? »

Le métal du capot me semblait rougeoyant de chaleur. Discrètement, j'ai jeté un œil par en dessous, entre les jambes écartées de ma compagne.

«Non. C'est... Tu te souviens qu'il s'est enfui du lycée. Quand la place de Mai était encerclée par les CRS ?

— Ben voyons.

— Tu ne savais pas ? À la fin de la grève.

— Ce mec traverse les murs aussi ?» Elle a regardé sa montre. «J'ai encore du boulot au journal.» Mathilde avait été pigiste trois ou quatre ans à Paris, dans une poignée de féminins. Après la fusion de *Donna* et de *City* suite à des économies d'échelle : chômage, CDD dans un grand news de gauche en perdition. Elle était revenue bosser à *La République de l'Hombre*, le quotidien régional dont nous nous moquions tous enfants. Elle et un collègue avaient le projet de le rénover de fond en comble, de faire entrer Mornay dans le XXIe siècle, et sa feuille de chou avec. Le journal avait viré à gauche, soutenait le père de Mathilde, devenu responsable de l'opposition socialiste au conseil municipal, et n'avait qu'un objectif : faire enfin tomber Hersent, le maire antédiluvien de la ville.

«Y a des infos qui commencent à sortir sur la vente du terrain de la chauffagerie. L'appel d'offres.» Elle a rabattu ses lunettes sur la pointe de son petit nez. «J'en ai pour une heure au bureau. Ensuite je dois faire un saut à Beaujour, chez la famille de la fille voilée. Je peux prendre la bagnole et je vous laisse aller voir Maddie à pied, OK ? Quand tu l'auras retrouvé.» Mathilde n'aimait pas Faber, mais elle n'appréciait pas non plus Maddie. J'ai donc fait l'effort de lui prouver que je préférais être avec elle plutôt qu'avec eux.

«Je t'accompagne au journal. On laisse Faber à la pharmacie et Madeleine se débrouille avec lui. Il dormira chez elle. L'histoire avec Fabien, après tout c'est son problème.»

Mathilde a semblé soulagée.

Mais je mentais, une fois encore. Dans ma sacoche en cuir, le manuscrit était là et il fallait le mettre hors de portée de Faber. Je comptais passer chez mes parents, déposer la seconde partie du livre dans leur garage et garder la première à la maison. J'avais donc en tête de conduire Mathilde au siège du journal puis de m'occuper de mes affaires. Le temps pressait : Madeleine estimait qu'il faudrait mettre notre projet à exécution dès demain soir ; après, il serait trop tard. Et pas question de mêler Mathilde à cette histoire.

« Il ne nous importunera pas. Je te le promets. »

Touchée par mon attention, elle m'a embrassé sur la joue et a ouvert la portière.

Math a hurlé. Lâché son sac à main. Tombé sur le goudron brûlant, son Blackberry a rebondi entre mes pieds.

Il était là.

En pantalon maculé de taches de boue. Recroquevillé. De la bave aux lèvres et de la morve au nez. Dans toute sa splendeur, Faber gisait sur le siège avant, les yeux fermés.

Il n'en a ouvert qu'un, à la façon d'un lézard.

« T'es là ? Je t'attendais.

— Bordel ! », a hurlé Mathilde, en ramassant son portable. « Mais qu'est-ce que tu fous dans ma bagnole ? Sans déconner, t'as quel âge ? Enlève tes pieds de là ! » Avec dégoût, elle a repoussé les pieds noirs et écorchés de Faber, qui s'est laissé faire.

« T'as crocheté la serrure de notre voiture ? »

Lui a déplié sa longue carcasse, sous le grand soleil rouge de cinq heures.

« Ça te gêne ? Pardon. Salut Mathilde. Fait un bail. »

Il marchait avec difficulté sur l'asphalte et les braises du sol me faisaient mal pour lui. «Attends, j'ai des godasses dans le coffre. Et une chemise aussi.»

Mathilde a fini de nettoyer l'habitacle à l'aide de quelques kleenex : «Je vous préviens, ce n'est pas moi qui les laverai.» Mais comme j'insistais, elle a bien voulu le conduire jusqu'à Gallieni, où se trouvait la pharmacie.

Les jambes trop grandes, genoux repliés contre le ventre, il s'est faufilé sur les sièges arrière.

«Y avait quelqu'un à ma place.»

À l'avant, j'ai répondu distraitement :

«De qui tu parles?

— En classe. Tes élèves. Il y en avait un à ma place.

— Ah oui, forcément. C'est le renouvellement des générations.

— Oui, mais à *ma* place, ça m'a fait bizarre.»

Mathilde a freiné à l'entrée de la place Gallieni et Faber s'est cogné le visage contre l'appuie-tête.

4

Pharmacie Gallieni

C'était une simple devanture vitrée à l'angle de la rue de Logres et de la place, au bout du boulevard de Courtrai.

Il s'agissait à l'origine d'une petite pharmacie de un étage que le propriétaire avait agrandie en rachetant deux locaux commerciaux sur les côtés, puis une cour d'immeuble couverte à l'arrière. Le magasin possédait toujours la même entrée étroite et tout en hauteur, mais quand on franchissait la porte la boutique se déployait désormais en largeur, sous une lumière éclatante, comme des ailes d'oiseau, de pièce en pièce, auxquelles on accédait par de petites volées de marches. Les deux salles principales étaient réservées à la parapharmacie : la coupe d'Hygie de ceux qui préparaient et dispensaient naguère les médicaments était devenue un grand pot-pourri de produits de soin, d'hygiène et de beauté, dont la distribution ne nécessitait pas le moindre diplôme, la moindre formation. Les pharmaciens, qui le regrettaient, étaient donc devenus des vendeurs de produits d'entretien.

J'ai traîné des pieds sous la grande croix verte clignotante; mais Basile n'est reparti qu'après s'être assuré que j'avais bien passé le seuil de la boutique. Ils me traitaient comme un enfant à leur charge. J'étais revenu à Mornay pour me trouver à leur merci.

Derrière le comptoir situé juste face à l'entrée, Madeleine m'a repéré du coin de l'œil et a fait signe à Basile à travers la vitrine, comme pour lui signifier : « C'est bon, tu peux y aller, il est à moi. »

Sans cesser de me surveiller, Maddie a tendu le terminal de paiement à une cliente âgée et pendant que la femme tapait son code de carte bleue, elle a levé le regard par courtoisie, afin de ne pas paraître relever les touches sur lesquelles pianotait la cliente, qui avait l'air méfiante ; Maddie a redressé le sachet en papier de la commande ; elle en a joint les bords et les a roulés ensemble pour refermer le paquet. Méticuleuse dans son travail. A repris des mains de la cliente le terminal, attendu la sortie bruyante du ticket de caisse, qu'elle a coupé en deux avec soin. En blouse blanche, elle a souri au client suivant, derrière les rangées de pastilles contre les aigreurs d'estomac, la mauvaise haleine, les sticks protégeant les lèvres sèches, les paniers entiers de bonbons pour s'éclaircir la voix et le présentoir de préservatifs de toutes les tailles, de tous les goûts.

Sans émettre le moindre son, elle a remué les lèvres et elle a dit : « Je te vois. »

Bien entendu, je pouvais sortir et m'enfuir. Tourner en rond dans Mornay toute une journée, le long du boulevard de Courtrai, sur le Grand-Cours, jusqu'aux champs de Dorville peut-être, ou vers les barres d'immeubles de Beaujour. Et puis ils me trouveraient, l'un ou l'autre. Ou bien prendre le train, mais je n'avais pas d'argent. Faire du stop, mais depuis les histoires sordides, qui avaient fait le bonheur des amateurs de faits divers, du boucher de l'Orne ou de l'équarrisseur de l'Yonne, ce genre de conneries, plus personne ne prenait d'homme en stop, surtout dans mon état et avec ma gueule.

Je pouvais marcher sans dormir ni boire ni manger, plusieurs jours et plusieurs nuits. Mais pour aller où ?

Alors en grognant je me suis assis sur la chaise pliante près de la balance payante, à côté du tourniquet consacré aux soins pour le pied : crèmes abrasives contre la corne, poudres désodorisantes à effet garanti et semelles orthopédiques. Mon estomac était acide, mes gencives enflammées, ma gorge sèche, mon crâne eczémateux, les plaies sur mon torse agacées par le frottement de la chemise de Basile. J'ai toisé comme un ennemi les centaines de produits étiquetés sur les rayons, qui m'auraient guéri. J'ai défié les draineurs, l'Oenobiol, le peeling, les concentrés fermeté, l'élastose solaire et le rajeunissement facial. J'étais tout *le contraire*.

Avec une patience infinie, Madeleine venait de prendre en charge une dame à la voix d'oiseau qui disait souffrir de « coups de poignard dans le cerveau ». Allons bon, une folle. J'ai ri et Madeleine m'a intimé de me taire d'un regard courroucé. Il faisait frais dans l'entrée de la boutique : le courant d'air permanent des allées et venues, portes ouvertes, portes fermées. Parti passer mes nerfs dans l'aile de l'hygiène et des soins de la peau. Au passage, j'ai décoché un petit coup de coude à la glissière hélicoïdale par laquelle descendaient du premier étage les médicaments commandés au rez-de-chaussée.

Soudain, tenant sa blouse blanche par le col pour ne pas qu'elle s'envole dans l'impétuosité de son mouvement, Madeleine a contourné le comptoir d'un pas vif. Elle a posé une main amicale, qui voulait dire :

« Attendez-moi un instant », sur l'épaule de la femme psychotique, et a descendu les trois marches en direction de la pièce où je me trouvais. D'un air parfaitement professionnel, elle s'est approchée de moi et m'a giflé. Une fois. J'ai gémi. Une seconde fois, sur la même joue. Ne m'a pas adressé la parole et, devant cinq ou six clients médusés, elle a repris le fil de sa consultation derrière son pupitre.

J'ai saigné du nez. Me suis essuyé dans une serviette de plage offerte avec le pack écran total.

Une heure a passé. Tête basse, à demi endormi, demeuré inoffensif dans l'angle des produits pour le bronzage de la grande pièce carrelée, à peu près déserte. L'heure de fermeture approchait. Personne n'achetait plus de lait hydratant à cause de moi. L'unique stagiaire évoluant encore entre les rayons avait été prévenue par Maddie : « Il s'agit d'un ami. » Et sans oser me dévisager, la pauvre fille passait à petits pas devant moi, grande tige molle effondrée de travers. Quatre ou cinq flasques orange et bleu ornées de soleils stylisés étaient tombées à mesure que je m'affalais contre le rayonnage en métal laqué. Ne les ai pas ramassées.

Une fois la dernière cliente partie, Madeleine a soupiré et déboutonné sa blouse. Près de son cœur, il était écrit son prénom sur une broche. Elle a fait quelques mouvements, des étirements de la nuque et des bras. Puis elle est redevenue celle que je connaissais. Travail fini, l'acteur laisse son rôle sur le portemanteau. S'est approchée de moi, a ramassé les flacons que j'avais laissé choir et m'a remis d'aplomb.

« Tiens-toi droit. Viens avec moi. » Me prenant par le menton, a fait tourner ma tête devant ses yeux. « T'as saigné du nez. C'est ma faute. T'en as partout. Comment tu fais pour respirer?

— Pas besoin.

— Ne renverse pas la tête en arrière.»

Main dans ma main, m'a laissé passer sous le comptoir, dans l'arrière-boutique. A rapproché un tabouret à trois pieds. Refermé de grands et larges tiroirs plats, qui contenaient comme autant de petites briques des centaines de boîtes d'analgésiques, peut-être pour construire un mur contre la douleur.

Une liasse de papiers à la main, le pharmacien en chef est descendu du premier : «Madeleine? Qu'est-ce que vous faites?

— Je m'occupe du monsieur. Il a des plaies.» Et Madeleine, qui connaissait mon corps par cœur, a ouvert la chemise pour dévoiler sous la lumière verdâtre mes cicatrices, qui ont fait peur au patron. Ne voulait pas de junkies dans son établissement, déjà deux agressions, caméras de sécurité, flics prévenus mais qui viennent toujours trop tard, m'a expliqué Maddie.

«Ton patron ne va pas être content.

— M'en fous, je compte me casser d'ici.»

Au milieu des piles et des rangées de médicaments, il faisait bon et il paraissait impossible d'avoir mal. Tout était calme. Couleur blanc et bleu pâle. Le bourdonnement du néon. Avec tact et sans plus ni moins d'attention qu'avec ses précédents clients, Maddie a désinfecté mes plaies et nettoyé mon nez encombré par des croûtes de sang.

«Tu m'excuses pour ton mari.»

Elle a ri.

«Non. J'ai eu très très envie que tu le frappes. Après, quand tu l'as fait, je t'en ai voulu.

— Tu voulais que je le tape à ta place ? Je croyais m'être trompé. » J'avais le nez bouché et une diction hasardeuse.

«Tu me connais. Tu sens ce que je veux. Tu ne te trompes jamais.

— C'est pour ça que tu m'as fait revenir ?

— Non, rien à voir. Je te l'ai dit. À cause des lettres qu'on a reçues.

— Conneries. Je ne les ai pas envoyées.

— Tu ne te souviens de rien. Regarde dans quel état tu es. »

En observant Maddie et la manière dont elle prenait soin de moi, j'essayais de deviner ce qu'était la vie d'adulte, comment elle en était arrivée à être mère.

« Je veux bien essayer.

— Essayer quoi ?

— De faire comme toi. La même vie. »

Elle a refermé la solution de Bétadine et s'est lavé les mains au robinet.

« Mais ne le fais pas *pour moi*. D'accord ? »

Puis elle a plié sa blouse en quatre et changé de chemise. Elle portait un soutien-gorge blanc, sans dentelles, et s'est détournée pour ne pas me le montrer. Profitant de son moment d'inattention, j'ai volé une plaquette de médicaments, du Rohypnol. Parce que j'en aurais bientôt besoin. La tête dans le chemisier qu'elle venait d'enfiler, Maddie a ajouté :

« Je me fous de ce que tu veux faire. »

Et le patron est passé, le visage mauvais.

« Madeleine, à l'avenir vous éviterez de ramener vos connaissances dans le magasin. »

À la manière dont il lui a ensuite parlé du certificat qu'elle avait oublié pour les trois jours de congé maladie qu'elle venait de prendre dans la semaine, je pouvais me glisser dans la tête de l'homme et voir Madeleine comme une simple employée. J'ai repensé à son intelligence, quand elle était enfant, et à toutes les dimensions supérieures de sa personne. Mais, repliées les unes sur les autres, elles ne formaient plus qu'un point où les plans et les volumes et l'histoire de son être d'une complexité infinie pour moi qui la connaissais bien devenaient indistincts. Elle était une employée, point. Et des employées, il en existait beaucoup. De meilleures, de moins bonnes.

« On va chercher Alice ? », a-t-elle demandé en attrapant son sac à main.

« Qui ?

— Ma fille. »

Heureuse de quitter la pharmacie, Madeleine m'a pris par le bras sous l'œil du patron en train de pester contre la glissière hélicoïdale de travers.

« Tu veux devenir normal ? Entraîne-toi. On fait vieux couple, tous les deux, tu ne trouves pas ? Allez, fais semblant, pour voir. »

C'était amusant. En passant les portes vitrées, coulissantes et automatiques du magasin, nous avons regardé la lune claire dans le ciel encore bleu de Mornay. Madeleine a joué la première. Elle a parlé de notre fille, de la voiture qu'il fallait penser à amener au contrôle technique avant la fin du mois et de la déclaration d'impôt, jusqu'à fin juin si on la remplit sur Internet.

J'avais des difficultés à suivre.

Péniblement, j'ai voulu énoncer quelques banalités sur le compteur électrique, le carnet de vaccination de la petite, le spectacle de fin d'année et les clefs des voisins, qui nous demandaient d'arroser leurs plantes et de prendre leur courrier en leur absence ; mais je me suis embrouillé, j'ai confondu le gaz et l'électricité, j'ai parlé des feuilles de remboursement de la Sécurité sociale…

« On a des cartes Vitale, maintenant ! »

Elle se foutait de moi.

… et puis je ne connaissais pas les différents programmes de la machine à laver, j'ai prétendu avoir acheté des pastilles d'assouplissant contre le calcaire, et quand Madeleine m'a posé des questions vicieuses sur notre Plan épargne logement…

« Mon pauvre, tu ne fais pas illusion longtemps… »

Elle a sorti une cigarette.

« Quel mauvais mari tu fais. Tu me proposes du feu et tu me demandes comment s'est passée ma journée ? »

Je lui ai emprunté son briquet et j'ai cherché à protéger la flamme du vent, sans y parvenir.

« Alors, comment s'est passée ta journée, ma chérie ? »

Elle a soupiré, m'a pris le feu des mains.

« Mon patron est un sadique. Je vais tout plaquer. » Elle a souri. « Et là tu dis : Je te comprends, ma chérie. Tu vas voir, on va trouver une solution.

— Une solution pour quoi ? »

Elle retenait longtemps la fumée avant de la souffler en légers motifs, brodés comme de la dentelle. Elle avait l'air d'une femme.

« Pour ne pas avoir une vie de cons. »

Je lui ai répondu tristement : « J'ai essayé, ça ne marche pas. »

5

À la sortie de l'école

À l'intérieur de sa Toyota noire, Madeleine et moi avons continué à jouer. Par la fenêtre abaissée de sa portière, elle laissait retomber la cendre de sa cigarette. Accroupie sur la housse du siège conducteur, elle me faisait bien rire en réservant à l'avance nos vacances dans un bungalow des Landes.

«Tu te marres, mais c'est ce qu'on fait avec Fabien. C'est pas si mal.»

Dans le rétroviseur, elle a vérifié sa coupe de cheveux.

«Toujours coquette.»

Ce n'était pas méchant. J'étais sorti et je prenais l'air, les fesses contre le pare-chocs, les mains dans les poches, le ventre rebondi et la chemise mal ajustée.

«Attends.»

Madeleine est sortie, a écrasé sa cigarette dans le caniveau. Tout près de moi, m'a toisé et a tenté de redresser mon vêtement. Mais j'étais devenu un cintre tordu, de ceux qu'on ne peut pas remettre droit sur la tringle. Elle a arrangé mes cheveux comme si j'étais son fils. Ils étaient gras, presque beurrés. Il allait être dix-huit heures et la chaleur était tombée. Il fallait attendre la fin de l'étude, à laquelle Alice restait parce que sa mère travaillait. Assis sur le capot, nous avons regardé notre ancienne école sur la place de Foudre-Tonnerre, et les rangées de parents qui attendaient de dos.

« Les parents… », a murmuré Maddie.

Comme nous étions garés au fond du parking, on apercevait un vaste ensemble de fesses.

« Toutes les mères ont de gros culs.

— Tu te moques.

— Je peux, j'en suis une. Pas toi. »

Il faisait moite et l'orage ne venait pas. Les enfants non plus.

Puis il y a eu du bruit et les grilles se sont ouvertes. On devinait entre les jambes des pères et des mères les enfants qui les rejoignaient, le cartable sur le dos. Certains s'échappaient et remontaient déjà seuls dans la direction de la butte des Trente-Prisonniers, sur l'asphalte craquelé.

Le vent a soufflé dans les marronniers, la pluie n'est pas tombée.

« Alice a l'habitude, elle nous rejoint près de la voiture. »

Je prenais goût à cette sorte de langueur organisée, avec l'impression que Madeleine m'embauchait peut-être comme époux et comme père de sa fille. Mais Alice est restée sur le seuil du grand portail, la main tenue par une jeune institutrice, qui a fait signe à Madeleine de s'approcher.

Alors je n'ai plus existé.

Anxieuse, elle a claqué la porte du véhicule et enfilé un bouton supplémentaire de son chemisier, au niveau de la gorge. Je l'ai suivie. Le temps de me faufiler parmi les parents qui discutaient, prenaient le cartable des mains de leurs enfants, je suis arrivé devant le panneau d'affichage de la cantine. Alice m'a aperçu, a hurlé et s'est réfugiée dans les bras de sa mère. D'autres enfants m'ont observé, mi-dégoûtés, mi-effrayés. Et le vide s'est fait autour de moi.

Me suis dirigé d'un bon pas vers le cours des Trente-Prisonniers, afin de laisser Madeleine s'entretenir avec l'institutrice. Parents et enfants se tenaient systématiquement à plus d'un mètre de moi, à mesure que je fendais la petite foule. Peut-être que je sentais mauvais. L'odeur explique plus qu'on le croit le comportement des gens en société. Parti un peu plus loin. Le marchand de journaux de la place avait fermé. La boucherie tenue par le père des jumeaux Ragoulin existait toujours mais n'était plus chevaline.

J'ai commencé l'ascension de la butte. Par terre, près des massifs de magnolias, un punk à chien demandait l'aumône. Occupé à caresser la tête de son animal, un bâtard, il n'a pas fait attention à moi. Les cheveux blonds. A levé la tête. Il m'a semblé le voir ressusciter : Romuald ! Est-ce que c'était lui ? Le chien a aboyé contre moi.

Je suis redescendu et quelqu'un m'a tiré par le bras. Son visage me disait quelque chose. Une femme triste d'une cinquantaine d'années, en habit sénégalais. Me tendait un papier plié en deux.

« Monsieur, tu peux me dire ? »

Madeleine discutait encore avec la maîtresse d'Alice.

« Vous dire quoi ? »

Elle peinait à s'exprimer, comme si elle était à bout de souffle. A placé son papier sous mes yeux.

« C'est un bulletin de notes ? »

Elle avait l'air angoissé, le visage noir et las : « Dis-moi, toi qui sais, qu'est-ce qu'il y a marqué ? »

J'ai compris qu'elle ne savait pas lire. L'en-tête du collège Octave-Joly ornait le coin droit supérieur du bulletin, au nom d'une certaine Fatou Wade. Ce nom m'était familier.

« C'est bien Fatou ? », a-t-elle demandé.

« Oui. »

J'ai parcouru le bulletin. Dans les cases réservées aux professeurs, les remarques étaient méchantes. L'appréciation générale se résumait à « un ensemble trop modeste, aucun effort et des lacunes inquiétantes ».

« Alors ? »

J'ai fait la moue : « C'est moyen, madame. »

Elle m'a souri, inquiète : « Il y a des absences ? »

En bas du document, on lisait : « 13 absences dont 9 injustifiées. »

« Un peu. » J'ai corrigé : « Pas trop. »

Et puis j'ai décidé de mentir. Replié le papier avec soin. « C'est encourageant. Ils disent qu'il faut faire des efforts, Fatou y arrivera.

— Merci, merci monsieur. Vous étiez toujours si gentil. Qu'est-ce que vous êtes devenu ? Donne-moi la main, je vais te dire l'avenir.

— Non. » Le cauchemar et les maux de tête revenaient. « Vous êtes qui ? »

Elle a prétendu être la mère d'Estelle : je ne la reconnaissais pas. Puis elle a appelé à tue-tête un blondinet mal élevé, auquel elle servait visiblement de nounou.

« Tu dois venir voir Estelle. Elle a été très triste quand tu es parti. Donne-moi ta main. » Avec une force insoupçonnable, elle me l'a attrapée et a ouvert mon poing comme une fleur. Elle n'a pas crié. Pas de simagrées. Simplement dit : «Tu es le démon. Tu es triste, tu ne devrais pas être parmi les hommes. Tu n'as plus de maison. Tu dois mourir, partir, s'il te plaît. Tu dois trouver la paix.»

Et petit à petit dans ma tête rouillée les grandes roues du passé, et les petites aussi, ont cliqueté, se sont remises en marche et moi avec. Estelle Wade, le diable et les Gardon.

«Faber, tu m'écoutes?»

C'était Madeleine qui me parlait à présent. La mère d'Estelle était partie.

«Tu fais peur à Alice. Fabien est sorti de l'hôpital et il est venu parler à l'institutrice. Du coup c'est un peu compliqué pour moi. Tu iras dormir chez Basile, d'accord? Je vais te donner l'adresse.

— Pas de problème.»

Madeleine me chassait.

Puis elle m'a pris par le poignet, a rouvert ma paume et déposé sa main dans la mienne, avec douceur :

«Mais on se reverra *avant que tu t'en ailles.*»

6

Dans un T3

Après avoir marché jusqu'à la Queue-de-Mornay, au pied de la cité de la Cerisaie où j'habitais, j'ai ramassé le courrier dans la boîte aux lettres taguée d'un blaze que je n'étais jamais parvenu à déchiffrer. J'avais rendu visite à mes parents, mis à l'abri le second carnet du manuscrit, puis j'avais laissé la voiture de Math au siège du journal.

Trois par trois, j'ai monté les marches de notre escalier, dans la cage vitrée maculée de crottes de pigeons. Dans la poche intérieure de mon veston, le trousseau de clefs : une petite tête de Fantasio et une clef USB. Je suis entré chez moi. Mon premier geste a été de cacher le premier carnet du manuscrit dans la boîte derrière la bibliothèque, avec un cadenas et un code.

Ensuite j'ai ôté ma veste et je suis passé aux toilettes. J'ai ouvert une canette de Coca Zéro, prélevée dans la réserve personnelle de Math sous l'évier.

Il y a encore peu de temps, je n'en pouvais plus de ne pas aimer ma vie, et je l'en avais rendu responsable. Je n'avais qu'une idée en tête : le faire payer.

Assis sur un pouf, dans la pénombre du soir de printemps, j'ai réfléchi. Si je ne l'avais pas connu, je n'imaginerais même pas pouvoir rencontrer quelqu'un comme lui : je serais ignorant et ignorant de l'être. Heureux, peut-être. Maintenant que je l'avais connu, il n'était plus possible de me représenter ce que j'aurais pu être sans lui. Meilleur, moins bon, je n'en sais rien. J'ai siroté la boisson tiède. Il reviendrait encore et toujours, comme les cauchemars que je faisais.

Ça a sonné.

« Math, tu n'as pas les clefs ? »

Silence.

La canette de Coca m'a échappé des mains et a roulé sur le carrelage. C'était lui. En tremblant, j'ai épongé la flaque marron, gazeuse et collante avec de l'essuie-tout.

« Attends trente secondes ! »

Il a expliqué d'un ton las : « Peux pas aller chez Madeleine.

— Ah. »

Le mari de Maddie était sans doute rentré de l'hôpital, et Faber se laissait balader d'appartement en appartement. C'était une humiliation pour lui.

« Entre. »

J'ai allumé le petit salon de mon T3.

À ma grande surprise, Faber n'a pas pris le temps de critiquer mes étagères, les affiches de cinéma au mur, les DVD et les plantes en pot. Il a préféré contempler la fenêtre qui donnait sur le parking et le terrain vague pour les gamins qui jouaient au foot, puis les barres de Beaujour.

« On va acheter à manger. »

Parce que j'étais bien conscient que j'aurais à me faire pardonner par Math, ulcérée de trouver Faber à la maison, j'ai choisi ses plats préférés, des yakitoris et un plateau de raviolis gyoza chez le traiteur japonais de la Grand-Place.

Faber a observé la nourriture, il n'a pas fait de commentaire. Il s'est assis et a attendu.

Finalement, une fois Mathilde rentrée, je crois bien que c'est un Faber intérieur qui a parlé en moi, déconcerté que j'étais de ne pas l'entendre déblatérer ses théories habituelles. Mathilde m'a jeté un regard noir. Faber a mangé une brochette de poulet. A mâché bouche ouverte. Bu un peu du brouet aux champignons. Manipulé maladroitement les baguettes et baissé le nez. Après avoir avalé un grand verre d'eau pour faire passer la contrariété de l'accueillir chez nous, Math a retourné son irritation contre l'affaire qui l'occupait depuis quelques jours.

« Qu'est-ce que c'est ? », s'est enquis poliment Faber, en traitant son riz gluant comme si c'était une crevette, et inversement.

« Le tempura ?

— Non. Ton histoire. »

Sans doute la première fois que Faber faisait mine de s'intéresser à ce qui touchait à la négligeable personne de Mathilde Sargent. J'étais crispé : je guettais le piège.

Mathilde pouvait être très expressive et avait le don journalistique de bien résumer (pas de bien raconter), lorsqu'elle était en confiance. Mais je l'ai placée dans de mauvaises dispositions à force d'anticiper le jugement de Faber. J'ai donc été désagréable avec Math *alors que* et *parce que* Faber ne l'était pas.

« C'est une gamine de Beaujour.

— Ah ?

— Pas vraiment une gamine, Math, elle a vingt-deux ans. » Je l'avais interrompue une première fois.

« Laisse-moi expliquer. Une petite maghrébine, assistante d'éducation à l'école au coin de la rue.

— C'était l'école de Pape, d'Estelle et de Samira. Tu te souviens d'eux ?

— C'est la sœur de Samira. Donc sa petite sœur, cette Leïla... »

J'ai tiqué.

« Quoi ? Qu'est-ce qu'il y a ?

— C'est la manière de dire son prénom.

— Et alors ?

— Je ne sais pas, tu dirais Martine de la même façon ? Juste son prénom ?

— C'est quoi le problème ? Oui, Martine, et alors ? C'est raciste de dire qu'elle s'appelle Leïla ?

— C'est pas ce que j'ai dit. »

Faber avait fini son riz. D'un air bovin, il nous a regardés. « Arrête », lui ai-je dit. Je savais ce qu'il pensait : il parlait dans ma tête. Je savais aussi qu'il méprisait Mathilde, sa manière de poser le problème, sa façon d'énoncer une évidence à la place d'une subtilité, et une fausse subtilité à la place d'une vraie évidence. J'ai fait de grands yeux pour qu'il s'arrête tout de suite de parler ainsi à l'intérieur de mon cerveau. Il a paru étonné.

« Elle va au travail depuis quelques semaines avec le voile.

— Simplement le hijab, pas l'intégral.

— Basile ! Tu crois que je ne connais pas la différence ?

— Je le disais pour Faber. Il est parti pendant des années, il n'est peut-être pas au courant.

— Non, je me rappelle. Le voile. »

On aurait dit qu'il se fichait absolument du sujet.

Mathilde a lâché ses cheveux blonds, laissé rouler son

élastique entre le pouce, l'index et le majeur de sa main baguée. S'est étirée et ses petits seins ont pointé sous sa chemise.

«Basile est *pour* le voile.»

C'était volontaire de sa part : laisser apparaître ses seins au moment de me faire passer pour un adversaire du féminisme occidental. J'étais certain que Faber l'avait compris.

«Tu fais chier. Tu le sais très bien. Je ne suis pas pour le voile. Un vêtement, ça ne dit rien. C'est polysémique.»

Une forme larvée de colère picotait le bout de mes doigts.

«Ah, monsieur le professeur de français, donc.»

Mathilde a fait mine de débarrasser les assiettes; je l'en ai empêchée en lui accrochant le poignet.

«C'est pas un mot, ça peut dire mille choses. Pour certaines filles, ça signifie la soumission. Pour d'autres, leur mère ne savait pas parler français. Elles militent un peu et le voile, c'est une arme. C'est comme une manière de se singulariser.

— Bien sûr, tu te singularises en t'habillant comme te dit le Coran.

— C'est pas marqué dans le Coran.

— Justement.»

Faber semblait perdu dans ce monde-là. Il a empilé les verres, histoire d'aider un peu. Mais j'avais la conviction qu'il faisait semblant de rester en dehors du débat pour mieux le pourrir du dedans.

«Qu'est-ce que t'en penses?

— Je ne sais pas. Je n'ai pas d'avis.»

Je n'en croyais pas un mot. Mathilde non plus.

«Pas d'avis? Tu nous as fait chier pendant des années

avec la politique... Tu penses comme Basile ? Elles mettent le voile, je ne vois pas le problème ! Et après tout le string aussi c'est une contrainte sociale. Bla bla bla ?

— J'ai jamais parlé du string ! Je déteste cet argument. Et j'aime pas quand tu parles comme ça.

— Je vais faire un somme», a seulement répondu Faber, en se cognant à l'angle des meubles. «Pas besoin du canapé, le tapis ça ira. Salut les amoureux.»

Nous l'avons regardé s'allonger sur le tapis blanc. Lâcher un soupir en ôtant ses tongs (en l'occurrence c'était les miennes). Les bras croisés derrière la nuque, la chemise remontée sur le bide, il a fermé les yeux. Il ressemblait à Boudu sauvé des eaux et le plan que j'échafaudais contre lui depuis plus d'un an m'est apparu ridicule : le diable de naguère n'était plus qu'une épave misérable, échouée dans le monde d'aujourd'hui.

J'ai fini par rejoindre Math dans la salle de bains. Nous n'avions pas de baignoire, mais nous pensions déménager en fin d'année.

Mathilde s'est déshabillée de dos. Je pouvais entr'apercevoir sa face et son buste dans le miroir à trois battants sali par quelques éclats de dentifrice, qu'elle a nettoyés du bout des doigts. Puis elle a étalé sur son visage un masque argileux vert. Math avait de l'acné à l'adolescence. Depuis lors elle soignait sa peau avec la maniaquerie de ceux qui ont connu la catastrophe et lui ont survécu.

«Tiens.»

Elle m'a tendu un peigne et j'ai démêlé avec affection ses cheveux florentins, parce qu'il paraît que je faisais ça bien. J'étais torse nu. Sans lentilles, je ne voyais pas grand-chose. Au moment précis où je me suis débarrassé de mon pantalon en lin et de mon slip de coton, la porte de la salle de bains s'est ouverte. Le battant a cogné contre la penderie escamotable.

« Et merde ! », s'est exclamée Mathilde les cheveux défaits et le visage couvert d'argile. Elle s'est enveloppée comme elle pouvait dans le rideau afin de préserver sa pudeur. Moi, je n'ai pas su quoi faire de mes mains, le sexe à l'air.

Faber nous a vus à poil tous les deux. Il a bâillé, deux filets de bave lui ont dessiné des crocs. Il nous a contemplés entièrement nus. A demandé comme si de rien n'était : « Où est-ce que c'est pour chier ? »

Je lui ai indiqué la porte des cabinets. Revenu dix minutes plus tard dans le salon, il s'est endormi comme une masse.

Il rêvait.

7

Le rêve

Les portes de l'hippocampe de mon cerveau se sont refermées : je rêvais.

Accroupi sur la place centrale d'un village pauvre dont j'étais le roi, mais dont les morts avaient élu un président en exil, j'ai senti du mouvement sous mes vêtements. Sans me précipiter, je me suis dévêtu et j'ai vu un oiseau palpiter sous ma peau.

Me suis inquiété : « Comment parviendra-t-il à respirer ? »

Avec l'oiseau il y avait un renard. Je l'ai rassuré, il m'a mangé un poumon, le meilleur : le droit.

À l'instant même où je voulais m'ouvrir le ventre pour lui donner de l'air, c'est moi qui ai eu le souffle coupé. Comme si toute l'atmosphère de la planète venait d'être aspirée par un dieu en apnée. Cramoisi, j'ai cherché la sortie du monde. Une corde en boyau de bœuf tombait du ciel. Lorsque je l'ai touchée, c'était devenu une très longue veine coronaire. Il a fallu grimper. Trente-six jours et trente-six nuits d'escalade. Enfin j'ai touché le plafond de l'Univers, depuis lequel la corde pendait à un crochet de boucher. Je n'avais plus ni cœur, ni tripes, ni le moindre organe interne : mon thorax était une coquille d'œuf vide, au fond de laquelle le renard et l'oiseau étaient morts de faim.

« Du courage. »

Mes ongles de femme étaient longs et durs comme de l'acier trempé. Alors j'ai attaqué le plâtre de la voûte céleste. À mesure que je creusais, de la poussière et des peaux mortes sont tombées. Bientôt, la lumière a transpercé la cloison et j'ai agrandi le trou pour passer au travers.

Me suis retrouvé à mon point de départ, au pied de la corde et au milieu du village que je venais de quitter.

Entre-temps, l'endroit était devenu une riche cité hollandaise à calicots, peuplée de magistrats en fraise et d'enfants rangés trois par trois, qui apprenaient la révérence et la génuflexion. On m'avait oublié. Après m'être épousseté les épaules, j'ai fait un pas en direction du brouillard qui a bientôt recouvert les citoyens d'un voile de fumée. « Quelqu'un nous cuit à la vapeur », ai-je remarqué.

La première et la dernière maison de la ville était la mairie. Là seulement il faisait grand ciel bleu. Sur le perron j'ai reconnu un couple d'officiels qui m'attendaient les mains vides. Ils avaient vieilli. Lui portait la barbe grise, pourtant ses favoris étaient restés roux. Les oreilles coupées, il avait beaucoup pleuré mais il m'a tendu les bras en disant qu'il m'aimait. À côté de lui ma mère souriait, vêtue d'une robe à fleurs. Je retrouvais les petites rides en forme de pattes d'oie dessinées près de ses yeux, lorsqu'elle riait. Elle portait d'énormes boucles d'oreilles étincelantes.

« Mon ange », a-t-elle dit.

J'étais heureux.

Dans les boucles d'oreilles de ma mère, l'une concave l'autre convexe, des miroirs ont reflété en tremblant l'image *réelle* de ma silhouette. J'étais invraisemblablement grand, beaucoup plus qu'adulte. Courbant l'échine, le dos bossu, voilà comment j'étais : rougeoyant et énorme en longueur. J'ai voulu me redresser encore. En guise de pesant bouclier, rejetée derrière moi, une roue colossale. Sous le poids du ciel, je ne suis jamais parvenu à me tenir debout. Je n'avais pas appris à marcher. Voici ce qui m'était révélé : je n'étais même pas né, je n'avais pas vécu.

J'étais déchu.

J'ai espéré pleurer, mais seules les flammes se sont écoulées des canaux de ma tristesse — mes yeux ont brûlé sans laisser la moindre cendre. En lieu et place de ma peine, je n'ai trouvé que de la rage. Et mon père m'a dit : « Il n'existera personne au monde pour te consoler. Jamais. »

8

Réveil

Mon œil a glissé sur la moquette grise du minuscule corridor qui débouchait sur la salle de séjour, longue de sept mètres environ, large de trois.

Le rêve avait été douloureux. Hébété, je me suis redressé comme un pantin articulé, partie par partie. Il était un peu moins de sept heures. Sur les tomettes du salon, le soleil gris d'une journée d'orage s'étalait ligne après ligne, au travers d'un store vénitien en bois de tilleul.

J'ai cligné des yeux.

« Basile ? »

Il était parti. J'ai repris mes esprits.

J'étais libre de me mettre en quête de ce qu'il avait passé la journée précédente à me cacher.

Observé son salon. Le mur blanc tombait sur un vieux secrétaire Diane à quatre tiroirs, sans doute récupéré dans la rue parce qu'il lui manquait un pied et qu'il était calé sur une pile de livres, parmi lesquels les *Mémoires d'un gentilhomme corsaire* par Edward John Trelawny, le Larousse de 1992, un exemplaire des *Choses* de Georges Perec en livre de poche et *L'Homme nu* de François Vérita.

Après la porte qui donnait sur le corridor de l'entrée, trois plantes en pot sous une grande lampe LCD : un stathiphyllum florissant à feuilles blanches qui sert de dépolluant, un petit yucca et une sorte d'acanthe desséchée en fin de vie. Un guéridon supportait une boîte à bijoux en feutrine parme, garnie de trousseaux de clefs et de quelques factures froissées, de cartes postales d'Inde et du Québec. Trois tiges d'encens brûlé complètement.

Au-delà du guéridon, le mur du fond était occupé par une série de bibliothèques Ikea, façon bouleau. Les livres classés dans l'ordre alphabétique en ce qui concernait les romans. Puis agencés par souci pratique de séparation entre les documents de Mathilde sur la région de Mornay et les manuels scolaires ou les ouvrages pédagogiques de Basile. Derrière les bouquins, une boîte et un cadenas à combinaison chiffrée. J'ai souri. À coup sûr Basile avait choisi l'année de la prise de Mornay par les Écorcheurs de la place de Mai.

C'était bien le cas.

À l'intérieur, un grand cahier Bellefontaine à spirale. Comme le mien. L'autocollant blanc indiquait : « Roman ». Basile écrivait. Le titre ? *Le destructeur*. Au-dessous, une couronne à trois pointes, semblables à des flammes, chapeautant neuf cercles concentriques.

J'ai ouvert le manuscrit. Sur les grandes pages numérotées à la main, l'écriture au stylo bic bleu imitait mon style. De loin seulement. J'en ai lu une dizaine de pages. C'était la voix de Basile, pas la mienne (en dépit de détails qui m'appartenaient, comme cet usage des parenthèses, des digressions et le sens borné du détail : écrire « le grand cahier Bellefontaine à spirale », plutôt que « le cahier », par exemple).

Ce qu'il écrivait sur moi (puisqu'il s'agissait bien de moi) m'a à la fois attristé et effrayé. Je n'avais pas de souvenirs, ou très peu. Il était comme ma mémoire externalisée ; de manière obsessionnelle, il avait donc consigné mes moindres faits et gestes. En l'absence d'exemplaire témoin, rien à quoi comparer sa version. Je pouvais supposer qu'il avait raison, qu'il disait la vérité. Mais je sentais aussi combien il exagérait. Je ne m'étais jamais vu, entendu ou senti ainsi. C'est à travers ses yeux que j'étais devenu si diabolique de force, d'intelligence et même de beauté.

Il m'en voulait terriblement. À un point que je n'avais jamais envisagé.

Parfois même il faisait semblant de m'imiter, de prendre la parole à ma place — ou à celle de Madeleine. Est-ce qu'il devenait fou ? Puis il m'est venu à l'esprit qu'il avait peut-être demandé à Maddie sa propre vision des faits et l'avait ensuite couchée sur le papier. Qu'est-ce qu'ils tramaient tous les deux ? Un roman sur moi, rien de plus ? Non, ils ne m'avaient pas fait revenir seulement pour ça. Le rêve annonçait autre chose de plus grave.

Les dernières pages concernaient notre adolescence, l'année de seconde, la grève, Estelle et puis plus rien. Plus je le lisais, moins je me souvenais. Que s'était-il passé ? Et les Gardon ? Qu'étaient-ils devenus ? Trou de mémoire.

Oh certes, Basile m'avait aimé, mais d'un amour monstrueux. Et maintenant il le mettait en littérature. Avec des aigreurs à l'estomac, j'ai replacé l'ouvrage dans la boîte et la boîte dans sa cachette derrière les livres de la bibliothèque. Je me suis rappelé ma résolution : mener une vie normale. Mais le rêve me laissait peu d'espoir et le livre de Basile encore moins : je sentais pousser sous ma peau le fantôme de celui dont il avait écrit l'histoire, qui était en train de prendre possession de ma personne pour me mettre à la porte de moi-même.

Je me suis assis, j'ai réfléchi.

Pas de canapé, mais des poufs en fibres naturelles. J'aurais pu faire d'un regard la méchante sociologie du salon de mon ami, comme il le faisait dans son propre texte (pour m'imiter). Mais je ne lisais plus la vie de Basile dans les choses qu'il possédait : j'avais perdu le don que j'avais jadis de *réduire* les gens aux objets.

J'ai enfilé une chemise de Basile qui traînait et je suis passé dans le corridor d'entrée de l'appartement, le visage baissé.

Lorsque j'ai relevé la tête, elle me toisait.

9

Casse-toi

« Salut. Bien dormi ?

— Ta gueule.

— Pardon ? »

Mathilde s'est haussée sur la pointe des pieds. Il m'a suffi de regarder ses lèvres pour comprendre ce qu'elle me voulait. Elle parlait en prenant un ton suraigu. Sa bouche n'était plus que l'arc de sa voix, et sa voix la flèche de sa colère.

« Écoute-moi bien, connard. »

J'ai baissé les épaules en signe de soumission. Derrière elle, j'ai cherché la sortie.

« Où est Basile ?

— Basile travaille. Basile est parti, pauvre chéri. Personne pour te défendre. Tu ne vas pas m'hypnotiser, moi.

— T'hypnotiser ? »

Il m'a semblé qu'elle me regardait en plongée, à force de se hisser sur la pointe des pieds. Pourtant, elle avait toujours été petite et j'étais grand.

« T'as passé quoi ? Dix ans à le bousiller. Quand il rêve la nuit, il dit ton nom et il prend la voix d'un petit garçon.

— Je ne me sens pas très bien», ai-je répondu en me massant le cou.

«Tu leur as sucé le sang. Tu crois que je ne te voyais pas faire? Oh, monsieur le petit dieu, mais moi je savais. Je te *connais*.

— Excuse-moi.

— Tu l'as rendu fou. Je ne peux plus supporter ça. Il n'arrive même plus à faire l'amour : il pense à toi. Alors ça lui donne des angoisses, il a les mains moites, il dit qu'il t'entend dans sa tête! Quand on s'est mis ensemble, Basile m'a dit : Je crois que Faber n'est pas humain. Tu te rends compte? Est-ce que tu sais depuis combien d'années il va chez le médecin? Et chez le psychiatre? Est-ce que t'étais là quand il a fait sa TS? Toi, son *ami*. Voir Basile qui te regarde encore comme si t'étais Jésus-Christ en personne… Je te promets, ça me donne envie de te tuer.»

Essayé de passer par la porte dont elle occupait à peu près tout le cadre. Mathilde m'a bousculé, j'ai manqué de tomber. Puis elle m'a flanqué son pied droit, une chaussure rouge à talon haut, dans les testicules. Tordu en deux, j'ai gémi. Me suis enfui dans le couloir.

«Basile est quelqu'un de bien. Casse-toi. Et crève.» Elle a craché dans la direction de ma gueule, m'a raté dans le noir.

«T'as bien compris ce que je t'ai dit?»

J'ai murmuré que oui et je me suis pété la tronche en ratant la toute première marche de l'escalier.

«Bien fait.» Puis, après un silence : «Je sais tout. Un jour tu vas payer pour ça.»

La porte était refermée. Je ne parvenais plus à respirer. Enfin j'ai soupiré, je me suis relevé, le nez encore ensanglanté et la lèvre supérieure fendue. Suis sorti humer l'air lourd de Mornay, en bas de l'immeuble. Me suis dirigé vers le centre-ville, guidé par le bruit du chantier, les marteaux piqueurs, les bétonnières et les grues, comme un moustique attiré par la lumière.

La journée venait à peine de commencer. Je voulais retrouver un sentiment humain, mais je n'étais pas certain d'y parvenir avant la tombée de la nuit.

10

Sur le chantier

Au fond du Châtelet, on abattait la vieille Compagnie urbaine de chauffage de Mornay. Depuis notre plus jeune âge, on avait cru l'usine éternellement désaffectée en réhabilitation « pour un jour prochain ». La chauffagerie occupait un angle de la place sans charme, entre la grande Poste Art nouveau et la rue de la Gare. C'est-à-dire la rue du vieux cinéma, bordée de kebabs et de vendeurs de paninis, qui menait au campanile et aux bâtiments jumeaux de la gare routière et de la gare SNCF. L'usine profitait naguère des eaux de l'Hombre pour son alimentation. Ressemblait à un énorme cube de tôle ondulée, surmonté d'une haute et fine cheminée : une sorte de cigarette avec filtre. Que nous n'avions jamais vu fumer.

À l'entrée du chantier, un panneau de la mairie indiquait : « Cette ville va changer ! » En images de synthèse, le Mornay de demain.

Devant les palissades ouvertes, un petit vieux prognathe en casquette était appuyé sur sa canne. Il regardait entrer et sortir les engins, les camions et les bennes preneuses venues ramasser les tonnes de ferraillerie abattue. À deux pas du vieillard, un jeune garçon passionné par le spectacle tenait la main de sa mère en tailleur, sur le chemin de l'école. Avec des grimaces expressives, la femme parlait au téléphone. Ignoré par sa mère, l'enfant regardait les pelles sur chenilles, des excavatrices hydrauliques Caterpillar comme s'il s'agissait de ses propres jouets. Cisailles à ferraille, grappins, godets et casse-bétons. Les Lego démesurés d'un univers dont il admirait la destruction. Il m'a regardé. J'ai cru qu'il me disait :

« On casse ton monde, c'est bientôt le mien. »

J'ai pensé que ce gamin n'aurait pas le plus petit souvenir de la vieille chauffagerie dont nous parlions au lycée. Une fois adulte, il traverserait la Porte du Perche pour conduire le matin son enfant à Octave-Joly. Jamais ne lui reviendrait à l'esprit l'image de la haute cheminée, comme une cigarette éteinte dans le ciel de Mornay. Se sont pressées dans mon cerveau les images de tous les bâtiments de cette cité que je n'avais pas moi-même connus. Depuis que les Romains avaient fait du village gaulois de Morn l'oppidum d'Umbra, la place forte des voies de commerce reliant les grands champs de blé à la Seine et à ses affluents. Les fantômes des granges, des celliers, des chapelles, des châteaux, des portes et des manufactures, des halles, des ateliers… Ils se sont surimposés les uns après les autres à ma vision actuelle du chantier.

Un bref moment d'étourdissement.

« Faber, mon vieux ? »

Une cigarette au bec, le mec en casque de chantier siglé « DeD, Démolition et Destruction ». Il m'a touché l'épaule comme un bon camarade.

« Quoi ? »

Je le connaissais, mais je ne savais pas qui c'était. Grand, la peau noire, le visage et le torse larges. En gilet fluorescent jaune de type baudrier. Les jambes écartées dans des bottes. Les mains en train d'enlever les gants blanchis par la poussière.

« C'est Pape, tu te souviens ? »

Pape ? « Oui », ai-je répondu, mais ce n'était pas vrai. Un camarade de classe ? À l'école de Foudre-Tonnerre ? Je ne crois pas.

Il a tiré une taffe. On a entendu rugir au pied de l'une des ailes du bâtiment. Une rampe de gravats facilitait l'accès à une pelleteuse hydraulique. La tractopelle à pinces s'attaquait au dernier poteau métallique soutenant le côté droit du grand cube éventré. Des entrailles de tuyaux, de chaudières, de colonnes, de métal rouillé, de plafonds froissés et de pylônes. Une première cloison avait déjà cédé.

« Ouais », ai-je répété l'air réjoui. « Ouais, Pape ! » Et je lui ai tapé dans la main.

«Alors mon pote, t'es de retour en ville ? J'ai eu du mal à te reconnaître. »

Pape a souri. Le gamin, le vieillard et les automobilistes au feu rouge observaient le cisaillage du dernier poteau métallique. Le dernier combat, la résistance inutile de la vieille chauffagerie.

« Le bras de pelle est trop court ! », a crié Pape, parce qu'on s'entendait à peine avec un tel bruit. « On lui a construit un monticule pour qu'elle puisse y accéder ! »

Le poteau qui tenait le flanc du bâtiment a été ébranlé. Secouée en retour, la pelleteuse s'est élevée, agrippée au poteau tordu comme un crabe qui s'accroche au panier. Puis, dans un nuage de confusion, le poteau a enfin cédé. L'engin jaune et noir a reculé juste à temps. L'usine s'affaissait déjà sur sa droite. Un genou à terre.

J'ai toussé.

«Qu'est-ce que tu fous là? On m'avait dit que t'avais monté un groupe d'autonomes dans les Pyrénées?

— Ça a merdé. Tu milites toujours?»

Pape souriait : «Faut bien, non? Les capitalistes ne prennent pas de vacances!»

Me suis écorché la gorge, la pulvérulence de l'air m'incommodait : «Je suis à la retraite.

— Ah.» Pape semblait déçu. «Sans déconner? Je serais pas allé à la Ligue si t'avais pas été là.

— Tu es où, maintenant?

— Sur les chantiers.» Pape a pris le ton du bon sens. «Une famille à nourrir. Une petite fille. Je continue au NPA. Je sais pas trop où ça va.

— C'est bien.

— T'as pas l'air d'aller bien, mec. T'as du sang sous le nez.

— Ouais.»

Il m'a prêté son mouchoir.

Le gamin était parti, le vieux aussi. La chauffagerie ne ressemblait plus à rien, une vieille pâtisserie décongelée au four micro-ondes.

Des ouvriers tapaient à la masse sur les traverses métalliques. Sur un terrain dégagé, du côté de la Porte du Perche, un chef de chantier dirigeait une grue mobile à flèche télescopique sur chenilles. L'engin déposait des contrepoids de béton en croisillons, par couches alternées.

«Tu veux des nouvelles d'Estelle?»

C'était ce que j'attendais. Je me souvenais que Pape était lié à elle par le passé.

«J'aimerais bien.» J'en mourais d'envie. «Elle est partie à Paris? Elle voulait faire Sciences Po. Au Quai d'Orsay?»

Pape m'a dévisagé : «Tu rigoles? Estelle a foiré. Pas été reçue. Les puissants baisent entre eux, mec. Et puis quand t'es parti, elle a fait pas mal de conneries.

— Elle est ici?

— Au salon de coiffure, depuis deux ou trois ans. Elle avait passé son CAP à l'arrache. T'imagines le gâchis. Tu te souviens de ce que disaient les profs. Tout ça pour être coiffeuse.» Il s'est épongé le front avec le mouchoir imbibé de sang que je venais tout juste de lui rendre.

«Vous vivez où?

— Hé!», il a éclaté de rire, «qu'est-ce que tu t'imagines? On n'est plus ensemble!

— Elle est avec qui?

— Personne.» Il a souri. «Un peu tout le monde.»

J'ai fait comme si je comprenais ce que ça sous-entendait.

«Va la voir, ça lui fera plaisir. Tu sais où c'est?

— Le salon de coiffure? Bien sûr.»

— Christophe aussi. Il parlait de toi, souvent.

— Qu'est-ce qu'il fout?

— Bah, on s'est un peu engueulés, rien de grave. Il a viré nihiliste, tu sais : on s'en branle, ça sert à rien, tous pourris et j'me fringue comme dans *Matrix*. Dix ans de chômage. Il a chopé un p'tit CDD au magasin de jeux, j'crois bien. Ça lui va impeccable. Le gars, c'est un *geek*! C'est comme ça qu'on dit aujourd'hui, pas vrai?

— Il paraît.

— On est largués, on est des vieux maintenant!» Le chef de chantier, près de la grue sur vérin, lui a fait signe. Fin de la pause.

«Faut qu'j'y aille. Bah, ça m'a fait zizir de savoir que t'es encore vivant, mec.

— Moi aussi.» J'avais de la peine pour l'usine qui n'était plus que ruines. «Qu'est-ce que vous construisez ?

— Je sais même pas très bien. On détruit tout. Tu vois l'esplanade, devant ? On coule le béton demain matin pour le parking souterrain. Et à la place de l'usine ils vont mettre un complexe culturel. Le temple de la consommation. C'est Babylone. Hersent a dû se faire un maximum de blé sur l'appel d'offres.» Il a craché. «Mais on va pas le laisser faire, on va le pourrir. Comme au bon vieux temps.» Il a cligné de l'œil. «Tu m'faisais marrer, camarade.

— Vas-y, je veux pas te mettre en retard.

— Le travail m'appelle, l'aliénation, mec ! C'est tout ce que j'ai retenu, quand tu parlais de tes bouquins !»

A levé les mains au ciel. M'a lancé un signe amical en ralliant l'endroit où commençait à pousser la grande grue. Des camions en avaient déjà déchargé les premières parties : porte-flèche, flèche et contre-flèche, avant l'assemblage.

Bientôt, je n'ai plus pu distinguer dans la poussière Pape des autres ouvriers. Le peu de public qui restait s'est détourné.

Devant la banque, le col relevé, j'ai reconnu Madeleine. Elle observait le trou où le béton serait coulé demain. Est-ce qu'elle avait fait semblant de ne pas me voir ? Ou bien était-elle à ce point concentrée sur les moindres détails du chantier ?

Je n'ai pas cherché à la surprendre. J'ai marché vers elle en la saluant comme un vieil ami.

«Tu n'es pas au boulot ?»

J'avais beau faire, me comporter en honnête citoyen,

elle a sursauté. A pris l'air coupable. A rougi, et tout ce qui s'ensuit.

«Il est tôt.»

Je ne lui ai pas dit : Qu'est-ce que tu fais là? Tu me suis? Je lui ai demandé des nouvelles de sa fille et de son mari. C'était un effort considérable de ma part, mais je suis parvenu à maîtriser dans ma voix toutes les notes possibles d'ironie.

«T'essaies de parler comme un adulte?», s'est-elle moquée. Elle a sorti une cigarette de son sac à main et l'a allumée en se protégeant du vent qui charriait les pulvérulences du chantier. «Ça ne te va pas du tout, mais continue.» La première bouffée lui est revenue dans les yeux; elle avait déjà des cernes et les yeux violets.

«Je n'ai pas dormi à la maison.

— Où?

— Chez ma mère.»

Elle fumait sans chercher à se donner l'air fatale ni fatiguée.

«Je suis officiellement libre.»

Elle a ri, avec ce mouvement de la glotte qui m'émeut particulièrement.

«Je suis plutôt un bon parti. Fabien m'a mise à la porte.

— Tu divorces?

— T'es intéressé?»

Elle faisait la maline.

«C'est pour ça que tu m'as fait revenir?

— Bah», elle a recraché la fumée et le bruit des engins a couvert en partie sa voix, «les lettres sont arrivées au bon moment, voilà tout. La crise de la trentaine. Le couple. Tu devrais lire les magazines féminins.

— Pourquoi tu regardes le chantier?

— Et toi?

— Mathilde m'en veut et m'a craché à la gueule. Je ne sais pas trop quoi faire de ma journée, mais je vais trouver.

— Quelle conne. Alors t'as décidé de devenir chiant? Pour lui faire plaisir?»

Madeleine était bizarre, énervée. Tout sonnait faux lorsqu'elle me parlait.

«Je fais des efforts.» Et je ne lui ai pas parlé du roman de Basile.

Elle a écrasé sa clope avec la pointe d'un de ses escarpins.

«Tu m'invites à manger?

— Maintenant? Le matin?

— T'es devenu crétin? À midi.»

Je n'ai pas pu m'empêcher d'éclater de rire : «Tu crois que j'ai de l'argent?

— Tu vas en trouver, tu ne changeras jamais. Midi, marché aux Fleurs?»

Je la regardais sans comprendre : «Pourquoi tu me parles comme ça?» Elle me cachait quelque chose.

Agacée : «Oh, ça va...» Elle a refermé sa veste pour partir dans la direction de Gallieni, non sans lever un doigt : «Attention, c'est pas parce que je suis sur le marché que c'est un rendez-vous d'amoureux!» Je crois qu'elle avait bu. «Tu sais ce que disent les magazines féminins?» Elle chancelait.

«Non?»

«Ne jamais se remettre avec son ex.» Elle a pouffé. «Et puis t'as vu ta tronche?» A failli se casser la figure en ratant la marche du caniveau.

«Tu veux que je t'aide?

— Non !» Elle a repris son souffle et s'est calmée. «Je vais quitter la pharmacie, me mettre à mon compte. Ou peut-être reprendre les études. Ou faire un tour du monde. J'ai un tas d'idées.

— C'est bien.

— Tu serais prêt à travailler, toi ?

— Pourquoi pas ? Je n'ai jamais essayé.

— T'es marrant.» Elle avait à peu près retrouvé le contrôle d'elle-même. «À midi alors.»

Presque pas le temps de lui dire au revoir. Déjà évaporée dans un nuage de gravats. Puis je me suis plongé dans une drôle de rêverie : je croyais pourtant bien connaître Maddie. Un bruit soudain m'a fait sursauter. Quelque chose en train de s'écrouler. C'était le cœur de l'ancienne compagnie de chauffage de Mornay qui venait de s'effondrer. Des ouvriers ont applaudi.

Pris d'une violente quinte de toux dans la poussière environnante, j'ai pressé le pas vers la rue de Pâques, les cheveux blanchis par la poussière du chantier.

11

Le Bazaar du bizarre

On était le mardi 5 avril et j'étais le bienvenu dans le centre-ville, d'après l'affichage électronique du passage de la Patte qui conduisait du Châtelet à la rue de Pâques. À la place de la librairie les Celtiques s'était ouvert un Body Shop tout en dégradé vert argileux, pour les soins de la peau. Il faisait presque beau, mais les nuages tourmentaient le ciel bleu.

Au milieu du passage, une mère roumaine assise et sa fille, avec des nattes et la peau mate, mendiaient la paume ouverte. Lorsqu'elle m'a vu, la petite fille s'est détournée. La mère a rappelé la gamine auprès d'elle. Pour vérifier mon état, je me suis regardé dans la vitrine du magasin le plus proche.

« C'est toi ! »

J'ai levé les yeux : « Le Bazaar du bizarre ». Jeux de rôle, figurines, mangas, trolls et farfadets. Des armures de chevalier en plastique, un masque de tueur, des peuples elfiques, des nains, des goules et des guerriers à la peau verte. Armées de squelettes, champs de bataille en pâte Fimo, l'Armageddon en résine.

Et quelqu'un qui m'avait reconnu. Encore ! Cela

faisait une bonne minute qu'un type me parlait. J'ai accompli l'effort de faire basculer mon attention de la vitrine à l'être humain : il portait un catogan qui paraissait déplacer vers l'arrière sa calvitie frontale, des bagues gothiques tête de mort en étain, avec armure et cœur noir. Sur son ventre, un tee-shirt *Alien Sex Fiend.* Tout en lui disait : Je ne suis pas de ce monde. J'ai été amical et son prénom m'est revenu. Comme s'il venait de réapparaître à l'angle supérieur droit de mon champ de vision, sur un moniteur de contrôle de mes souvenirs de lycée.

« Christophe. »

Il était tout tremblant, confit en dévotion devant moi.

« Rentre, putain, justement je pensais à toi. »

Mais je suis resté sur le seuil de son échoppe.

« Alors comme ça t'as un boulot ? Pape m'en a parlé.

— Faut que j'te raconte ma galère. Pendant dix ans j'ai fait l'con. » Il portait un bouc. Suait abondamment devant moi parce que j'étais le diable. Je le savais bien. Jadis, ça me plaisait presque de jouer le jeu et d'être ce qu'ils attendaient de moi : Chris, Tom-Tom, tous les petits gothiques du coin. Je ressentais une certaine affection pour les satanistes de province. Mais est-ce qu'il y croyait encore vraiment, à son âge ?

« Je n'ai pas le temps, Chris.

— Je comprends… Tu repasseras, hein ? »

La môme roumaine l'a interrompu : « S'il te plaît monsieur ! » Christophe était furieux, il a fait signe à la fille de déguerpir.

« Putain de merde, vous me faites chier, les clients en ont marre de vous. Vous pouvez pas aller ailleurs ?

Ailleurs, tu comprends ce que je dis, A-I-L-L-E-U-R-S.»

Puis il a regardé autour de lui avec empressement, à la recherche de Satan.

J'avais déjà déserté les lieux.

12

Le salon Débotté

Entre la rue de la Grange-au-Blé et la place du Guépard, au numéro 36 de la rue de Pâques, le salon de coiffure Charles Débotté ressemble à un aquarium. Avec de la lumière à la place de l'eau.

J'ai bien perdu une heure ou deux. Hésitant, je suis passé et repassé devant la vitrine parfaitement éclairée. Un grand T en miroir occupait le centre de la façade. De part et d'autre, des portes vitrées donnaient en toute transparence sur le salon : carrelage, luminaires halogènes suspendus. Impossible de distinguer entre les glaces, les fenêtres et les murs couverts de posters. Grandes photos de filles, la coupe au carré raide ou bouclée, la coupe au bol courte et effilée. Les gamines portaient la mèche comme les chanteuses des groupes du «retour du rock», dont la mode parvenait à Mornay avec des années de retard.

Puis je me suis décidé.

Planté devant le comptoir, espérant qu'une coiffeuse se libère. Toutes occupées avec des clientes âgées sur la rangée des sièges du fond. J'ai levé le regard et la tête m'a tourné : démultiplié dans les reflets, au-dessus des têtes mouillées des vieilles dames attendant leur couleur. Elles m'ont contemplé effrayées, comme une rangée d'oiseaux sur un fil électrique devant un chat pelé. J'avais perdu un paquet de cheveux.

« Monsieur ? »

La patronne en personne. Plus âgée que les filles qui coiffaient en m'observant du coin de l'œil, la main sur les ciseaux.

« Excusez-moi, je cherche Estelle Wade. »

L'espèce de mère maquerelle a froncé les sourcils. Un instant j'ai craint de causer du tort à Estelle. La bourgeoise était capable d'appeler les flics.

Mais elle est entrée par la porte dérobée, derrière l'espace de shampouinage. Passée devant l'étagère des produits pour le soin du cheveu. Reflétée à l'infini de miroir en miroir, entre les vitres, éclipsant toutes les affiches de beautés en noir et blanc. Je l'ai retrouvée telle qu'en elle-même.

« Salut Estelle. »

Je craignais qu'elle voie ma ruine. J'ai creusé mon ventre et replacé une mèche de côté.

« C'est moi, Faber.

— Je sais. »

S'est adressée à la patronne : « Monsieur avait rendez-vous avec moi. Je m'en occupe. » La femme entre deux âges à lourd ceinturon a haussé les épaules, l'air de dire : « Si ça te plaît de ramasser les épaves… Tant qu'il ne provoque pas de scandale. »

Estelle m'a tendu la main.

« C'est gentil d'être venu. »

M'avait toujours désarmé. Estelle avait les dents blanches et les yeux aussi. Tout le reste noir : les cheveux, les prunelles, la peau. Noire de pêche ou terre d'ombre. La bouche tendait vers le violet. Sourcils dessinés. Son sourire diffusait une onde régulière sur tout son visage, comme une pierre jetée dans l'eau. Des gestes las et doux. Une tête hautaine. Lorsqu'elle m'a poussé vers le lavabo, elle a gardé sa main, sous un lourd bracelet d'argent, contre ma nuque. C'était destiné à me calmer. Je lui en étais reconnaissant. Estelle n'avait pas l'air étonnée de me voir, après toutes ces années.

Ses collègues m'ont pris pour ce que j'étais : une loque. Elle a agi comme si de rien n'était. Assis sur le fauteuil en cuir du bac à shampoing, je me suis tourné pour lui dire : « Estelle, je n'ai pas de fric.

— Chut. C'est pas grave. »

Estelle a déposé mon crâne malade entre les deux cornes de la cuvette inclinable en céramique. A laissé glisser mes bras le long du support d'acier qui servait d'accoudoir. Ma tête a basculé avec un léger craquement des vertèbres. Le cou contre le protège-nuque en caoutchouc. À la radio passait Sinead O'Connor. La musique n'a pas disparu mais s'est confondue avec le bruit du jet d'eau. J'ai rouvert les yeux : je voyais le visage d'Estelle à l'envers. Les dents entamaient légèrement son sourire. Ses seins lourds reposaient contre le rebord de la cuvette. Elle portait un tee-shirt moulant bleu électrique. Le majeur bagué d'un gros anneau. Les ongles longs, vernis de rose fuchsia. Du bout des doigts, elle démêlait mes cheveux rares et gras. De l'autre main, elle me massait, passait sa paume contre mon épiderme mal rasé. Avant de me refermer les yeux, les effleurant à peine.

« Tu as toujours eu des cheveux magnifiques. »

Sa voix était devenue rauque. Mais au contraire de

Madeleine qui était pleine de rage et d'impatience, Estelle se comportait comme si nous nous étions à peine quittés.

Je voulais lui demander quand nous nous étions vus pour la dernière fois.

« Chut. »

Elle m'a englouti, m'a effacé complètement sous l'eau qui s'écoulait. J'aurais aimé me noyer pour de bon. Et elle a tiré sur les cheveux qui me restaient, emportant ceux qui n'avaient plus la force de s'accrocher à mon crâne et qui filaient vers le siphon. J'ai perdu pied avec eux.

Lorsque je me suis réveillé, une serviette sur les épaules, Estelle me prenait par la taille pour me relever. À la radio passait « Crush » de Jennifer Paige, un vieux tube de rien du tout.

« C'était les années quatre-vingt-dix, c'était nos années », s'est marrée Estelle. « *It's just a little crush, everytime we touch* », elle a chantonné comme une midinette, « *shala lala* » en remuant les deux mains comme à un spectacle de marionnettes. A ondulé du bassin. Puis elle s'est mordu la lèvre inférieure : la musique était finie. M'a fait asseoir dans un fauteuil de coiffure et m'a acculé contre l'appuie-tête en observant ma tête de raton-laveur. Qu'est-ce qu'elle allait bien pouvoir faire de moi ? La moue moqueuse, les yeux rieurs. D'un air professionnel, elle a remonté le siège à la pompe hydraulique. L'a bloqué, une main sur mon épaule.

« On va s'occuper de toi. »

Je ne savais pas quoi dire. Lui demander ce qu'elle avait fait depuis ? Pourquoi elle n'était pas la brillante diplomate sénégalaise qu'elle prétendait devenir ? La star de Beaujour qu'elle avait été ? L'amie de Pape N'Goma ?

Ma *fiancée* officielle. Celle qui m'avait exorcisé lorsque j'avais à peine quinze ans.

«Ne parle pas.»

Estelle avait toujours été très belle. Pas du tout à la façon de Madeleine : adaptée aux canons ordinaires de son temps, ceux des publicités et des magazines, mais d'une manière lasse et détachée qui faisait son élégance. Elle portait une ceinture cloutée. Et puis elle avait maintenant du ventre, qui renforçait ses seins.

«J'ai vu Pape sur le chantier...

— Chut.

— J'ai vu ta mère hier...

— Chut!»

S'est penchée, en comprimant son corps chaud contre le mien. Sentait l'odeur poivrée de l'encens tchouraï. Donna Lewis à la radio, sur fond de synthétiseurs. Elle a siffloté : «*Feels like I'm standing in a dream/of light mist, of pale amber rose/feels like I'm lost in a deep cloud of heavenly scent/touching, discovering you.*» Me suis senti tiède, heureux, trempé. Elle tournait autour de moi. Les miroirs coiffés de lampes l'ont décuplée. Gestes secs, rapides, précis. Il m'a semblé que tout ce que j'avais de mauvais tombait avec les mèches. Tenait ça entre deux doigts, et clac! Phalanges creusées de rides, mains de travailleuse trentenaire, mais très soignées.

Elle m'a nettoyé.

«*I'll love you always and forever/near or far/closer together.*»

A regardé au-dessus de mon visage, dans la glace qui lui renvoyait l'image de la rue. Des vitrines, des gens pressés.

«Il va y avoir de l'orage.»

J'ai voulu regarder le ciel et vérifier.

« Comment tu le sais ?

— Je le sais. Chez le coiffeur, on parle de la pluie et du beau temps. »

D'une main ferme, elle a replacé mon visage dans l'axe du miroir.

« Estelle, je ne me souviens plus… Comment tu as fini là ? »

Ses yeux maquillés d'un bleu sombre se sont attristés. Elle a continué de couper.

« Tu te souviens jamais. Pourquoi tu dis que j'ai *fini* là ? »

Sa voix fatiguée. Je me suis maudit.

« Ce n'est pas ce que je voulais dire… Tu fais ça très bien.

— Coiffeuse, hein ? »

Alors la douceur lui est revenue.

« J'ai raté, Faber. Qu'est-ce qu'on y peut ? Tout le monde ne peut pas réussir. »

J'ai acquiescé.

« Il faut bien gagner sa vie. Y a pas de honte à ça.

— Tu milites encore avec Pape ?

— Chut. Non. »

Je me suis tu.

« Tu as toujours trop parlé. »

Lentement elle m'a caressé la joue et malgré les crèmes sa peau était devenue un peu sèche.

« Mon pauvre. Y avait pas la place pour nous. »

Elle a posé les ciseaux. A sorti le sèche-cheveux d'un tiroir.

« Pas trop chaud ?

— Non, ça va. »

L'air a redressé mes poils.

« Tu devrais te raser.

— Je sais.»

A coupé ma barbe irrégulière avec soin.

«Tu es beau.

— Ce n'est pas vrai.»

Et je me suis levé, j'ai déployé ma carcasse.

Estelle passait le balai-brosse. Les mains dans les poches, je la voyais se pencher, attraper la pelle à poussière. Son pantalon de jean était sur le point de craquer à mesure qu'elle s'accroupissait. C'était le poids qu'elle avait pris, avec les années. Sur son bras gauche, une ou deux cicatrices, la peau légèrement dépigmentée. Sur l'autre, un tatouage. Je crois qu'elle avait mal au dos. Portait des talons. Courbée comme une esclave sur les poils et la saleté des clients. Estelle m'est apparue humiliée, vaincue. Apprêtée comme une princesse d'ébène pour finir les mains dans la merde. Je ne l'ai pas supporté. Me suis agenouillé à mon tour. Je lui ai pris la balayette des mains, pour ramasser tout ce qui pouvait traîner sous nos pieds. De près, le carrelage immaculé du salon de coiffure était maculé d'empreintes de chaussures. Au niveau du sol tout était bien moins net qu'il y paraissait vu d'en haut.

«Merci», m'a simplement dit Estelle.

«Je n'ai pas de quoi te payer.

— C'est pas grave.»

A sorti un billet de sa poche et l'a glissé dans la caisse.

«Alors...

— Je dois travailler, Faber.» Sa voix grave. Elle avait trop fumé et trop bu. Je la voyais vieillir, j'avais envie de la protéger du temps. M'a repoussé tendrement. «Viens me voir ce soir, d'accord? Quand tu veux. Rien de pressé.»

Gorge nouée.

« Tu ne te souviens pas de l'adresse ? »

Estelle a ramassé du bout des doigts un carton promotionnel du salon Charles Débotté. De son écriture nerveuse, vive mais claire, elle a noté : « estelle. 13 av. des caravelles immeuble b/code 1949/5e étage/porte à droite. » Ne mettait jamais les majuscules.

« D'accord, Estelle.

— Ciao. » A levé la main en baissant l'épaule opposée. Je ne reconnaissais pas la musique qui passait à la radio : un morceau d'aujourd'hui. À la sortie du salon, je me suis entr'aperçu dans les reflets : elle m'avait sacrément arrangé. Me suis passé les doigts sur les joues. Pour un peu, le front dégagé, le visage net et les épaules larges, j'avais l'air d'un homme.

13

Le marché aux Fleurs

Il était bientôt midi et j'errais sur le marché aux Fleurs. Dans les travées de ce bazar que j'avais toujours cru réservé aux vieilles filles fleurissant les églises du bord de l'Hombre, tout m'est apparu soudain vert, jeune et séduisant. Les parasols avaient été repliés et les rangées de couleurs paraissaient rehaussées par la lumière du ciel blanc de Mornay. Même enroulés dans un plastique comme dans un sac mortuaire les bouquets de roses respiraient l'envie de vivre. Les anthuriums la langue dardée, impudique, avaient la fraîcheur de la chair. Les compositions florales du printemps, amarante ou soleil passion, faisaient joyeuses comme des adolescentes trop maquillées en goguette. Une petite fleuriste rougeaude m'a adressé un sourire. J'ai profité de sa légère confusion lorsque je lui ai rendu son sourire pour voler d'une main trois lys blancs. À peine défraîchis, ils attendaient dans un vase transparent. Il n'était pas trop tard pour en faire quelque chose de beau.

Près de la fontaine, j'ai raccommodé les trois fleurs, décornant les pétales et les sépales de la bouche blanche, ourlée vers le dehors. Puis j'ai redressé le long tube qui les soutenait. De la vie coulait encore dans le végétal abîmé et c'était un joli bouquet.

Je me suis relevé, j'ai pris la direction de la rue de Pâques et du salon Débotté.

« Faber ? »

Le temps d'ôter ses lunettes de soleil, elle a reculé la tête et son cou de cygne a ondulé. Madeleine était surprise.

« Tu m'as acheté des *fleurs*, Faber ? »

Son nez était fin, parfaitement dessiné. Comme elle n'avait presque pas dormi, son teint semblait encore plus pâle qu'à l'habitude. Ses cheveux bruns, coupés court, bouclaient à peine au-dessus des oreilles. Madeleine a éclaté de rire.

« Je suis conne. » Elle m'a fait la bise. « Tu les as volées, évidemment. » Me les a enlevées des mains. En a inspiré le parfum trop fort.

« Pfou… », Maddie a agité la main droite. « J'adore ça ! Et ça me monte à la tête, ça me donne envie… » Plutôt que de poursuivre, elle a souri, les dents découvertes entre les lèvres comme autant de dragées de première communiante.

« Salut Maddie…

— Salut, t'es en avance. »

Soudain dégrisée de l'ivresse que lui avaient procurée les lys et sans doute plusieurs verres dans la matinée, elle a pris conscience de ma gêne et son visage s'est assombri.

« Tu te souviens qu'on avait rendez-vous ?

— Oui, oui.

— D'accord. Tu n'es pas là par hasard, hein ? »

Madeleine a baissé la tête ; les fleurs se sont inclinées vers le sol aussi. Un instant, elle avait vraiment cru que les fleurs lui étaient destinées et que je ne l'avais pas oubliée.

«T'as meilleure mine.» N'a pas osé me toucher le cou. «On t'a taillé la barbe. Les cheveux. T'es bien comme ça.» A cligné des yeux. «Mais je préférais les cheveux longs.»

J'ai remarqué que Madeleine s'était dessiné un trait d'eye-liner au-dessus des yeux en amande. Et puis on aurait dit qu'elle avait encore maigri : ses pommettes saillaient, luisantes, ses joues étaient creuses. Elle n'allait pas bien. J'ai trouvé qu'elle était très jolie, peut-être plus qu'Estelle.

«Toujours d'accord pour m'inviter à manger? Tu me dois bien ça.»

Elle a respiré encore une fois les lys blancs, puis les a fourrés sous mon nez. «Tu ne trouves pas que c'est enivrant?

— Si.»

En les gardant à la main, elle ne cessait de les tripoter avec nervosité, d'en lisser les pétales, d'en améliorer l'ajustement — l'un devant, l'autre derrière, sans savoir comment faire une place au troisième.

«Où on va?

— Je n'ai pas de fric, Maddie.

— Voyons ce que j'ai.» Tenant le bouquet d'une main, elle a fouillé de l'autre dans un petit porte-monnaie à fermoir en argent, sorti de son sac. «Voilà.» A versé une dizaine de pièces dans le creux de ma main. «Tu les comptes et tu m'invites avec ça.

— Neuf euros soixante.

— Super, un kebab ça fera très bien l'affaire.»

Elle ne dormait plus chez elle et avait quitté son

boulot. Elle buvait. Son mari avait gardé la carte bleue. Elle traînait avec moins de dix euros en poche.

« Bah, c'est la crise. »

Nous sommes descendus jusqu'à la rue de la Gare.

Marchant à sa droite, je guettais son visage derrière les lys qu'elle avait remontés contre son épaule. Le grain de beauté au sud-est de sa bouche avait grossi ; comme une sorte de clou charnu, il fixait les expressions du bas de son visage, un centimètre sous la ride à la commissure de ses lèvres. Devinant vaguement que j'avais vu ou que j'allais voir une autre, et sachant très bien de qui il s'agissait, elle boudait : sa bouche s'était gonflée de sang.

Nous avons commandé deux kebabs au grec devant l'ancien cinéma, qui avait fermé et qui n'avait pas été racheté après la mise en service du multiplexe de Liserans.

Le sandwich m'a paru plus gros que Madeleine. À la naissance de sa poitrine, elle a glissé avec soin deux serviettes en papier. Puis elle a enfourné la chose, agneau, tomates, oignons, salade, frites et pain, tout en me dévisageant, furieuse.

« Je te *promets* que les fleurs étaient pour toi. »

Elle a essayé de me traiter de menteur, mais elle a recraché de la viande et du rouge a coulé sur son chemisier.

« Ne parle pas la bouche pleine », lui ai-je lancé en guise de plaisanterie.

Puis nous avons fait quelques pas jusqu'à l'Hombre.

14

Au bord de l'Hombre

Derrière la gare routière, l'allée piétonne bordée de saules sinuait jusqu'aux belles et vieilles demeures des rives du nord de la ville. Façades à colombages, volets blancs, bâtisses biscornues. Près d'un grand laurier-tulipier, l'entrée de la promenade débouchait sur l'impasse séparée par un long parapet des voies ferrées et du large parking en béton qui abritait les bus régionaux pour collégiens et lycéens.

Me suis assise à califourchon sur le parapet afin de terminer mon kebab gras et bientôt froid.

Le mauvais temps s'était transformé en moiteur printanière. Plus loin vers l'ouest, sur le renflement de la rive, les murs du cimetière ondulaient avec l'air tiède, comme dans un mirage.

« Est-ce que tu es allé voir les Gardon ? »

Bien sûr que non.

« Oh, Faber… Apporte-lui au moins des fleurs. »

Le nord de la cité est resté silencieux. Me suis sentie raide comme une statue du cimetière. J'ai nettoyé la craie du petit parapet sous mes fesses. Envoyé valser les miettes au-dessus des voies de chemin de fer, pour les moineaux.

Empaqueté les papiers gras, avant de les jeter d'un geste assuré du poignet à un mètre de là, dans la poubelle en plastique au milieu du trottoir. De ce côté-ci de la gare, il n'y avait guère d'agitation. Quelques oiseaux, en direction des conteneurs et des entrepôts de la Sernam. Sous les tilleuls argentés, les murs du chemin de ronde, en pierres de taille et moellons, bordaient le vieux pont. La chaussée de la rue était irrégulière, les voitures garées penchaient comme des bateaux à quai, à marée basse.

Soigneusement ramassé les trois lys éparpillés sur le parapet. Les ai glissés dans mon sac à main.

« Je crois que j'ai besoin d'un café. »

Mais j'en buvais trop, j'avais des aigreurs d'estomac.

La mousse et le lierre sur les maisons, plongées dans l'eau verte, se reflétaient par paquets confus. Nos deux ombres du début d'après-midi flottaient sur la rivière épaisse.

« Tu te souviens que tu n'aimais pas le café ?

— Non, je ne crois pas. Il me semble qu'on en buvait en cachette avec Marie.

— Qu'est-ce qu'elle fait, ta sœur ?

— Vit à Paris. Elle a un enfant aussi.

— Elle travaille ?

— Son mari a trouvé un poste de consultant. Il gagne bien sa vie.

— Celui qui avait des difficultés d'élocution ?

— Ouais. »

Je ne pensais pas à ce que je disais. Je l'avais suivi et j'enrageais : lorsqu'il était entré dans le salon de coiffure pour retrouver cette pute, j'avais décidé pour de bon de mettre en œuvre le plan de Basile et de me venger. Lui avais laissé une chance de me dire la vérité : il avait menti.

Très bien. Il fallait que je me concentre pour attirer Faber et le balader un moment, puis lui donner rendez-vous ce soir. C'était ce qui était prévu.

« Et ton père ?

— Il est au PS, tu sais. C'est le candidat de la gauche pour les prochaines municipales. Contre Hersent. On ne se parle pas beaucoup. Je lui amène Alice une fois par mois. C'est un bon grand-père. »

À l'ombre des tilleuls, une odeur persistante de lessive, de citron et de chèvrefeuille, lourde et suave, presque sucrée, nous montait à la tête. J'avais envie d'entraîner Faber le long de la rivière qui le mènerait à l'abîme. Verdâtre, l'Hombre s'élargissait, les herbes inclinées y plongeaient le front et les résidences médiévales de guingois y enfonçaient déjà leurs pieds.

« Mon père a le soutien du journal. Tout le monde en ville pense qu'il va l'emporter.

— *La République de l'Hombre*, tu plaisantes ?

— Les choses ont changé. Le journal n'est plus à droite. Mathilde pousse pour enquêter sur Hersent. Elle est proche de mon père. Elle travaille sur l'appel d'offres pour la destruction de la chauffagerie. Paraît que c'est la fin, que Hersent va tomber. »

Né en 1944, Hersent était le fils du maire de Mornay des années trente. Membre de l'Action française, le père avait été résistant. Malgré leurs différends, il recevait encore la visite de Tixier-Vignancour, après guerre. Georges Hersent avait choisi des études de droit, puis d'histoire. En thèse sur la première croisade à la Sorbonne lorsqu'a éclaté Mai-68. Avait rejoint le mouvement Occident puis, après la dissolution de celui-ci, participé à la fondation du Groupe union défense et à

Ordre nouveau. «Jusqu'en 1974, j'étais facho», admettait-il volontiers, «je me suis trompé.» Regrettait de n'avoir jamais terminé sa thèse. Parlait de plus en plus à ses interlocuteurs de Pierre l'Ermite et de Gautier Sans Avoir. Avait appris l'arabe et professait une admiration raisonnée pour la civilisation des Seldjoukides de Roum. Mais détestait les petits sauvageons incultes de nos banlieues.

Nous avons passé le petit pont à la sortie de la ville. L'eau d'un vert bouteille, tavelée de reflets d'argent comme des taches à la surface d'un fruit mûr, passait lourde et lente. Quelques canards ont glissé à la surface. J'ai donné ma dernière cigarette à Faber, la lui ai allumée. Regardant la barrière de cyprès agités par le vent, derrière le vieux moulin, il a avalé la fumée.

«Tu penses toujours que c'est ton vrai père?

— Je ne sais pas.»

Adolescente, je m'étais imaginé que Hersent, qui avait été l'amant de ma mère, était mon géniteur.

Nous avons suivi la promenade pavée. Serpentait le long de l'eau, devant le lavoir, puis remontait entre deux hautes maisons de pierre crayeuse au toit en ardoise, avant de traverser le petit parc arboré de Liserans. À mesure que nous marchions au bord de la rivière, ma haine s'écoulait, et ma volonté de le châtier avec. À quoi bon?

Directeur de cabinet du préfet de l'Hombre, Hersent s'était fait discret durant une décennie, avant de poignarder dans le dos le responsable local du RPR, avec l'aval de Jacques Chirac. Et alors? Il était devenu l'homme fort de la droite parlementaire à Mornay. Avait mis fin à dix années de socialisme. Élu maire en 1989, peu après l'arrivée de Faber en ville. Ce soir-là, mon père nous gardait, ma sœur et moi. Ma mère était de sortie. Dans les rues des Basses-Filles-de-Dieu, on entendait les coups de klaxon de ses partisans. J'avais pris peur et je m'étais levée pour chercher du réconfort auprès de mon père — qui m'avait renvoyée au lit.

Hersent, c'était la ville incarnée.

« Est-ce que tu crois que je m'en sortirai un jour ?

— D'où ?

— De Mornay. À cause de toi, je croyais que nous étions particuliers. Mais je ne suis rien du tout. Basile non plus. Nous sommes des êtres humains sans aucun intérêt. Mornay est une ville qui n'a pas la moindre existence dans le monde d'aujourd'hui. La France est un pays qui ne compte pas. On n'aura rien fait. On est déjà oubliés, avant même d'avoir fini notre vie. Il faudrait être californiens, chinois, indiens. Je ne sais pas. »

Il a ri.

« Tu trouves que c'est juste ? On valait mieux que ce salopard. Qu'est-ce qu'il avait de plus que nous ? Il est connu. Les gens l'ont élu, réélu. C'est toi qui aurais dû être le maire de cette ville. Le maire du monde entier. Et regarde comment tu t'es débrouillé… »

Ma rage n'était plus que du dépit.

Quant à Georges Hersent, il était dans son quatrième et sans doute dernier mandat. L'homme s'était longtemps trompé, mais avait survécu dans son fief. Avait trahi Jacques Chirac pour Raymond Barre, avait obtenu le pardon du patron du RPR, qu'il avait trahi de nouveau pour Édouard Balladur. Exclu du RPR, parti à l'UDF. « *In medio stat virtus* », professait-il aujourd'hui, petit maire de province respectable et grand-père comblé.

« Est-ce que tu crois qu'il est heureux ? Plus que nous ? Moins ? »

Il n'en savait rien.

Un grand séquoia, des cyprès chauves, un noyer d'Amérique nous dominaient, dans le parc désert. Le ciel s'était assombri. Le chemin louvoyait parmi de larges pelouses bien entretenues. Pas un habitant de Mornay ne mettait le pied dans ce parc, aux lisières de la ville. L'odeur forte de l'œuf pourri, aux abords du ginkgo biloba, m'a donné la nausée.

« Ce kebab était immonde. » Et j'ai roté. « Quoi, j'ai pas le droit ? »

J'ai consulté ma montre, une mini à la lunette strass et au bracelet en acier, offerte par Fabien :

« Quatorze heures.

— Tu es pressée ? »

Ma main a tremblé. Je l'ai dérobée à son regard, dans la poche de mon pantalon. Allez, c'était le moment.

« Je pense partir ce soir.

— Pour où ?

— Paris. Chez ma sœur.

— Sans ta fille ?

— Viens avec moi. Attends-moi à la chauffagerie. J'aurai la voiture. »

J'essayais de jouer à la fille passionnée, au coup de tête. La gorge serrée, je mentais mal et débitais avec difficulté les répliques mises au point avec Basile.

Il n'a pas répondu.

« Tu ne veux pas ? »

Nous avons retraversé l'Hombre, sur le pont aux trois arches, en laissant derrière nous la rivière, pour marcher vers la plaine céréalière. À l'horizon, sous le soleil agressif dans le ciel argenté, l'autoroute vibrait déjà.

Faber a fini la cigarette et l'a écrasée du talon — le même geste depuis des années.

«Tu n'es pas obligée de me le dire.»

Sa voix était devenue douce.

«Quoi?

— Que vous m'avez fait venir ici pour me punir.»

Je me suis tue.

«Je l'ai compris. Tu es descendue une première fois en Ariège, pour vous envoyer à vous-mêmes les lettres qui appelaient à l'aide. Un drôle de prétexte pour venir me chercher.

— C'est Basile, pas moi. Un week-end, il est parti pour l'Ariège à ta recherche. Il n'a pas osé venir te voir. Mais il a posté les lettres.»

Quelle conne. J'avais cédé trop vite, passant aux aveux sans même lui résister, incapable que j'étais de lui cacher quoi que ce soit. Je m'en suis voulu.

«Vous m'avez menti.

— Pardon…

— Qu'est-ce que vous vouliez?

— Te faire revenir. Te punir.

— Comment?»

La phrase ne parvenait pas à franchir le barrage de ma gorge nouée.

Il a haussé les épaules.

«Tu n'es pas forcée de me le dire.»

J'avais les lèvres sèches et mon cœur battait trop fort. Sur le point de m'évanouir.

«Bois un peu d'eau.»

Faber a ouvert la petite bouteille d'eau minérale

achetée avec les deux kebabs, puis j'ai cligné des yeux et il m'a semblé que ses mains n'étaient plus deux mais trois. Ses yeux ont brillé, j'ai cru qu'il devenait un autre. Mais il m'a rassurée. Je faisais un léger malaise. Portant le goulot à ma bouche, m'a fait boire comme une enfant.

«Je ne voulais pas…

— On n'en parle plus.»

Derrière nous, Mornay et sa cathédrale flottaient au-dessus des champs vert et marron, mornes et mêlés de bosquets enclos dans des formes trapézoïdales. Nous approchions de la sente et de l'ancien emplacement de notre cabane d'enfants.

Faber a dit : «Je viendrai avec toi ce soir. On ira à Paris. On essaiera de gagner dignement notre vie.»

Puis je l'ai vu descendre dans les bois. Le ciel grondait déjà.

15

Pluie

Il était quinze heures, un soleil blanchâtre s'échappait derrière des couches de nuages rapides et cendrés. Sous nos pieds, les herbes sauvages avaient envahi le grillage rouillé et tombé. Les voies ferrées en contrebas détruites, remplacées par du sable, en vue de la construction de résidences à l'ouest de Mornay et à l'est de Dorville. Tout était sale, des détritus par milliers. Ce n'était guère plus qu'une décharge : vieux lavabos, couches usagées, pneus, cages à lapins et squelettes de vélos.

Bâillé une première fois.

Ni Faber ni moi ne sommes parvenus à retrouver parmi ce dépotoir l'emplacement exact du quartier général de notre enfance.

« Bizarre, persuadé que c'était là. »

Enlevant ma veste sous la touffeur, j'ai fini par proposer : « Allons voir plus haut. » Gardé les fleurs tout contre ma poitrine, de peur de les perdre en route. Faber a remonté un remblai en patinant. Je l'ai poussé. Nous étions couverts de poussière, de gravats, le cul par terre.

Au sommet du talus qui terrassait l'endroit où je pensais revoir les ruines de notre cabane, Faber m'a donné la main. M'a relevée gentiment et a frotté mes fesses d'un geste sec du poignet, afin d'en faire partir la saleté.

Un mirage. Migraineuse, m'a semblé apercevoir la cabane telle qu'elle était voilà plus de quinze ans, et les trois enfants. Comme une chapelle au sommet d'une colline.

Je venais de perdre toute envie de me venger de lui.

Il me semblait pouvoir enfin le considérer comme un être humain, avec ses défauts et ses qualités. Le projet qui avait été celui de Basile et le mien, de le faire revenir, de le châtier et d'en finir avec lui, m'est apparu comme la somme d'espérances frustrées et d'un amour qui ne parvenait plus à s'exprimer. Plus mes idées étaient claires à ce sujet, moins je parvenais à les exprimer. Bouche pâteuse.

Comme si la nuit tant attendue tombait trop tôt, le sommeil s'emparait de moi par avance.

« Faber… »

Il fallait à tout prix que je lui dise de ne pas venir ce soir au rendez-vous, de partir, parce qu'on lui ferait du mal.

Lorsque j'ai cligné des yeux, la cabane blanche comme une chapelle avait disparu ; le lieu était un énorme tas de terre, qu'un camion de chantier avait peut-être déversé au milieu des bois, sur notre cabane. À la recherche des ruines, Faber farfouillait encore à l'abri du rideau des grands hêtres. Il s'est retourné.

Il était haut, courbé et de biais — tel que je l'aimais.

Un craquement. J'ai sursauté, la pluie est tombée. Soudain tout s'est déversé. Vêtements collés à ma peau, alourdis par l'eau. Cheveux ruisselants. Le peu de maquillage que je m'étais autorisé m'a noirci les paupières comme du charbon de bois. D'un geste du bras droit, me suis abrité le visage. Poisseuse. Abandonné toute résistance, plus la peine de me protéger de la pluie qui m'avait déjà trempée. Lentement vers les arbres pour ne pas perdre l'équilibre. Mal aux seins et les cuisses en marbre. Essayé d'essuyer mes mains contre mes fesses. Sans succès. Recoiffé mes cheveux courts vers l'arrière. Souri à Faber. Pour une fois qu'il était bien habillé, on aurait dit que ses habits s'étaient liquéfiés. Me suis moquée de lui.

Puis me suis élevée sur la pointe des pieds pour l'embrasser. A voulu se débattre, une fois de plus. Mais l'ai plaqué contre moi. Forcé. Respirant le plus régulièrement possible, tenté de lui faire ouvrir grand les lèvres. De projeter ma langue contre la sienne, de lui rouler la pelle qu'il méritait et qu'il me devait depuis tant d'années. La pluie a traversé les toits successifs des grands hêtres. Les houppiers aux branches étalées. Nous tombait sur le haut du crâne par traits, plutôt que par gouttes, et nous écrasait presque au sol. Doigts écartés. Mains crispées derrière ses oreilles. Ventre protégé de l'eau par le renflement de mes seins. Agressive, l'ai mordu, essayé d'entrer en lui. Voulais le caresser. Y parvenais à peine. Ivre.

La pluie a sifflé. Stop. Minces filets d'eau, cascadant depuis les feuillages comme par des gouttières. Le bruit du soleil qui se lève.

Étourdie, murmuré :

«Viens pas ce soir… OK?

— Pourquoi?»

Tête a dodeliné, souri. Voulais tant le sauver.

«On voulait…» Mot jamais sorti de la bouche. M'endormais. «On voulait te…

— Chut!»

Me suis allongée dans le noir.

Fatiguée.

16

Maddie endormie

En perdant conscience, Madeleine a marmonné encore quelques mots. Puis la demi-pastille de Rohypnol volée à la pharmacie et que j'avais émiettée discrètement dans la bouteille d'eau a fait son effet : ni couleur, ni odeur, ni goût. Maddie s'est abandonnée entre mes bras, le corps mou. Maintenant sa tête d'aplomb avec précaution, je l'ai laissée glisser au sol, contre les planches vermoulues.

Plus j'observais tout autour de moi, plus je retrouvais avec satisfaction la mémoire : nous nous tenions à l'emplacement exact de notre cabane d'antan. Si j'avais sarclé le sol meuble, toutes les planches de bois de jadis auraient sans doute émergé de la terre trempée, panachée de bruyère. Après avoir confortablement installé Maddie, un vieux coussin en laine sous la nuque, j'ai sorti les pièces de bois du terrain boueux, consolidé la ruine et remonté trois des quatre murs, plantant les clous rouillés à même la paume de la main, qui a bientôt saigné.

À l'abri, j'ai déposé son visage sur mes genoux calleux et j'ai approché ma main ensanglantée de son front.

«Madeleine», ai-je murmuré, «tu n'as rien à te faire pardonner.» Puis je l'ai bercée. Je savais ce qu'elle me voulait. J'avais compris. Leur petit plan était digne de ceux que nous échafaudions enfants, contre le monde entier. Et je n'avais aucune envie de la laisser se débattre avec cette idée puérile soit de se venger soit de me sauver.

À voix basse, je lui ai dit du bien d'elle. Quel superbe être humain elle avait été. Je l'ai consolée, lui ai assuré qu'elle n'avait pas de souci à se faire pour l'avenir. Sa vie serait réussie. Rien au fond d'elle n'était *raté*.

Paisiblement, elle respirait.

«Tu es importante. Si Dieu te voit, il te connaît, il t'a reconnue. Tu es sauvée. Et s'il n'y a pas de dieu, tu n'es pas perdue. Même si personne ne le sait, tu es ce que tu es. Et si tout retourne au néant, le néant se souviendra de toi. Ma grande, ma belle.»

De temps à autre, Madeleine gémissait dans son sommeil. Sous le masque de ses premières rides, le visage de l'enfant remontait à la surface de sa peau, comme un ballon qu'on a cru dégonflé sous l'eau mais qui contient encore suffisamment d'air pour flotter. Elle, l'enfant que j'avais eu la mission de protéger et d'aimer. J'avais échoué, mais elle n'avait jamais cessé d'attendre que j'y parvienne un jour.

«Madeleine...»

Et je caressais ses cheveux courts, qui devenaient aussi longs que naguère sous mes doigts aux ongles sales : «N'aie pas peur.» Peut-être qu'elle cauchemardait, Madeleine n'avait jamais été d'une constitution robuste et le flunitrazépam que je lui avais fait avaler de force accélérait son rythme cardiaque. «Tout ira bien. Je vais partir. Tu seras heureuse sans moi. Ta fille t'aimera. Tu vieilliras, tu connaîtras la satisfaction, le calme, la sagesse. Je te vois mourir dans plusieurs dizaines d'années : tu mourras sans crainte et sans regrets. Tu as fait tout ce que tu as pu. Tu ne m'apercevras plus. Jamais tu n'iras là où vont les damnés, dans l'oubli, le tourment. Tu auras une pensée pour eux, pour moi, mais tu es lumineuse. Tu m'as aimé aussi longtemps que tu pouvais, rien ne te sera reproché, je te le promets. Comme je suis heureux pour toi, dans les ténèbres, je saurai que ton âme est en paix.»

Ensuite, j'ai allumé un mégot ramassé à mes pieds. Tandis que le ciel d'après l'orage s'obscurcissait doucement, j'ai fumé. J'étais assis, Maddie endormie sur mes genoux.

J'attendais la nuit.

Vers six heures du soir, j'ai ramassé une vieille corde épaisse au milieu des détritus. Attaché avec méticulosité ses chevilles et ses poignets, en relevant les manches de son chemisier et l'ourlet de son pantalon, sans lui faire mal. Mais j'ai serré les nœuds pour qu'elle ne s'échappe pas pendant la nuit. Je prenais garde à la fragilité de ses articulations ; ses phalanges gonflées par l'air humide ; la blancheur à son doigt indiquant l'absence de son anneau de mariage ; ses si petits pieds délicats, le talon zébré par des crevasses et encombré d'un rien de corne. Je l'ai étalée, prisonnière, sur une couverture mouillée. Quelques minutes encore, je l'ai veillée. Puis, écrasant le vieux mégot du pied contre une pierre moussue et lézardée, j'ai consulté le ciel de Mornay : une belle soirée de printemps s'annonçait. Retourner en ville. Me suis levé, le dos endolori. Mes articulations ont craqué. Il m'a semblé que j'étais immense au-dessus de Maddie. L'ai enveloppée dans la couverture pour qu'elle n'ait pas froid. Ne l'ai pas embrassée : mon haleine était mauvaise, mes dents gâtées et je devenais déjà *l'autre*.

Pour finir, j'ai rassemblé les lys épars et les ai couchés près de son bras droit.

À très grands pas, j'ai rejoint la route nationale. À la lumière des premiers phares et des réverbères, sur la chaussée encore luisante par endroits, j'ai rallié le centre-ville de Mornay en passant par le quartier résidentiel du Grand-Tiers.

Je savais ce qu'il me restait à faire.

De temps en temps, faiblement, mes yeux brillaient.

17

Que deviennent tes parents ?

En entrant dans la rue tranquille, j'ai tout de suite reconnu la petite clôture et la maison aux volets marron.

J'ai sonné à la porte du pavillon.

Le surprenant soleil de fin d'après-midi avait presque séché mes vêtements. Lorsque M. Lamaison a ouvert, j'ai souri : « Pardonnez-moi, je suis en avance ! » Ébahi, il m'a regardé sur le seuil de sa demeure comme si un Martien venait d'atterrir dans son jardin.

« Qui est-ce ? », a demandé sa femme depuis la cuisine.

« Un revenant, madame. »

Elle est sortie, un torchon à la main, et son regard est tombé sur moi.

« Est-ce que vous ?...

— C'est bien moi.

— Oh Faber ! », elle a rougi, « je ne vous avais pas reconnu. » Et du coin de l'œil j'ai aperçu le vase blanc que je lui avais acheté pour ses cinquante ans, fidèlement posé sur la table près de la porte du salon.

« Est-ce que je peux entrer ? Il ne pleut plus, mais il commence à faire frisquet.

— Bien sûr ! Je vais vous chercher une serviette, vous avez pris la pluie.

— Ne vous dérangez pas, je ne resterai pas longtemps. Nous avions rendez-vous avec Basile. »

Les poings sur les hanches, son père a râlé : « Il ne nous a rien dit !

— Je préférais vous réserver la surprise. »

Pénétrant dans le vestibule, j'ai retrouvé l'écho exact de mes pas sur les dalles du couloir, le bourdonnement de la télévision à faible volume, l'odeur de propre et ce léger parfum de brûlé, qui paraissait correspondre à la teinte orangée, un peu trop cuite, des tomettes sur le sol de la cuisine. À M. Lamaison, j'ai serré la main en maîtrisant ma poigne pour ne pas lui broyer les os. À elle, j'ai fait la bise. « Vous n'avez pas changé, madame. » Et c'était vrai. Plus jeune, elle paraissait plus âgée mais l'impression s'était inversée avec le temps : elle semblait aujourd'hui moins vieille qu'elle n'était. Ainsi, comme par un jeu subtil de poids et de contrepoids, son apparence demeurait fixée à un point d'équilibre imaginaire, quelque part aux alentours de quarante ans.

Ils m'ont invité à m'asseoir sur une chaise de la salle à manger, près de la baie vitrée qui ne s'ouvrait jamais, donnant sur la pelouse verdoyante arrosée par l'orage. À leur empressement, je sentais combien ils étaient heureux de me revoir. Après avoir bu un verre de jus d'orange, je les ai invités à s'attabler aussi. Mais ils préféraient rester debout et me contempler les mains jointes.

« Dire qu'on n'a rien à vous faire à manger, Basile aurait pu nous prévenir. Oh, ça fait quoi, dix ans ? Plus ! Quinze ans !

— Les années filent, madame.

— C'est bien vrai.

— Un instant, laissez-moi arranger cette porte… » En me retournant, j'ai tâté le cadre de la porte, palpé jusqu'au bois du mur, puis d'un seul geste qui leur a probablement paru mystérieux j'ai redressé le chambranle, comme si je remettais en place une épaule déboîtée. Ensuite j'ai laissé coulisser la porte en PVC et l'air du jardinet a caressé nos visages dans le salon.

«Voilà.

— Ça par exemple, je n'avais jamais réussi à la réparer !

— Vous avez toujours eu un don pour bricoler les choses.

— C'est ce que veut dire votre nom, n'est-ce pas ? Je me suis souvent demandé si c'était du latin ?

— Le mot signifie "celui qui construit". »

Ils ont hoché la tête. J'ai senti qu'ils cherchaient à toute force à n'être pas déçus par mon apparence. Au fil des années, je suis certain qu'ils avaient parcouru les journaux à la recherche inquiète de mon nom, m'imaginant artiste primé, homme politique, peut-être président de la République, d'un pays étranger, qui sait ?, ingénieur, Prix Nobel, Médaille Fields, aventurier ou capitaine d'industrie… Mais voilà que j'apparaissais sous leurs yeux abîmé, et les ressources de leurs espérances étaient telles que la joie de me savoir vivant l'emportait encore sur le désarroi de découvrir que j'avais tout raté.

« Alors, monsieur Lamaison », ai-je lancé pour les détendre, « comment va la peinture ?

— Bah ! » Il était flatté que je me souvienne de son hobby, mais la muse l'avait quitté. « J'ai tout remisé au garage. »

Sa femme m'a proposé un verre de rosé, mais j'ai décliné : «Pas d'alcool. Mauvais pour la santé.»

Lui a continué : «Je vois plus loin aujourd'hui. Figurez-vous que je scrute la vie dans le cosmos. Pas moins!» Il s'est levé et a ouvert le buffet. S'étant pris de passion pour l'astronomie, il avait investi dans un télescope Skywatcher 130/900 EQ-2 motorisé, un modèle d'amateur. Après quoi, désireux de mieux s'équiper, il avait passé des heures sur l'Internet à peser le pour et le contre de chaque instrument de précision, à débattre des oculaires, des trépieds et de l'épineuse question du système de pointage motorisé.

Il a ri : «En tout cas, s'il y a de la vie ailleurs, je serai le premier à le savoir!

— Il passe ses soirées dans le jardin à regarder les étoiles...

— J'attends une manifestation. Je ne dis pas qu'elle aura lieu, mais j'attends.

— Les extraterrestres, monsieur...», ai-je plaisanté, «c'est plus probable que Dieu, mais c'est moins nécessaire.»

Plongé dans des abîmes de réflexion par ma remarque, il a acquiescé en silence et j'en ai profité pour sonder les lieux familiers, pénétrant du regard les murs, les cloisons, le bois et le béton. Rien n'avait bougé : le canapé remplacé à l'identique chez Roche Bobois, l'escalier du couloir qui conduisait au garage, où reposait la Citroën noire. Ce que je cherchais se trouvait tout au fond, dans la commode.

«Et vous», a osé demander d'une toute petite voix sa mère en se tordant les doigts, «qu'est-ce que vous faites?»

Grand seigneur, j'ai fait mine de dessiner en l'air quelque chose de vague et d'incompréhensible : « Des choses et d'autres. Ce serait trop long à raconter.

— Mais… Vous n'avez pas de travail ?

— Vous savez, c'est devenu difficile de nos jours. »

Ainsi, je leur permettais de se raccrocher à une idée sociologique qui les a rassurés : « Oh oui ! Pour vous les jeunes, la situation est compliquée. »

Et ils ont soupiré.

Mais, pas tout à fait satisfaite par la réponse, la petite voix de Mme Lamaison a semblé résonner depuis les tréfonds du canapé : « Tout de même, quelqu'un comme vous… »

« Il n'est jamais trop tard », a répondu avec philosophie son mari, qui se voulait encourageant.

« Certainement, monsieur.

— Vous êtes jeune.

— La jeunesse c'est dans la tête ! Je suis peut-être moins jeune que vous… » Leurs visages se sont empourprés. « Je repense souvent à vous. Lorsque nous étions enfants, avec Basile et Madeleine…

— Inséparables !

— Qu'est-ce qu'ils vous aimaient !

— Nous partions jouer dans le garage…

— Tout est resté en l'état. C'est le coin de Basile.

— Vous voulez jeter un œil ? »

Parvenu à mes fins, j'ai poliment accepté.

« Je vous accompagne. »

Posé une main ferme sur l'épaule de M. Lamaison, lui intimant de ne pas se lever de sa chaise : « Merci. Je préfère y aller seul. Vous comprenez, les souvenirs… » Comme si j'étais sur le point de pleurer.

« Je ne voulais pas vous mettre mal à l'aise. » Et il s'est confondu en excuses.

Par le petit escalier de béton, je suis descendu jusqu'à la salle calfeutrée, mal éclairée. Le canapé usé aux motifs floraux. De la moquette. Les grandes caisses de jouets. Sur la commode, la vieille console Atari était éteinte et le joystick jeté dans un carton de déménagement, couvert de poussière. Accroupi, j'ai ouvert la commode et plongé la main au fond du premier tiroir. Sous une chemise plastifiée, la seconde partie du manuscrit de Basile : *Faber. Le destructeur*. Parcourant sans tarder les dernières pages rédigées, j'ai eu la confirmation de ce que j'avais deviné. Son dépit, sa rage, sa haine. Qu'il ne pouvait plus vivre tant que j'existais. Sa tentative de suicide. Sa convalescence. L'amitié avec Madeleine. Mathilde. Le professorat. Retour à Mornay, au lycée Janvier. Son enquête afin de retrouver ma trace. L'Ariège. Les fausses lettres envoyées à ma place. Son incapacité à venir me chercher et à m'affronter. À sa place, Madeleine qui me récupère à Aulac, dans la cabane aux ânes. Et puis son plan. Madeleine en guise d'appât. La chauffagerie, un soir. Certainement a-t-il été surpris de me retrouver si faible. Dans son roman, il s'attendait à batailler contre moi et à triompher de haute lutte.

Fouillé le second tiroir et trouvé l'arme. Le fusil de chasse calibre douze de Jean Gardon, conservé depuis tout ce temps. Et des cartouches.

Fébriles, maladroits, ils n'avaient donc cessé de vouloir m'assassiner.

Refermé le tiroir.

À l'étage, j'ai entendu des éclats de voix.

Sans me presser, le dos courbé, remonté les marches.

Enjambé le seau et la serpillière, poussé la porte. Livide, Basile m'a vu apparaître dans le vestibule. Il venait justement rendre visite à ses parents et sentait la situation lui échapper. Les mains vides, je lui ai souri et je l'ai embrassé : « Mon vieux. » Sur le point de défaillir. Son regard paniqué cherchait un indice de ce que j'avais vu ou pas au sous-sol. Est-ce que je *savais* ?

« Je faisais un tour en bas, mais je t'ai entendu arriver. Alors je suis remonté tout de suite. »

Les parents également étaient blêmes ; ils ne comprenaient pas l'attitude hostile de leur fils.

Basile a bafouillé et j'ai pris un air taquin : « Tu avais oublié notre rendez-vous, ici à dix-neuf heures ? On va fêter nos retrouvailles en ville. Quelle tête en l'air ! » Petite tape affectueuse sur l'arrière du crâne. Puis, jetant un œil au cadran de l'horloge, dans l'entrée de la cuisine, claqué deux fois des mains : « Il ne s'agirait pas de faire attendre Madeleine au Khédive ! Madame… » Et j'ai pris très affectueusement sa mère entre les bras, que j'avais immenses, capables ce soir-là d'enserrer l'humanité tout entière. À l'embrasser, je lui ai transmis mon envie de pleurer. Contrairement à moi, elle ne s'est pas retenue et s'est tournée pour ne pas me montrer ses larmes : « Je ne sais pas ce que j'ai ! C'est de vous revoir. »

« Monsieur… » Empoigné la main avec toute la franchise dont j'étais capable. Puis, cédant à quelque impulsion amicale, je l'ai plaqué contre moi et l'ai embrassé sur les deux joues.

« Portez-vous bien… »

Sourire malicieux, j'ai glissé ma main demeurée libre dans la poche de mon pantalon détrempé : « Vous oubliez quelque chose... » Le portefeuille de M. Lamaison, dérobé en deux temps trois mouvements.

« Ah çà ! » Ils m'ont regardé de bas en haut, avec admiration, incrédules et heureux. « Bon sang, vous n'avez pas changé ! Comment avez-vous fait ?

— La magie ! monsieur Lamaison, la magie ! »

Passant le petit portail, je l'ai encore entendu me dire, depuis le perron :

« Faites attention à vous, Faber ! »

Et j'ai pris Basile, accablé, par l'épaule : « Votre fils s'occupe de moi. »

18

Boulevard de Courtrai

Une fois la portière claquée, je ne suis plus parvenu à me contenir :

« Qu'est-ce que tu foutais chez mes parents ? »

Il n'a pas répondu.

« Où est Madeleine ? » Je me trouvais dans l'impossibilité de la joindre depuis plus d'une heure : son portable ne répondait pas. Rien ne se déroulait comme nous l'avions prévu. Heureusement que Faber n'avait pas eu le temps, à la maison, de mettre sens dessus dessous la salle du sous-sol et de découvrir l'arme à feu avec le manuscrit. Si ça avait été le cas, il m'aurait déjà abattu.

Mais il demeurait calme, assis à mon côté, les mains jointes, observant à travers la vitre la ville affairée en ce début de soirée. Au moment de déboucher sur le boulevard de Courtrai, la circulation encombrée nous a ralentis.

Probablement avais-je surestimé mon ami : il nous était revenu brisé, impuissant. Son intelligence et son intuition d'antan l'avaient tout à fait quitté. Il ne se doutait de rien, ne soupçonnait personne. Lentement, j'ai respiré. Au terme de cette affreuse journée, enchaînant les cours sans parvenir à me concentrer ni sur ce que je voulais dire ni sur ce que les élèves voulaient entendre, j'avais eu une explication avec Mathilde, ulcérée d'avoir eu à mettre Faber à la porte. Après une scène interminable, elle avait menacé de me quitter. Pourtant j'étais certain de la reconquérir. Tout se passerait comme je l'avais imaginé. Puis, à l'approche de la pharmacie, Madeleine m'est revenue en tête et j'ai calé à cinq mètres à peine du feu rouge de Gallieni.

« Merde ! »

Pourquoi ne répondait-elle pas ?

« Maddie va bien. Je la retrouve à la chauffagerie, à vingt-deux heures. On part tous les deux pour Paris. Est-ce que tu viendras nous dire au revoir ? »

Décontenancé, je n'ai pas tout de suite compris le sens de ses mots.

« Ah… »

Je ne savais plus comment jouer la surprise, étonné qu'il me réponde exactement ce que j'attendais d'entendre, alors même que je croyais que Maddie avait échoué dans son rôle d'appât. Il fallait que je semble pris de court par son comportement, mais en réalité j'étais abasourdi qu'il se comporte comme je l'avais voulu, et comme je ne croyais plus qu'il le ferait.

Alors Faber s'est penché et m'a donné l'accolade : « Aucune inquiétude, tout se passera bien… », ai-je cru l'entendre murmurer sous le bruit des avertisseurs.

« Quoi ? »

À cent mètres de la place de Foudre-Tonnerre, le concert de klaxons a définitivement couvert ma voix.

Sans crier gare, il a ouvert la portière de ma Renault vert pomme au milieu du grand boulevard, narguant les automobilistes et les motards. Il a crié : «Vingt-deux heures, à la chauffagerie!»

Il s'est éloigné.

«Faber!»

Tel un mirage sous la fumée des pots d'échappement, sur l'asphalte en guise de sable, il a agité au-dessus de la tête un billet de vingt euros et j'ai entendu l'écho affaibli de sa voix l'excuser : «... t'ai emprunté un peu de monnaie... M'en veux pas!» Puis a disparu derrière une camionnette de la boucherie Ragoulin.

«Avance, ducon!», a hurlé un conducteur derrière moi, le bras passé par la portière et le doigt levé.

Je bloquais la circulation. Après avoir redémarré, j'ai vu devant moi le boulevard ouvert, décongestionné, à la lumière du soir. Sur les trottoirs, j'ai cherché sa silhouette fuyante, mais je ne l'ai pas trouvée.

Mains crispées sur le volant, j'ai sangloté de honte. Fait demi-tour pour revenir au Grand-Tiers, dans le pavillon de mes parents, récupérer l'arme et attendre l'heure dite.

19

Les démons

Il me restait deux heures à vivre et il fallait que je m'affaiblisse pour être certain de ne pas résister, le moment venu. Je ne pouvais pas me tuer : tout mon être me l'interdisait. Je connaissais trop bien ma nature pour savoir que je me défendrais devant la perspective de l'anéantissement. Quoique déjà amoindri considérablement, je devais réduire encore ma puissance et ma volonté, afin de me présenter au plus bas de toutes mes facultés devant lui. Tant qu'il me restait de la conscience, je devais la mobiliser en vue de ma propre destruction. Et j'augmenterais d'autant les chances de me laisser faire et d'être abattu si je buvais.

Assis devant une table en bois massif de Bourgogne du Khédive, j'avais commandé une Guinness brune, comme quand j'étais lycéen. À peine en avais-je bu le tiers qu'un ulcère m'a rongé l'estomac, brûlant ma gorge en amont, mon foie en aval. Des flammes ont léché mon œsophage et j'ai grimacé.

Il faisait nuit, les lumières du bar agressaient mon regard. Les paupières plissées, j'ai détaillé les affiches de Brel, Brassens, Barbara et Ferré que je connaissais par cœur. Avant d'entrer dans le café, j'avais escompté rendre une dernière visite à Estelle Wade. Mais la paresse et la lâcheté avaient parlé à mon cœur le langage du retard : « Bois d'abord un verre », puis le langage du renoncement : « Si elle te voit comme ça, que pensera-t-elle de toi ? » Je n'arrivais pas à me saouler. J'avais vomi une première fois dans les toilettes du Khédive. Tout mon corps rejetait l'alcool dont je tentais pourtant de l'abreuver. Mon organisme pressentait la ruse. Il n'acceptait pas que j'endorme son attention pour pouvoir me débarrasser de lui, une fois ivre.

En désespoir de cause, j'ai sorti de la poche arrière de mon pantalon la petite boîte de Rohypnol en carton détrempé. Sur la plaquette qui restait, j'ai compté neuf cachets. Demandé un grand verre d'eau. Saisissant mon poignet gauche avec ma main droite, j'ai contraint la main gauche à se baisser. Actionné les doigts un par un, en pressant sur les muscles et les tendons à l'intérieur de l'avant-bras. Obligé la main qui ne voulait pas à prendre un par un les cachets, comme une pince. Puis agrippé le menton, toujours de la droite, pour ouvrir ma gueule. Glissé sous la langue les neuf cachets. Refermé la bouche et levé le verre. L'eau a coulé entre mes lèvres. Il a fallu que je tape contre ma poitrine pour déglutir. J'ai manqué m'étouffer.

Il n'y avait plus qu'à attendre et à ne pas m'endormir sur place. Lorsque le sommeil viendrait, je fuirais vers le grand chantier. En attendant sagement que sonne l'heure, je voulais encore voir vibrer la vie autour de moi.

Mais ici il y avait surtout des jeunes gens qui se donnaient des airs vieillis. Quelques contestataires qui bravaient l'interdiction de fumer dans les lieux publics. Au comptoir en étain, de nouveaux anars entre deux âges avaient remplacé l'Espagnol et le postier fan de Tardi de mon temps. Ils évoquaient ce « sale rat » de Hersent et comment il avait vendu la bonne ville de Mornay au consumérisme triomphant.

J'ai voulu boire une dernière gorgée, mais j'ai eu peur de tout rendre, et notamment les cachets. Un hoquet m'a agité une minute, puis un rot. C'était passé. J'ai jeté un œil sur l'horloge qui décorait le mur du fond, en habit de guêpe jaune et noir. Encore plus d'une heure.

Alors un fantôme s'est déplacé de la porte d'entrée vers les tables vides à ma droite. Il était grand, boitait et son visage triangulaire enfonçait le coin d'une de ses épaules, de telle sorte que tout en lui semblait de travers. En passant près de moi, un effluve de mauvais Picon. L'odeur aigre du clochard. Mais atténuée par un certain soin quotidien, qui contenait avec difficulté l'odeur de la défaite. Cheveux parfaitement blancs. La peau comme du sable. Je le connaissais. Il a sorti une montre de gousset afin de comparer l'heure du bar et la sienne. Puis, sans me reconnaître, l'homme s'est retourné.

« Seul ? »

Je l'étais.

« Je peux ? »

Pas fou, comme je l'ai d'abord craint. Avait conservé ses manières et traînait derrière lui le boulet de ce qu'il avait été. Devenu un original, ce qu'on appelle un personnage de café.

Sans égard pour la loi, il a fumé.

Jean-Charles Mézières n'enseignait plus. J'ai cru voir défiler dans ses yeux tous les hôpitaux par lesquels il était passé.

«Vous ne buvez pas?», en désignant mon verre encore à moitié plein.

«Mal à l'estomac.»

A commandé un pichet de vin en terre cuite. Puis sorti d'une de ses poches une collection de pièces de petite monnaie, qui ont sonné, trébuché. Un tic affectait l'œil droit.

«Sais plus très bien compter. Pouvez-vous me dire combien?…»

L'endormissement progressif que j'appelais de mes vœux, mon abrutissement avant la fin, ne venait pas. Du bout des doigts, j'ai donc dénombré sans me tromper ses sept euros et cinquante-six centimes. M'a remercié.

«Mais je ne vous offre rien, puisque vous ne buvez pas.»

Ensuite il s'est tu. Est-ce qu'il m'avait reconnu?

Seulement après dix minutes passées à siroter la piquette que Mézières a commencé à monologuer, encouragé par la boisson.

«Savez-vous que nous sommes dans une ville dont la cathédrale a été construite pour combattre les démons?

— C'est ce qu'on dit.

— Sur la bouche de l'enfer. Après le massacre de Mai, le chanoine et écolâtre Fulgence a écrit que le diable avait ouvert la bouche à Mornay.

— Sans doute.

— Savez-vous seulement, monsieur, qui sont les démons?»

Je n'avais pas envie de l'entendre.

«Je vais vous le dire.»

Il a repris sa respiration : son odeur âcre a doucement baigné mon visage.

«Vous connaissez *Le Paradis perdu*?

«Lorsque Satan s'est relevé, il a vu ses serviteurs à terre, les généraux de ses armées. Qui étaient les anges perdus, ceux qui étaient tombés? Les perdants de l'Histoire. Les cocus du monothéisme. Jahvé a triomphé des dieux d'antan : ceux qui préservaient les moissons et la fertilité des femmes; ceux qui habitaient les airs et les eaux. Les dieux du Moyen-Orient. Jadis ils avaient été les seigneurs de la terre. Toutes nos pensées étaient tournées vers eux. Nos protecteurs. Mille fois nous les avons priés.

«Les démons, ce ne sont rien d'autre que les idoles d'enfance de l'humanité. Lorsque l'humanité a vieilli, elle n'a plus supporté les dieux de son jeune âge : elle s'est sentie naïve et coupable. Elle ne pouvait pas regarder dans les yeux sa propre puérilité. Alors elle a chargé de tous les maux, de sa propre faute, ceux qu'elle avait chéris et qui avaient veillé sur elle. Voilà de quoi nous sommes coupables et qui nous fait peur dans les diables : d'avoir cru en eux et de les avoir trahis.

«Belzébuth? Le seigneur des mouches, adoré des Philistins d'Ekron. C'était lui qui chassait les moucherons des moissons. Il nous rendait ce service. Le dieu des chrétiens l'a humilié, a sali sa mémoire, l'a transformé en insecte énorme assis sur un trône de merde. Il n'était pas simplement question de le remplacer par un nouveau maître, plus fort et plus juste, mais d'*inverser* notre souvenir de lui. Entièrement, de son nom à ses attributs : le dieu a été changé en démon. Celui qui chassait les mouches en est devenu une lui-même.

«Moloch des Ammonites… Le sacrifice incarné… Mais l'ancien roi qui exauçait nos vœux a pris l'apparence d'une bête sanguinaire, qui réclame qu'on exécute des nouveau-nés en son nom.

« Chemos, le dieu des Moabites, le dieu de la fertilité. Que reste-t-il de lui ? Il paraît qu'avant chacune de ses apparitions, ses prêtres déféquaient suivant un rituel. Salomon l'a honoré. Mais on a oublié tout ou presque de son identité, calomniée durant des siècles. Saint Jérôme dit de lui qu'il est Priape, le grand phallus. Ou bien le Baal de Péor ? Pi-Hor, le dieu du soleil sémitique ? Ou Horus l'Égyptien ? Même leur identité s'est perdue. On ne sait plus qui ils sont.

« Et qui sait ce qu'ils ont pensé lorsqu'ils ont vu l'humanité se détourner d'eux ? Qui sait ce qu'ils ont souffert en voyant les hommes brûler leurs temples et couvrir de merde leurs autels ?

« Baal était l'adversaire de Jahvé en Orient. Il était Dieu avant Dieu. Il a existé avant le Créateur. C'était un bon dieu pour ceux qui croyaient en lui : dominant du haut de sa montagne, il accordait la pluie, la fertilité, veillait sur les récoltes et chevauchait les nuées. C'était un dieu de jeunesse. Lorsque le dieu adulte est apparu, il a terminé en monstre de foire, bête à cornes assoiffée de sexe et de sang. Le malheureux. »

À présent il tenait conférence dans le bar et quelques-uns l'écoutaient.

« Il faut pleurer pour eux… Il faut penser aux démons comme à des dieux déchus, les premières victimes de l'Histoire… Hommes ou femmes, c'est égal. Astarté, la compagne de Baal ! La lune, la vierge, la mère. Mais nous avons préféré Marie. Et Astoreth est devenue la putain. L'universelle salope. »

Sa gorge était sèche. Il a bu de nouveau.

« Rendez-vous compte de notre ingratitude… Tammuz, le berger-roi, inventeur du printemps, mais transformé en Grand Pourrisseur. Et Dagon ! Le dieu à face de poisson des Amorrites et des Philistins… On dit qu'il gémit encore, face contre terre, devant les ruines de son propre temple. »

Mézières a terminé son vin. Au fond du verre, il n'y avait plus rien. Il m'avait bercé, mais je ne m'étais toujours pas assoupi. J'étais encore en pleine possession de mes moyens et le moment approchait. Au mur, l'horloge jaune et noir indiquait dix heures moins vingt. Le brouhaha du petit cercle d'habitués dans mon dos s'était doucement éteint. Deux ou trois poivrots et quelques jeunes gothiques à la grande table : eux seuls écoutaient encore l'ancien professeur.

Ma chaise a grincé mais je ne me suis pas résolu à partir. J'ai cherché un peu partout en moi le courage de me lever.

« Les dieux du passé ? C'est une cohorte gémissante de maîtres adorés, de fils chéris, de pères aimés des hommes… Tous trahis. Un dieu unique des villes est né. Un chrétien. Un musulman. Et Bouddha pour l'Orient. Mais c'était le même dieu : le dieu exclusif. Il a traité ses prédécesseurs d'usurpateurs ; pourtant c'est lui qui leur a volé le trône. Les démons étaient là avant lui. Et qui consolera les diables dont nous nous sommes détournés ? Qui versera une larme sur leur sort ? Nous étions comme des enfants quand nous en avons fait des dieux. Devenus adultes, nous leur avons donné le visage du Mal, nous leur avons attribué nos mauvaises actions, nos pensées les plus viles. Depuis, ils souffrent de notre inconséquence pour l'éternité. Alors qu'ils ne demandaient qu'à mourir doucement, avec la satisfaction d'avoir été aimés et de nous laisser à nous — les hommes qui les avions pris pour maîtres — un bon souvenir.»

Il a grommelé.

«Pas grand-chose. Rien d'autre qu'un bon souvenir…»

Au comptoir, Chris et deux amis gothiques, en manteau long et les cheveux noués, commandaient des pintes tout en écoutant le vieux taré. Il était dix heures moins dix, je n'avais aucune envie de leur parler, aucune envie de lire dans leurs yeux exaltés que j'étais Satan en personne. J'avais été lycéen. Je ne connaissais que trop bien leurs discussions sur Aleister Crowley, Algernon Blackwood, l'occultisme, le bric-à-brac du satanisme de province, les amateurs de Psychic TV, Cradle of Filth et Fields of the Nephilim. De quoi se faire peur le samedi soir en virée, pour conjurer l'ennui de la réalité. Chris croyait depuis quinze ans que j'étais l'archange des Ténèbres. Moi j'avais mal au ventre, une putain de constipation à cause de la dizaine de comprimés que je m'étais avalés. Et le sommeil ne venait toujours pas.

Sans qu'il s'en aperçoive, je me suis éclipsé de la table de Mézières, la tête basse. Captivés, Chris et ses amis lui ont offert un verre supplémentaire pour le payer de sa salive. Glissant le long des murs sous les affiches jaunies, je suis sorti.

Dehors, il faisait frais, bleu et noir. Commerces fermés, cathédrale cachée dans l'obscurité. La rue de Pâques était déserte. En espérant qu'il serait là à l'heure dite, je suis remonté à grands pas vers la Porte du Perche.

20

Démolition

Je me suis senti suivi.

Retourné, personne.

Derrière le Châtelet, le chantier de démolition de la compagnie de chauffage de Mornay était illuminé par quelques hauts réverbères qui l'encerclaient, et un trou sombre se dessinait en son centre, là où les lumières de la ville n'atteignaient pas. Saluées à intervalles irréguliers par le passage d'une voiture sur la Porte du Perche, les silhouettes de six ou sept pelleteuses sur chenilles, bras mécanique arrêté à un moment ou un autre de leur mouvement, peuplaient le paysage gris et lunaire. L'endroit était protégé par des barrières et des grilles, que j'ai escaladées.

Près du trou, quelqu'un m'attendait.

Sans casque de chantier, en chemise blanche, une couverture sous le bras, un homme parcourait l'espace dévasté, au pied de la chauffagerie en morceaux.

Il a remarqué ma présence près des moellons de béton, a entamé la remontée de l'éboulis poussiéreux et levé plusieurs fois la main à mon intention. Je savais que j'aurais dû fuir, mais j'ai marché dans sa direction.

C'était Basile.

« Qu'est-ce que tu as fait de Madeleine ? »

En dépit de la fraîcheur de l'air du soir, il suait. Ses lunettes ne tenaient pas droit sur l'arête de son nez. Un peu d'acné sur les joues. La panique le guettait.

« Va bien. Je ne voulais pas qu'elle voie ça. »

Il a tiqué : « Ça ?

— Basile », et j'ai pris la voix la plus douce, ferme mais rassurante, possible, « je suis heureux que ce soit toi. »

Enveloppée dans la couverture, l'arme est tombée. Basile a bafouillé : « Ne t'approche pas ! »

Peut-être que la série de cachets que j'avais ingurgités commençait à avoir de l'effet sur mon organisme réticent ; j'ai bâillé une première fois.

« Basile, s'il te plaît, sois sûr de toi. » Et j'ai détourné les yeux le temps qu'il ramasse la carabine dans la poussière. « Voudrais bien t'aider, mais c'est à toi de le faire. »

Balbutiant, il s'était relevé, le canon pointé contre mon ventre qui gargouillait : « Ne me dis pas ce que je dois faire.

— Vers le cœur, une seule fois. Sinon… » À mon grand énervement, j'ai senti un début de force revenir et la bête se réveiller. J'étais sur le point de me reprendre. Si c'était le cas, non seulement il ne me tuerait pas mais je le tuerais, moi.

« Fais vite. »

Hélas, Basile voulait me donner ses raisons.

Le vent a soufflé faiblement et, les cheveux lui retombant sur les yeux derrière les verres de ses lunettes, il a relevé le cran de sécurité, cherché le cœur, en disant :

« Je dois le faire. Tu as… » Il avait préparé son discours, je l'avais déjà survolé dans le second cahier de son manuscrit. Il y était question de la vie que je lui avais donnée enfant et reprise adolescent. L'impossibilité pour lui de dormir en paix depuis l'âge de vingt ans. Son impuissance à devenir adulte. L'obsession que j'avais plantée en lui comme une graine et que toute son existence avait vue grandir, se nourrir de son cerveau, de sa chair, le parasiter jusqu'à empêcher son propre développement...

« Je te comprends. Je veux mourir, maintenant.

— Je t'ai fait revenir pour en finir avec toi », il hoquetait, « je voudrais t'anéantir, que tu n'aies jamais jamais jamais existé...

— J'aimerais. Pas possible.

— Pourquoi tu te laisses faire ?

— Besoin de toi. Toujours eu besoin de vous pour ça. Mais... », mes mains s'étaient élargies, mes yeux clignotaient comme les néons, mon sang et ma respiration ralentis à l'extrême. Sentais la puissance lutter dans mon corps contre l'endormissement. L'autre qui en moi ne voulait pas disparaître prenait le dessus, dans un dernier effort. D'ici une minute ou deux, j'aurais tordu Basile en deux.

« Ne m'écoute pas ! », ai-je supplié, « *celui qui parle* veut gagner du temps ! »

Comme s'il entendait en moi deux voix, peut-être trois, Basile a baissé l'arme.

J'ai ri : « Je suis indestructible.

— Ce n'est pas vrai. Tu es un être humain... Tu nous as menti. » Plus j'avançais, plus il reculait, jusqu'aux ténèbres du trou, à l'endroit même où se dressait encore ce matin le centre de la chauffagerie. « Je vais te le prouver, je vais te tuer et jeter ton corps là-dedans. Demain, à la première heure, les ouvriers coulent le béton pour les sous-sols du parking. On ne te trouvera jamais. Et si tu es mort, c'est que tu étais comme nous.»

L'idée m'a amusé. Au centre du chantier, les réverbères brillaient de trop loin pour éclairer nos visages. Faisait sombre et froid, j'étais en joie. La lutte en moi-même entre le sommeil et la puissance s'est traduite par le picotement de toutes mes terminaisons nerveuses.

«Tu me forces à faire ça», a pleuré Basile qui perdait toute dignité, «j'aurais préféré être de ton côté.»

Éclaté de rire. J'ai pris de la hauteur. À deux pas de moi, la grue. Pourquoi ne pas la déraciner, m'en servir comme d'une lance pour frapper le cœur de Mornay?

«Courage, Basile, tire maintenant...» À bout de forces, la voix était en train de s'éteindre. Les paupières mi-closes, je crevais de sommeil.

«Je ne veux pas te tuer...», il a chialé comme un gosse, «dans la cour de récré...

— Trouillard!», j'ai grogné, «Chieur!

— S'il te plaît...

— Fais!»

Et, les paupières presque refermées, j'ai deviné à la faible lueur des phares d'une voiture qui roulait en direction du Grand-Cours la forme flageolante de Basile, le fusil pointé vers le bas. Une tache sous la ceinture.

Finalement, après toutes ces années, lui qui avait vécu dans l'angoisse, lui qui avait la hantise de se faire dessus et que cette idée paralysait depuis toujours, mais à qui pareille mésaventure n'était jamais arrivée, il s'était pissé dessus pour de bon, droit debout devant moi, et l'urine coulait lentement le long de son pantalon, gouttant jusqu'au sol plongé dans l'ombre.

Je le lui ai fait remarquer.

Il a baissé la tête et vu la tache. Relevant le canon de l'arme, visant ma poitrine à moins d'un pas, il a enfin trouvé la force de me faire taire.

Entendu le bruit. Presque immédiatement ma puissance s'est confondue avec ma faiblesse, et je suis tombé. À peine le temps de penser :

« Ça y est, je suis un homme… »

21

Crâne

Lorsque j'ai ouvert les yeux, j'étais vivant.

Il faisait mauvais, froid et nuit. Ce n'était ni l'enfer ni le néant promis.

Portant la main à mon crâne, j'ai constaté que ma main était couverte de sang. Je ne me sentais pas la moindre blessure, mais j'ai tout de même gémi.

« Enculé », ai-je chuchoté.

Courbant l'échine, le dos bossu, je me représentais rougeoyant comme des braises et énorme en longueur. Voulu me redresser. Contre mon flanc pesait une pièce circulaire d'engin de chantier, qui m'a coupé le souffle dès que j'ai essayé de le reprendre. Difficile de soulever la chose, parce que la force m'avait abandonné. Sous le poids du ciel, je ne parvenais même pas à me tenir debout. L'impression de ne pas avoir appris à marcher.

À force de grognements, j'ai pourtant osé quelques pas. Du temps s'était écoulé, je ne sais pas combien.

« Basile, je vais te buter ! »

Tout en beuglant, je pataugeais parmi les gravats, le sable et les granulats. Au pied de la chauffagerie lugubre, effondrée en son centre et dont les ailes se dressaient encore, comme les bras d'un acteur minable de film de vampire sous sa cape, j'ai tourné en rond. Personne. Chaussures couvertes de poussière, à moitié dessemelées.

«Tu m'as pourri les godasses!»

Je gueulais dans la nuit comme un poivrot.

«Et en plus tu m'as raté, connard!»

Trébuché contre un tuyau. Le tuyau était mou. Perdu l'équilibre et tombé la tête la première dans une pelote de cuivre et d'acier, sur un tapis d'isolant déchiqueté. Joue gauche entaillée. Mais à palper mon crâne, je me suis rendu compte que je ne présentais toujours aucun signe de blessure, alors que j'avais les mains toutes rouges.

Entre mes jambes écartées, la masse molle de ce que j'avais pris pour une gaine de canalisation possédait des bras. Dans les ténèbres, j'en ai palpé la forme humaine.

«Basile?»

Son corps flasque. De l'extrémité supérieure s'échappait comme une flamme de bougie une longue coulée de sang. Une moitié de son crâne ouverte, depuis l'arcade sourcilière jusqu'en haut. Pas un souffle. Porté la main à son cou, pression artérielle imprenable.

Mort.

À une vingtaine de centimètres de son visage, un petit parpaing bruni qui avait sans doute servi à l'assommer.

Ma première pensée a été : tu l'as tué.

«Souviens-toi...», ai-je gémi. Est-ce que c'est toi? Je ne m'étais peut-être pas endormi sous le coup des somnifères. D'instinct, je n'avais pu m'empêcher de me défendre et je lui avais porté le coup fatal. J'ai cherché en moi-même la trace d'une certitude d'avoir tué — ou pas — mon ami. Mais j'étais vide. Lisse comme une paroi trop plate arrêtant la progression du grimpeur. Sans relief. Pas le moindre souvenir. Peut-être moi ; peut-être pas. Levé les mains rouges au niveau de mes yeux. Est-ce que c'était mon sang, ou est-ce que c'était le sien ? Reniflé. Incapable de distinguer.

Il fallait que je me souvienne, pour savoir à qui m'en prendre.

Soudain, il m'est apparu que Basile ne vivrait plus, que le trésor de sa personne, la mémoire de ses années d'existence, tout ce qui avait été vu, entendu et senti par lui, n'était plus rien.

J'ai pleuré.

La peur m'a chuchoté que ce n'était pas la première fois : j'avais déjà tué quelqu'un, dans des circonstances similaires, et déjà j'avais fui. Au lever du jour, les ouvriers investiraient le chantier, ils trouveraient le corps et moi, comme un clodo, à son côté ; je partirais en prison pour des années, peut-être pour l'éternité.

Fuir.

Lâchement, je n'ai pas dit adieu à Basile qui n'était plus là, le crâne ouvert et l'âme éparpillée.

J'ai couru. Avec difficulté, franchi la barrière grillagée, déguerpi dans la rue. Il n'y avait personne. Même moi, je crois que je n'étais plus tout à fait là.

22

En fuite

Sous l'alignement des platanes, j'ai dévalé le Grand-Cours comme si je chutais d'un immense toboggan.

Peut-être s'était-il suicidé? Il me semble que Basile était anormalement exalté. Et Mathilde avait parlé d'une première tentative de suicide. Il avait mis fin à ses jours devant moi pour me punir : se tuer était pire que de me tuer. Et il s'était fracassé le crâne. Comment? Tout seul, on ne s'ouvre pas le crâne ainsi. Avec l'aide d'un complice. D'une complice. Madeleine ligotée dans la cabane, loin d'ici. Mathilde… Elle l'aimait. Ne l'aurait pas assassiné à seule fin de me rendre fou.

Ou bien…

Devant le Théâtre des Belges, j'ai marqué une pause. J'avais cru accepter la mort comme châtiment pour ma vie tout entière; mais ce n'était pas ma mort, c'était la sienne, et la punition était pire. Est-ce que j'étais immortel? Personne ne pourrait m'anéantir. L'exaltation m'a fait frissonner. Pauvre Basile. Les images du petit garçon qu'il avait été me sont revenues, dans la cour de récréation de l'école de Foudre-Tonnerre : enfant craintif et bouc émissaire, les yeux grands ouverts derrière les verres de ses lunettes, lorsqu'il me regardait. J'étais l'amour de sa vie.

Ou bien…

Je me suis laissé faire parce que je savais qu'il ne pouvait pas me tuer. Et le geste du meurtrier s'est automatiquement retourné contre lui, puisque je ne suis pas humain. Je l'avais prévu. Je sais tout. C'est ça. Non, surtout pas. Il ne faut pas que je laisse le délire s'emparer de ce qui me reste d'esprit.

Plus bas, la piscine municipale rénovée, aux grands globes de verre, a paru m'observer telle une chouette dans la nuit de Mornay.

Où vas-tu, Faber ?

Me suis enfoncé par la grande avenue vers Beaujour.

Pas d'autre choix.

De nuit, les bâtiments de Beaujour bénéficient d'un éclairage irrégulier. Un réverbère sur deux. Quelques fenêtres d'insomniaques. Sous la lumière rare, les bandes horizontales jaunâtres des HLM réhabilités semblent pisseuses, interrompues par les hautes cages d'escalier en verre fumé. Par-dessous, mornes et noirs, les halls attendent.

Perdu la mémoire, mais quelques bribes d'adolescence sont réapparues. Ici ? Déjà venu.

Scrutant les balcons de béton gris, au-dessus des arbustes et des haies constellées de papier-toilette, papier à cigarette, canettes de bière, je cherchais le square sur lequel donne l'agora glauque. Construite pour faire fructifier la vie de quartier. Mais le long des coursives, tous les commerces ont fermé depuis des années. Volets de fer tagués. Des flaques sous les toits en tôle des couloirs. En travaux pour cause d'inondation, seule la bibliothèque municipale trône encore au fond de l'agora.

Il me restait jusqu'au matin pour trouver qui avait tué Basile. Et si c'était moi, à quelle peine me condamner. De toute manière, j'étais coupable ; mais peut-être pas de ça. Et ce n'était peut-être pas mon bras qui avait porté le coup cette fois-ci.

Alors qui ?

Elle m'aiderait.

Pris de vertige, j'ai descendu la volée de marches en béton. Gardé la main cramponnée sur la rampe métallique qui sert de piste d'entraînement aux skateurs du quartier. Reconnu l'immeuble en quinconce. Pas besoin de lire à la lueur du lampadaire la plaque de rue. « 13 av. des caravelles immeuble b/code 1949/5e étage/porte à droite. » Tel un somnambule, j'ai traîné les pieds vers le hall aux larges portes vitrées. Une plante en pot. Un bloc de boîtes aux lettres encastrées. Un sol à la mosaïque hypnotique. Et ma silhouette perdue au milieu du décor, qui se reflétait en surimpression des barres muettes de la nuit.

Je suis monté par l'ascenseur jusqu'au cinquième étage et j'ai frappé à sa porte.

23

L'exorcisme

Sans attendre elle a refermé la porte blindée derrière moi.

Estelle portait des lunettes et une nuisette argentée, sur laquelle une reprise de couture courait entre les seins. M'a attrapé par-derrière, les bras sous les aisselles, à la manière d'une judoka.

« Chut. Calme-toi. »

Je n'avais pas besoin de faire le tour de son appartement, il me revenait en mémoire. Sur du carrelage de mauvaise qualité, des meubles plaqués en palissandre du Sénégal. Un grand lion en peluche. De l'organdi. Des tentures violettes. Les lumières tamisées. Du bordel par terre. Des vêtements qui sèchent sur les étendoirs. La télé allumée. Un talk-show : des éditorialistes discutaient du voile islamique, en s'égosillant qu'en France nos parents à nous avaient fait l'effort, et qu'il n'y avait pas de raison que vous ne le fassiez pas.

Estelle m'a déshabillé.

Se déplaçait avec grâce, fesses relevées sous la nuisette. J'ai plaqué la main droite contre son dos cambré. À son tour elle a pressé la sienne contre la mienne, afin de me rassurer.

« Chut. Maintenant, tu vas respirer avec le ventre. Fais comme moi. »

Lentement, Estelle a laissé ses muscles soulever sa cage thoracique, puis l'expiration automatique a creusé son ventre jusqu'au terme du souffle. Comme l'animateur ricanait bruyamment, Estelle a posé son pied nu sur la table basse en ébène. Elle a écrasé la touche rouge de la télécommande Samsung du bout de ses orteils noirs aux ongles faits. À mon tour j'ai inspiré et j'ai senti mon diaphragme s'abaisser, mes viscères s'ouvrir et mes poumons reprendre la place qui leur était due.

« Voilà, c'est bien. »

Presque calme.

Pour nous ménager un semblant d'espace de discussion, elle a rangé le canapé fauve sur lequel s'amoncelaient des publicités Lidl avec des coupons d'opérations promotionnelles, les factures d'un opérateur de téléphonie, un programme de télévision *Télé Z*, un roman plastifié aux pages cornées, emprunté à la bibliothèque. A attrapé une bouteille de rhum Charrette sur la tablette, ainsi qu'un verre rincé à la va-vite. M'a proposé de boire.

« Pas d'alcool. Mal au ventre. »

J'ai grimacé. Par où commencer ?

« Merde merde merde… Je l'ai tué. Quelqu'un l'a tué. Je ne sais pas. »

J'ai sangloté en lui parlant de Basile.

« Ne t'inquiète pas. Je suis là. »

M'a allongé à poil sur le canapé. Sous mes yeux le vieux poster de Lauryn Hill, comme il y a quinze ans. Confusément, il m'a semblé revivre la même scène qu'alors. Ma vie entière n'était que redites ; j'oubliais, tout m'arrivait de nouveau à l'identique, mais je ne savais même pas que ce n'était que la reprise d'une pièce déjà jouée, dont j'étais peut-être le personnage, peut-être l'acteur.

« Estelle », ai-je murmuré, « est-ce que je suis déjà venu chez toi ?

— Oui. Tu ne t'en souviens pas ? Tu as des trous, mon pauvre chéri. »

Elle a enlevé sa nuisette, dévoilant sa culotte. Portait une serviette hygiénique, un protège-slip à rabats qui gonflait sa région pubienne.

« J'ai les règles. »

S'est assise seins nus sur mon ventre gonflé et a pesé de tout son poids contre moi. Je ne pouvais plus respirer. Enfin, quelque chose est sorti. De l'air. L'aérophagie. J'ai roté comme jamais. Toute ma peur, toute l'horreur au fond de moi ont résonné dans les renvois. Je sentais fort et j'éructais, expulsant des sortes de sacs de sable invisibles et sonores qui me venaient de l'estomac, de l'œsophage, des intestins ou bien d'encore plus loin. Quand j'ai eu fini de roter, quelque chose ou quelqu'un s'est apaisé à l'intérieur de moi. Puis Estelle a passé sur mon front un pan de tissu vert émeraude trempé d'eau, qu'elle épongeait dans un seau à glaçons au pied du canapé fauve. J'ai soufflé. Maintenant elle me retenait prisonnier. Immobile. Me suis presque endormi.

« Tu veux la vérité ? »

Elle a ôté ses lunettes aux larges montures rouges.

« D'abord, de quoi est-ce que tu te rappelles ? »

De rien.

Si, d'être venu ici en 1996, à l'âge de quinze ans. Pourquoi ? Je ne sais pas. Sans Madeleine ni Basile…

« Oh merde. Oh Basile ! » J'ai hurlé. « Je crois que je l'ai tué ! Je crois bien que c'est moi ! »

Secoué par des spasmes tétaniques du tronc, du cou et du muscle masséter, à la mâchoire, je me suis agité et les paupières de mes yeux ont battu comme des ailes de papillon. Je frémissais tout entier comme l'eau avant de bouillir, enragé, à la fois raide et tremblant, j'ai débordé de moi-même. Voulu me défaire de son étreinte. Néanmoins, en serrant les dents, Estelle tête-bêche est parvenue à me maintenir à plat sur le canapé, en m'agrippant les chevilles et en appuyant de toutes ses forces contre mes poignets avec ses pieds.

« Respire par le ventre.

— Qu'est-ce que j'ai fait ?

— Viens là. »

M'a laissé me redresser. A plongé ma tête entre ses seins nus. Serré fort. Ses bras étaient encombrés par les lourds bracelets qui imprimaient sa peau noire depuis des années.

Me suis abandonné.

« Est-ce que ça va mieux ? », m'a-t-elle demandé après un instant. Je baignais encore dans l'odeur de mes rots, mais son propre parfum était fort : elle n'était pas lavée. Son ventre sentait le fer et le sang.

Me suis levé, chancelant. Ramassé mon pantalon sale. Retourné la poche avant. Sorti le billet de dix euros qu'il me restait, le solde de ce que j'avais volé à Basile.

« Pour te payer.

— Non.

— Tu es voyante, dis-moi ce que tu vois. S'il te plaît. »

Elle n'aimait pas jouer à ça, trouvait que c'était du folklore.

Mais Estelle s'est résignée à encaisser l'argent en soupirant. Le billet a atterri dans une boîte en laiton au couvercle percé. C'était une boîte à grillons posée sur une petite table ronde, près d'un vase noir en forme de larme.

La mère d'Estelle était réellement exorciste. Sa fille avait le don mais pas la technique traditionnelle, qu'elle n'avait jamais voulu apprendre. Elle n'avait aucun goût pour la superstition des siens.

« Bois un coup. »

M'a tendu une bouteille en plastique de un litre d'eau du robinet. Le temps que je l'avale, elle était partie en remplir une deuxième dans le coin cuisine. Derrière la mince cloison du salon, j'entendais le bruit de l'eau qui coulait, à mesure que j'ingurgitais le premier litre.

« Bois encore. »

Ballonné, ventre plein. Après un litre et demi, j'avais l'impression d'être une outre prête à déborder. Déjà j'ai recraché du liquide au terme de la seconde bouteille.

Alors Estelle m'a giflé.

« Bois. »

Et j'ai bu tout ce que j'ai pu. Me suis mordu la langue, me suis étouffé. De l'eau me sortait par les narines, comme du sang. Quatre litres à présent. J'ai demandé grâce. Une torture. Bientôt, elle tenait au-dessus de moi la bouteille, enfournait le goulot dans ma bouche et déversait le contenu dans ma gorge directement. J'ai toussé, j'ai craché, j'ai vomi. Je pleurais, mais les larmes ne m'appartenaient pas : c'était l'eau qui suintait des orbites de mes yeux. Six litres. Plus de la moitié de chaque fournée coulait à côté du trou. Thorax humide, visage trempé, la suppliant d'arrêter, je me suis agité.

Ensuite, lorsque je n'ai plus été qu'un gros sac gonflé d'eau, bavant la bouche béante, à la recherche d'un peu d'air, elle m'a allongé de nouveau. D'un coup sec et violent, elle a appuyé le plat de sa main sur mon ventre. Comme un torrent, le flot qui était prêt à déborder de ma gueule s'est déversé partout alentour, sur moi, sur elle et sur le canapé. Il m'a semblé que je coulais. J'étais le fleuve et j'étais le noyé.

Afin de me tenir en éveil, elle m'a frappé une première fois en pleine face.

En grimpant sur moi les cuisses écartées et les cheveux lâchés, Estelle a disposé ses mains chaudes contre mes tempes en nage et m'a cogné deux fois au côté, pour m'assourdir. N'entendais plus rien. De sa paume, elle a très largement écrasé mon front, l'a tapé trois fois du poing, tout en parlant dans une langue que je ne connaissais pas. J'ai été comme estourbi. Voulu me relever. Avec une force anormale, elle m'a renvoyé au fond des coussins. Allongé sur le dos. Me suis débattu. Prononçant toujours des mots que je ne comprenais pas, Estelle a serré ses cuisses musclées autour de mon ventre gonflé, tendu, gargouillant : une poche prête à crever. Me tenait en étau entre les jambes ; j'ai manifesté ma rage. Elle m'a giflé et j'ai exprimé ma colère en écartant mes narines le plus que je pouvais. Puis en aboyant comme un vrai chien, je lui ai montré les dents. J'ai voulu la mordre. De sa main libre, elle a saisi ma gueule écumante sans broncher et m'a rabattu le clapet.

J'écumais. De ma bave, un sifflement est sorti.

Un chuintement aigu et impatient échappé du fond

de la gorge, qui étouffait dans ma poitrine une vieille voix d'enfant. Estelle a passé la langue sur ses lèvres et repris son souffle, la peau luisante de sueur. Coincé sous la masse de son corps presque nu, je ne distinguais plus rien de la pièce dans laquelle je me trouvais. À peine le plafond et la lampe aveuglante. Si j'ouvrais les paupières, je découvrais ses lèvres épaisses, son nez épaté et les yeux blancs qui ont plongé au-dedans de moi.

Étouffé, sur le point d'expirer, je lui ai demandé grâce.

Peu à peu, les cris d'animaux se sont éteints et l'enfant avec. De temps en temps, au loin en moi, encore l'écho d'un gémissement. Puis plus rien. Celui qui a pris la parole dans ma gorge s'était réveillé et retrouvait la mémoire.

C'était moi.

« Faber, c'est à toi que je parle. »

Elle a articulé de sa voix rauque de fumeuse de cigarettes : « Est-ce que tu sais qui je suis ? »

Gémissant sous le joug, je n'ai guère pu dire que : « Oui », le temps qu'elle relâche la pression de sa main impérieuse sur le bas de mon visage. Puis elle m'a refermé la bouche.

« Tu vas me parler », elle m'a hypnotisé, « tu vas tout me raconter sans mentir ? »

Épaules affaissées. Ma résistance tombée.

« Oui.

— Écoute bien la question. »

Elle a attendu un long moment. Doucement, choisissant et prononçant avec soin chaque mot, elle a demandé :

« Faber, est-ce que tu te souviens que tu as tué tes parents ?

— Oui.»

Je me souvenais.

«J'ai tué mes parents.

— Et Basile, est-ce que c'est toi qui l'as tué?»

Un silence.

«Non!»

QUATRIÈME PARTIE

L'ADOLESCENT

1995-1996

1

Protège ta nuque

Un beat lancinant pour rouler des épaules. Le son grésille, zébré de guitares samplées. Puis il pleut quelques notes de piano, vite embrumées par des nappes spectrales. Au loin, on entend un message téléphonique. Des bruitages de films de baston asiatiques. Enfin des voix noires essoufflées qui se passent le relais.

Avec quinze ans de retard, la mode était arrivée en ville. Le hip-hop.

La musique, c'est comme la météo : ça t'apprend le temps qu'il fait. Le lieu, l'époque. L'orage qui met du temps à venir.

Sur le mur du parking du lycée, un grand gars en pantalon baggy cargo dodelinait de la tête. Il faisait lourd et la chanson disait : «Protège ta nuque» en anglais. Lui était assis à côté de son gros Radialva avec autoreverse, comme s'il vivait à Staten Island. Mais son sweat rouge à capuche provenait du Kiabi du coin, comme le mien. Parce que nous étions à Mornay, au mois d'octobre 1995. En survêtement Adidas Busselton gris, noir et bleu, une fille maghrébine très maigre répétait les paroles avec un accent d'Île-de-France à couper au couteau.

Quand la chanson était finie, *reverse*. Le gars la relançait.

« *So what's up, man ? Cooling man. Chilling chilling ?* »

Et le beat qui reprenait, infatigable.

Adossé à la pancarte d'entrée du lycée, j'ai soupiré. Impossible de terminer mon exercice d'anglais. Il était presque quatorze heures. Est-ce qu'il faisait froid ou chaud ? On ne savait plus trop. Madeleine avait préféré rentrer à la maison : en ce moment elle avait ses humeurs.

« Monsieur N'Goma… Éteignez la musique, s'il vous plaît !

— Quoi ? »

Fauré, le prof d'histoire, venait de garer sa Renault 5. Il a demandé au gars, que je ne connaissais pas, de descendre du muret et de faire un peu moins de bruit.

« Vous vous trouvez à l'intérieur de l'enceinte du lycée. »

Le pouce levé, Fauré a indiqué les fenêtres ouvertes du bâtiment C, au-dessus du parking.

« Il y a des cours de musique. Ayez une pensée pour vos camarades qui travaillent leur instrument. »

Un son de flûte aigrelet s'est alors échappé du premier étage. Puis un couac. Le gars et la fille se sont marrés.

« Monsieur N'Goma et vous, mademoiselle, je ne veux pas vous inquiéter… Le conseil de classe approche. Va falloir se remuer un peu. » Fauré essayait de se montrer sympa mais ferme. « Allez faire un tour au CDI. C'est bien aussi. » Mais personne n'a eu l'air convaincu : ni eux ni lui.

Tandis qu'il prenait la direction de la grande esplanade, Fauré s'est pris les pieds dans deux grandes jambes qui dépassaient entre les roues d'une Citroën ZX break gris foncé. Et il s'est vautré théâtralement.

« Faber ? »

Qui a rampé, afin d'extraire sa tête de sous le véhicule.

« Qu'est-ce que vous foutez là ? »

En s'aidant des coudes, Faber est sorti tout sourire : « Je bronze.

— Sous une voiture ? »

C'était son cirque habituel : et vas-y que je jette ma clope et que je l'écrase du talon…

« Vous fumez là-dessous ? Vous êtes fou ? »

Faber aimait bien Fauré. Il s'est excusé, l'a aidé à se relever et à rassembler les documents qui étaient tombés de sa sacoche, éparpillés sur le bitume.

Dès que le professeur est parti, le Black et sa copine ont éclaté de rire, en traitant Faber de bouffon.

J'ai craint le pire. Assurément, il allait les punir. Pourtant Faber s'est approché d'eux, le visage charbonneux, et comme s'il accomplissait un tour de magie, il a sorti de la manche de sa chemise sale deux feuilles polycopiées, avant de les jeter à leurs pieds tel un roi devant une bande de manants.

« Les sujets d'histoire de vendredi. Vous êtes en première 3 ? »

Les deux acolytes se sont précipités sur les feuilles, pour ne pas qu'elles s'envolent au vent d'automne.

« Tu viens de lui chourer ça, en direct ? »

J'étais fier de lui. Mon ami était le meilleur et j'ai levé le menton dans sa direction, histoire de me faire valoir : « Tu viens, Faber ? », certain de montrer par là qui j'étais.

Mais il a fait la moue et ne m'a pas répondu.

« C'est toi Faber ? », a dit le grand, apparemment impressionné.

« Ouais.

— Tu viens ? » ai-je répété avec agacement.

« Vas-y sans moi.

— Quoi ???

— Tu diras à Fauré que je suis malade.

— Mais il t'a vu y a deux minutes !

— Tu diras que ça m'est tombé dessus d'un coup.

— Et Maddie ?

— Vous êtes chiants ! Elle n'a qu'à m'attendre à la sortie. »

Ensuite, c'était comme si je n'existais plus : il s'était trouvé de nouveaux amis. Faber s'est frotté le visage, soudain éclairci. Il les a désignés du doigt : « Toi c'est Pape ? Et toi Samira ?

— Tu connais nos noms !

— Ça vous dit de faire un baby ?

— Au bar ? On n'a pas de quoi. »

Il a sorti de la poche de son jean une dizaine de piécettes en plastique : « Toujours de la monnaie sur moi. »

La cloche a sonné ; à peine les ai-je entendus s'éloigner.

« Qu'est-ce que vous écoutiez ?

— Le Wu-Tang !

— Ah oui, je connais. »

2

Les règles

Puisque Faber ne m'avait pas attendue à la sortie, je suis rentrée seule chez lui.

Marthe avait préparé du chocolat au lait et des tranches de baguette avec de la confiture à l'abricot et des amandes effilées. Elle n'achetait jamais de brioche aux œufs, parce qu'elle connaissait mes allergies. J'avais besoin de fer, je perdais du sang. Marthe était pudique et ne parlait qu'à mots couverts des « changements » dans la vie d'une femme. Mais elle déposait à côté de mon verre d'eau des gélules d'huile d'onagre et de la vitamine B. Bien que pharmacienne, ma mère n'aurait jamais eu de telles attentions : elle ne s'intéressait pas à moi.

Dans le petit salon des Gardon, le fauteuil de velours de Jean restait inoccupé. Il était parti inspecter les rosiers dans le jardin, sans doute pour se calmer. Les absences et les retards de Faber l'inquiétaient toujours autant. Sur le lourd buffet de bois sombre, trois napperons protégeaient le meuble des pieds d'un énorme chat en faïence de Nevers. Souvent je m'étais trouvée assise sur le fauteuil devant le buffet, à attendre Faber. Je m'ennuyais et je contemplais l'assiette en porcelaine décorée, illustrant un épisode scabreux de la guerre de Cent Ans à Mornay : la compagnie des Écorcheurs de Mai massacrant tous les enfants de la ville en place publique. Puis mon regard a glissé sur une photographie de Faber, Basile et moi, scotchée derrière la vitre. Et un portrait de la défunte Édith encadré en bois doré, posé près de la faïence. Il paraît que je lui ressemblais. « Mais tu es plus douce », ajoutait Marthe. De part et d'autre du visage triste de leur fille morte, une gravure de la cathédrale et un canevas figurant une couturière penchée sur son ouvrage. J'ai soupiré lourdement et j'ai plongé en quête d'un peu de lecture dans la corbeille à journaux à la droite du fauteuil. Malheureusement je n'ai trouvé qu'une pile d'exemplaires du magazine *L'Automobile*.

Sans sonner, Faber a ouvert la porte d'entrée. Il a accroché son blouson au portemanteau style Thonet.

« T'es là, toi ?

— Je t'attends. »

Marthe est sortie de la cuisine en s'essuyant les mains dans un torchon.

« Viens prendre le goûter.

— Pas faim. »

Elle l'a embrassé sur le front. À mesure que Faber mangeait moins, Marthe était de plus en plus maigre. Elle a essayé de le prendre dans ses bras, mais elle n'avait pas la force de le retenir. Déjà il était accroupi au pied du fauteuil, près de moi, et remuait nerveusement la jambe :

« J'ai rencontré du monde. Y a une fête samedi soir.

— Ah. Super. » Ne pas manifester le moindre enthousiasme. Il m'énervait et j'avais envie de lui faire la tronche.

« Tu te trompes, Maddie. C'est pas comme au Radiance. »

C'est-à-dire la boîte des petits blancs du lycée techno agricole, près de la nationale.

«Faber», ai-je soupiré, «tu n'aimes *pas* les fêtes.

— J'ai envie d'essayer.

— Et toi», m'a gentiment demandé Marthe, «tu es invitée?»

Jean a débarqué. De son unique main, il agitait une lettre à en-tête, l'air furieux. Marthe s'est repliée dans la cuisine pour éplucher les oignons, couper les carottes et le poireau de la blanquette du dîner.

«Tu sais ce que j'ai reçu ce matin, fils? C'est un relevé. Écoute ça.» Il avait posé son crochet sur le bras de Faber et pesait contre lui, l'empêchant de se relever. «Treize absences injustifiées. Dis-moi ce que ça veut dire, toi qui es savant : "injustifiées"?» Faber a secoué la tête, sa belle tignasse a scintillé, noir et bleu à la lumière du plafonnier.

«Désolé.

— Explique-moi ça, mon garçon.»

Il était prêt à entendre toutes les excuses.

Mais Faber a souri : «D'habitude je récupère la lettre au secrétariat avant qu'ils te l'envoient. Là j'ai eu une seconde d'inattention.

— Tu te paies ma tête...

— Allez...» Faber s'est redressé et a baissé la tête pour signifier qu'il n'irait pas plus loin dans l'insolence — pour cette fois. «Je m'excuse.

— Tu n'iras pas à cette fête.

— Pardon?

— Je vais t'expliquer pourquoi. Tu sais, comme toute cause a son effet, eh bien, toute faute a son... sa...», Jean cherchait le mot juste, «tu sais bien, comment dit-on ?, pas vraiment la punition, mais la conséquence, oui, voilà !, la conséquence, c'est ce qui fait que… »

Faber ne l'écoutait plus.

« Tu sais très bien que j'irai quand même. Te fatigue pas. »

J'ai cru que Jean allait le frapper. Mais Marthe est revenue de la cuisine les yeux rougis par les oignons et a tranché : « Tu iras à la fête seulement si Madeleine va avec toi. »

Faber a rendu les armes : « OK. » Dans le vestibule, il avait déjà glissé deux bouquins dans ses poches et renfilé son blouson, dos au miroir : « Je vais faire un tour en ville ce soir. Je reviens. »

J'ai presque supplié : « Attends… Je suis malade… »

Des maux de tête, des vertiges et de la diarrhée. Je me sentais de mauvaise humeur et j'avais l'impression d'être de la vaisselle sale en attente d'être lavée.

Lui était déjà parti au Khédive.

3

Au Khédive

Deux ou trois soirs par semaine, Faber tenait séance au café.

Mes parents m'autorisaient à m'y rendre le mercredi seulement. Ma vision des événements s'en trouve amoindrie d'autant.

Je dirais que Faber pouvait être d'une négligence qui confinait au mépris, mais qu'il savait encore être un magnifique ami, à l'occasion. Si nous étions tranquillement assis tous les deux à la table du fond du café (sous l'affiche de Brel, Brassens et Ferré), il lui arrivait de congédier tous les importuns désireux de le voir, notamment Chris et les mecs de terminale. Pourquoi ? Pour prendre le temps de m'expliquer les exos sur lesquels je peinais. Mieux que le prof de physique, il dessinait en l'air le spectre des raies d'absorption ou traçait sur un simple bock de bière une frise historique qui couvrait près de dix siècles, alors que le prof d'histoire était incapable d'évoquer la conférence de Bandung en moins de deux heures. Avec une inventivité sans limites, Faber créait de nombreux moyens mnémotechniques pour que je retienne les dates qui ne rentraient jamais dans ma «petite tête de moineau».

Seule ombre au tableau : Madeleine ne venait plus au café. Elle s'était renfermée et nous nous étions éloignés, à mesure que Faber avait étendu sa sphère d'influence.

Ce soir-là, il avait ramené ses nouveaux amis Pape et Samira, la fille maigrelette qui faisait du hip-hop, venue avec sa petite sœur sous le bras. Traînaient aussi dans le coin Chris et ses deux copains, Tom-Tom et Radégou. De grands échalas écoutant Korn et portant des queues-de-cheval démodées. Ils adoraient Faber comme un dieu, et je les détestais. J'admets volontiers ma jalousie excessive, ma possessivité. Je n'avais pas l'habitude de partager notre fabuleux ami avec d'autres que Maddie et j'ai longtemps cru qu'il n'était qu'à nous.

Faber savait distribuer la parole comme personne. Il vous donnait l'impression d'être écouté, même lorsque c'était lui qui parlait. Et jamais vous ne sortiez d'une discussion autrement qu'en pensant : Je suis d'accord avec lui !

Parce qu'elle était nouvelle parmi nous, Samira parlait précipitamment de peur de ne pas avoir le temps de tout dire. Elle racontait qu'elle ne pouvait plus laisser sa sœur à la maison. Sa mère était une bonne femme algérienne et le père était retourné au bled en les laissant tomber. Depuis que ce salaud était parti, la mère se baladait en culotte et buvait à longueur de journée. Elle faisait la pute à Beaujour pour ramasser un peu de blé.

Chris a dit que la France était raciste.

Pape a évoqué son père, ancien ouvrier ajusteur au chômage. Moi, je ne connaissais rien à la politique et ça m'ennuyait. Mais Pape a expliqué qu'avec sa couleur de peau, il ne retrouverait plus de boulot : à Sartranval, la moitié de la ville pointait à l'ANPE et le Front national faisait un tiers des voix, son meilleur score en France. C'est pour ça que la famille N'Goma était revenue à Mornay.

Pourtant Mornay, d'après Samira, ce n'était pas mieux. Une ville de cathos bien à droite. Ce salopard de Hersent à la mairie.

« C'est tous les mêmes », a conclu Chris, « la droite t'encule à sec et la gauche met la vaseline. » Un de ses copains en noir a cité quelqu'un, il ne savait plus très bien qui : « Le pouvoir, ça corrompt les hommes. »

« Peut-être pas », a souri Faber, « peut-être que ce sont les hommes qui corrompent le pouvoir. »

Il commandait souvent un verre de vodka et des petits piments au comptoir, parmi lesquels il piochait avec une fine pique de métal.

Chris lui a posé une question sur l'anarchie et Faber a sorti quelques livres de ses poches.

Un grand blond en chemise à galons et un petit brun qui portait le keffieh jouaient aux fléchettes devant nous, sur la cible anglaise accrochée près du zinc. Le blond aux cheveux longs a ricané, avalé sa mousse et beuglé haut et fort, le poing levé : « Anarchie ! Autonomie pour les puceaux ! », pour se foutre de nous.

Ils avaient un peu trop bu.

Faber a reposé son exemplaire de *La Conquête du pain* de Kropotkine sur la table en bois massif de Bourgogne. Il a attrapé la petite pique dans la coupelle de *pimientos*. D'un geste sec, il l'a projetée en plein cœur de la cible, qui se trouvait pourtant à plus de dix pas. Plantée dans le bull, la pique a vibré.

Le petit brun, que le projectile venait de frôler sur son passage, a hurlé : «T'es con ou quoi ?

— Je vous connais.

— Ah ouais ?

— Trotskistes. »

De fait, tous deux militaient aux Jeunesses communistes révolutionnaires. Originaires de Mornay, fils d'instituteurs, ils étaient montés faire leur fac à Saint-Denis, mais redescendaient souvent dans l'Hombre.

« Et ça te pose un problème ? »

Faber a montré les dents : « Kronstadt. Assassins.

— Tu cherches la merde ? »

Faber a siffloté pour les provoquer : « Pic à glace… »

Le blond a relevé les manches de sa chemise ornée d'un pin's RED : « On va régler ça dehors. Si tu veux une raclée, OK. »

Nonchalamment, Faber l'a suivi, un verre de vodka à la main. Il a porté un piment à sa bouche et l'a mâchonné sans paraître en souffrir.

Les deux JCR l'attendaient déjà devant la porte du Khédive, alors tout le monde s'est groupé derrière la vitre encrassée. Samira a éloigné sa petite sœur, qui voulait assister à la bagarre. Pape et Chris se bousculaient pour mieux voir. Il faisait nuit, la rue de Pâques était vide, seules quelques ombres flageolaient dans la direction du marché.

« Tu te dégonfles ? »

Mais Faber n'était pas pressé.

Au moment même où le brun s'apprêtait à porter un premier coup de poing, les ombres se sont révélées à la lumière de l'enseigne : c'étaient des skins. Ou plus exactement des types qui auraient voulu en être. À Dorville et Liserans vivotaient deux petites bandes d'une quinzaine de Blancs sapés à la Nazi Klan, amateurs de battes. Croix celtique écourtée dans le dos, Doc Martens, treillis et bombers noir, ils essayaient de ressembler au JNR ou à Chelsea, sans grand succès. Ils s'ennuyaient au LEP, ils avaient vu un reportage sur Antenne 2 et ils avaient pensé : Ces mecs ont de la gueule, ils ont une *identité* et personne ne leur fait peur dans la rue.

De temps à autre, ils coursaient les beurs et les Blacks qui s'aventuraient seuls dans le centre piéton de Mornay. Ils avaient pété une fois les vitres des locaux syndicaux, à la chauffagerie, et ils venaient jusqu'au Khédive, en sachant qu'il y avait des antifafs et des gauchos dans le coin.

Ils ont chargé le brun et le blond, qui a reçu un coup de poing américain mal maîtrisé à la mâchoire. Puis les quatre ou cinq agresseurs ont reculé en apercevant Faber. Il n'avait pas peur. Il s'est avancé vers le chef au joli visage poupin, les biceps développés, qui lui a craché : «Bâtard.

— Enchanté, moi c'est Faber.

— Quoi?»

Mon ami s'est haussé sur la pointe des pieds pour se pencher vers le costaud et il a articulé, avec la voix de *L'Exorciste* : «Ta mère suce des queues en enfer.» J'ai appris plus tard que le type était orphelin; Faber le savait déjà.

Avant d'avoir pu lui balancer un coup de pied sauté, le skin a reculé : Faber venait de lui cracher droit dans yeux. Du piment pur, broyé avec les dents.

«Putain, ça brûle!»

Le skin s'est couvert le visage des deux mains. Mais

plus il se frottait les paupières, plus il s'enflammait les muqueuses, la cornée. L'un des siens a couru en direction de Faber, qui a alors balancé son verre de vodka sur ses fringues ; puis mon ami a sorti son briquet et a fait flamber le bombers, dont le mec paniqué a dû se débarrasser en toute hâte.

Le temps que le feu s'éteigne sur les pavés, les fafs étaient partis dans la nuit.

Les deux jeunes communistes révolutionnaires ont regardé Faber avec de grands yeux : « Ben mon gars… On te doit un coup ! »

Derrière la vitre mal lavée, je me suis retourné et j'ai dit à Pape, à Samira, à Chris et aux autres : « Voilà comment il est. » Malheureusement, il fallait que je rentre, mes parents m'attendaient.

4

Tristesse infinie

En revenant à la maison la mort dans l'âme, un mercredi soir, j'ai trouvé mon père en pleurs dans la cuisine. Affalé sur une chaise, il chialait près des plaques à induction. Si ça avait été une cuisinière à gaz, il aurait déjà fait sauter la maison. Il était inconsolable et tout ce que j'avais tenté durant des années de voir en lui de fort et de rassurant s'était réduit à un misérable petit tas de tristesse et de désespoir. Il s'était même rasé la barbe. Il a fallu que je le prenne dans mes bras, que je le traîne sur leur lit.

Il avait perdu la foi, depuis longtemps déjà.

Jamais je n'ai eu l'occasion de me confier à lui et il s'épanchait sans cesse sur moi. Depuis que ma sœur Marie était partie, je lui servais de mère et d'épouse plutôt que de fille.

Évidemment, j'avais fini par entendre ce qui se disait depuis toujours dans mon dos. Que ma mère avait couché avec la moitié des hommes de la ville. Au lycée, un petit con avait trouvé la bonne blague : il disait que la chatte de ma mère avait fait plus d'entrées que le dernier film de Spielberg à Mornay. Je n'osais même plus aller en classe, je me faisais porter pâle.

Ma mère n'avait jamais manifesté le moindre geste d'affection à mon égard et elle avait humilié son époux avec une férocité qui m'était apparue peu à peu, notamment par comparaison avec le couple équilibré que formaient les parents de Basile, M. et Mme Lamaison. Pour ne donner qu'un seul exemple, maman lui avait imposé nos prénoms, celui de ma sœur Marie et le mien, Madeleine — à lui qui était protestant.

Surtout, j'avais pris conscience qu'il était bien possible que papa ne soit pas mon père.

Qui était-ce?

Peut-être l'un de ses plus vieux amants, le maire de droite de Mornay, Georges Hersent. Ou peut-être pas. Comme dans les expériences de physique quantique que Faber m'avait expliquées et auxquelles je ne comprenais pas grand-chose, mon père n'avait d'identité que probable : c'était une particule, ou un paquet d'ondes, je ne sais trop quoi, qui pouvait être ici, qui pouvait être là. Si j'avais bien compris, ce pouvait être à peu près n'importe quel homme entre quarante et soixante ans dans le quartier. Je regardais tous les commerçants, tous les enseignants comme de possibles géniteurs. Plus particulièrement, je ne sais trop pourquoi, le maire. Il me semblait me reconnaître dans ses traits, qui étaient hideux et qui me dégoûtaient : dans le miroir potentiel de ce père-là, je me trouvais affreuse, je me voyais de futures bajoues et un nez trop fort.

Mon père, qui avait bu ce mercredi-là, a prétendu que ma mère rejoignait le maire chaque soir dans le jardin de l'Évêché. Il a sangloté et j'ai détourné la tête. Il ne m'avait rien épargné. J'avais la nausée, parce que je n'étais réglée que depuis peu : un retard hormonal qui m'avait valu d'être suivie par un gynécologue, supposé être un ami de ma mère. Lorsqu'il m'avait examinée pour la première fois, l'idée m'avait effleurée que j'étais peut-être sa fille. J'avais eu honte de moi, d'elle et de lui.

Ni à Basile ni à Faber je ne parlais de tout ça, et ils ont cru que j'étais mal lunée, que j'étais devenue une femme — les femmes sont irrationnelles. Mais quand mon père m'a supplié de lui pardonner, en me demandant ma main pour la serrer fort, j'ai eu envie de vomir et je n'ai pas réussi à me retenir. Il fallait que je me confie à Faber.

J'ai couru me cloîtrer dans ma chambre et j'ai glissé dans le lecteur CD *Mellon Collie and the Infinite Sadness*, avant d'empaqueter mes livres de classe, quelques cahiers de brouillon, des vêtements de rechange et les photographies de nous trois que je préférais et que je conservais sous une pochette plastique — le tout dans un gros sac Quechua de randonnée.

Je voulais partir d'ici et tuer tout le monde. Mais toute seule je n'en avais pas la force.

5

François Vérita

Le lendemain, toutes les classes de seconde étaient rassemblées dans l'amphithéâtre du lycée Janvier. À l'initiative du proviseur et avec le soutien du conseil régional, l'établissement accueillait pour une rencontre exceptionnelle le résistant, déporté, écrivain et historien François Vérita, l'auteur de *L'Homme nu*, classique de la littérature concentrationnaire, alors au programme du bac de français.

Fauré animait le débat en compagnie d'une fille d'une autre classe de seconde, qui avait été sélectionnée après avoir remporté l'année précédente le concours Jeunesse-Avenir de la Communauté économique européenne, que Faber avait décidé de boycotter, après notre discussion avec Jean sur la question. La lauréate avait écrit une courte nouvelle pleine d'espoir et notre ami s'en était beaucoup moqué.

La fille était assise à la tribune. « Une vraie bombe », avait commenté Chris. J'étais trop loin, je ne voyais pas très bien. Elle avait répondu à Fauré, qui la présentait poliment, qu'elle souhaitait devenir ambassadrice pour aider son pays d'origine à être représenté sur la scène internationale.

Elle était pleine de bonne volonté mais on l'entendait à peine : toutes les classes en train de prendre place discutaillaient dans un brouhaha qui ne s'est interrompu que lorsqu'on a fait entrer François Vérita, suivi par le proviseur.

« On va aux derniers rangs… », a alors décidé Faber, qui a entraîné derrière lui Pape et Samira. Je ne pouvais pas supporter ces deux-là, toujours à le suivre et à acquiescer à ses bons mots comme de gentils petits soldats.

« Moi, j'aimerais bien entendre ce qu'il dit », ai-je protesté.

« Comme tu veux. »

Et il ne m'a pas retenu.

J'ai hésité, Madeleine aussi, parce que le sujet nous intéressait. Mais en voyant Pape et Samira monter les marches dans de grands éclats de rire, parce que Faber venait sans doute de faire une blague de mauvais esprit sur le vieux monsieur sur le point de nous infliger son sermon, nous n'avons pas eu le courage de faire bande à part.

Du haut de l'amphithéâtre, du fait de ma mauvaise vue et malgré mes lunettes, je ne distinguais en lieu et place de François Vérita qu'une masse de cheveux blancs. Lorsqu'il s'est assis, tout le monde s'est tu par respect.

Sauf Faber, qui a laissé claquer sa langue contre son palais. Remuant avec nervosité la jambe, il mâchonnait un chewing-gum avec un sourire narquois. À ses yeux, le vieux résistant était *quelqu'un de bien*, et de trop bien.

Sur l'estrade, après un court portrait brossé par la lauréate du concours, qui lisait son texte avec application, François Vérita a pris la parole. Chacune de ses phrases était introduite par un silence et ponctuée par une respiration. Il nous a parlé d'abord de sa foi en l'homme, puis de la mort qui approchait pour lui, après une vie bien remplie. Au nom de tous ceux qui avaient connu les camps, la barbarie, il nous a demandé de recevoir un peu de sa mémoire pour la transmettre à nos enfants. Il a dit qu'il n'était pas un survivant, mais plutôt un revenant. Qu'il avait connu l'Enfer et le Néant, avant de retourner à la vie. Avec des mots plutôt simples, il parlait du combat quotidien de ceux qui n'avaient pas la force, de la foi de certains et des visages perdus qu'il n'oublierait jamais. Il a affirmé que la fraternité devait nous guider. Il s'est aussi demandé si, dans une culture de l'instant, de la consommation des images, il serait encore possible de raconter la Shoah. Le froid, les mauvais traitements, la dégradation du corps. Il a évoqué le système concentrationnaire, nous a rappelé la chance que nous avions de vivre dans une démocratie. A rappelé que baisser la garde et croire que c'était acquis, c'était rouvrir la porte à la barbarie. Dérivant au fil de son discours improvisé mais bien rodé, il a évoqué le rêve européen : l'espoir que jamais plus les nations du Vieux Continent ne se fassent la guerre.

La plupart des élèves étaient attentifs par habitude, voire par lassitude : ils savaient que lorsque des thèmes aussi sérieux étaient abordés, il fallait se montrer concerné. Mais il me semble que c'était surtout un mélange peu flatteur pour nous tous de somnolence, de culpabilité et de résignation qui produisait le silence attentif et poli dans lequel François Vérita s'exprimait. Je suis presque certain qu'il était conscient de nous ennuyer autant que de nous intéresser, qu'il connaissait son âge et le nôtre, ainsi que la faible puissance du bien et de la vérité sur des adolescents, lorsque ce bien et cette vérité sont ceux du passé.

Un jour, Faber nous avait affirmé que la seule liberté que laissait l'Histoire était de permettre à chaque génération de commettre les mêmes erreurs que les précédentes.

Parce que François Vérita en avait conscience, il a très vite laissé la parole à la jeune fille, qui lui a posé une question toute préparée sur la rafle et son arrestation lorsqu'il avait notre âge, ou presque.

Il a fait l'effort de se mettre à notre place, afin que nous puissions nous mettre à la sienne. Petit à petit, mes camarades ont semblé intéressés. Il était en train de remporter la partie, en racontant son existence d'adolescent insouciant, fils d'un militant politique qui l'ennuyait avec ses idées, lorsque le micro a été brutalement coupé : François Vérita parlait, mais nous n'entendions plus rien. Et comme il s'était engagé dans une réponse argumentée, ni le proviseur ni Fauré ne sont parvenus à l'arrêter, à lui faire signe que l'auditoire le voyait ouvrir et fermer la bouche, lever lentement la main, froncer les sourcils et sourire, mais que, mis à part les premiers rangs de l'amphithéâtre, personne ne percevait plus sa voix, qui était fluette et fatiguée par le passage des années.

Enfoncé dans son siège, les baskets contre le dossier du rang devant nous, Faber a souri.

Perturbé par les murmures, et l'inattention du public, qui adressait de grands gestes à la tribune, François Vérita a tourné la tête vers Fauré, qui a eu enfin l'occasion de lui expliquer la situation en quelques mots. Le proviseur et un technicien ont ouvert le placard derrière lequel était caché le tableau de contrôle du son et des lumières de la salle. Après deux ou trois minutes de flottement, le micro fonctionnait de nouveau.

« Je reprends… »

Et François Vérita a décrit son arrivée à Mauthausen. Tandis qu'il évoquait le rationnement, les maladies et la crainte de devoir partir travailler dans la carrière de granit, sous des températures extrêmes, il a demandé qu'on lance le diaporama. Commentant la première image dans son dos, sur l'écran géant de l'amphithéâtre, il évoquait le caractère lugubre du site, mais quelques rires étouffés dans l'assistance l'ont interrompu. À l'image, on n'apercevait que la photographie officielle de notre établissement, barrée de quelques mots en rouge et bleu : « Bienvenue au lycée ! »

Apparemment, il y avait eu confusion entre les séries de diapositives.

Toujours affable, François Vérita a attendu que l'erreur soit corrigée. Puis une vue aérienne du camp de travail s'est affichée et il a repris sa description des conditions d'exploitation et bientôt d'extermination des détenus, de nombreux camarades qu'il avait connus. Au moment de nous parler des tortionnaires, il a dressé le portrait du SS-Standartenführer du camp de Mauthausen-Gusen, Franz Ziereis, et se retournant vers l'écran derrière lui, il a pointé le doigt vers ce qu'il croyait être la photographie de cet homme.

Un portrait souriant de notre proviseur est apparu.

Éclats de rire dans l'assemblée.

Le proviseur était rouge de colère, Fauré a fermé les yeux de dépit et François Vérita, attristé, nous a regardés rire bêtement.

Au moment où les ricanements se sont éteints, alors que l'élève s'apprêtait à poser une seconde question à François Vérita, les plombs ont sauté et l'amphithéâtre s'est trouvé plongé dans le noir. Il y a eu un boucan monstrueux. Non sans difficulté, le proviseur et quelques professeurs sont parvenus à nous faire évacuer les lieux. Même ceux d'entre nous qui avaient le plus de bonne volonté étaient déconcentrés et ne parlaient plus du sujet grave qui nous avait réunis ici. Dans le grand hall, les petits groupes d'élèves dispersés bavardaient et s'amusaient, en attendant une éventuelle reprise de séance. Certains sont partis fumer sur le parking. Il faisait grand beau temps.

À cet instant précis de mon récit, je dois me montrer très prudent : je ne sais pas ce qui s'est passé. En compagnie de Maddie, je m'étais replié dans un coin moins fréquenté du grand hall, près du distributeur automatique de friandises. Si je réfléchis bien, il me semble que Faber discutait avec Pape et Samira, quelques mètres devant nous, sous la lumière du puits de jour, mais je n'en suis pas sûr.

J'en suis réduit à donner les différentes versions de chacun.

D'après M. Vérita, dans la cohue qui avait suivi l'évacuation de l'amphithéâtre, il avait perdu de vue le proviseur et Fauré, tous les deux occupés à prévenir les techniciens du lycée. Il avait observé la jeunesse dans le hall ; aucun élève n'avait osé venir lui parler. Puis, comme il avait envie de passer aux toilettes avant de reprendre sa petite conférence, il avait demandé à un jeune homme tout près de lui où trouver des sanitaires. Cette jeune personne aux cheveux noirs mi-longs s'était montrée polie et lui avait proposé de l'accompagner, parce que les WC du rez-de-chaussée étaient bouchés et qu'à l'étage supérieur il était parfois difficile de retrouver son chemin.

Après l'avoir emmené à l'étage, qui était désert, l'élève lui avait indiqué une porte et François Vérita l'avait remercié. Mais lorsqu'il avait voulu ressortir, la porte d'accès des cabinets était bloquée de l'extérieur. Il avait poussé. Frappé. Appelé. Personne.

Évidemment, de notre côté, après un quart d'heure environ de récréation inattendue, nous n'avons pas compris ce qui se passait : réintégrant l'amphithéâtre où la lumière était revenue, nous avons trouvé la place du conférencier vide. Au micro, Fauré a demandé si l'un d'entre nous avait vu François Vérita.

La panique s'est emparée du proviseur. La salle a bruissé de commentaires et d'interrogations. Est-ce que le vieil homme nous snobait ? Et s'il avait eu une crise cardiaque dans les couloirs du lycée ?

Au bout d'une demi-heure d'attente, Fauré et le proviseur nous ont demandé de nous répartir en groupes d'une dizaine d'élèves et d'arpenter l'établissement, bâtiment par bâtiment, étage par étage, afin de retrouver François Vérita. Parmi nous, l'excitation était palpable. C'était presque une battue. Je crois que Fauré a fait fouiller le sous-sol, le local des poubelles, et qu'il a envoyé une poignée de camarades en direction du petit bois, derrière les grilles.

Le petit groupe composé de Faber, moi, Maddie, Pape et Samira a entendu le premier la voix étouffée de François Vérita qui appelait à l'aide derrière la porte des toilettes du premier étage. Je peux attester du fait que j'ai ouvert sans peine la porte en question et qu'elle n'était pas bloquée au moment où nous sommes arrivés. À la vue de Faber, François Vérita, qui était blême, assis sur le carrelage, la cravate desserrée, la respiration lourde et difficile, comme s'il venait de faire un malaise, s'est relevé et a giflé notre ami.

« Petit con. Je les connais, ceux de ton espèce. »

Après l'avoir insulté, il a chancelé et j'ai dû le retenir par le bras. Puis le proviseur est arrivé, s'est confondu en excuses et s'est montré prêt à exclure Faber du lycée sur-le-champ. Ce qui a compliqué l'affaire, c'est que les autres élèves de seconde, qui ont bientôt afflué à l'étage où le scandale avait éclaté, ont commencé à témoigner de ce que Faber n'avait *jamais* quitté le rez-de-chaussée du hall tout le temps qu'avait duré l'interruption de séance. Pour ce qui me concerne, je ne jurerais pas l'avoir vu, en compagnie de Pape et de Samira, mais une dizaine, bientôt une vingtaine de camarades de bonne foi sont venus le défendre auprès du proviseur et de Fauré, en rapportant qu'ils avaient échangé quelques mots avec Faber ou bien l'avaient vu boire une canette de Coca, puis partir fumer une clope près des scooters, sur le parking.

« Je ne suis pas sénile. Je sais reconnaître un visage quand je l'ai vu une fois », s'est emporté Vérita.

Mais comme nous avons aussi expliqué à Fauré que la porte n'était pas du tout « fermée de l'extérieur » lorsque nous étions arrivés, la gêne s'est emparée du proviseur. Avec sollicitude, il a fait remarquer à son hôte qu'il était fatigué, que toutes les contrariétés de cette malheureuse journée (qu'il regrettait vivement) l'avaient certainement épuisé, qu'il se proposait de le raccompagner à son hôtel, avant de faire toute la lumière sur cet incident, en convoquant le principal accusé et les témoins dans son bureau.

Excédé, Vérita a pensé que son honneur était en jeu et, lui qui était si doux, si calme, il a traité le proviseur d'imbécile et notre génération de « moins-que-rien ». Il a parlé du négationnisme et, l'index tendu vers Faber, qui s'était retiré dans l'ombre, derrière les piliers du couloir, surveillé par Fauré (qui était désolé, parce qu'il adorait Faber), il a promis que nous le paierions très cher.

« Toi, le truqueur, tu verras. Je sais ce qui finit par arriver aux gens comme toi. »

Refusant qu'on se préoccupe encore de lui, François Vérita a fait commander un taxi et a quitté le lycée Janvier.

Personne n'a mis en doute sa version des faits, mais l'impression qui prédominait était que ça ne nous concernait pas, que les histoires de sa génération n'étaient plus celles de la nôtre. Je ne sais pas si Faber était coupable, et je ne le saurai jamais. Mais j'imagine qu'il avait obtenu, d'une manière ou d'une autre, ce qu'il cherchait : discréditer un homme de bien, mettre en doute toute autorité autre que la nôtre et protester contre le poids du passé que nous n'avions pas vécu, mais dont les plus vieux voulaient nous charger, pour que l'Histoire prenne le sens auquel ils avaient sacrifié leur vie.

Au repas du lendemain, je lui ai dit : « Si tu as fait ça, je ne suis pas d'accord avec toi. »

Mais il ne m'écoutait même pas. Le tournant pris par les événements avait renforcé son aura auprès des élèves du lycée : désormais, tout le monde le connaissait. D'une certaine manière, il avait libéré la mauvaise conscience de beaucoup, qui admettaient maintenant que la leçon à laquelle nous avions droit presque chaque année depuis la sixième sur la Shoah leur pesait, qu'on connaissait très bien tout ça, qu'il fallait peut-être passer à autre chose, et puis qu'on ne parlait pas du Rwanda (nous étions en

1995). Aussi Pape a évoqué l'esclavage, qui n'était jamais au programme d'histoire. Faber les a laissés dire.

À la fin du repas, au self-service, au moment de déposer les plateaux-repas sur la chaîne automatique qui les emportait en cuisine, Madeleine et moi avons vu approcher la lauréate du concours Jeunesse-Avenir, avec quelques amis. De près, j'ai réalisé à quel point elle était belle (plus que Madeleine). La peau veloutée, les cheveux en afro retenus par un large bandeau violet. Contrairement à la première image que j'avais eue d'elle, de très loin, elle ne paraissait pas coincée du tout. Elle était provocante.

Nous ignorant, elle s'est adressée à Faber :

«Alors, t'es fier de toi ?»

Il ne lui a pas accordé la moindre attention. Mais à côté de moi, j'ai vu Maddie blêmir. Je crois qu'elle priait, et moi aussi, pour qu'il ne lève pas les yeux, pour qu'il ne comprenne pas qu'elle valait sans doute mieux que nous : plus jolie, plus intelligente et plus mûre.

«Hé, je te parle.»

D'une pichenette, elle a fait mine de lui enfoncer l'ongle peint de son doigt dans l'œil.

Il lui a accordé son regard. Dans l'instant, j'ai détesté cette fille, parce qu'elle venait d'éclipser Madeleine à jamais. Évidemment, elle lui a plu.

«Il paraît que tu viens à ma fête, samedi.»

Elle a posé sa main droite sur sa nuque, l'a touché et, contrairement à ses habitudes, il ne s'est pas dégagé. Il a haussé les épaules.

«Il paraît, Estelle.»

6
Unité syndicale

À l'intérieur d'un bâtiment longiligne, au pied de l'ancienne Compagnie urbaine de chauffage de Mornay, quelques associations et syndicats louaient des locaux bon marché. Le décor : une horloge, un tableau de liège, des affichettes, dépliants, argumentaires et un tag figurant un poing levé dans une étoile rouge cerclée de noir. Assis autour d'une table ovale de réunion constellée d'empreintes de tasses de café, nous écoutions le topo des deux gars des JCR et du responsable de SUD Rail. Nous ? Chris et ses deux amis, Pape, Samira et sa sœur, Faber et moi.

« Les effectifs ont triplé ! »

Faber était apprécié : personne ici ne connaissait son rôle dans l'affaire Vérita et il rameutait de plus en plus de monde auprès d'organisations vieillissantes.

« La FIDL est complètement à la ramasse. Y a grève le 10 ?

— Unitaire, tous secteurs confondus. »

Les permanents qui étaient passés manifestaient un enthousiasme assez mesuré. Comme de vieux soldats qui n'ont jamais connu que la défaite, ils attendaient de nouveaux combats sans la moindre illusion, le cuir durci et les dents serrées, en attendant que ça passe. Ils ne croyaient pas plus que ça au mouvement contre la réforme des retraites et de la Sécu.

« C'est quoi ?, demanda Samira.

— Ils vont faire dans le public ce qu'ils ont fait dans le privé. D'après ce qui se dit sur le plan Juppé, ils passeraient à quarante annuités.

— C'est quasiment acté. »

Pape a haussé les épaules : « Moi, je suis pas fonctionnaire.

— Et la Sécurité sociale, c'est pas pour toi ? Ils fixeront des objectifs pour les dépenses maladie. Les médecins qui dépassent, sanction.

— Je suis jamais malade.

— Ils vont augmenter les cotisations pour les retraités et les chômeurs.

— Mon père est au chômage.

— Ben tu vois.

— C'est mon père, c'est pas moi. »

Faber a laissé claquer sa langue. Il a laissé entendre que les syndicats ne tenaient pas le bon discours. Aucun jeune ne voudrait entendre parler de retraites ou de Sécurité sociale. Il fallait présenter les choses autrement.

« Gros malin, tu t'y prends comment, puisque tu sais tout ? »

Faber a répondu qu'en moins d'un mois, il leur livrerait le lycée sur un plateau. Les plus vieux ont ri. Les deux JCR se sont regardés : ils avaient déjà vu Faber à l'œuvre.

« On te laisse organiser l'AG ?

— Carrément. »

Et Faber est ressorti de l'ancienne chauffagerie avec un mandat en poche.

7
Le doigt levé du jour

« Pourquoi finir comme ça ? »

Début octobre, il faisait encore très chaud à Mornay. Au rez-de-chaussée du lycée, salle 117, les murs n'avaient pas été repeints depuis longtemps et on avait l'impression qu'ils suintaient. Le linoléum gris crissait sous les semelles de Balsance en pleine séance de gesticulation.

« Allez, on se réveille ! »

J'étais moi-même affalé sur ma chaise en contreplaqué. L'après-midi du vendredi n'en finissait jamais.

« Basile ? »

J'ai pris l'air idiot.

« Bon. » Balsance a soupiré, « Mathilde, reprenez... »

Assise au bureau, Mathilde Sargent était censée commenter Proust, la dernière page de « Combray ». Elle portait un appareil dentaire qui la faisait zozoter et sa peau était ravagée par l'acné.

D'une voix monocorde, elle a lu : « ... et la demeure que z'avais rebâtie dans les ténèbres était allée rezoindre les demeures entrevues dans le tourbillon du réveil, mize en fuite par ce pâle signe qu'avait tracé au-dessus des rideaux le doigt levé du zour. »

Balsance était un homme de grande taille à la moustache bien taillée, d'une patience angélique. Il a tenté d'aider la malheureuse tout en se frottant la lèvre supérieure : « Qu'est-ce que nous dit Proust ? Qu'est-ce que c'est, "la demeure que j'avais rebâtie dans les ténèbres" ? Alors, Mathilde ? Il l'a construite comment cette maison, il fait du BTP, Proust ? »

Quelques rires désabusés, afin de saluer comme il se doit l'effort du prof. Il avait de ces blagues...

« Euh, non... C'est... c'est... c'est une imaze.

— Bon. Une image de quoi ?

— Le passé.

— Hmm. D'accord. Le passé dont il s'est souvenu pendant la nuit, toutes les chambres, toutes les demeures... Tout ça parce que au réveil, il y a... Qu'est-ce qu'il y a ?

— Au-dessus des rideaux le doigt levé du zour », a ânonné une fois de plus Mathilde.

« Et c'est quoi, ce doigt levé ? Qu'est-ce qu'il nous montre ? »

La cloche a retenti. Au fond à droite, plié entre le radiateur et Maddie, Faber n'a pas pu contenir un rire cristallin, qui s'est joliment mêlé à la sonnerie.

« Faber ? Ce serait une bonne idée de vous montrer discret ces temps-ci, vous ne croyez pas ?

— Oui, m'sieur.

— Bien. Vous autres, vous ne bougez pas. Personne ne sortira d'ici tant qu'on n'aura pas trouvé ce qu'indique ce "doigt levé" chez Proust. »

Silence.

Tout le monde frétillait sur sa chaise. Cartables bouclés, mains posées à plat sur les tables. Comme des sprinters qui attendent le signal du starter. Tous les regards ont convergé vers Faber, le seul à pouvoir nous libérer. Parce que personne, mais vraiment personne n'avait la moindre idée de ce qu'était ce putain de doigt du jour.

Lentement, Faber a levé la main, comme un élève zélé.

« Oui, Faber ?

— Eh bien, monsieur, c'est évident. Proust se réveille, la nuit a été longue. Beaucoup de souvenirs, d'images, d'émotions. Le doigt levé du jour… » Faber a croisé les bras. « C'est une érection. Il a la gaule du matin. »

Balsance a levé les yeux au plafond, toute la classe a éclaté de rire et on est sortis dans un brouhaha monstre : bruits de chaises, de tables, de piétinement, porte ouverte sur le couloir bondé. Quelques-uns lui ont tapé dans le dos :

« T'es un champion ! »

8

La party

Dans la Lada Samara blanche des Gardon, l'atmosphère était bon enfant. Jean n'était pas encore au courant de la convocation de Faber à cause de l'affaire François Vérita — Faber avait négocié avec les secrétaires ou peut-être dérobé le papier à temps. Marthe avait tenu à nous accompagner ; sur les sièges arrière beiges, elle ne cessait de me complimenter tout en me recoiffant.

« Ce que tu es jolie ! »

J'avais enfilé une jupe achetée en compagnie de ma mère, qui m'allait très mal : elle descendait aux genoux, raidissait ma silhouette et ressemblait à un vaste ruban rose enroulé sur la paire de bâtons de réglisse que j'arborais en guise de jambes. Pas de rouge à lèvres, par contre : je me trouvais la bouche déjà trop épaisse et j'entendais les garçons dire qu'elle était « à pipe ».

Dans la pénombre nous avons traversé la zone industrielle de Mornay, paumée au beau milieu des plaines céréalières. Devant le Buffalo Grill, sur le rond-point de la Vache, Jean a bougonné en se contorsionnant pour tenter de déchiffrer les panneaux signalétiques mal éclairés. Le crochet sur le volant, il a tourné en direction de Milières, quartier « défavorisé » du département.

Ils nous ont déposés sur le parking de la salle des fêtes. De la petite halle s'échappait déjà l'écho de rires, de petits cris, de grosses voix. On entendait les violons en boucle et les chœurs samplés de la chanson « Gangsta's Paradise ».

« À minuit pile ! », a rappelé Jean par la fenêtre de la Lada. « Amusez-vous bien ! »

« *Tell me why are we so blind to see…* »

Le son était lourd et gras. Au coin de la salle à peine remplie, un type en dreadlocks, le casque sur la nuque, mixait sur une double platine Technics. Faber et moi sommes passés à côté de lui. Il nous a dit : « *Peace !* » J'étais amatrice de musique et j'ai murmuré à l'oreille de Faber : « Pourquoi ils mettent Coolio ? C'est pas du tout *ghetto*, c'est super commercial, ça passe sur Fun Radio. »

La fête était organisée par le grand frère d'Estelle. On nous a dévisagés. Nous étions les seuls Blancs dans la salle. Et puis j'ai réalisé que j'étais la seule, puisque Faber était maghrébin. Ce qui explique que les mecs lui donnaient du « Frère ! » ou du « Cousin ! ». Je ne m'en étais jamais aperçue auparavant. Lui non plus, je crois bien. Sa peau m'a semblé plus foncée ce soir-là, à la lueur des spots bon marché.

« J'ai mal à la tête… »

Je ne me sentais pas à ma place. Je me suis assise sur un siège en plastique noir, près du bar : en l'occurrence, une énorme table à tréteaux couverte d'une nappe de papier. Des mères en boubou jaune d'or et marron du Mali, des Sénégalaises en basin — qui m'ont posé la main sur l'épaule pour savoir si tout allait bien — apportaient de larges plats couverts de papier alu, des marmites entières sentant l'arachide, le citron vert et le piment. Ensuite des Marocaines ont apporté la kemia sous un film transparent. Des flux de mères, de sœurs et de frères, qui revenaient du parking après avoir fumé, ont progressivement investi la salle des fêtes.

Faber s'est accroupi à côté de moi. « Hé, Maddie, ça va ? » Il était gentil.

« Oui », ai-je souri, angoissée. Je craignais de la voir arriver.

D'abord, on a entendu son rire : souple, retentissant, profond. « Regulate » de Warren G a résonné. Sifflements. « *It was a clear black night…* »

Et elle a ondulé en marchant.

« Salut, c'est cool que vous soyez là », a interrompu Pape, sapé en chemise blanche avec des pompes de maquereau. J'ai failli éclater de rire devant son accoutrement — et puis je me suis souvenue que le mien ne valait pas mieux. Pape nous a apporté deux verres de punch, en souriant : « Va y avoir du peuple. »

C'était comme si toute la partie invisible de la ville de Mornay, tous les gamins à l'école, au collège, au lycée, les immigrés qu'on ne voyait jamais que par deux ou trois en ville s'étaient réunis ce soir-là à Milières.

Pape s'est marré : « Tu pensais pas qu'y en avait autant ! » J'ai fait la tête comme s'il m'accusait d'être raciste. « Oh, c'est bon, ne te vexe pas ! »

Du coin de l'œil j'ai surveillé la progression de la star de la soirée. Autour d'elle, les frères formaient déjà des grappes, les mains dans les poches du pantalon. Quelques hommes d'une quarantaine d'années l'ont complimentée. On n'entendait plus ce qu'ils disaient. Le DJ a poussé le son. Snoop aboyait et hululait : « *Bow wow wow… Yippee yo, yippee yeah…*» Quand il a demandé : «*What's my mother-fuckin' name ?*», tous les mecs ont crié : «Estelle !» en levant les mains. C'était son anniversaire. Elle ne portait pas le boubou traditionnel sénégalais — mais une simple robe courte bleu électrique à paillettes. Les mains au niveau du bassin, en position d'ailes d'avion, elle ondulait des hanches et des épaules. Sa taille roulait dans un hula hoop imaginaire, comme si elle laissait monter et redescendre un cercle de plastique invisible. Et le cercle allait et le cercle venait, de ses cuisses découvertes jusqu'à ses seins renflés. Cette fille était si sensuelle… Il y avait quelque chose de difficile à supporter lorsqu'on la voyait. J'ai compris les mâles : c'était douloureux, Estelle faisait naître une crampe violente de désir dans le bas-ventre.

«Hello !!!»

Sans se presser, elle est venue vers nous. Les mains sur le front, repliées sur les épaules, puis sur les hanches, sur les cuisses… Sa noirceur illuminait la salle, qui avait commencé à danser. «Juicy» de Notorious BIG : «*Girls used to diss me… Now they write letters 'cause they miss me…*» Elle a laissé claquer ses sandales blanches à talons d'au moins une dizaine de centimètres. Ra-ta-ta-tat.

«Salut, toi !»

Elle a remué la main et ses ongles rouges ont dessiné une vaguelette. Avant de me claquer la bise. Elle sentait fort, elle sentait bon. Une épice qui donnait envie de se blottir contre ses seins et de l'embrasser dans le cou.

«Excuse-moi», m'a-t-elle dit en plaçant sa main en porte-voix, «je ne me souviens pas de ton nom ?»

Ce n'était même pas méchant de sa part.

«Madeleine.»

Je me suis rendu compte que je ne pouvais faire autrement que de garder les jambes serrées, les mains sur les genoux. Dieu que ma jupe était laide.

« Bienvenue Madeleine ! »

Puis elle s'est lancée dans un youyou pour accompagner le zagharit des maghrébines. Depuis quelques minutes, les mères et les pères s'étaient retirés loin du bruit. Alors le frère d'Estelle et ses amis avaient pris possession de la piste. Assiégé par des gars qui parlementaient, le DJ a envoyé « Keep their heads ringin' ». Ça ne passait pas à la radio française. Estelle a remué la tête comme une folle et elle s'est donnée à fond en creusant son ventre tendu, les doigts autour du nombril — juste devant moi.

« *Yeah…* » Le doigt en l'air, elle a chanté : « *What's up ?* » Pape et trois adultes qui la reluquaient par-derrière ont beuglé : « *It's Dr Dre !* » « *The party's goin' on… Thank God it's Friday…* » À ce moment-là Samira a abandonné sa petite sœur à côté de moi et elle a commencé à breaker au milieu des grands qui hochaient la tête en tapant dans les mains, Estelle l'a encouragée :

« Ouais ouais ouais ! Samiraaaa ! »

Six steps, et *three steps*, puis au sol et un tour sur le dos. On a tous applaudi.

« *Ring ding ding… Ring a ding ding ding !* »

Faber était fasciné, comme s'il découvrait la vie.

« Hééé toi, Madeleine ! » Estelle avait bu juste assez pour être douce avec tout le monde. Elle ronronnait à la manière d'un petit chat. Quand elle s'est penchée vers moi, toujours assise sur ma foutue chaise en plastique, elle a comprimé sa poitrine contre ma gorge.

« Tu l'invites à danser, oui ou merde ! Qu'est-ce que t'attends ? »

Estelle a rejeté son buste vers l'arrière. De plus en plus

d'hommes à côté d'elle. Les yeux bleutés et les lèvres épaissies par la joie, elle ne leur prêtait pas la moindre attention en dansant. Lorsqu'elle se courbait vers l'arrière, sa robe courte dessinait un triangle au sommet de ses cuisses.

Faber faisait un effort visible pour ne pas la regarder. Ici, elle était la reine, c'était évident. Par fidélité, Faber n'a pas bougé du mur de la salle des fêtes, à quelques centimètres de moi. Je savais bien qu'il aurait fallu que je me lève et que je le prenne par la main. Il attendait que je l'invite. Mais j'étais maigre, j'étais blanche et j'avais le ventre scié en deux. À cause des règles, j'avais le sentiment que mon sexe était devenu un sac de sang en pleine coagulation. Impossible de boire le moindre verre d'alcool pour me réchauffer.

Estelle a paru me prévenir : « Encore deux minutes. »

On approchait de la fin du morceau. À l'aide de la paume de ses mains, Estelle repoussait des murs imaginaires. La bouche en cœur, lèvres prune ouvertes sur des dents parfaitement blanches. Perchée sur ses talons, elle est descendue en fléchissant les genoux. Son cul ? Insaisissable. Elle bourgeonnait de toutes parts. Peut-être que quelques garçons ont pris feu à trop la reluquer… Sans exagérer, on voyait presque la fumée leur sortir des oreilles.

Le DJ a scratché une fois, deux fois et des voix féminines ont fait : « Aaaah » comme si elles projetaient un souffle chaud sur le givre d'une vitre. C'était *fresh*. Un bruit qui m'a rappelé la roue de la fortune en train de tourner, tourner, et « *one… two…* » : « *Nuthin' but a "G" thang, baby.* » Énorme basse. Une dernière fois, Estelle m'a regardée. Je me suis sentie morte ou bien cryogénisée.

Elle a haussé les épaules d'un air désolé. Comme pour me dire : «Je t'aurai laissé une chance.» Estelle a tendu le bras vers Faber pour l'attirer sur la piste; il a résisté une seconde; elle a tiré plus fort et cette fois il s'est avancé.

Je les ai vus s'éloigner pour pénétrer dans la foule d'une cinquantaine de danseurs. Faber droit comme un piquet, cassé en deux. Puis Estelle, en se moquant de lui, l'a assoupli et réarticulé : le pantin prenait vie. Il apprenait vite et bien. Sous les spots, dans la salle enfumée d'une odeur de spliff malgré les consignes de sécurité, il avait la peau bronzée. En chemise noire, il était beau.

Je me suis dit : «Tu vas bouger ton cul de cette chaise et le récupérer.»

Mais Estelle... Luisante de sueur. Les cuisses huilées, elle s'est approchée de lui. Puis s'est éloignée en lui présentant la chute de ses reins, les cheveux relevés par un large bandeau bleu.

J'ai aperçu la bosse dans le pantalon de Faber.

Prise de nausée, j'ai vacillé. Du sang a coulé de ma culotte, sous ma robe.

«Est-ce que ça va?» Inquiète, Samira me retenait par le bras.

Je me suis concentrée, persuadée de ne plus avoir d'autre arme. Pour la dernière fois de ma vie, j'ai donc prié Dieu comme mon père me l'avait appris. J'ai demandé à m'évanouir — s'il vous plaît mon Dieu — pour que tout s'arrête et qu'il vienne me chercher.

Le morceau de Dre était fini.

Tombée raide sur le parquet.

9

Crachin

Me suis réveillée le lendemain matin dans le lit de Faber, rue d'Abondance.

Le jour semblait paresseux, la lumière traînait sur les lames du parquet. C'était l'automne et il faisait doux. La fenêtre en forme de hublot avait été ouverte pour laisser la bruine siffler au-dehors ; derrière le rideau de pluie fine se dessinaient les voies ferrées, les massifs d'arbres roux et les rangées de poteaux électriques.

Tout m'était de nouveau familier.

Appuyée sur un coude, j'ai regardé autour de moi et au terme du lent panoramique, j'ai porté les yeux sur mon buste : quelqu'un m'avait fait enfiler un pyjama — le mien. À mes pieds, au milieu de ses innombrables piles de livres, Faber était plongé dans l'*Histoire de la révolution russe*. Paisible.

Lorsque le sommier a grincé, il s'est retourné.

«Tu émerges ! Est-ce que ça va mieux ? »

Comme si j'étais sur le point d'éternuer, j'ai remué le bout du nez. Je crois que je ressemblais à Samantha dans *Ma sorcière bien-aimée*. Rien n'est apparu par magie, mais j'ai reconnu mon sac de randonnée à un mètre du lit.

«Mes affaires?» J'avais la voix pâteuse. «Qu'est-ce qu'elles foutent là?

— Je suis allé les chercher chez toi.

— Mon père...

— Je lui ai dit que ce n'était plus possible pour toi.»

Faber savait. Faber avait pensé à moi. Je n'avais même pas eu à lui expliquer la situation, à lui parler de ma mère que... «Bien sûr», il a haussé les épaules, «tu peux t'installer ici si ça te dit. Marthe sera ravie, tu te doutes bien.»

Il a humecté son doigt et tourné la page.

«Oh, Faber!»

D'un seul coup je l'ai attrapé par-derrière, en glissant du matelas, et je me suis blottie contre lui, entre ses bras. Il sentait bon. On s'est affalés sur le tapis, mes jambes dans les draps, sa tête sur une pile de bouquins.

Comme on ne savait pas trop quoi faire dans cette position, ni lui ni moi, on n'a pas bougé. Et on est restés enlacés à écouter le crachin qui tombait sur Mornay.

10

Assemblée générale

L'amphithéâtre était loin d'être plein ; Faber peinait à faire voter le blocus du lycée. Au premier rang des sièges garnis, Basile et moi avons tenté de manifester notre enthousiasme, de manière à soutenir la proposition radicale de notre ami. Mais dans notre dos un petit groupe de terminale n'accordait guère de crédit à Faber. Qu'est-ce que c'était que cet élève de seconde qui venait imposer l'ordre du jour, après avoir conduit la quasi-totalité de notre classe à l'AG du lundi matin ? Méfiants, les « vieux de la vieille » laissaient traîner les débats en longueur. Ils ont même réclamé une discussion sur les « formes d'entrée dans le mouvement ».

Dans la foulée, le doute s'est installé chez les participants les plus jeunes. « Pourquoi il faudrait bloquer l'établissement ? », ont demandé certains de nos camarades de la seconde 6. L'argument soudain populaire voulait qu'on ne décrédibilise pas la lutte en braquant contre le mouvement ceux qui désiraient aller en classe et qui en avaient le droit. On aurait fort bien pu trouver le moyen de banaliser la première heure de cours du matin, le temps de tracter et de faire circuler les infos. Il fallait se montrer inventifs, organiser des actions symboliques en ville, alerter les médias, plutôt que de répéter les éternels mêmes schémas militants.

D'autant, a ajouté en substance un première, que le mouvement n'avait pas encore pris à Mornay. À part les cheminots, personne n'avait bougé : peut-être qu'il était trop tôt. Le lycée de Liserans — sans parler des cathos de la Providence —, les postiers et les instits n'étaient pas partis. Si le blocage était un échec, ce serait mort : on ne pourrait plus mobiliser personne dans deux semaines, lorsque la grève aurait pris au niveau national.

« C'est de l'attentisme ! »

Faber était agacé par tant de frilosité. Pour le soutenir, Chris, Tom-Tom et quelques autres ont sifflé le mandataire le plus tiède de la FIDL, qui a demandé qu'on respecte « le temps de parole démocratique ». Mais Faber lui avait déjà coupé le micro. Il a encouragé les lycéens à servir d'exemple, à prendre les devants, à se tenir à la pointe du combat contre la réforme du gouvernement, mais aussi à donner un coup de pied dans la fourmilière de cette ville... Hélas, un terminale a profité de l'euphonie malheureuse entre « fourmilière » et « Milières », donc la banlieue « craignos » de la ville, pour se moquer de ce discours gauchiste de petit-bourgeois. Il a fait remarquer qu'il n'y avait pas dans la salle un seul gars de Beaujour ou de Milières, pas un beur, pas un Black. Dans l'amphithéâtre, quelques-uns se sont retournés pour compter les gens suivant leur couleur de peau : on n'écoutait plus Faber et le vote s'annonçait mal. J'ai applaudi pour tenter de faire taire l'auditoire, mais je n'avais pas ce pouvoir.

Elle, en revanche...

Elle est arrivée accompagnée d'une douzaine de filles

et de garçons des classes de terminale ou de première qu'on avait croisés à la fête. Tous ont salué Faber, ont checké ou lui ont tapé dans la main. Adossée au mur, elle a croisé les bras et elle a toisé la salle. Un instant, j'ai cru qu'elle voudrait faire payer à Faber son départ précipité de la fête, par ma faute. Mais elle avait basculé de notre côté — ce qui ne m'a pas forcément rassurée. Le majeur et l'index glissés entre les lèvres, elle a sifflé fort. Le bruit de basse-cour dans l'amphithéâtre s'est éteint.

« Les choses vont bouger à Mornay. Et ça va pas se faire en restant le cul sur vos chaises. Si vous avez peur de bloquer le lycée, pas nous. Tous ceux qui veulent venir sont les bienvenus. Les autres, restez chez vous. »

Elle a levé le poing ; ça aurait pu être ridicule, mais comme c'était elle, on a eu des frissons et on y a cru.

Derrière elle, les gars ont applaudi, une partie de la salle a suivi. Elle a invité tout le monde à voter en faveur de la motion de Faber : le lycée est entré en lutte.

11

Privé de sortie

« Mais…

— Non, Basile ! »

Ils m'ont formellement interdit d'aller au lycée. Ils avaient peur des « débordements », parce qu'« il y a de tout là-dedans » : « c'est de la politique ».

« Maman », ai-je dit, « c'est Faber qui organise le mouvement… »

Un instant, l'argument a déstabilisé mes parents. Tous deux adoraient Faber (sans toutefois lui faire confiance). Par-dessus tout, ils se méfiaient des grandes idées et on n'allait pas à l'école, affirmait mon père, pour mettre le bazar.

Je les ai suppliés ; ils m'ont tout de même renvoyé dans ma chambre.

Durant deux semaines, j'ai eu l'impression qu'on me privait de participer à la Révolution française en m'enfermant dans une grange de province pour mon bien. Je l'ai vécu comme un désastre, une apocalypse, la fin de mon espoir d'être le premier lieutenant de mon ami dans sa conquête du monde et de la vie. Faber m'a oublié : il n'a jamais pris de mes nouvelles, Madeleine à peine. Chaque matin, je me dévisageais dans la glace de la salle de bains, dévoré par l'acné. Il me semblait que mes sinus étaient rongés par une substance acide qui se diffusait sous ma peau. Alors je me badigeonnais de Biactol à l'aide des cotons de démaquillage de ma mère, puis je regardais des épisodes de *Dr Quinn femme médecin* sur M6 en révisant mes exos d'anglais du mois passé.

Dehors, Mornay changeait ; moi, j'ai passé mon adolescence à rester un gosse.

12

Premier jour de grève

Dans le maelström des deux ou trois semaines de grève, voici la première scène qui remonte à la surface de ma mémoire : Faber en train de haranguer à neuf heures du matin le troupeau des lycéens indécis. Grimpant sur le grillage du portail d'entrée, il s'était élevé au-dessus de la masse grouillante : cartables à terre, sit-in en cercle, parents exigeant qu'on ouvre le lycée, sifflets et fumette. Sur les piques des grilles de sécurité, il a posé ses fesses comme un fakir et en équilibre, il a ouvert grands les bras pour nous parler. Peut-être qu'il en est ressorti avec le cul en sang, mais il souriait. Il était magnifique. Je le voyais déjà à la tête du pays.

Les mecs de Beaujour l'ont acclamé, mais Faber a dit qu'il représentait « tous les jeunes de Janvier ». Après quelques hésitations, il a trouvé le bon ton. Même les adultes se sont crus à un meeting électoral. Des badauds intrigués, qui traversaient la place de Mai, se sont approchés du vaste foutoir à l'entrée du lycée pour l'entendre. Il parlait si bien, impossible pour moi de restituer fidèlement ses mots — concernant les retraites, les cotisations, l'assurance-maladie, la société que nous voulions et celle qu'on nous imposait, peu importe. Seule sa voix comptait. Il nous a hypnotisés.

Pas tous.

Certains ont commencé à remuer le grillage pour en faire tomber l'orateur. Sans même se retenir avec les mains, il a résisté. Chris, Tom-Tom et Radégou se sont déployés en demi-cercle au pied du portail et l'ont protégé. Ils étaient devenus sa garde prétorienne. Pour faire reculer les adultes qui voulaient s'en prendre à Faber, les terminales ont beuglé : « Faites du bruit ! »

Lui a basculé comme un gymnaste et a atterri sur ses pieds, après un salto arrière, dans l'enceinte du lycée. Il se trouvait derrière les grilles et nous devant. Près de la chapelle, le proviseur, le surgé et quelques surveillants ont couru se réfugier dans la salle des professeurs. Faber a contemplé la cour déserte de l'établissement comme un animal qui explore un territoire avant de le livrer à sa meute. Il a souri. S'est employé à crocheter le cadenas du portail. Les vannes se sont ouvertes, et le flot a tout emporté sur son passage.

Estelle a été chargée d'occuper le hall et l'amphithéâtre. À Pape et Samira, Faber a confié la tâche de « nettoyer » les bâtiments B et C, de ramasser le plus de chaises possible et de monter les premières barricades. Des gars balèzes de Beaujour, qui n'étaient plus au lycée depuis des années, se sont pointés. Le frère d'Estelle s'en est porté garant. Faber leur a proposé de planter les piquets de grève et d'assurer le service d'ordre. Pour ma part, j'ai entraîné dans mon sillage une bonne dizaine de volontaires — les plus jeunes — sur l'esplanade. Après avoir récupéré de la peinture en salle d'arts plastiques, des draps et de la colle, nous avons fabriqué des banderoles. En deux jours, la place de Mai a été recouverte de gigantesques tifos tagués avec des jeux de mots sur Alain Juppé et Georges Hersent, le maire de Mornay.

C'était de l'autogestion : tous les adultes avaient été bannis du lycée.

Quand Faber a exfiltré les enseignants planqués en salle des profs — parmi lesquels beaucoup, dont Balsance et Fauré, étaient favorables au mouvement —, la situation a failli dégénérer. Le proviseur avait compris ce qui était en train de se passer. Ni le recteur ni le maire ne lui pardonneraient d'avoir laissé envahir la place de Mai par les grévistes, qui encourageraient les fonctionnaires, les lycéens de Liserans, voire les élèves de notre ancien collège Octave-Joly, à suivre leur exemple.

Le cartable sous le bras, Balsance et Fauré sont sortis de la salle des profs cernée comme Fort Alamo par les Mexicains. Bêtes et méchants, la plupart des élèves ont commencé à huer les deux enseignants — pourtant solidaires du mouvement. Les gamins lançaient des boulettes de papier ; certains ont imité le chimpanzé, d'autres ont entonné des chants de supporters marseillais, en remplaçant « on encule les Parisiens » par « on encule les professeurs ».

Faber a tout de suite grimpé le long des poteaux sur l'auvent, le dos tourné à la chapelle. Il a crié : « La ferme ! » Balsance et Fauré ont été respectés, mais sont tout de même sortis du lycée, ainsi que le proviseur, les secrétaires et le personnel d'entretien. J'ai pensé que Faber ne gagnerait peut-être pas, que l'ordre reprendrait le dessus, ou bien que le chaos le submergerait un jour. Il n'aurait pas toujours l'agilité nécessaire pour se glisser dans l'interstice entre l'un et l'autre.

Mais ce jour-là, Faber possédait encore ce pouvoir. Notre petite province qui n'avait pas tremblé depuis mai 1968 est sortie de sa torpeur, stupéfiée qu'un simple gosse lui tienne tête.

13

Les jeunes d'aujourd'hui

Faber et moi n'étions pas rentrés à la maison depuis trois jours. Le vendredi, nous arborions des poches violacées sous les yeux : lui ne dormait jamais et je m'étais contentée d'un petit somme dans une doudoune apportée par Samira, sur le carrelage du hall. En me réveillant, je me suis rendu compte que je ne m'étais pas lavée depuis le mardi : je changeais de tampon dans les toilettes et je me nettoyais le bout du nez avec de l'antibactérien pour les mains. Faber puait sous les aisselles. Nous avions besoin d'une bonne douche, alors je l'ai convaincu d'aller faire un tour rue d'Abondance.

« Pape a l'air de pas mal t'apprécier... », a souri Faber tout en remontant la rue de la Gare. Il changeait de sujet parce que nous étions vannés. Nous n'en pouvions plus de discuter des orientations du mouvement : mobilisation décevante du lycée de Liserans, attaques du maire, apathie des jeunes des quartiers, grogne des commerçants du centre-ville.

J'ai répondu en rougissant que je n'avais rien remarqué, au sujet de Pape.

Pourtant, il me tournait bien autour depuis quelques

jours. On buvait des bières tous les deux. Il était maladroit et je ressemblais certainement à ses yeux à une poupée en porcelaine : une fille de la bourgeoisie. C'était un beau garçon — surtout il n'était pas comme Chris et ses potes : ni agressif ni idolâtre délirant de Faber. À l'égard de ce dernier, il manifestait une sincère admiration, mais aussi une certaine réserve, dont je n'étais moi-même pas capable.

À vrai dire, le fait même que Faber ait remarqué qu'il me faisait la cour m'a convaincue de ne pas céder aux avances de Pape — alors que je commençais à en avoir envie. Jamais je n'aurais cru Faber attentif à ce genre de détails triviaux — selon lui — de la psychologie amoureuse. Et c'est ce qui a alerté mon attention : Faber pouvait-il être sensible au fait qu'un garçon drague une fille, ou qu'une fille drague un garçon ?

Nous avons monté les quelques marches du perron et poussé la porte des Gardon. Les oiseaux — des merles — chantaient dans les arbres de la rue d'Abondance.

« Y a quelqu'un ? C'est nous. »

Marthe n'a pas répondu. Je me suis déchaussée et j'ai pris le temps de me regarder dans le miroir aux bords biseautés du vestibule : cheveux sales, chemisier blanc auréolé de sueur sous les bras et au niveau des seins, jean troué aux genoux. Faber a fait le tour du salon en godasses maculés par la boue.

« Marthe ? »

Mais c'est Jean qui est sorti de la cuisine, le teint cramoisi et une louche rouillée à la main.

« Tu fais la cuisine ? »

Jean s'est avancé vers Faber, occupé à se moucher dans un kleenex, la tête penchée près du buffet du salon. Je ne sais si Jean a voulu le gifler, le frapper ou le repousser — lui-même ne semblait pas au clair avec son intention. Il a asséné quelques coups de louche sur le crâne de Faber — lequel s'est dégagé avec une mine d'incompréhension. Mais le geste de M. Gardon était d'une amplitude exagérée et il a crié : « C'est comme ça que tu remercies ta mère ! » À la portée du large moulinet de son bras se trouvait l'assiette de collection figurant la compagnie des Écorcheurs de Mornay, qui s'est fracassée contre le plancher. Dans l'espoir de la rattraper au vol, Jean s'est pris le pied sous le meuble et il a lui-même chuté.

« Oh ! Foutredieu ! Je me suis foulé la cheville ! »

Marthe était alitée, anémiée et folle d'inquiétude pour Faber et pour moi. Les pauvres Gardon n'avaient guère d'informations — sinon par l'intermédiaire des échotiers de *La République de l'Hombre*, annonçant sur cinq colonnes le chaos en ville. Ils croyaient que c'était une sorte d'émeute ou de guerre civile. Une photographie de Faber à cheval sur le portail du lycée, le sourire tranché jusqu'aux oreilles, avait manqué de causer un infarctus à Jean. Cet événement valait aux Gardon le silence réprobateur de tous leurs voisins : voilà ce qu'était devenu ce petit Mehdi, dont ils avaient été si fiers depuis des années. Le vieux d'à côté avait dit à Marthe : « On ne change pas les gens. »

Et si Jean était tombé en voulant frapper son propre fils, c'est parce qu'il s'était épuisé, ces derniers jours, à le défendre contre les retraités du quartier qui parlaient des « événements » — comme s'il s'agissait de la guerre d'Algérie.

Profondément malheureux de voir Jean au sol, Faber a essayé de relever son tuteur — qui a refusé son aide.

Faber s'est donc retiré dans un coin du vestibule, en attendant que je calme Jean et que je prévienne le plus proche voisin.

Toute la ville était en grève : il n'y avait plus de bus en circulation, et Jean n'était pas en état de conduire sa Lada. Timidement, Faber a proposé de prendre le volant.

« Tu n'as pas le permis ! Tu vas finir par tous nous tuer ! » Il s'est tourné vers moi : « Et elle avec… Voilà comment ça finira. »

Alors Faber lui a tourné le dos. Il a claqué la porte du pavillon.

Lorsque le voisin est arrivé, cet ancien cheminot a ôté son béret et soupiré d'un air réprobateur. Il a pris soin de Jean, tout en rassurant Marthe.

« C'est ça que veulent les jeunes d'aujourd'hui ? Faut pas vous laisser faire, Jean. Je vous l'ai dit. » Il l'a transporté jusqu'à son véhicule et l'a conduit à l'hôpital sud de Dorville.

J'ai ramassé les éclats de l'assiette et les ai jetés à la poubelle dans la cuisine mal éclairée. Alors que Marthe me réclamait depuis son lit, j'ai fait semblant de ne pas l'entendre : je suis partie à grandes enjambées rejoindre le lycée, Faber et la jeunesse d'aujourd'hui.

14

Zone d'autonomie

«Il faut un nom.

— Pourquoi?

— Tout a un nom.

— Zone d'autonomie.

— Grave! Et ça fait ZOO, la Zone d'autonomie!

— T'es con, "autonome", c'est pas avec un *o*.

— Demande l'orthographe à Faber.»

J'ai tourné, traversé le couloir du bâtiment B qui mène au grand hall et à l'amphi. Il faisait froid depuis la fin de la semaine et les «permanents» — c'est-à-dire ceux qui dormaient dans le lycée — s'étaient réfugiés dans les longues travées du rez-de-chaussée. Vitres parfois brisées, toutes les entrées avaient été cadenassées, bloquées par des pyramides irrégulières de chaises empilables en bois de hêtre verni. À la porte du bâtiment et au portail, les potes du frère d'Estelle contrôlaient les allées et venues. Le grand amphithéâtre récent était censé servir de lieu de réunion et d'expression pour tous : lycéens, chômeurs, syndicats... En réalité, les délégués CGT mais également SUD voyaient d'un mauvais œil le petit royaume de Faber, qui tenait le lycée Janvier comme une forteresse assiégée. Partout dans le pays, le mouvement de protestation contre la réforme des retraites s'était répandu. Nous n'étions plus seuls. Collégiens ou étudiants de l'IUT voisin se bousculaient au portillon du lycée Janvier, symbole de la contestation sur la place de Mai. C'était la fête : tout le monde se rencontrait ici. L'air était frais, le ciel gris, mais chaque soir le bâtiment B résonnait sous les coups d'une sono sauvage, qui effrayait les habitants du centre-ville de Mornay.

Chris, Tom-Tom et Radégou, les satanistes de pacotille, assuraient la sécurité rapprochée de Faber. En tee-shirt noir, crades et fiers de l'être, ils fumaient beaucoup, se laissaient pousser la barbichette. Ils gloussaient, « autonomisaient » à tour de bras. Tout bien pesé, ça me faisait sourire, même si je ne les aimais pas. Parfois, je pensais : « Nous sommes jeunes. C'est tout. Il n'y a pas d'autre raison à tout ça. »

« On ferme les portes ! », beuglait soudain Tom-Tom.

« Ding-dong ! Il est six heures ! »

Alors les « invités » sortaient encadrés par les lycéens, en enjambant sacs de couchage, bouteilles d'eau en plastique, paquets de vêtements sales, feuilles de platane jonchant le sol, tracts et affiches roulées. Parvenus aux grilles, nous insultions les cars de police qui avaient encerclé la place de Mai.

« Hersent, dans ton cul ! » On levait le poing. « T'es foutu, le peuple est dans la rue ! »

Estelle avait transformé les veillées en *soirées*. Une fois les DJ de Milières installés dans le grand hall en tant que « résidents », nous avons éventré puis abattu les distributeurs de barres et de boissons — celui de préservatifs était hors service. Des fils électriques pendaient dans le vide depuis le premier étage, l'escalier croulait sous les caisses de chips saveur barbecue ou de bières achetées dans les épiceries de la Queue-de-Mornay. On trouvait des disques de funk, du Zapp et du George Clinton sur de larges tables à tréteaux. À la nuit tombée, tout le lycée débordait de basses, de discussions et de couples enlacés — jusqu'à épuisement.

Certains ont crié : « On s'arrêtera quand on aura crevé ! »

Quelqu'un a beuglé dans l'escalier : « C'est déjà fait… »

J'ai rigolé.

Estelle et Faber tournaient en permanence d'un bâtiment à l'autre et saluaient les troupes comme un couple princier.

Moi, j'ai rassemblé mes cheveux qui avaient poussé en queue-de-cheval : il paraît que ça m'allait bien. Mais je me trimballais en survêt' sans faire attention, me laissant draguer par les garçons comme on s'endort, avec plaisir et sans s'en rendre compte. Je me revois le soir, assise sur le carrelage près du grand pilier central bleu — me disant que je ne redeviendrais jamais une élève normale dans ce foutu lycée, que plus personne n'accepterait d'aller en cours et d'obéir. J'ai pensé qu'on luttait pour nos retraites, mais qu'en réalité on ne travaillerait jamais — pas après ça. J'ai fermé les yeux.

« Une roulée ? »

C'était un pote de Pape qui avait toujours des attentions pour moi. Je l'ai remercié. Il a grimacé en s'asseyant près de moi. « Les courbatures ! » On a écouté Nas : « The World is Yours », en bâillant. L'air de rien, il a glissé sa main sur ma hanche et je n'ai pas fait un geste.

Au bout du couloir, je les voyais rire tous les deux dans le noir. Elle était pendue à son bras.

15

Estelle

«Viens... »

Estelle avait fumé.

« Ma mère est voyante. » Elle m'a entraîné dans le couloir. « Elle voit l'avenir. »

J'ai souri.

« C'est pas des conneries. Tu veux connaître ton avenir ? »

Je crois que jamais je n'ai été aussi heureux que les premiers jours de l'occupation, et ce n'est pas près de se reproduire. Estelle avait passé des heures à se laisser tresser les cheveux, toutes ses amies l'avaient entourée pour lui ratisser le crâne, en croisant ses mèches trois par trois. Surgissant au bout du couloir, elle avait voulu me faire la surprise. Une tête de Gorgone noire : j'avais cru voir pousser des serpents sur son crâne. Elle m'a demandé si ça me plaisait.

« C'est magnifique. Mais mon avis ne compte pas.

— Si. » Et elle m'a embrassé à pleine bouche.

Ce soir-là, elle m'a conduit jusqu'au petit passage secret, un trou dans la clôture entre les buissons à l'extrémité du parking, qui permettait de fuir en cas d'urgence vers le boulevard de Courtrai. Bras dessus, bras dessous, nous sommes sortis du lycée en état de siège. Son prétexte : « Il faut que tu voies ma mère. »

Premier jour de novembre. On percevait l'écho du sound system du lycée, mais l'air froid ralentissait la musique qui s'élevait de Janvier. À la sortie du Grand-Cours, Mornay semblait morne et massive, nous ne pesions pas bien lourd. Estelle n'a pas dit un mot jusqu'à l'entrée de Beaujour. Nous sommes passés devant la bibliothèque en réfection. Avons zigzagué entre les immeubles en étoiles, en quinconce. Son visage n'était pas du même genre de noir que celui de la nuit : la peau plutôt marron, reflets bleus, sans la moindre imperfection. Elle m'a montré son HLM.

« Faber, est-ce que tu m'aimes ? »

Les dents, les yeux blancs. J'ai bégayé :

« En gé… général ou main… aintenant ?

— Tout le temps. Tu m'aimes ou pas ?

— Je cr… crois.

— Tu ne sais pas ? » Elle a relevé le menton, pas vraiment déçue : « T'es pas obligé de répondre. Y a pas de problème. » D'humeur guillerette, elle a monté trois par trois les marches de l'escalier. Dans la cage, il faisait sombre et ça sentait mauvais. Devant moi les fesses d'Estelle qui me les présentait et me les retirait à chaque pas. Je n'ai pas tendu la main.

En ouvrant la porte de l'appartement, elle a murmuré : « Mama ? »

A prétendu que la lampe du plafond avait sauté, comme si elle préférait que tout reste à demi dans l'obscurité. A fait mine de passer en revue la chambre et la cuisine et s'est effondrée sur le canapé du salon, qu'elle a débarrassé d'un lion en peluche, d'une assiette en carton et d'un numéro de *Télé Z*, pour s'étirer. Elle était sportive, musclée des bras, des cuisses et du ventre. Mais toujours il y avait en elle cette langueur alourdissant les lèvres, les seins, les fesses et les mollets. Dans la pénombre, elle m'a fait signe de m'asseoir à son côté.

« Quelque chose à boire ? »

Je n'avais pas soif.

Estelle a pris mon poignet, en chuchotant qu'elle pouvait tout faire à la place de sa mère. Avec un air mystérieux : « Je suis un peu sorcière. »

Je n'ai pas manifesté d'incrédulité.

« Je peux lire les lignes de la main... » Du bout des doigts, elle a dessiné une sorte de chemin de fer sur ma paume, avant de descendre jusqu'à l'avant-bras, de glisser dans l'intérieur du bras. « Je sais lire très très loin... » A remonté sur mon épaule. Roulé la manche de mon tee-shirt, puis me l'a ôté d'un geste impatient. « La ligne de la nuque aussi... » Revenue devant moi, en remarquant que je frissonnais. « Et du torse... » Embrassant mon téton.

« Es... Estelle...

— Oui ? »

Je n'arrivais pas vraiment à l'exprimer. Je lui ai dit que je *voyais* ce qui allait se passer.

« Pas besoin de magie pour ça ! » Elle a ri.

Jamais je n'ai embrassé quelqu'un aussi longtemps. Elle m'a presque mangé l'intérieur de la bouche. Pendant ce temps-là, elle avait déboutonné sa chemise blanche et déposé mes mains sur l'agrafe de son soutien-gorge.

Comprimant ses seins contre les miens, elle a expiré le plus fort possible. Me suis trouvé plaqué le souffle court, dos sur le canapé. La lumière lointaine de l'entrée tombait sur ses larges épaules, creusées par une clavicule saillante. Je ne parvenais pas à voir sa gorge. Touchée seulement. Puis elle s'est relevée.

« Je reviens. »

Par pudeur, Estelle avait préféré retirer sa culotte dans la pièce voisine. Revenue entièrement nue, elle m'a aidé à baisser mon pantalon puis mon slip. Apparaissait par intermittence sa colonne en S. Ma peau mate avait blêmi. Avant d'y entrer, je n'ai pas perçu son sexe. Ni vu ni touché. Elle m'a caressé. J'ai essayé de lui rendre ce qu'elle me donnait. M'a enfilé en s'y reprenant à deux fois un préservatif. J'ai senti la chaleur irradier.

Voulu la prévenir. Impossible de parler.

Nous avons fait l'amour.

Au début, elle grimaçait, mais m'encourageait. Une main ferme contre les reins.

Voulu parler.

« Chut… »

Suis rentré. Très peu pourtant.

Elle s'est mordu les lèvres jusqu'au sang, n'a pas pu retenir un cri. Elle n'avait absolument aucun plaisir, j'en étais conscient.

Voulu arrêter, sortir.

Elle a dégluti, fermé les yeux, serré les dents.

« Continue. »

M'a demandé de rentrer plus rapidement, en espérant que ça passe.

Voulu être doux, je le jure. Mais je n'ai pas compris ce qui se passait au-dedans. Estelle a gémi. Posé une main contre mon thorax pour m'arrêter. Elle était au supplice.

M'a imploré.

Je ne savais pas quoi faire. Tenté de me retirer une

première fois. Une décharge d'électricité a parcouru mon sexe. Qui a arraché à Estelle une plainte misérable. Crispée, tordue sur le canapé fauve. Paraissait petite. Moi fort, extrêmement grand. Ses seins partaient de côté. La nuque tordue lui donnait l'allure d'un oiseau. J'ai senti mes yeux jaunir. Prendre la couleur de l'or. Refermés tout de suite. J'ai combattu. Mais Estelle a faibli.

« Faber, je t'en prie, ça brûle... »

Je ne voulais surtout pas la blesser. M'a retenu et a essayé. Endurant le mal. Sans même bouger, je haletais énorme et de guingois sur elle. J'ai vite joui.

Alors Estelle a hurlé.

Je ne me suis plus maîtrisé. Quelque chose m'a envahi. Souvenir, probablement. J'ai basculé sur le côté et n'ai plus fait attention à elle. Souvenir.

Ne pouvais plus me mentir. Me voyais tel que j'étais.

« Estelle, je me rappelle ! »

Et l'ai à peine entendue gémir : « Quoi ? » Repliant ses jambes contre son ventre, comme une enfant.

« Me rappelle... » Me suis tenu le sexe à deux mains. Chauffé à blanc. « Mes parents... Lorsque j'avais six ans. » J'ai pleuré. « Je les ai tués. Mon père avait posé les freins de la voiture. Je m'en souviens. Une Panhard. J'ai observé ses gestes. Quand il est parti je les ai refaits à l'envers. J'ai retiré les freins. Ils voulaient partir, ils voulaient m'abandonner. Je crois qu'ils avaient peur de moi. » Les sanglots ont cessé. « Je les ai punis. Ils se sont écrasés au premier tournant. Moi, j'étais resté dans la chambre. Je les avais entendus partir sans faire de bruit.

« J'ai tué mes parents. Oh, merde. »

J'étais en transe.

« Arrête... », Estelle s'est adressée à moi à travers un

brouillard noir. «Tu racontes n'importe quoi. T'avais six ans, un gosse ne peut pas faire ça.

— J'étais déjà beaucoup plus vieux que ça.» Je délirais. «Peut-être des siècles.»

Elle m'a filé un coup de pied dans le ventre dans l'espoir de me faire revenir à la surface.

«Faber, s'il te plaît! Arrête de délirer.»

J'ai rouvert les yeux.

«Quoi?

— Regarde.»

Plus rien n'était clair en moi. Je me suis figuré que le préservatif qu'elle tenait de la main gauche avait brûlé. Il m'avait semblé qu'il était noirâtre, presque charbonneux. Je voyais du sperme en couler, comme si de l'acide venait à peine de perforer la capote. Puis Estelle s'est palpé le ventre, coupée en deux.

«Merde, j'ai mal. Qu'est-ce que tu m'as fait?»

«Excuse-moi.» C'était la voix de l'enfant en moi.

M'écartant d'un violent coup de coude dans la gorge, elle s'est dégagée de mon étreinte.

«T'es qui, putain?»

Elle n'arrêtait pas de beugler. A échappé à la main que j'avais tendue en direction de sa cheville, pour la retenir. J'étais au sol et elle a écrasé ma tête du talon. J'ai juré. Après avoir ramassé la robe de chambre de sa mère, qui traînait sur le fauteuil club devant la télévision, elle a couru jusqu'à la porte de l'appartement.

«Estelle!»

Mais j'étais déjà seul, à poil, dégrisé, de l'eczéma sur le crâne.

16

Rumeurs

En compagnie d'autres grévistes j'ai assisté au discours du maire sur la Porte du Perche. Chassé de la place de Mai, il avait fait sécuriser toute la Porte, encadrée par des CRS, pour monter sur une tribune improvisée au milieu du rond-point fleuri, devant la vieille chauffagerie. Son intention était de s'adresser aux commerçants. Ils avaient baissé les rideaux de fer dans la crainte de la venue de casseurs.

J'avais dormi seule. Participé à deux rondes d'urgence, parce que Faber et Estelle étaient restés introuvables alors que se répandaient des rumeurs — infondées — d'assaut par les forces de l'ordre à l'aube.

En reniflant, parce que j'avais chopé la crève, j'attendais avec d'autres lycéens massés sur le trottoir du Petit-Cours, à une centaine de mètres des cars de gendarmerie bleus qui barraient l'accès au meeting. Nous étions là pour siffler Hersent.

Il est monté à la tribune en tenant par la main son fils de douze ans. Il l'a montré à la foule : «Voici l'avenir de Mornay ! » On a ri, ils ont applaudi. «Il faut appeler un chat un chat, et un voyou un voyou. Ceux qui ont pris en otage le lycée Janvier, ceux qui ont détruit les locaux, vandalisé les classes, les couloirs, les bureaux... » Le gosse, habillé en blanc, ressemblait à un enfant de chœur. « Nous les connaissons bien. » Applaudissements. « ... profitent de l'irresponsabilité de partis et de syndicats... » Huées. « ... qui prennent prétexte des enjeux d'avenir de notre pays pour envoyer des sauvageons... » Acclamations. «« ... manipulés... » Sa voix a dérapé dans les aigus.

« Hersent, on aura ta peau ! Facho ! »

Un frisson de crainte a parcouru l'épiderme de notre groupe lorsque deux rangées de policiers ont avancé.

J'ai reculé et me suis retrouvée collée contre Pape. À cet instant seulement, j'ai découvert qu'il était en train de discuter avec Estelle, que j'avais à peine reconnue. La fatigue semblait l'avoir vieillie. Je n'ai entendu que : « ... baisé avec lui... »

J'ai compris. Je n'ai même pas voulu écouter la suite. Je l'ai imaginé perdre sa virginité avec elle. Il ne la perdrait pas avec moi, et moi pas avec lui. Depuis qu'il m'avait sauvée de Romuald à l'école primaire, toute ma vie m'est revenue en mémoire, s'est roulée en boule et réduite à trois fois rien — une feuille de brouillon chiffonnée. Les mains dans les poches, j'ai couru aussi vite que possible en chialant à chaudes larmes comme une imbécile, et je suis rentrée chez mon père.

17

Ça tourne mal

Grâce aux informations que m'a fournies Madeleine après avoir quitté le mouvement (elle était passée chez moi pour s'excuser), grâce à ma lecture quotidienne de *La République de l'Hombre*, aux bruits qui circulaient alors et au récit de Pape ou de Chris quelques semaines plus tard, je possède une image incomplète mais cohérente de la chute de Faber à Janvier.

Tout a mal tourné en l'espace de deux semaines. Paradoxalement, les adultes et les organisations syndicales ont repris la main au moment même où les grandes manifestations ont agité la France, mobilisées à partir des assemblées intersecteurs et interentreprises, du 24 novembre jusqu'à la chute du Premier ministre Alain Juppé. Une fois le lycée déserté par Estelle et Maddie, Faber s'est enfermé dans son royaume. Il était seul. Les mecs de Beaujour ont commencé à se chauffer avec des lycéens qui venaient de Liserans. L'alcool et la fumette posaient problème : on disait que le lycée avait contracté des dettes auprès de dealers des quartiers. C'étaient probablement des racontars. Les fêtes ont dégénéré et beaucoup, aussi, se sont lassés. Il faisait froid, l'hiver venait. Ne sont restés dans la place que les plus motivés, les militants et les autonomes qui avaient l'intention d'en découdre avec la bleusaille.

D'après ce que je sais, Faber est devenu mauvais ; il s'est bagarré à plusieurs reprises avec d'autres, les soupçonnant de vouloir le doubler à la tête du comité d'occupation. Il a agressé le pote de Pape qui avait manifesté son intérêt pour Madeleine. Du coup, une partie des amis d'Estelle et de Pape (qui doutaient déjà de la poursuite du mouvement) se sont retirés. L'organisation laissait à désirer. Il a fallu chercher de la nourriture de plus en plus loin : les familles ne faisaient plus la cuisine pour les grévistes et les supérettes de la Queue-de-Mornay avaient fermé. Des bris de vitrine, des échauffourées — les commerçants ont refusé de vendre aux jeunes. La tension est montée. Plusieurs responsables de syndicats enseignants sont venus à Janvier dans l'espoir de reprendre les choses en main. Faber les a reçus à coups de pompe au cul.

Vaguement délirant, Faber a prétendu que les skins se préparaient à attaquer le lycée. Il l'a fait boucler à double tour puis a armé la vingtaine d'adolescents encore présents de lattes et de pieds de chaise.

À la chauffagerie, il y a donc eu une réunion au cours de laquelle (si j'en crois certains) le brun et le blond des JCR ont défendu Faber comme ils pouvaient mais ont dû céder devant la colère des représentants d'autres partis du collectif unitaire, qui avaient eu maille à partir avec ce « taré ». La CGT a réclamé qu'on le vire discrètement de Janvier, avant qu'il ne discrédite le mouvement et que les journalistes parisiens n'aient vent de la situation. Ils ont évoqué la possibilité d'envoyer leur service d'ordre régler son compte à ce petit con.

Finalement le grand blond a demandé à Pape ce qu'il pensait de la situation. En quelques mois, Pape avait mûri. Il réfléchissait avant de s'exprimer et se ralliait à des positions modérées. On lui a aussi demandé s'il avait envie de reprendre le lycée. Pape a été honnête : il ne voulait pas trahir son ami. Il a refusé.

Mais Estelle était là aussi. Il ne faut pas toujours se fier à ce qu'on dit, surtout lorsqu'il s'agit de rendre les filles responsables de la lâcheté des garçons. Cependant plusieurs personnes m'ont rapporté qu'Estelle aurait critiqué Faber et convaincu Pape de lui succéder à la tête du mouvement.

Ce dont je suis certain, c'est qu'à la troisième semaine de novembre, Faber s'est réveillé dans un lycée presque vide, en compagnie de Chris, Tom-Tom, Radégou et de trois autres paumés. Vers six heures du matin, il a erré dans les couloirs de Janvier ; tout le monde était parti, c'était la fin de la Zone d'autonomie.

18

Je vous le ramène

Dès que je l'ai appris par des amis de ma classe, aux premières heures de la journée, je me suis habillée : un fuseau noir, une brassière de sport, un vieux tee-shirt et un pull sombre. J'ai cherché une cagoule dans mes affaires d'hiver. Après avoir lacé mes Doc, j'ai quitté la maison et j'ai piqué un sprint jusqu'au lycée.

Du côté de la cité administrative, quelques riverains mal réveillés observaient le déploiement des forces de l'ordre devant les grilles de Janvier, dans la brume du petit matin. Ils avaient mobilisé une cinquantaine de CRS pour cinq ou six gamins.

Après avoir fait le tour par le boulevard de Courtrai, j'ai cherché l'entrée du passage secret entre les buissons, sous la clôture. J'ai rampé puis traversé le parking désert jonché de débris, de bouteilles de bière, de sacs-poubelle éventrés et de chaises cassées.

Je me doutais bien qu'il jouerait au dernier des Mohicans. Après avoir forcé la serrure d'une des portes latérales du bâtiment B, j'ai repoussé avec une force qui m'a moi-même étonnée le monticule de chaises et de tables interdisant encore l'accès aux salles. Enjambant les pièces de ce jeu de mikado, j'ai progressé comme sur un champ de bataille dans les couloirs de notre bon vieux lycée. En l'absence de chauffage, il était glacial. Murs couverts par les banderoles que j'avais moi-même fait peindre et accrocher, néons hésitants, portes forcées. En pénétrant dans le hall, j'ai eu l'impression de découvrir l'enfer déserté par ses habitants.

Ne restait que Faber devant l'amphi. Torse nu, grêlé de cicatrices. En train de préparer sa défense, derrière des rangées de fauteuils arrachés, des tableaux noirs en guise de bouclier. Occupé à trifouiller un groupe électrogène. Prêt à riposter aux CRS comme un guérillero éduqué par MacGyver. Je ne tenais pas à le voir foutre en l'air sa vie pour une telle connerie.

Je me suis approchée en silence. D'un bon coup de lampe torche sur le sommet du crâne, je l'ai assommé.

« Excuse-moi... »

J'ai cru que je ne parviendrais jamais à le soulever pour l'emporter loin d'ici.

Pourtant une puissance inconnue a envahi mes bras et durci mes biceps. Peut-être la peur, ou la rage d'une mère qui défend son enfant. Sans tarder je l'ai traîné jusqu'à la porte du bâtiment B. Jamais je n'aurais abandonné celui qui avait sauvé mon existence.

Dehors j'ai entendu sous le chuintement des gaz lacrymogènes que Chris et ses amis se rendaient, en piaillant. Tout juste le temps de porter Faber sur l'épaule à travers le parking. Peut-être était-il à moitié conscient. Il m'a semblé qu'il se laissait faire. Du moins une partie de lui — la bonne partie — m'autorisait-elle à le faire partir d'ici. J'ai gémi : j'avais mal aux bras et au cou ; mais je l'ai tout de même transporté jusqu'aux buissons, où j'ai pu reprendre enfin mon souffle.

Sur l'esplanade, un coup de sifflet a retenti et la charge a été donnée. La brume était basse. Derrière le rideau gris du brouillard, on entendait le roulement des matraques sur les boucliers.

J'ai pris Faber par la taille, j'ai soulevé ma cagoule et je lui ai dit : « Fais-moi confiance. »

En passant par les petites rues de la vieille ville, par la promenade le long de l'Hombre, la collégiale Saint-Jean, les Basses-Filles-de-Dieu jusqu'à la place de Foudre-Tonnerre et la rue d'Abondance, il m'a fallu une bonne heure et demie pour le pousser, le tirer et le soulever de terre. Lui qui était si maigre, il pesait vraiment un âne mort. Le soleil était déjà levé lorsqu'il a repris ses esprits en baragouinant dans des langues inconnues, que je le soupçonnais d'avoir inventées. Même dans une telle situation — surtout dans une telle situation, devrais-je dire — il avait le sens du spectacle. J'ai pensé que je venais peut-être de sauver le diable. Mais c'était mon ami et j'étais heureuse de le retrouver.

À mesure qu'il s'éveillait, les forces m'ont abandonnée.

Arrivée à la porte des Gardon, j'étais sur le point de m'évanouir. Lorsque Marthe m'a ouvert, j'ai juste eu le temps de dire : « Je vous le ramène. » Et je me suis évanouie.

19

Mornay l'éternelle

Quelques jours après le 15 décembre, lorsque le gouvernement a retiré son projet de réforme des retraites mais maintenu sa refonte de la Sécurité sociale, Georges Hersent a prononcé un discours fleuve sur la place de Mai. Pour la première fois depuis deux mois, je suis sorti en ville et mes parents aussi.

Hersent a salué «la victoire de l'éternelle Mornay» : «Le retour à l'ordre est acté. Notre cité est deux fois millénaire. Le village gaulois de Morn ! La ville latine d'Umbra ! La place forte d'Étiennes et de Charles VII. La ville consacrée du chanoine Fulgence. Celle du général d'Empire Janvier, du ministre de la Troisième République Octave-Joly… C'est notre ville et les puissances du désordre n'y peuvent rien. Les hommes passent, la ville demeure, et…»

Sur la place de Mai il s'est soudain mis à grêler. Mes parents ont couru se mettre à l'abri sur le boulevard de Courtrai. De mon côté, j'ai pris la direction de la rue d'Abondance.

20

De nouveau à trois contre le monde entier

Tandis que les grêlons cognaient fort contre la fenêtre en forme de hublot de notre chambre, j'ai posé mon menton sur le rebord du lit.

« Faber ?

— Mmmh. »

Il lisait allongé sur une couverture à carreaux écossais, à même le sol. Il dormait à côté de moi depuis près d'un mois. Je n'étais pas retournée chez mes parents et Marthe semblait soulagée que je reste auprès de lui : ma mission était de le « canaliser ».

En dépit du soutien de Balsance et de Fauré, Faber avait été exclu du lycée Janvier après le conseil de discipline de décembre. Il avait été contraint de rejoindre l'établissement de Liserans, au nord de la ville. C'était un lycée mi-urbain mi-rural de petits Blancs, d'après Faber, où il passait son temps à se battre. Régnait là-bas la petite bande de skins du département. Selon Basile, ces abrutis et Faber avaient un léger contentieux dont je n'avais pas connaissance. Pas un jour sans que le malheureux rentre à la maison l'œil au beurre noir, les joues tuméfiées et des bleus sous les côtes. Il ne laissait plus Marthe l'approcher.

Charge à moi de le calmer, de laver ses plaies, de les désinfecter et de le peinturlurer au mercurochrome. Je passais des heures à essayer de le convaincre de mettre des pansements — qu'il détestait parce qu'il ne supportait pas que la peau ne respire plus. Quant à faire un tour au cabinet Gallieni, ni lui ni moi n'en avions très envie : tout comme le maire, le docteur comptait au nombre des amants de ma mère.

Il est probable que le maire a expressément demandé au proviseur puis au recteur d'académie de virer Faber de Janvier. De l'envoyer se faire corriger à Liserans. Le leader des grèves de l'automne prenait cher, une fois l'hiver venu.

On a sonné.

J'ai ouvert à Basile.

« Salut. »

Marthe était partie à l'hôpital sud de Dorville rendre visite à Jean — qui avait des soucis au cœur et passait une batterie d'examens.

« Il est en haut. »

Nous sommes montés dans notre chambre au grenier.

C'était Noël. Le sac de couchage de Faber sentait le bouc. Des livres partout. Il a poussé le tas de bouquins avec le pied et on s'est assis sur le vieux tapis. Il faisait froid, mais il a tout de même ouvert pour fumer.

« Alors, Baz', qu'est-ce que tu nous racontes ? »

Visiblement heureux, Basile a enlevé ses lunettes pour les nettoyer avec le revers de sa chemise à carreaux.

« Ça va. »

On n'avait rien à faire, rien à se dire. Mais on a comaté un moment.

Basile et moi avons évoqué les profs de Janvier, Faber

ceux de Liserans. On a dit du mal des « autres » — ceux de notre génération. Pas un mot sur Chris, Pape ou Samira. Faber était de nouveau à nous, rien qu'à nous. Je me sentais bien. Basile a proposé d'aller chercher des bières, je me suis étirée comme un chat.

Notre ami a souri :

« Alors c'est comme avant. »

Basile et moi avons hoché la tête.

« Ouais.

— Rien que nous trois. »

De toutes nos forces, nous avons tenté d'y croire.

21

Lettres

Un trimestre a passé ainsi. Basile et moi n'étions plus personne au lycée Janvier. Faber souffrait le martyre à Liserans. Nous nous retrouvions chez les Gardon et nous parlions de nous venger.

Le nom qui revenait le plus souvent était celui du maire. Mais Faber évoquait parfois la possibilité de détruire la ville entière, jusqu'à ce qu'il ne reste plus qu'un cratère fumant en lieu et place de cette cité de merde. Hersent, c'était le trou du cul de Mornay. Mornay, le trou du cul de la France. Et la France, le trou du cul du monde.

Basile a demandé si Faber n'était pas sur le point de devenir un «terroriste», et on a convenu qu'entre justiciers et terroristes la différence tenait à ceux qui détenaient le pouvoir et nommaient les gens comme les choses : «Si le pouvoir t'appelle un "terroriste", je suppose que tu en deviens un», a conclu Faber.

J'étais contente de discuter, mais l'action me manquait. Je titillais Faber à ce sujet. Rétrospectivement, je me rends compte à quel point j'ai pu le pousser vers le pire, par esprit bravache.

Un jour de mars, alors qu'on en était réduits à attendre

dans la chambre à cause des giboulées, il a proposé «un petit atelier». Marthe et Jean étaient encore à la clinique pour un scanner — en se plaignant de ce qu'il fallait patienter des heures là-bas. Basile est donc parti chercher au rez-de-chaussée de vieux numéros de *La République de l'Hombre* dans la corbeille à journaux. J'ai sorti de ma trousse de la colle Uhu et des ciseaux, comme à l'école. Tout en tirant sur son joint, Faber a ouvert l'un de ses vieux cahiers à spirale et nous a expliqué le «symbole». À cause de la fumée et du chauffage à bloc, la chambre s'était transformée en sauna : Faber s'est mis en caleçon. Bien sûr, son corps était scarifié, mais nous en avions pris l'habitude. Nous l'avons observé tracer de la main gauche neuf cercles concentriques au stylo bic noir, avant de chapeauter le tout d'une couronne de flammes tricorne. Il a dessiné les cercles à main levée mais Basile, qui était particulièrement soigneux, a voulu lui prêter son compas.

«Non, il faut que ce soit tremblé.

— Et pourquoi trois flammes?

— Gros malin. Combien on est?»

Basile a acquiescé. «Et neuf cercles?

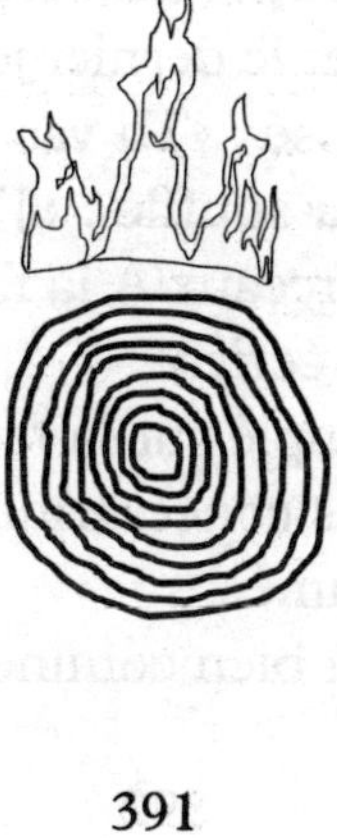

— C'est pour l'envoyer à Hersent?
— Oui. D'abord lui. Puis les autres.
— Pour les tuer?
— Pas forcément. Les détruire.»

Je me suis souvenue de Romuald et de notre ancien professeur, Mézières. Faber voulait passer à un niveau supérieur. Nous nous parlions au travers d'une sorte de brouillard délirant, qui était fort plaisant. Et notre ton grandiloquent d'adolescents sonnait très juste à nos oreilles.

«Moi, je voudrais bien buter ce connard qui baise ma mère», ai-je ajouté, histoire de voir si je pouvais entraîner Faber un peu plus loin. Il a hésité : «Tuer, ce n'est pas la question… Lui faire peur.» Mais j'avais envie qu'il me suive. Sans doute aussi que je voulais lui faire payer le fait de m'avoir trompée avec Estelle.

Je l'ai provoqué : «Tu n'aurais pas le courage de le tuer.»

«Qu'est-ce qu'on écrit?», a demandé Basile, le regard vague derrière ses grosses lunettes. Le malheureux… Les boutons lui dévoraient le visage. Et l'herbe lui donnait sommeil. «On va découper des lettres dans le journal?»

Faber a fini de rouler le dernier joint, avec deux feuilles en équerre. J'ai proposé : «Tu vas payer.» Je n'avais pas d'inspiration. Faber a soufflé : «J'attends/je suis/impatient/de te voir/en morceaux/À la fin.»

«C'est bizarrement écrit.»

Et puis on a contemplé sur la feuille blanche, pliée en quatre, les neuf cercles concentriques tremblés et la couronne tricorne enflammée.

«Peut-être que c'est bien comme ça.

— Personne ne va comprendre que c'est une menace de mort. Il n'y a rien d'écrit.

— Justement, ça fait plus peur.

— Ce n'est pas qu'une lettre de menace», a dit Faber, en me passant le joint. «Si quelqu'un d'autre que nous la reçoit, ce sera pour lui signifier sa mort, d'accord? Mais si c'est l'un de nous qui la reçoit, c'est qu'il s'agit d'un appel au secours. Pour toute notre vie. Si je reçois cette lettre, je saurai que vous êtes en danger. Alors je viendrai vous sauver.

— Et si c'est moi qui la reçois?

— Ou moi?

— C'est que j'aurai besoin de vous. Il faudra venir me chercher. Où que vous soyez, où que je sois. Même si on est séparés.

— On ne sera pas séparés.

— J'espère bien.»

Faber a souri. Ses dents n'étaient plus tout à fait blanches. Le tabac. «Et si quelqu'un d'autre que nous le sait, alors il faudra le tuer.»

On n'a plus rien dit.

«Même s'il l'apprend par accident?

— C'est pareil.

— Alors», je me suis penchée sur la feuille, «il faut tout de même écrire quelque chose.

— *Mort bientôt.*

— Pourquoi?

— Celui qui la reçoit va mourir bientôt. Ou bien c'est celui qui l'envoie qui est en danger.»

Basile s'est occupé des consonnes, moi des voyelles. Faber a dessiné le symbole sur une dizaine de feuilles blanches, systématiquement pliées en quatre. Les lettres du journal noircissaient le bout de nos doigts et la colle a séché. Mes cheveux longs et lisses, comme dans les années soixante-dix, me tombaient sur les reins ou au creux de mon ventre nu. Les garçons ont fini de fumer. Autour de nous, il y avait des pages et des pages de :

MOrT biEnTôt

Finalement, on s'est endormis.

Sans en avoir pris conscience, nous nous sommes enlacés tous les trois. Sur le parquet sale de la chambre, le tapis roulé dans un coin, Faber était allongé sur le flanc, la chemise relevée. Je l'avais entouré de mes bras, de mes cuisses. Basile m'avait attrapée par la taille, la tête posée contre mes seins. Il s'était glissé entre ma poitrine et le dos de Faber, en lui tenant les mains. Moi, j'étais plus ou moins nue. À force de contorsions, nous avions fini par former un triangle parfait, de telle sorte que chacun pouvait se blottir contre les deux autres. Avec lenteur, nous avons fait semblant de nous assoupir, puis nous nous sommes laissés prendre par le sommeil pour de bon, à mesure que le soir tombait. Le cendrier s'était éteint. Par la fenêtre entrouverte, l'air frais du soir se perdait dans l'atmosphère enfumée de la chambre — et inversement. L'un dans l'autre, on ne savait plus ce qui était dehors, ce qui était dedans.

Vers vingt heures, c'est dans cet état que Marthe nous a trouvés : nus, culotte et caleçons baissés, emboutis comme des bêtes, de l'herbe, de la colle, des ciseaux et des lettres anonymes à nos pieds. Choquée par la scène, elle a porté la main à la bouche. Surtout elle a ramassé les papiers et elle a deviné à quel jeu idiot nous nous étions livrés.

Rarement j'ai eu honte à ce point. Marthe m'appréciait et comptait sur mon influence bénéfique, depuis que j'habitais chez eux, pour aider Faber à traverser ces «moments difficiles». D'une certaine manière je l'avais trahie elle aussi. Comment la douce Maddie avait-elle pu s'exposer à son regard sans soutien-gorge, enlaçant Faber et Basile les yeux clos, avec des manières de droguée? La chambre puait la beuh. Marthe m'a réveillée la première, parce que les femmes se levaient toujours avant les hommes le matin, dans son esprit. Mon réflexe initial a été de me couvrir les seins, la bouche pâteuse, et de bafouiller qu'on avait «un peu bu». Elle ne m'a pas cru. A ouvert la fenêtre en grand, pour faire «partir le mal».

«Qu'est-ce que c'est que ça, Madeleine?»

En chuchotant, elle a secoué devant moi, qui remontais ma culotte, les feuilles pliées en quatre, sur lesquelles avaient été tracés les neuf cercles et la couronne enflammée, sous les mots : «*Mort bientôt*». M'a demandé de réveiller les garçons.

Dans le froid, il a fallu descendre tête basse jusqu'au jardinet qui commençait à se couvrir de givre. Promettre de ne jamais recommencer. Rouler toutes les lettres en boule, sur le tas de fumier amoncelé quelques jours plus tôt par Jean. Allumer le feu et le nourrir, avec le râteau. Regarder partir en fumée nos lettres, nos menaces de mort et nos appels au secours.

Basile a demandé la permission de rentrer chez lui. Faber et moi sommes restés jusqu'à l'extinction complète du bûcher. Mon nez coulait, j'avais attrapé froid. Alors j'ai noué mes longs cheveux en écharpe autour de mon cou. Les yeux de Faber se sont éteints avec le feu.

Des cendres, c'est tout ce qui restait. Exception faite de Marthe, personne n'a jamais eu connaissance ni des lettres ni de notre signe de reconnaissance.

22

Cloîtré

Trois ou quatre jours plus tard, Jean est rentré de l'hôpital.

C'était le début des beaux jours. Je me trouvais dans le jardin, occupée à réviser le cours de Balsance en écoutant la radio sur le poste à piles de Marthe, lorsque j'ai entendu claquer la portière de la Lada. Marthe suppliait Jean, mais je ne comprenais pas un mot de sa tirade lointaine. Puis il y a eu beaucoup de bruit : des casseroles, des clous, des cris.

J'ai posé sur le transat le manuel de français. J'ai couru vers la cuisine, en remontant la volée de marches qui longeait la rangée de bégonias tout juste repiqués. Dans la maison, Jean repoussait Marthe, qui était tombée à genoux. À la main, il tenait un fusil de chasse Beretta, en hurlant que le semi-automatique était chargé. Clopinant jusqu'à l'escalier l'arme à la main, il a ensuite traîné une caisse à outils métallique au bout de son crochet.

En sanglots, Marthe m'a expliqué la situation.

À la clinique, Jean avait appris par de vieux amis que Faber dealait à la sortie du lycée de Liserans. C'était le moyen pour lui de se remettre une partie des élèves dans la poche. De la drogue… Édith en était morte et Jean pouvait probablement tout accepter, sauf ça. À Dorville, Jean avait acheté un .22 long rifle grâce à son permis de chasse. Maintenant il menaçait toute la maisonnée, le doigt sur la gâchette. Dans l'escalier, la carabine plaquée contre le flanc droit, il est monté tout en m'intimant l'ordre de ne pas le suivre. Impossible de lui parler.

Je ne sais pas exactement ce qui s'est passé lorsqu'il a ouvert la porte en contreplaqué de la chambre. Sans doute Faber n'avait-il rien entendu : la musique était à fond. Et il a vu entrer son père d'adoption une arme à la main, pointée vers lui. Certains vaisseaux du visage de Jean avaient cédé, lui donnant un teint violacé. Qu'est-ce qu'a bien pu penser Faber ?

Un coup de feu.

Trois par trois, j'ai grimpé les marches de l'escalier étroit jusqu'aux combles. J'ai hurlé à Marthe de prévenir Basile.

Mais Jean n'avait pas blessé Faber — pour le tenir en respect, il avait tiré dans son vieux sac de couchage, troué par un petit cratère fumant, le tissu noirci. La balle avait traversé le plancher. Comme s'il avait bu, Jean a baragouiné : « Peux pas… »

Faber n'a pas esquissé le moindre geste. Jean a refermé la porte de la chambre, avant d'entreprendre d'en barricader l'accès. Des planches d'un bon tiers de centimètre en travers de l'entrée. De l'autre côté, il m'a semblé entendre Faber geindre.

« Jean… S'il vous plaît. »

Rechargeant le fusil, il m'a donné l'ordre de reculer. Puis a poursuivi son travail.

Quand Basile a débarqué en vélo, Jean avait déjà dressé

l'échelle depuis le balcon du premier. Et il tambourinait au marteau sur des madriers, au moyen desquels il avait fini d'occulter le petit hublot du grenier.

Le voisin est sorti mais n'a rien dit. Dans la rue, on n'entendait que les cris irréguliers de Marthe et le bruit métronomique du marteau.

À la tombée de la nuit, Jean a entamé des rondes sans lâcher son fusil. Il nous a maintenus à distance respectable dans la rue d'Abondance. Derrière la porte vitrée, on le voyait repousser Marthe dès qu'elle s'approchait de lui, les mains jointes. Puis il est rentré : Jean a poussé son fauteuil en velours jusqu'au vestibule, au pied de l'escalier menant au grenier. Une boîte de cartouches sur les genoux, il s'est assis.

Les bras croisés et les pieds dans le caniveau à la lueur du réverbère, Basile et moi avons contemplé la cage dans laquelle était maintenant cloîtré notre ami : la chambre où nous avions passé toute notre enfance.

Lorsque les bruits de la ville et de la gare se sont éteints, nous avons entendu monter un grincement — Basile a parlé d'un bruit *qui faisait la grimace*, c'était exactement ça. On aurait dit du métal qui pleurait, derrière les planches à l'étage de la maison des Gardon. Nous avons réalisé qu'il était prisonnier, sans eau et sans nourriture, sans air ni lumière, sous les toits. Perché là-haut, il tiendrait quelques jours. Mais si Jean ne changeait pas d'avis… J'ai frissonné. Il ne voulait pas le punir, il voulait le faire mourir. Jean s'était convaincu à son tour qu'il avait logé et nourri un démon. Une voix s'est répandue dans le ciel nocturne — un *lamento*.

Le bruit n'a pas gagné en intensité. Ça aurait tout aussi bien pu être le piaillement d'un oiseau blessé. Ou la rencontre entre le vent et le métal rouillé d'un grillage. Comme la brise changeante soufflait dans toutes les directions, il était impossible de localiser l'origine du grincement — partout, nulle part.

Des larmes avaient roulé sur les joues de Basile : «Maddie», m'a-t-il dit, «il faut le libérer. Ensuite, il s'en ira.»

23

Sauver et punir

Jean s'endormait systématiquement avant la fin des téléfilms, vers vingt-deux heures. Nous le savions : le vieux n'avait pas l'habitude de veiller.

Enjambant la clôture des voisins, Basile a piétiné les plates-bandes de leur jardin, avant d'escalader le muret et de ramper sur le toit de la véranda en alu et en bois. De mon côté, j'ai frappé trois fois à la porte d'entrée. Jean a entrouvert, le canon glissé dans l'embrasure. Sa détermination avait failli, il a pris l'air déconfit et son unique main tremblait. Le temps que Basile avance en silence dans le salon, je lui ai dit deux mots. Dans son dos, Basile a attrapé le lourd bibelot en forme de chat et l'a étourdi d'un grand coup. L'énorme félin de faïence s'est brisé sur le sol du vestibule, au pied du portemanteau.

« Je lui ai fait mal ?

— Ne t'inquiète pas. »

Il a décroché la chaînette de sécurité. Me suis glissée dans l'entrée, en prenant soin de ramasser le fusil.

« Planque-le dans la petite maison. »

Puis j'ai rassis Jean, inconscient, sur la chaise — vérifié le pouls, son cœur battait.

« Marthe ? »

M'orientant sans difficulté dans la maison familière, j'ai buté contre l'amoncellement inhabituel d'outils, de planches. La porte de la chambre des Gardon fermée. À l'intérieur, pas un bruit. J'ai attendu d'entendre Marthe remuer sur le grand lit, pour m'assurer qu'elle était toujours en vie. Puis Basile est revenu du jardin et nous avons commencé notre ascension de l'escalier.

Des combles s'échappaient le bruit sourd du bois qui craquait, d'objets qui chutaient, le crissement et le choc étouffé de masses. Qu'est-ce qui se passait ? À l'aide de la pince-monseigneur de Jean, nous avons retiré à la hâte les clous des barres disposées en X qui condamnaient l'entrée.

Nous avons poussé le battant : au-dedans, il faisait nuit. Torse nu, Faber se tenait au centre de la chambre, qu'il avait ravagée. Le globe terrestre crevé. Le matelas éventré. Les draps mordus, déchirés. Le parquet déboîté lame par lame. Plus une chaise, pas de bureau. Un monticule de bois à brûler. Tout ce qui était métallique avait été tordu. Tout ce qui était en tissu, déchiqueté.

« Je vous attendais. »

Les yeux jaunes dans le noir. Mon Dieu, ce que j'ai regretté d'avoir voulu le sortir de là.

De la trousse de son sac de classe, il avait extirpé un cutter bleu pâle à molette jaune. Il saignait du torse.

Pas le temps de le suivre des yeux, déjà il était passé devant moi dans l'escalier. Je ne l'avais même pas vu le descendre qu'il était en bas. Il a contemplé Jean, la tête affalée sur l'épaule.

« Il n'est pas mort ?

— Non ! », me suis-je exclamé.

Il a eu l'air soulagé : il l'aimait. Puis il a bondi hors de la maison des Gardon.

Basile et moi courions derrière lui : « Où est-ce que tu vas ? »

En marchant à grandes enjambées en direction du centre-ville, à l'écart de la lumière des réverbères, il s'est tourné vers moi : « Tu m'as dit que le maire la retrouvait là-bas, le soir ?

— Hersent ? »

J'étais à bout de souffle et Basile avait un peu d'asthme.

« Oui.

— Dans le jardin de l'Évêché. »

Faber s'est engagé sur les bords mordorés de l'Hombre.

« Il faut que tu partes...

— Il faut le punir d'abord.

— Punir qui ? Hersent ? Écoute, il faut que tu t'en ailles... »

Il ne m'a pas écoutée. Je crois qu'il était tout simplement furieux que nous, ses amis, l'ayons sauvé. Pas un merci. Il ne pouvait supporter d'être en dette et n'avait qu'une idée en tête : reprendre l'initiative, être le chef, nous montrer qu'il était toujours le premier. Il aurait voulu rester pour toujours celui qui nous avait sortis de l'emprise de Romu, de Mézières, celui qui menait la révolution, châtiait les méchants et justifiait nos vies. Comment accepter de nous devoir sa liberté ? J'aurais aimé lui dire que je ne lui avais pas rendu ce qu'il m'avait donné, que je ne pourrais jamais le rembourser, que je resterais à jamais son obligée — mais son orgueil était à l'image de son intelligence, infini sans être aveugle et si je lui avais tenu ce discours, il aurait compris que ce n'était pas vrai. Il aurait pensé que je cherchais à le consoler. Il aurait reconnu qu'il n'était déjà plus notre petit maître. Et il n'aurait pas supporté de le lire dans mes yeux.

C'est ce qui l'a conduit à la folie.

24

Je me souviens de tout

Après avoir piétiné la pelouse au milieu de laquelle un chemin de gravier dessinait un labyrinthe au pied de la cathédrale, nous avons tourné en rond durant une dizaine de minutes. Il faisait complètement noir : l'éclairage de la cathédrale était tombé en panne à la suite des orages de la fin mars. Nulle âme qui vive.

Je peux me rappeler ce qui est arrivé, mais pas pourquoi ni comment. Ni ce que j'ai pensé ni ce que j'ai senti. J'en voulais évidemment au monde entier, Madeleine et Basile compris. J'aurais bien aimé me débarrasser de ce qu'il y avait de mauvais en moi. Mais si j'en faisais abstraction, il ne restait plus rien.

Pour ne pas perdre Basile et Maddie, il fallait que s'accomplisse quelque chose et j'étais condamné à un acte de plus en plus grand, de plus en plus grave. Je tenais le cutter à la main et je n'avais pas peur. Depuis toujours, j'aimais saigner du dos ou du flanc dès que je devais me concentrer. Faute de quoi mon attention se perdait dans les détails. Je m'étais légèrement entaillé l'épiderme et la douleur me tenait éveillé, enfermé en moi et à l'affût. Je crois que je me suis convaincu que si je ne battais pas quelqu'un dans l'heure qui venait, il faudrait m'avouer battu.

M'habitait une irrépressible envie de tout détruire. Dans un état second, je sautillais au milieu du jardin de l'Évêché. Au cours de telles crises, de démence ou de lucidité, je savais qui j'étais. Je me connaissais. J'avais vu Dieu, j'avais été son fils préféré avant la naissance de son fils unique. J'ai déclaré aux autres que je m'apprêtais à faire du mal au maire de cette ville. Non pas seulement parce qu'il était la cause de ma chute, de mon renvoi et du divorce des parents de Madeleine, mais parce qu'il *était* la ville. Je ne sais plus vraiment si j'avais l'intention de le tuer, dans mon délire. Mais quelle autre solution ? Par intermittence dans mon existence, j'avais tenté de construire une amitié. Mais elle ne tenait qu'à leur fascination pour moi. Et leur fascination était un monstre à l'appétit grandissant, qui attendait année après année des *preuves*. Il n'y avait d'autre issue que la déception. Je ne pouvais que décevoir, c'est-à-dire tomber dans leur estime. Je volais encore, mais le sol était proche. Je le sentais venir.

Le fond.

«Je crois que c'est elle», a chuchoté Madeleine, qui avait froid et qui toussait en essayant de produire le moins de bruit possible. Bien sûr, j'aurais voulu être bon : la protéger, lui prêter mon pull si j'en avais eu un, tomber malade à sa place. Mais j'étais torse nu et je n'avais plus rien à lui donner.

«Madame Olsen ?»

J'ai fait taire Basile. Lui aussi, je l'aimais. Il m'avait suivi, il m'avait cru.

Une silhouette féminine qui ressemblait à celle de

Madeleine en plus affirmée a descendu la sente qui menait à l'Hombre, en cheminant derrière les cônes de végétation.

« Il n'est pas loin. »

À ma grande surprise, Madeleine m'a suivi dans la folie et m'a pris par le bras. Livide, crachant sa haine, elle m'a imité.

« Je veux le buter. »

J'ai humé l'air dans le vent changeant. Apeuré, Basile avait envie de pisser et je sentais l'odeur de vinaigre de sa transpiration près de moi.

« Je veux le buter », a répété Maddie.

La détermination de Madeleine m'a fait douter. Elle n'était pas destinée à ça. La voir et l'entendre parler comme moi m'affaiblissait. Ce n'était qu'une adolescente fragile et sensible, sur le point de poignarder l'amant de sa mère. Un misérable drame de province, vingt ans de prison. Est-ce qu'elle était prête à faire ça pour moi ?

Vaguement, j'ai pris conscience de ce que je m'apprêtais à perdre. Les plaisirs de la vie humaine que mes amis m'avaient offerts durant sept à huit années : l'odeur du blé dans la cabane, du bois verni des tables du Khédive, de la fraîcheur du béton dans le garage de Basile, des après-midi avec lui et Maddie. Il m'a semblé que jamais, dans aucun monde possible, ça n'aurait pu durer. Nous étions destinés à être adultes. Eux le deviendraient. Moi pas : j'étais éternel.

C'est pourquoi j'ai préféré éviter à Madeleine de commettre la faute qui n'appartenait qu'à moi. Lorsque l'ombre tremblante de Georges Hersent s'est détachée sur le grand mur de l'escalier, à la faible lumière de la collégiale, j'ai vu Maddie ramasser une grosse pierre ovale. Mais c'était à moi de m'en charger.

Surveillant Madeleine, puis la bousculant et la jetant à terre, à peine ai-je prêté attention à la silhouette du maire. Sans même plus croire à ce que je faisais, je me suis enfoncé dans l'homme, le cutter au poing.

Tout y était mou.

Il y a eu un « Oh ! ». C'est tout ce qui me revient. Je vois le début, je vois la fin, mais l'événement n'a pas de milieu. Je venais de plonger la lame dans la poitrine, une fois, et dans la gorge, deux fois. Un bras faible se levait vers mon visage lorsqu'en lieu et place d'une main, j'ai reconnu le crochet.

« Non. »

Jean a gémi. Il s'est tu.

Il ne s'était pas défendu. Venu sans arme. Il nous avait probablement suivis et s'était perdu. Que sais-je ?

J'ai lâché le cutter sur la pelouse. Basile ne parvenait plus à respirer. J'ai cru qu'il allait crever à son tour. Tendu le bras vers lui, qui m'a repoussé. A trébuché. S'est relevé. A couru. Enfui. Il aura fallu une quinzaine d'années pour que je le revoie, après cette nuit-là.

Madeleine est restée.

Elle m'a regardé avec effroi comme si j'étais l'unique responsable. J'ai su que je devrais porter la faute sans pouvoir la partager. Exactement ce que j'attendais.

« Pourquoi m'avoir fait sortir ?... », aurais-je voulu lui demander. Peine perdue : j'étais d'un côté, elle de l'autre. Et si elle m'a aidé par la suite, c'est depuis l'autre rive.

Je me tenais prostré, les yeux éteints et les bras ballants au-dessus du petit corps trop lourd de Jean. Madeleine m'a poussé dans le buisson épais et piquant, puis m'a demandé d'attendre.

Passé presque une heure avec le cadavre à côté de moi. Sous le massif urticant où pissaient les ivrognes du samedi soir, en revenant de la sente de la Besace.

25

Quelle bonne fille tu fais

Une fois Faber à l'abri, j'ai couru le plus vite que j'ai pu jusqu'à sa rue.

Au bord de l'Hombre les colombages des maisons tissaient comme des bas résilles aux murs jaunis des demeures. Les yeux creux des fenêtres encaissées faisaient ressembler les bicoques à des vieilles femmes aguicheuses. Je traversais un cauchemar sans en sortir jamais.

En sueur et frissonnant de froid, j'ai trouvé la porte des Gardon fermée. Il m'a fallu tambouriner contre la porte et taper à grands coups de pied contre le battant pour qu'il cède enfin.

« Marthe ! »

Elle se tenait droite, tout habillée. Le châle que Faber lui avait offert sur les épaules. En robe à fleurs et chandail beige. Les cheveux gris maintenus par un chignon.

« Il est arrivé un accident… »

J'ai pleuré entre ses bras.

Elle s'en doutait, a empoché les clefs de la Lada blanche, puis est sortie de la maison sans dire un mot.

Sur le boulevard de Courtrai, Marthe a écouté mon récit chaotique, entrecoupé de sanglots.

«Mon Dieu.» Après s'être signée, elle a dit : «Maintenant il faut le sauver.

— Il est mort, Marthe !

— Non, pas lui. Le petit.»

Je pleurais sans discontinuer, comme si j'espérais me noyer dans une mer de larmes, me dissoudre dans la peine et disparaître de la réalité. Dans un état second, j'ai pourtant aidé Marthe.

Dès son arrivée dans le jardin, elle a pris Faber dans ses bras pour le rassurer. Il tremblait. Ce n'est qu'après l'avoir bercé et lui avoir caressé le visage qu'elle s'est penchée et qu'elle a refermé les yeux de son époux, allongé sous le bosquet épineux. Ramassant le cutter jaune et bleu, elle l'a essuyé contre son tablier à carreaux vichy. A pris grand soin de laisser au creux de la paume de ses mains des traces du sang de son Jean. Ensuite elle s'est relevée, gênée par les courbatures, et nous a ordonné de filer. Sur-le-champ.

«Marthe…

— Tu obéis», m'a-t-elle dit. «Tu rentres à la maison et lui aussi. Il faut vous coucher.»

Avant de me confier Faber, qui tenait à peine sur ses pieds, elle m'a retenue par la nuque et m'a soufflé : «Madeleine, quelle bonne fille tu fais.»

26

L'oubli

Le printemps 1996 à Mornay fut marqué par l'affaire Gardon : le meurtre de Jean par son épouse Marthe à la suite d'une dispute nocturne. *La République de l'Hombre* a dressé semaine après semaine le portrait de ces deux retraités tranquilles qui avaient adopté un enfant de la DDASS : appréciés de leurs voisins, s'occupant volontiers des plates-bandes du quartier. La veuve ne s'est jamais défendue. Les voisins les avaient entendus se disputer à propos de leur fils. Et puis la vieille dame avait téléphoné à la police après avoir tué son époux dans un jardin du bord de l'Hombre dans un accès de colère, tandis qu'ils étaient partis à la recherche de leur fils, qui venait de fuguer pour la énième fois.

Je n'ai pas eu le cœur de m'intéresser à ce qui a suivi. Je suis redevenu un adolescent et j'ai renoué avec mes parents. J'ai tenté de reprendre le fil des cours au lycée. À la fin de l'année, j'ai redoublé.

En juin, Marthe, qui était écrouée à Poterne, à une trentaine de kilomètres de Mornay, est morte d'épuisement. Dans la nuit, le cœur a lâché d'un seul coup. L'affaire a été classée par le procureur et Faber a été invité par les services sociaux à choisir un internat pour l'année suivante. Il avait promis à Madeleine de rester à Mornay. Tous les deux ont vécu jusqu'en juillet dans l'ancienne maison, vide, des Gardon. Aux yeux de l'administration, Faber était censé être temporairement pris en charge par M. Olsen, le père de Maddie.

Lors de l'enterrement de Marthe au cimetière des Sarments, je n'étais pas présent. J'ai passé tout l'été chez ma tante Bernadette à Auch, puis chez mes grands-parents vers Bordeaux. J'ai alors consigné par écrit l'intégralité des événements dont j'avais été le témoin. J'ai aussi recopié les lettres anonymes, retranscrit les paroles, les plans, les dessins de Faber, pour m'en souvenir.

Tout est là.

Contraint de garder le silence, j'étais tenaillé par l'envie de revoir Faber une dernière fois. Mais surtout rongé par le désir de me venger, de faire souffrir mon ancien ami, de le punir. Je n'ai pas renoncé à cette intention, loin de là. Je crois qu'aujourd'hui il paie encore pour ce qu'il a fait. S'il est bien le diable qu'il prétend être, il souffre pour nous tous.

En septembre, j'ai pris la décision de mettre mes notes de côté, dans une pochette cartonnée, avec l'espoir de transfigurer un jour ce matériau épars en roman.

À force de sérieux, je suis devenu un élève moyen, puis bon. Balsance m'a beaucoup soutenu. À la fin de l'année de terminale, titulaire d'un bac L mention bien, je me suis inscrit en fac de lettres à la Sorbonne.

Durant quelques années, j'ai tout oublié.

27
Adulte

Je l'ai supplié de ne pas me laisser seule.

Mais, sous le prétexte de la vague présence d'une sœur de Jean près de Toulouse, à Balma, Faber avait demandé à l'administration à partir en internat là-bas — c'est-à-dire le plus loin possible de moi. Il avait pourtant promis de me protéger.

Comme je ne voulais à aucun prix revenir habiter chez maman ou chez papa, j'ai rempli les papiers pour devenir interne à Janvier. On m'a accordé une chambrette en compagnie d'une lycéenne étrangère, dans le bâtiment triste et ripoliné donnant sur la Queue-de-Mornay. Sur la façade, une fresque représentait l'histoire de Mornay, des Gaulois à la guerre de 14, résistant infailliblement à l'ennemi.

Durant les vacances d'été, Faber m'a emmenée en Bretagne. Nous avons campé dans les Côtes-d'Armor. Jamais nous n'avons reparlé de ce qui s'était passé dans le jardin de l'Évêché. Je lui ai proposé de passer au cimetière avant de prendre le train Corail pour Saint-Brieuc, mais il n'a pas voulu.

De septembre à juin en première ES, je n'ai vécu que

dans l'attente de ses coups de fil, chaque soir. Je me plaignais de ma coloc' qui laissait la salle d'eau dégueulasse, qui ronflait et parlait fort au téléphone. Lui avait repris un peu de contenance. Il me faisait rire, me racontait qu'il passait son temps au bord de la Garonne, sur le quai de la Daurade, en compagnie de marginaux, de clodos avec lesquels il avait sympathisé. Il semblait seul — encore plus que moi. Comme toujours dans ces cas-là, il parlait peu de lui mais beaucoup de politique.

Je lui écrivais de longues lettres et il me répondait, à cette époque. Pour les vacances je le rejoignais par le TGV dont la ligne grande vitesse s'arrêtait à Poitiers. C'était long. Afin d'acheter les billets, j'économisais ce que je gagnais le week-end en travaillant comme serveuse dans un pub irlandais du marché aux Fleurs.

Après Noël, nous sommes sortis ensemble pour de bon — au sens précis où je pouvais lui prendre la main et où j'avais le droit de dire à ma coloc' que mon «copain» allait appeler. Pas plus. Je pouvais l'embrasser, mais sans ouvrir la bouche. Il prétendait que ses organes m'auraient brûlée vive. Donc nous n'avons jamais fait l'amour, et j'en ai énormément souffert. J'ai cru qu'il ne me désirait pas : j'ai maigri, j'ai grossi — en vain. Je savais qu'il ne fallait pas aborder le sujet, sous peine de le perdre tout à fait. Nous sommes demeurés chastes. J'aurais voulu coucher avec lui une fois au moins, mais il craignait de me faire du mal, alors que j'avais l'impression qu'il refusait de me faire du bien.

Tous les quinze jours, je me chargeais de fleurir la tombe de Marthe et celle de Jean.

Les mois ont passé. Faber appelait de moins en moins. Je bénéficiais pourtant d'une chambre individuelle, désormais, et j'avais la possibilité de le faire venir pour dormir. Mais il esquivait mes appels du pied. Un beau jour, en avril ou en mai, je n'ai plus réussi du tout à le joindre au numéro qu'il m'avait laissé. Après le bac, que j'ai obtenu sans gloire mais sans effort non plus, je suis partie pour une dizaine de jours à sa recherche dans le quartier du Mirail à Toulouse. Je possédais un joli photomaton de lui et j'ai fait le tour de ses copains, quelques militants d'extrême gauche.

Au bout du compte, on m'a simplement dit avec un air grave et concerné, sous le sceau du secret : « Il est passé dans la clandestinité. » Il était ici ou là — peut-être même ailleurs.

Le salaud.

Durant un an, j'ai dépéri. J'ai fait une dépression. J'ai maigri et fini seule à hurler de rage dans mon lit. C'est Basile qui m'a trouvée dans cet état et qui a obtenu mon hospitalisation. Petit à petit, j'ai récupéré. J'ai fait le deuil de ce qu'il avait été pour moi — presque tout — et de ce que j'avais été pour lui — presque rien. Pour nous reconstruire, avec Basile nous sommes devenus amis, *vraiment* amis. Je me suis sentie adulte et les cauchemars, à défaut de disparaître tout à fait, se sont atténués. Les contours sont devenus plus flous et les substances moins fermes : paysages et visages se sont confondus, entre la silhouette d'Estelle, le lycée Janvier désert, la cabane dans les champs et la tête de Jean Gardon mort. Rien ne m'a tout à fait quittée mais, comme on dit, c'est passé. De manière imprévue, ma mère s'est rapprochée de moi et m'a réorientée. J'ai appris à la comprendre, à lui pardonner et elle m'a aidé à tenir le coup en PCEM 1, première année de médecine. Nous avons bachoté à deux ; je suis montée à Paris en deuxième année, puis en pharmacie à Châtenay-Malabris. Je n'aurais jamais imaginé marcher dans les pas de ma mère, mais il m'est apparu que hors de ce chemin c'était pour moi l'abîme. Et j'ai fini par aimer sincèrement la pharmacologie, par vouloir aider et soigner les gens. Au terme du deuxième cycle, lors d'une soirée entre filles dans un bar de la rue de Lappe, j'ai rencontré Fabien Coutadeur. Il a su me parler.

Pourtant je n'ai jamais cessé de penser à Faber. Je n'ai jamais renoncé à le retrouver. Et j'ai réussi.

CINQUIÈME PARTIE

IL S'EN VA

1

Madeleine

Inerte dans la nuit noire, je ne voyais, je n'entendais, je ne sentais plus rien. Comme tombée au fond d'un puits, j'avais l'impression d'être aussi loin de la surface que de moi-même. Ni mon nom, ni mon âge, ni ma ville ne me revenaient en tête. Et même les mots que je trouve pour le dire maintenant, je ne les avais pas. Peut-être en va-t-il ainsi pour un mort qui retourne à la vie. J'émergeais du néant, j'étais moins qu'un enfant qui vient de naître.

D'abord une odeur a éveillé mon attention, et j'ai su que j'étais vivante. C'était la fraîcheur de l'air. Dès qu'elle s'est imposée à moi, la chaleur fiévreuse de mon crâne m'est apparue par contraste. J'ai ressenti que j'étais un corps malade plongé dans la nuit froide. Ensuite l'odeur s'est affinée. Un bouquet d'amertume, de piquant et d'humidité se faisait en moi. Hors de moi : une terre trempée, de la bruyère, du pissenlit, des bosquets urticants et de grands arbres aux fleurs âcres.

La bouche pâteuse et de la fadeur en lieu et place du goût. De la poudre, de la poussière semée entre les lèvres et les gencives. J'ai dégluti. La saveur vanillée d'une vieille couverture de laine. Ma joue aplatie contre le tissu pelucheux.

Vibrant dans la mandibule, une pulsation sourde a émis un message régulier, morne et étouffé. C'était le sang que j'entendais battre dans ma tempe. Est-ce que j'étais blessée ? Le silence rompu par un craquement. Puis un autre.

Avant même d'ouvrir l'œil, j'ai su à quoi m'attendre. Voir n'a fait que le confirmer : un noir inégal, gris et nuageux, sur le fond duquel se découpait une petite forêt. Au sommet d'un talus, des monceaux d'ordures. J'étais allongée sur le flanc, enveloppée à demi dans une couverture. Devant moi, comme un totem inquiétant, trois planches clouées. On aurait cru des militaires au garde-à-vous, sous la faible lumière de la lune. Elle était en partie cachée par des nuages épais.

J'ai remué.

Mes nerfs ont repris racine. Alors que je voulais me relever, une douleur violente s'est réveillée dans mes chevilles et dans mes poignets. Pieds et poings liés, je n'étais pas libre de mes mouvements. Un ahanement est sorti de ma bouche, mais la plainte s'est perdue dans l'air.

Il m'a semblé m'éveiller d'un trop long sommeil.

J'ai entendu un bref éboulis de cailloux, puis à mon tour j'ai roulé hors de la couverture. La tête relevée, j'ai cherché à savoir si le matin approchait. Dans le ciel, les étoiles étaient pâles, mais plus probablement à cause du voile grisâtre des lumières de la ville.

À coup sûr, il était tout de même plus de minuit. Donc à cette heure, il était mort.

Est-ce que quelqu'un viendrait me chercher ? Mon mari ne savait pas où me trouver. Basile, ne me voyant pas au rendez-vous, remonterait la promenade le long de l'Hombre. Mais il n'était pas certain qu'il identifie en pleine nuit l'emplacement de notre ancienne cabane. Moi-même, je ne reconnaissais presque rien. Il faudrait attendre le lendemain. Un promeneur… C'était un coin désolé, peu fréquenté. Faber avait serré fort les nœuds et la corde s'était imprimée sur ma peau.

En rampant, j'ai tout de même traversé le champ de détritus. J'ai écrasé un bouquet de fleurs, des lys blancs défraîchis. À moins de un mètre, je voyais à peine les ombres des jouets d'enfant, des tricycles, des poupées, des plateaux de jeu en plastique, des chaises à trois pieds, des commodes sans tiroirs, d'un réfrigérateur porte ouverte. Le nez dans la fine couche de craie qui recouvrait le terrain, j'ai gigoté d'avant en arrière dans l'espoir de progresser vers la ligne en pointillé des faibles lumières de la ville. Il m'a semblé l'apercevoir loin derrière les rideaux d'arbres noirs.

Alors j'ai poussé un cri. Parvenue aux limites du petit plateau, au sommet du talus, j'ai basculé la tête la première tout le long de la pente douce. Un bruit étouffé. Atterri sous un bosquet épineux. Les manches de mon chemisier et les jambes de mon pantalon déchirées. Senti ma peau se couvrir de très fines coupures. La lune, au-dessus du houppier des grands arbres, m'est apparue entre les doigts noueux du buisson.

De l'autre côté de la voie ferrée, parmi les hautes herbes et les ronciers, une silhouette a bougé. J'ai cru voir un petit daim. Une apparition. L'animal furtif est demeuré à l'abri un moment. Il a glissé sous les feuillages. Disparu.

J'ai crié : « Hé ! »

Il n'allait pas à quatre pattes, mais sur deux jambes. Grand, fin, agile et maladroit à la fois. À la lumière de la lune, que les nuages avaient dégagée, j'ai vu qu'il s'agissait d'un homme.

«À l'aide!»

La tête en bas et les pieds pris dans le buisson, j'étais couchée de travers.

«S'il vous plaît!»

Ma voix m'a semblé douce, incongrue dans une telle situation. L'ombre a hésité, a paru dévaler le terrain incliné, de l'autre côté de la voie ferrée. C'était un jeune homme, presque un enfant. En équilibre, les bras écartés, il m'a observée. Est-ce qu'il a pris peur? Il s'est ravisé.

«Viens! Reviens!»

Mais il n'était plus là. La face dans l'humus, j'ai gémi. Basile, je t'en prie, viens me chercher… La ville était loin. Je souffrais de la nuque à force de devoir relever le menton, à plat ventre, pour regarder devant moi.

Puis j'ai entendu les branchages craquer dans mon dos et le buisson s'ouvrir. Des mains douces contre mes mollets. Il était en train de me libérer. Le souffle coupé, je n'osais rien dire. Une fois dénouée la corde m'entravant les chevilles, il m'a attrapée par l'épaule et m'a tournée sur le côté afin de soulager mes poignets. Il tremblait, n'avait pas le contact facile et mettait un temps infini à défaire les nœuds.

J'ai cligné des yeux.

«Faber…»

C'était lui, avec quinze années de moins. C'était lui tel qu'il était adolescent, tel que j'aurais voulu qu'il soit toujours. Bien sûr, dans la pénombre, je ne distinguais pas bien ses traits. Mais il était élancé, les cheveux noirs abondants, la peau mate. Vêtu négligemment, les manches relevées. Dieu que j'étais heureuse de le revoir, de le savoir toujours là, de le sentir auprès de moi. Heureuse qu'il soit venu, à travers les années, afin de me punir et de me sauver. Peut-être avions-nous tué le Faber de trente ans, le raté, pour ressusciter le Faber de quinze ans, le vrai. Et nous avions réussi.

J'ai tendu la main, endolorie et entaillée, vers lui.

À cet instant, il a frémi. L'espace d'une seconde, la faible lumière du ciel a éclairé sa face. Pourtant je n'ai rien vu, occupée à me relever, prise de crampes et d'ankylosement. Il m'a saisi le bras, puis m'a remise d'aplomb. Son odeur. Son souffle. Le grain de sa peau.

C'était lui, et ce n'était pas lui.

« Qui êtes-vous ? »

Alors m'est apparue la possibilité que je sois en train de sombrer dans la folie. Étrangement, je n'ai pas paniqué, mais lui oui. Il ne m'a pas laissé le prendre entre mes bras. J'ai tout de même touché sa poitrine : ce n'était pas un fantôme. Il était bien là.

« Qui êtes-vous ? », ai-je crié.

Il était reparti. Un bruit d'éboulis.

Toute seule, je suis retombée. Me suis relevée. Titubant sur les pierres, parfois à quatre pattes, j'ai trouvé la trace de la sente qui suivait le parcours de l'ancienne voie ferrée. Pieds nus sur le tapis d'orties, j'ai clopiné tout en déchirant des pans de tissu de mon chemisier, afin de bander mes avant-bras et mes poignets en sang. En direction des lumières de la ville.

Parvenue à la route départementale, j'ai croisé une première voiture, une berline aux phares aveuglants, qui a ralenti au niveau du parking de l'ancien musée de la

Culture agricole de l'Hombre. J'ai fait signe que non, je ne souhaitais pas être prise en stop. En gardant les bras serrés contre la poitrine, pour la cacher, j'ai repris ma route. La voiture a attendu quelques instants. Sous la lumière des phares, je devais apparaître moitié nue, des bandages tout autour des poignets, la tête brunie par la terre et les jambes zébrées d'écorchures. Mais le conducteur m'a dépassée lentement, puis s'est éloigné. Le pantalon en charpie, les cheveux couverts de poussière blanchâtre. Une pauvre fille. Une prostituée. Une fille agressée. Suis descendue dans le fossé, pour que les automobilistes ne me remarquent pas. Lorsque j'ai atteint les faubourgs, j'ai recherché quelque trace de sa présence à la lueur des réverbères. Est-ce qu'il me suivait ? Est-ce qu'il m'avait précédée ? J'étais presque joyeuse à l'idée qu'il soit en vie et que notre tentative d'assassinat n'ait pas réussi.

J'ai chantonné.

Ensuite est venue la ville, Mornay, toujours Mornay. Bleu-gris. Le boulevard et le bâtiment du Crédit rural, à l'angle de la Porte du Perche. Sur le trottoir, les pieds sales, j'allais sur la pointe des orteils. Je me suis rendu compte que j'étais entrée pour de bon dans le long délire avec la simple possibilité duquel j'avais vécu, depuis que Mehdi Faber était apparu dans ma vie. Je n'étais plus folle à demi, en moi-même, mais la folie avait englouti la ville elle-même, avec la nuit. Faber était vivant, jeune et beau, quelque part dans les rues. J'avais hâte de le retrouver, de retrouver Basile, de grimper en leur compagnie sur les toits du collège Octave-Joly, comme jadis. Rien n'était perdu. Sur les parcmètres, j'ai cherché à lire l'heure. L'affichage à quartz était en panne.

À l'approche de l'ancienne chauffagerie, qui n'était qu'un grand trou noir dans le cœur des allées, ma confusion heureuse s'est teintée d'angoisse.

J'ai escaladé les grilles du chantier, arrachant au passage les derniers vestiges de mon chemisier. En soutien-gorge, grelottant de froid, j'ai marché dans le gravier, avançant à petits pas, la plante des pieds piquée par les éclats de verre, les débris métalliques, jusqu'au bord du gouffre.

C'est ici que Basile avait tué Faber, avec la carabine de Jean Gardon, que nous avions conservée depuis quinze ans, chez moi, chez lui puis dans le sous-sol de ses parents. Religieusement, nous avions tout gardé. Le coffre de notre ancien quartier général. Les cahiers. Les disques. Les dessins de Faber. Durant quinze ans, nous avons attendu puis préparé son retour.

Je me suis tordu la cheville. À cloche-pied, en m'appuyant contre un long tuyau, j'ai progressé vers le trou. Là, comme si c'était un simple renflement de l'ombre du tuyau, j'ai aperçu le corps.

« Faber ? »

Me suis approchée. En reposant par terre mon pied de travers, j'ai écrasé la paire de lunettes.

« Basile. »

À l'aveuglette, j'ai touché le ventre, écarté les pans de la chemise. Le frôlant çà et là, je suis remonté vers le cou, jusqu'à la tête. Manquait la moitié du visage.

Comment avait-il pu faire ça ?

« Basile ! »

Quand j'ai voulu hurler, un mince filet de voix est sorti de ma gorge. J'avais attrapé froid. Et j'ai pleuré. Comme j'avais pleuré pour la mort de Jean. Tout s'en va, tout revient, le mal fait une fois est fait mille fois, il ne s'arrête pas. Oh Basile, mon pauvre, tout a raté. Il était parti le premier. J'ai compris qu'on ne le détruirait jamais. C'est lui qui nous tuerait. Dans un moment d'absence, comme il lui arrivait souvent, Faber ne s'était pas laissé faire et, commandé par la furie, il lui avait défoncé le crâne. Puis viendrait le temps de me supprimer, moi. J'ai maudit le jour où il était arrivé dans la cour de récréation de l'école. J'ai pensé aux filles et aux garçons qui jouaient ensemble et qui n'avaient pas ressenti l'envie d'écouter ce petit homme, de se ranger derrière lui, de devenir son ami. Ils vivraient. Tandis que Basile était mort et que je n'étais plus qu'en sursis.

Il pouvait bien assassiner tout le monde, entraîner la ville entière de Mornay dans l'abîme, je l'aurais toujours aimé ; mais faire du mal à Basile et le tuer, non. Nous étions trois contre tous, et c'est nous qu'il détruisait les premiers. Ses parents, puis ses seuls amis.

Je pleurais, mais pas pour lui.

Alors j'ai lâché le corps de Basile, qui était déjà froid. Je n'irais pas chercher Marthe, cette fois, et je ne le sauverais pas. Mais si j'attendais ici les premiers ouvriers, au matin… Qu'est-ce que je dirais ? Qu'il l'avait tué. Il faudrait avouer, expliquer comment nous avions d'abord projeté de l'assassiner. Il y avait des preuves. Fébrilement j'ai ramassé la carabine, ôté ce qui me servait encore de pantalon et enveloppé l'arme dans le tissu.

Après quoi, j'ai traversé le Châtelet, traînant la patte jusqu'à la rive gauche de l'Hombre, lesté le paquet avec une pierre et balancé l'arme tout au fond de la rivière.

Attendu de la voir couler.

Aux Hautes-Filles-de-Dieu, il n'y a personne la nuit.

L'agora déserte. Fenêtres fermées des immeubles. Dans le parking de la résidence, la place 117 était occupée. L'entrée de l'immeuble, saturée de reflets, soudain éclairée par la minuterie. Tapé le code et poussé la porte vitrée, pieds nus sur le carrelage en faux marbre froid. L'ascenseur. Jeté un coup d'œil derrière moi.

Quatrième étage. Portes ouvertes sur le long couloir sombre. Sonné à ma porte.

Quelle heure était-il ? Ils dormaient.

« Madeleine ? »

Mon mari a ouvert la porte, retiré la chaînette de sécurité. Effrayé, m'a regardée. Me tenais droit debout sur le paillasson, quasi nue. Griffée, sanguinolente, couverte de boue, de terre, de poussière, je suis tombée à ses pieds.

J'ai pleuré tout contre ses jambes, les bras serrés autour de ses mollets.

« Madeleine… »

Doucement, il m'a relevée. M'a dit que notre fille ne devait pas se réveiller, ni m'apercevoir ni nous entendre. Qu'il allait s'occuper de moi. Me mettre sous la douche. Me soigner. Appeler la police. M'emmener à l'hôpital. Je voulais qu'il referme la porte derrière moi, de peur que l'autre n'entre. J'avais le hoquet et mes paroles étaient décousues. Mais il m'a retenue, m'a assurée que l'autre ne me retrouverait pas. Que lui me protégerait. Que maintenant ça ne dépendait plus de moi.

Il m'aiderait.

Tout de même, j'ai jeté un œil derrière moi dans le couloir. Il faisait noir, il n'y avait personne. Enfin mes paupières se sont baissées.

« Pardonne-moi ! »

2

Les champs

Je viens de tuer quelqu'un et je cherche en moi ce qui a changé, quoi de plus et quoi de moins.

Basile Lamaison, je le connaissais bien. Mon intention n'était pas de lui faire du mal. Mais maintenant, je doute et je voudrais rentrer chez moi.

Un grand supermarché indique la sortie du quartier de Beaujour, à l'orée des champs de colza. Le souffle régulier, je marche aussi vite que je le peux. La route départementale borde par l'arrière le parking du magasin, pour le déchargement des camions de marchandises. Au début du mois d'avril, tout Beaujour, ses arbres maigrelets, ses lampadaires et ses hautes tours voient monter à eux les blés et le colza. La ville devient une île de ciment au milieu des céréales.

La bouche ouverte, j'avale des mouches à mesure que je marche. J'en ai honte, mais l'exaltation s'est emparée de moi depuis quelques pas : j'ai pris sa place ! Je pense, je marche, j'agis comme lui ! Déjà, il me semble qu'à pied je vais aussi vite qu'une voiture. L'impression d'être Faber s'écoule de ma tête jusqu'aux veines de mes jambes. Et mes jambes martèlent le trottoir encombré par les empilements de palettes et les poubelles, bientôt ramassées par les éboueurs en fin de tournée. La force donne soif. Au passage, j'empoigne, dans un tas d'emballages plastique et de séparateurs de palettes en vrac, un pack de canettes.

Je bois le thé froid d'un trait. Je jette le cylindre d'aluminium dans le caniveau, à l'endroit même où le trottoir s'arrête. Les immenses rectangles verts et jaunes, de blé, de betterave et de colza, commencent. Les champs découpés à angle droit par les routes et les chemins. Percés par les petits bois comme par autant de lacs opaques. Là-bas, entre Dorville et le village de Morval, c'est chez moi.

Qui je suis ? En moi-même, je cherche Faber. Je pourrais être lui. Dans l'obscurité, Madeleine Olsen m'a pris pour lui. Mais est-ce que je suis à la hauteur ? Je n'en suis pas certain. Je suis jeune. Et à mon âge, il était plus fort que moi.

Je déambule vers trois ou quatre heures du matin le long de la voie de circulation déserte qui conduit de Beaujour à Morval. J'aperçois le village à l'horizon, sur la crête qui sépare les champs gris, noirs et marron. À ma droite, une pancarte décrochée par des adolescents de Beaujour en virée traîne sur le remblai. Tournée vers le haut, elle indique la direction du ciel comme une flèche devenue folle. Je presse le pas, inquiet ; j'ai l'impression d'être suivi. Le printemps marche plus vite que moi : il a déjà relevé la plupart des blés, nourri les plantes herbacées et affiné la terre. Il irradie depuis les rives de l'Hombre à ma gauche, où j'ai libéré Madeleine un peu plus tôt dans la nuit.

Comme des montres sans cadran, une rangée

d'éoliennes donne l'heure du vent, au loin. Dans le bleu sombre du ciel, les pales immobiles. Un instant il me semble que ces épouvantails mécaniques m'observent, tristes et blancs, aux aguets.

Je me retourne.

Il n'y a pas un chat. J'ai laissé Faber inconscient sous les gravats de la chauffagerie vers minuit. Est-ce qu'il s'est réveillé ? Il ne m'a pas suivi : il ne sait pas qui je suis ni où j'habite. Je ne risque rien : il a perdu la mémoire.

Qu'est-ce qu'il fera s'il me retrouve ? J'ai assassiné son meilleur ami. Je respire avec difficulté. La force m'a abandonné. Je traîne le pas. Je me sens trop jeune, je n'ai pas encore vécu. Je ne veux pas qu'il me tue. Je pense que j'ai eu tort de laisser Faber endormi à la chauffagerie. Il a la peau dure, son cuir rôti par les années, il est plus dur que le diamant. Moi, j'ai l'épiderme trop doux, trop blanc. Je ne tiens pas le coup. Je ne suis pas fait pour ça.

Je vois bien le village au loin, mais j'ai le sentiment que je ne l'atteindrai pas. Pourtant si j'avais des bottes de sept lieues, je serais d'un seul bond à Morval, bien au chaud dans ma chambre d'enfant.

Je m'arrête, frappé de stupeur. Échappés d'une ferme du coin, deux ânes me dévisagent, les yeux plissés, les oreilles dressées. Je me souviens du premier chapitre du manuscrit de M. Lamaison et des ânes dans la baraque d'Aulac.

Je fais le dos rond, profil bas, le cou rentré dans le col de ma chemise. Je cours jusqu'à l'entrée du village. Les routes qui se croisent au calvaire de Morval sont larges, bordées de corps de ferme rénovés par des Parisiens. Moins cossue, ma maison est cachée au fond du village, sur un terrain clos. Un pavillon de taille moyenne, flanqué d'un garage, entouré d'une pelouse à peu près correctement entretenue.

Mes parents habitent ici.

Mais la vision soudaine de la maison de mon enfance me terrifie. Qu'est-ce que tu as fait ?

Ce n'est pas de ma faute.

À ma gauche, à ma droite, l'ombre des éoliennes s'allonge. Pourtant, le soleil n'est pas encore levé. Des corps démesurément grands, une tête et des bras écartés. Puis l'ombre se transforme.

Il est là, derrière moi.

Une seule ombre au sol, mais j'ai l'impression qu'elle fait dix mètres de long. Maigre, courbée et les bras en croix.

Il m'attendait.

Faber me regarde de haut. Il sent mauvais. Sa bouche s'ouvre. Les dents se chevauchent.

Je rencontre mon maître. Il n'est pas exactement tel que je l'imaginais, sa peau est eczémateuse. Mais dans ses yeux, je me vois tel que je suis : un grand adolescent, les cheveux longs, qui ressemble de très loin à celui qu'il a été. Je comprends que je ne suis pas tout à fait comme lui : son visage, son odeur, sa voix. Je suis trop faible, mon vice n'est qu'enfantin et je ne serai jamais le héros de l'histoire.

«Alors c'est toi, Tristan ?»

3

Le roman

D'un coup sec à l'arrière du crâne, il m'a étourdi.

Dans une demi-inconscience, je l'ai senti me faire basculer en travers de son épaule. Entre ses bras, j'étais plus léger qu'une plume. Le fardeau sur le dos, il s'est dirigé à pas vifs à travers champs vers le petit bois le plus proche. Le ciel bleu clair de la nuit était encore étoilé, mais plus pour longtemps. Comme égaré, je l'entendais respirer fort et mes pieds martelaient son torse au rythme de la marche.

À l'orée du bois d'ormes et de charmes, il m'a jeté tel un sac de viande au creux du chemin de boue séchée. À coups de paires de claques, il m'a réveillé. J'ai entrevu sa silhouette haute et claire de clochard. Voulu dire un mot. Il a enfourné dans ma bouche un mouchoir sale qui sentait la morve et la merde.

Puis il s'est penché sur moi, lourd et avide de me punir enfin.

D'abord il m'a longuement battu; durant dix minutes, il m'a fait mal. Je n'étais pas accoutumé à la douleur. Étouffé par le mouchoir, j'ai gémi.

«Les lettres que j'ai reçues… C'était de toi?»

J'ai fait signe que oui. Dans le manuscrit de M. Lamaison, j'avais déniché l'adresse d'Aulac et la copie des lettres qui annonçaient «*Mort bientôt*». Peut-être dans l'espoir de le faire revenir, j'avais envoyé deux lettres en imitant l'écriture de M. Lamaison et de Mlle Olsen, dont de nombreux échantillons significatifs figuraient dans la pochette cartonnée.

Pour la peine, il m'a roué de coups. Puis il a repris son souffle. Il était fatigué. Moi, je pleurais en silence.

«Je t'ai vu tuer Basile. Suis passé chez Estelle... L'exorcisme... Me souviens de tout. Qu'est-ce qui s'est passé sur le chantier? J'ai eu une absence?»

J'ai fait signe que oui.

«Tu as voulu prendre ma place?»

Je n'ai pas répondu. Il m'a roué de coups dans le bas du dos. Il frappait si fort que j'ai eu l'impression d'être un paquet de sang.

S'arrêtant un instant, il a inspecté mes mains, qui étaient délicates. Il m'a tordu les doigts.

«Tu ne connais rien à la vie.»

Puis il a cessé de me taper. Il avait la gueule du loup, il a grogné :

«De quel droit? Tu connais le conte? Tu as mangé dans mon bol, tu as dormi dans mon lit... Tu as voulu vivre ma vie, tu as tué mon ami.» De rage, il postillonnait beaucoup et j'essayais de protéger mon visage en utilisant ma main comme un paravent. «Tu crois que ma carrière est finie? Tu m'as réveillé. J'ai trouvé ton adresse. Je t'ai retrouvé. Tu ne m'échapperas pas.»

Il a découvert ses longues dents, irrégulières et jaunes.

«Tu vas payer.»

Mais il s'est calmé. Le bois d'ormes et de charmes,

jusqu'ici silencieux, a résonné de quelques chants d'oiseau. Le matin approchait. Du sang a perlé de son nez jusqu'à ses lèvres. Il s'est essuyé d'un revers de manche. Sans prévenir, s'est accroupi et a retiré le mouchoir de ma bouche. M'a conseillé de ne pas crier. Dans la main droite, il tenait un caillou effilé.

« Maintenant parle... »

Respirant enfin, j'ai dégluti. Un peu de salive a coulé le long de mon menton. J'ai pleuré.

« Parle. »

Je me suis repris.

D'une voix claire, je lui ai tout raconté. En vrac, comme les choses me venaient.

« J'avais quinze ans, bientôt seize, et j'étais un enfant heureux. Ma mère était institutrice, mon père professeur au lycée de Liserans. J'étais doué, plutôt timide, je lisais beaucoup. Depuis le collège, j'avais peu d'amis, des connaissances seulement. Il paraît que je les impressionnais, alors que j'avais peur d'eux. Comme j'étais premier de la classe et réservé, un peu mystérieux, ceux qui m'appréciaient n'osaient guère me fréquenter de trop près. Je n'étais pas un garçon méchant, pourtant, tout au contraire. J'étais très serviable. Mais une distance me séparait du monde et, malgré ma bonne volonté, j'avais la plus grande peine à la franchir. Tout contact social me demandait un effort. Parfois, j'étais en sueur rien qu'à l'idée de devoir parler à d'autres. Il me semblait que je portais un masque et que si je ne faisais pas attention, quelque chose de laid apparaîtrait par en dessous, qui dégoûterait les autres à tout jamais ; de sorte que toute discussion me demandait une certaine dépense d'énergie, à surveiller sans cesse que le masque tienne bien en place. Alors que j'étais curieux et que j'adorais les autres, sans haine ni ressentiment, cette dépense permanente et l'angoisse qui allait avec me donnaient de la raideur, qui pouvait passer pour un sentiment de supériorité. J'avais passé des années à la combattre, à tenter de compenser cette impression de toujours dominer mon sujet, d'être le premier, en m'installant au fond de la classe, en donnant des gages de mauvaise volonté et en refilant aux cancres des antisèches.

« Souvent je me repliais, je réfléchissais trop.

« Je plaisais aux filles sans le vouloir et, par peur de décevoir, j'évitais de leur parler.

« Je n'étais pas malheureux, j'étais inaccessible aux autres comme à moi-même. Il y avait quelqu'un en moi plus fort que tout. Depuis ma petite enfance, je me suis demandé pourquoi j'étais ainsi. À force, je me suis vraiment cru plus fort que les autres. J'ai pensé tout savoir. Tout me semblait égal, je voyais d'emblée à quoi croyait quelqu'un, et moi je n'y croyais pas, parce que je *savais*.

« Je savais même que ça avait des causes psychologiques, sociales, familiales. Mais je ne voyais pas la raison.

« Et puis je l'ai trouvée. J'ai compris que c'était vous.

« Au collège Octave-Joly, j'avais déjà entendu des anecdotes au sujet d'un grand ancien, qui avait vaincu le professeur Mézières et défié la ville tout entière. Avec les années, les adultes avaient oublié, mais pas les jeunes gens. Près des toilettes, là où on fumait en cachette, le nom résonnait comme un mot de passe. Votre nom. C'était une légende chez les collégiens. Dans les couloirs, au CDI, nourris par les heures d'ennui, ils écrivaient des histoires sur vous, ils racontaient des trucs invraisemblables, c'était presque une blague. Aux autres, ça leur passait vite. Moi, j'ai été fasciné. J'ai voulu en savoir plus. J'étais jaloux. Parfois, à mots couverts, ceux de la Providence disaient que le démon était passé dans les rues de la ville. Mais je ne croyais pas au diable.»

À côté de moi, il a craché. Il sentait horriblement mauvais.

«En septembre de cette année, lorsque je suis arrivé au lycée Janvier, mes recherches ont enfin été récompensées. Les grands frères de certains camarades de classe affirmaient que le professeur de français, M. Lamaison, avait été votre ami intime.

«Plus je m'identifiais à vous, plus je délaissais les maths et le français pour sortir de ma chambre en pleine nuit, apprendre à chaparder, à filer les gens sans me faire remarquer. J'aimais voir sans être vu. C'est comme ça que je suis parvenu à voler une première fois la serviette en cuir de M. Lamaison, quelques jours après la rentrée des classes. Ce que j'ai découvert dépassait mes attentes. Il y avait là-dedans le roman qui racontait toute votre vie. En lisant, j'ai appris à connaître Mlle Olsen, aussi. Je l'ai suivie la nuit, jusqu'à sa résidence des Hautes-Filles-de-Dieu.

«Désormais, je connaissais l'histoire. Vos origines, votre vrai nom, votre première adoption, l'accident et les Gardon. L'occupation du lycée, le meurtre de Jean. Je me suis rendu dans la maison, au 13, rue d'Abondance; elle appartient aujourd'hui à une petite famille normale. J'ai profité de leur absence pour entrer par effraction et grimper au grenier. Mais tout a changé. J'étais déçu. Rien ou presque de ce qui était écrit n'existait plus dans la réalité. Comme j'ai une excellente mémoire, j'ai recopié dans mes propres cahiers les centaines de pages rédigées par

M. Lamaison. Je les ai amendées aussi, suivant mes vues. Je les ai améliorées, parce qu'il n'écrivait pas très bien. Le pauvre, il croyait cacher le manuscrit dans les casiers de la salle des professeurs. Sous un prétexte ou sous un autre, je passais souvent là-bas. Je sais me montrer discret. Aussi, je séchais de plus en plus de cours et j'en profitais pour emprunter le manuscrit, le lire, le relire, le réécrire. Imiter les dessins, le style de chacun de vous trois.

« Je vous ai aimés. J'ai eu l'impression de vivre une seconde vie, et que c'était la seule vraie. L'autre ne valait plus rien. Mon époque ne me plaît pas. J'aurais voulu être votre ami à vous trois, comme le raconte M. Lamaison. En fin d'après-midi, je partais vers la place Gallieni, je guettais la sortie de Mlle Olsen devant la pharmacie. Elle s'en allait chercher sa fille à la sortie de l'école maternelle de Foudre-Tonnerre. Et puis quelquefois le soir, je surveillais la fenêtre de leur salon. Je voyais leurs ombres se disputer, elle et son mari. C'était triste. Je connaissais la Madeleine du roman, les cheveux longs, les cheveux au carré, belle, intelligente… Ce que je voyais, moi, c'était une femme sans intérêt. Quant à son époux, il serait insultant de le comparer à vous.

« Dans le roman, je n'aimais pas Estelle. Je n'ai jamais compris que vous couchiez avec elle, plutôt que de… »

Il m'a frappé de nouveau. Cinq longues minutes. J'ai craché du sang. Me suis étouffé. Sa main osseuse, à la peau tannée, a serré ma mâchoire comme dans un étau, pour me redresser la tête.

« Continue.

— À votre place, j'aurais été amoureux de Maddie.

« J'attendais votre retour. Je détestais cette ville. Où étiez-vous passé ? On avait tellement besoin de vous.

« En décembre, inspiré par la grève héroïque de 1995 telle qu'elle est racontée dans le roman, j'ai tenté d'entraîner mes camarades dans un mouvement à Janvier. Mais les temps ont changé. Hersent est toujours maire, mais la ville est pire. Les lycéens d'aujourd'hui, ceux qui ont mon âge, sont des imbéciles. Ils se fichent de tout, ils sont déjà blasés. On m'a tourné le dos. Il ne s'est rien passé. Je me suis senti humilié. À mon âge, vous aviez failli prendre la ville. Vous aviez déjà couché avec Estelle. Moi… Eh bien, je n'ai pas de charisme. On ne me remarque pas. Je crois que je ne parle pas assez bien, pas assez vite, parce que je pense trop.

« Parfois je gêne les gens, ils ne restent pas trop longtemps auprès de moi. Vous, ils vous ont adoré, ils vous ont suivi.

« La nuit, je quittais Morval et je faisais le tour de Mornay. Lorsqu'il n'y a plus personne dans les rues… Un soir, j'ai trouvé Basile et Madeleine assis sur un banc, devant le chantier de la chauffagerie. Ils fumaient une cigarette, se tenaient par la main. Alors je me suis caché. Ils parlaient de vous, évoquaient leur vengeance. Et c'est à ce moment-là que j'ai compris qu'ils voulaient vous retrouver afin de vous tuer. Vous savez, à leur manière, ils avaient raté leur vie, et ils le savaient. M. Lamaison n'est pas un bon professeur ni un excellent écrivain. Il est très moyen en tout. Et Mlle Olsen n'est pas aussi jolie qu'on le dit, dans le roman. Ni intelligente. C'est quelqu'un de plutôt commun. Elle boit beaucoup. Elle s'est abîmée. Ils voulaient vous faire payer. Vous… »

Enfin je l'ai regardé dans les yeux.

« Vous êtes comme… Vous êtes *presque* comme dans le livre. »

Ce n'était pas vrai. Il était sale et laid. Il ne faisait même plus très peur. Il était triste.

« J'étais en colère contre eux. »

Il a reniflé.

« Et après ?

— Je n'ai jamais pensé que vous étiez le démon.

— Qu'est-ce que tu as fait ?

— M. Lamaison est parti pour l'Ariège une première fois, mais il n'a pas eu le courage de venir vous trouver. Il a posté les lettres depuis là-bas, en imitant votre écriture sur l'enveloppe. Lui et Mlle Olsen ont fait semblant d'être surpris de recevoir leur propre courrier. Après s'être disputée avec son époux, c'est Mlle Olsen qui est descendue en voiture, il y a moins d'une semaine. M. Lamaison savait que le chantier de démolition de la chauffagerie prenait fin ; on coulerait bientôt le béton. Il avait l'intention de vous enterrer là-dessous, pour toujours.

« Les deux lettres que vous avez reçues, avec leur écriture sur l'enveloppe, c'est moi qui les avais envoyées. C'était pour vous prévenir. Je savais le sort qu'ils vous réservaient : vous étiez en danger.

« Le soir où Mlle Olsen vous a ramené à Mornay, j'attendais près du parking. De loin, je vous ai vu monter chez elle et repartir quelques minutes après. Puis je vous ai suivi une partie de la nuit, mais je ne savais pas quoi faire. Vous n'étiez pas… Pas exactement comme je croyais que vous seriez. J'ai imaginé que ce n'était pas vous : juste une sorte d'avatar. Ou alors le roman de M. Lamaison ne disait pas tout à fait la vérité. Je suis rentré chez moi.

« Le lendemain, je vous ai croisé à huit heures et puis pendant le cours de français, je vous ai aperçu par la fenêtre. J'ai vu la réaction de M. Lamaison. J'ai compris que c'était bien de vous qu'il s'agissait. Même si…

— Quoi ?

— Vous avez vieilli…

« Mais vous aviez tout de même gardé de la ressource. À la sortie, je vous ai cherché partout. Sous les voitures aussi, parce que dans le roman il est écrit que vous dormez parfois là-dessous. Mais je ne vous ai pas trouvé. »

Il a ricané.

« Le lendemain matin, j'ai séché le cours de M. Lamaison. Je vous ai aperçu sur le chantier. Après, vous vous êtes rendu au salon de coiffure, pour rencontrer Mlle Wade. Et sur le marché aux Fleurs. Puis le long de l'Hombre. Je vous ai observés, Mlle Olsen et vous… »

Il m'a giflé une dernière fois.

« Vous l'avez attachée. »

Faber m'a tourné le dos.

« La nuit… Sur le chantier, je n'en pouvais plus de vous observer sans agir. M. Lamaison vous menaçait avec son fusil. Lui ! Vous ne pouviez pas mourir comme ça. J'ai cherché à l'en empêcher, j'ai voulu l'assommer. Mais la pierre que j'ai ramassée était trop lourde. Je n'avais pas l'intention de le tuer.

« Je vous le jure…

« Je voulais vous protéger.

— C'est tout ? Tu voulais me protéger ?

— Vous aviez envie de mourir. Vous ne pouvez pas, vous ne devez pas mourir.

— Tu crois ça ?

— Je ne sais pas. Je croyais.

— Je t'ai vu faire, ensuite je me suis endormi.

— Je vous promets que j'ai attendu votre réveil ! J'ai

essayé de vous transporter un peu plus loin. Mais vous étiez trop lourd. Je suis resté là. Mais vous ne bougiez plus. Je ne savais pas quoi faire. Je suis parti. Je ne voulais pas rentrer chez moi, donc je suis retourné à l'endroit où vous aviez abandonné Madeleine.

— Pourquoi ?

— Je ne sais pas.

— Réponds. Pourquoi ? »

À voix basse : « Pour voir si elle me prendrait pour vous. Si je pouvais prendre votre place.

— Tu as libéré Madeleine ?

— Oui. »

Faber a réfléchi. Il a pensé que Madeleine était sans doute retournée sur le chantier, qu'elle avait prévenu la police ou qu'elle était sur le point de le faire, après avoir trouvé le corps sans vie de Basile. Puis qu'elle avait raconté toute l'histoire à son mari.

« S'il vous plaît... »

Il ne me prêtait plus la moindre attention. Le cheveu rare et gras, le visage pétri de bouffissures, il respirait lentement, accroupi à moins d'un mètre de moi tel un vieux singe fatigué. Et il a pensé que plusieurs possibilités se présentaient à lui, peut-être pour la dernière fois.

4

L'aube

Peut-être pour la dernière fois, plusieurs possibilités se présentaient à moi.

Je pouvais bien me plaindre de ne jamais avoir eu le choix, je n'avais que trop fait ce que je voulais. Tout le monde m'avait protégé, chéri et pardonné ; tout le monde m'avait aimé, et je n'avais sauvé personne. Mes parents, mes amis mouraient pour moi, alors que je ne vivais pour rien. Je n'avais fait qu'entretenir le rêve de rester possible, de ne jamais être vraiment réel, mais d'apparaître comme une éternelle promesse. Et ça n'aurait pas de fin : déjà, la génération suivante avait foi en mon personnage misérable. Pour des années, des décennies, peut-être plus, ici à Mornay et ailleurs dans le monde, les jeunes gens comme ce Tristan croiraient à l'imposture, à l'existence de ceux qui, comme moi, font semblant qu'ils savent tout, qu'ils peuvent tout et qu'il est possible d'obtenir une moitié de monde sans perdre l'autre. En vérité, je n'avais de connaissance et de puissance qu'à demi, comme chacun d'entre nous. J'avais fait illusion quelques années. Mais tôt ou tard ils comprendraient en grandissant que je n'étais ni plus ni moins ignorant qu'eux. Moi-même, après trente ans, je ne savais toujours pas qui j'étais. Dans des états d'extrême lucidité, je me sentais démon, ange déchu et ancien fils préféré du dieu unique. Indestructible. Parfois, un homme. Le plus souvent, une sorte de chose consciente et ratée. Périssable. L'idée que je puisse fasciner cet enfant avait tout d'abord provoqué en moi du dégoût, l'abjection d'être adoré pour une raison fausse, puis de la pitié, soit pour moi soit pour lui, enfin une forme de sympathie.

Je l'ai regardé trembler dans le fossé.

Il était temps de prendre une décision.

Si je voulais être innocent, il fallait livrer le gosse à la police : il ne saurait pas mentir et il y avait sans doute foule de preuves matérielles, par exemple des traces de pas autour du corps de Basile, pour attester de sa culpabilité; si je préférais venger mon ami, je n'avais qu'à tuer son meurtrier en fracassant à mon tour le crâne de Tristan avec une pierre : dans ce cas, je deviendrais enfin coupable pour de bon; mais si j'aimais la vie, le mieux était encore de passer pour un lâche et de prendre la fuite avant le lever du soleil. Avec qui? Madeleine ou Estelle. À laquelle briser le cœur?

Tout était encore à peu près égal, alors que j'avais passé mon temps à gâcher les moindres possibilités, mais maintenant il fallait choisir.

L'aube avait déjà avalé l'horizon. Aux abords de Morval, l'obscurité s'était dissipée. Comme si la lumière naissante elle-même me regardait, je me suis contemplé. Grand, courbé, penché au-dessus de lui. Le nez du garçon pissait le sang. Son œil était noir. Il était couché lamentablement en travers de l'ornière du chemin. Je l'avais bien amoché. Attendant le coup de grâce, il avait abaissé la tête.

«Est-ce que vous allez me dénoncer?»

Je me suis mouché entre deux doigts.

«Bien sûr. Qu'est-ce que tu crois?»

Et je lui ai tourné le dos. Le soleil levant a agressé mes yeux qui s'étaient accoutumés à la nuit. Je me suis senti vieux. À présent que je savais, je ne lui en voulais pas et je ne m'en voulais pas non plus. Il ne restait qu'à arranger l'affaire au mieux. Il m'a semblé que quelque chose s'était réconcilié avec autre chose, mais je ne savais pas quoi; tout était quasi pardonné.

Lui est resté silencieux.

J'ai porté la main en visière au-dessus de mes yeux. Grogné comme une bête. Rien de méchant n'est sorti de moi. J'ai fait l'effort d'inspirer, d'expirer. Aussi loin que pouvait porter mon regard, j'ai pris soin de détailler les chapelets de fermes, la ville à l'horizon, les cultures, les poteaux électriques, les routes et les bosquets qui découpaient les parcelles, le ciel, le paysage. Bien sûr j'avais encore la possibilité de profiter de ce monde, d'y passer de belles années et de compenser le mal que j'y avais causé parfois. Mais j'avais eu le temps d'essayer, j'avais eu ma chance; une bonne moitié de vie suffit, si je n'avais pas réussi, tant pis. D'autres, plus jeunes que moi, y parviendraient peut-être mieux. Je l'espérais pour eux. Dans la lumière qui rayonnait à travers le bois, je l'ai bien regardé : il était presque notre enfant.

Il a commencé à chialer.

«Je me suis trompé!»

Déjà, à mesure que le soleil naissait, je me sentais disparaître.

«Tu ne crois plus en moi?

— Non.»

J'ai souri.

Je n'avais su sauver ni Madeleine ni Basile. Mais lui… Il avait déjà compris que j'étais à moitié rien; il m'oublierait.

Il m'a semblé que je perdais de ma consistance, de mon opacité, et que je devenais transparent à la lumière du petit matin. C'était sans doute l'âge. Je me suis penché vers lui. Mon ombre était de moins en moins noire. Doucement, je lui ai dit :

«Tu vas rentrer chez toi.»

5

Tristan

Au matin, les ouvriers l'ont trouvé près du corps.

Pape N'Goma l'a reconnu, mais le chef de chantier n'a rien voulu entendre. Il a téléphoné au commissariat. Prostré, Faber n'a opposé aucune résistance aux policiers qui sont venus l'arrêter. Lorsqu'on lui a demandé s'il était l'auteur du crime, il a acquiescé sans mot dire. Aux yeux des enquêteurs, c'était un clodo. On a parlé dans la presse d'un marginal qui avait passé son enfance en ville, renvoyé du lycée Janvier, avant de se perdre dans les milieux de l'ultragauche. Sans revenu, sans foyer, il était décrit comme rétif à l'autorité et violent.

Madeleine a été convoquée en tant que témoin. Livide mais soutenue par son époux, elle a parlé d'un homme qui avait changé, qu'elle avait pourtant voulu aider. Après avoir reçu une lettre de lui, elle était allée le chercher dans les Pyrénées, où il vivait dans la misère et la saleté. Dans l'espoir de lui faire reprendre pied, elle et Basile Lamaison avaient accueilli leur ancien ami, qui avait agressé le mari de Madeleine dès le premier soir. L'homme avait perdu la tête, prétendait être le démon et errait dans les rues de Mornay — plusieurs témoins l'ont rapporté. Partagée entre la haine et le chagrin, la compagne du défunt a chargé le portrait de l'accusé et le journal dans lequel elle travaillait l'a suivie. Durant trois semaines, les articles sur le drame du chantier se sont donc succédé.

Puis les Mornéens n'ont plus accordé d'importance à ce simple fait divers. Le parking et le grand centre commercial ont été construits au Châtelet ; le chiffre d'affaires est paraît-il décevant. Un an a passé. Au procès, rares sont ceux qui ont défendu Mehdi Faber. M. Fauré, son vieux professeur d'histoire à la retraite, est venu à la barre parler du meilleur élève qu'il avait jamais eu, mais son intervention a rapidement tourné au cours d'histoire magistral sur la ville de Mornay. Son maître ouvrage en deux volumes sur le sujet, sur le point pourtant d'être achevé, n'a jamais vu le jour : Fauré est décédé quelques mois après l'audience.

Une coiffeuse, Estelle Wade, a prétendu devant le juge que l'accusé avait passé toute la nuit en sa compagnie. Mais l'intéressé a démenti lui-même cet alibi. D'après elle, la victime avait pourtant menacé son ami avec une arme, qui n'a jamais été retrouvée sur les lieux du crime. Convaincue de faux témoignage, la malheureuse a plongé dans une spirale d'ennuis judiciaires, avant de perdre son emploi.

Enfin, très dignes, M. et Mme Lamaison, les parents de la victime, ont refusé de prononcer le moindre mot contre l'assassin de leur fils. Manifestant leur incompréhension, ils se sont dits certains qu'il s'agissait d'une erreur.

Mehdi Faber ne rendait pas la tâche aisée à ses avocats. Mutique, il a traversé son propre procès comme une ombre. Une épaisse barbe noire lui mangeait désormais le visage et il a accepté le verdict sans manifester la moindre émotion. Condamné à trente ans de réclusion, il n'a pas fait appel : l'histoire a sombré de nouveau dans l'oubli.

À la même date, *La République de l'Hombre* se passionnait pour le scandale des marchés publics de Mornay ; contraint à la démission, le maire, Georges Hersent, a été mis en examen quelques semaines plus tard. Lors des élections municipales anticipées, M. Olsen, le père de Madeleine, investi par le Parti socialiste, a été confortablement élu au second tour, avec presque 60 % des voix. Sa première réaction a été d'annoncer que « Mornay sortait d'une longue nuit ». Quant à Mathilde Sargent, elle est aujourd'hui adjointe à la culture. Une fois par an, elle fleurit la tombe de son ancien compagnon, au cimetière des Sarments. Il arrive qu'elle y croise Madeleine.

Lors du procès, Madeleine s'était effondrée deux fois, victime de chutes de tension ; mais elle avait témoigné contre Mehdi Faber et contribué à sa condamnation en expliquant, d'une voix mal assurée, comment il l'avait droguée et ligotée avant de partir assassiner Basile. Pour quelle raison ? Il avait perdu tout contact avec la réalité. Peut-être voulait-il, consciemment ou non, se venger de ses anciens amis qui avaient réussi leur vie.

Madeleine, son mari et sa fille ont déménagé à Paris. Consultant en recherche et développement pour une grande compagnie de disques, Fabien a perdu sa place au bout d'environ un an, victime de la crise de l'industrie musicale. Après de longs mois à Pôle Emploi, il a accepté un poste chez un revendeur de matériel informatique sur l'avenue Daumesnil. Dans un premier temps, Madeleine a été la proie de malaises, de grandes fatigues, d'évanouissements et de crises de tremblements. Il lui semblait, racontait-elle à son époux, qu'un vide immense envahissait la maison. Dans ces moments-là, son cœur n'avait plus envie de battre. C'était impressionnant, mais sa fille, qui avait grandi et qui était prévenue, savait quoi faire : elle allongeait sa mère sur le lit et la veillait quelques minutes en lui tenant la main, le temps de chasser quelque chose ou quelqu'un de mauvais. Madeleine adorait sa fille. Lorsque ce n'était pas suffisant, elle faisait quelques séjours à l'hôpital ; à ce jour, elle en est toujours ressortie. Reconvertie en aide-soignante à domicile après avoir tenté en vain de reprendre des études de pharmacologie, Madeleine est paraît-il une femme dévouée, qui s'occupe de personnes âgées ou dépendantes.

Par mes parents, qui habitent toujours près de Mornay, j'ai de temps à autre des nouvelles d'elle, puisqu'elle est la fille du maire et qu'à Mornay tout se sait.

Les années ont filé. Comme le sont toutes les personnes normales, Madeleine Olsen n'a qu'une existence très floue pour des gens comme moi qui ne la connaissent pas de près ; elle s'est retirée de la scène du monde, son nom n'apparaît pas, ou presque, si vous le cherchez sur Internet, elle n'est inscrite sur aucun réseau social, elle mène une vie qui ne concerne qu'elle et les siens, et il est probable qu'elle en est heureuse.

Dans mon cas, il en va un peu différemment. Je suis devenu auteur de romans. Vous me connaissez peut-être pour avoir lu l'un de mes livres précédents. Vous me connaissez à coup sûr si vous êtes sur le point de terminer cette histoire : j'en suis l'auteur. Je m'étais promis de reprendre un jour, de mémoire, les manuscrits inachevés de Basile Lamaison et de leur donner une forme définitive. Je lui devais ça.

Je sais que j'ai commis jadis une sorte de crime dont je suis innocent. Je ne l'oublie pas. J'ai continué mes études et soutenu une thèse de philosophie. Rien à voir avec ce qui nous intéresse ici. Je suis sorti de l'adolescence et tout ce qui me tourmentait à cette époque me semble aujourd'hui incongru. En vieillissant, je n'ai trouvé aucune réponse aux questions que je me posais — si de telles réponses étaient trouvables, d'autres les auraient déjà obtenues et me les auraient données, lorsque j'étais plus jeune — mais je ne comprends plus comment l'existence, le temps qui passe ou la société pouvaient être des *questions* pour moi, alors que ce sont des termes, c'est-à-dire des idées ou bien des mots. J'ai publié quelques ouvrages, qui ont connu plus ou moins de succès. Au fond, je n'ai fait qu'essayer de raconter cette histoire-là.

Assis devant mon écran d'ordinateur, je cherche depuis plusieurs semaines à rédiger l'ultime chapitre de ce livre. La partie finale, qui n'existait pas dans le manuscrit de Basile Lamaison, est la plus délicate à écrire pour moi. Il me semble que l'histoire racontée s'éloigne déjà et que je grandis, que mon corps s'allonge et que ma tête flotte de plus en plus haut, loin au-dessus de mon enfance, de mon adolescence, de la leur, des péripéties et du dénouement. Avant la fin, il me semble que mon esprit, en surplombant l'ensemble qui devient de plus en plus petit à mesure que je m'élève, cherche la raison de tout ça : pourquoi ?

Avec beaucoup de distance, je vois les choses de la manière suivante.

Nous étions des enfants de la classe moyenne d'un pays moyen d'Occident, deux générations après une guerre gagnée, une génération après une révolution ratée. Nous n'étions ni pauvres ni riches, nous ne regrettions pas l'aristocratie, nous ne rêvions d'aucune utopie et la démocratie nous était devenue égale. Nos parents avaient travaillé, mais jamais ailleurs que dans des bureaux, des écoles, des postes, des hôpitaux, des administrations. Nos pères ne portaient ni blouse ni cravate, nos mères ni tablier ni tailleur. Nous avions été éduqués et formés par les livres, les films, les chansons — par la promesse de devenir des individus. Je crois que nous étions en droit d'attendre une vie différente. Nous avons fait des études — un peu, suffisamment, trop —, nous avons appris à respecter l'art et les artistes, à aimer entreprendre pour créer du neuf, mais aussi à rêver, à nous promener, à apprécier le temps libre, à croire que nous pourrions tous devenir des génies, méprisant la bêtise, détestant comme il se doit la dictature et l'ordre établi. Mais pour gagner de quoi vivre comme tout le monde, une fois adultes, nous avons compris qu'il ne serait jamais question que de prendre la file et de travailler. À ce moment-là, c'était la crise économique et on ne trouvait plus d'emploi, ou bien c'était du travail au rabais. Nous avons souffert la société comme une promesse deux fois déçue. Certains s'y sont faits, d'autres ne sont jamais parvenus à le supporter. Il y a eu en eux une guerre contre tout l'univers qui leur avait laissé entr'apercevoir la vraie vie, la possibilité d'être quelqu'un et qui avait sonné, après l'adolescence, la fin de la récréation des classes moyennes. On demandait aux fils et aux filles de la génération des Trente Glorieuses et de Mai-68 de renoncer à l'idée illusoire qu'ils se faisaient de la liberté et de la réalisation de soi, pour endosser l'uniforme invisible des *personnes*. Beaucoup se sont appauvris, quelques-uns sont devenus violents. La plupart se sont battus mollement afin de rentrer dans la foule sans faire d'histoires. Ils ont tenté de sauver ce qui pouvait l'être : leur survie sociale. J'ai été de ceux qui ont choisi de baisser la tête pour pouvoir passer la porte de mon époque — mais pas Faber, hélas ou heureusement.

Et pour cette raison il n'a cessé de me hanter.

Voilà pour «nous». Le concernant en particulier, il y a plusieurs hypothèses. En vieillissant, j'en suis venu à me demander qui il était et pourquoi il s'était manifesté à nous. Comme il arrive souvent, moins j'ai été fasciné par lui, mieux je suis parvenu à me l'expliquer. À vrai dire, je lui trouve beaucoup trop de raisons et je ne sais même plus laquelle choisir. C'est le défaut de l'âge : on a trop d'explications et de moins en moins de choses à expliquer.

L'hypothèse métaphysique, c'est qu'il est le négatif, et l'hypothèse religieuse, qu'il est le diable en personne. Lorsque je pense en philosophe ou en théologien, je parviens à donner du sens à ces mots et à croire que Faber n'était rien d'autre que ça. Mais dès que je sors me promener, que je discute avec une vague connaissance, que je mange ou que je bois, je n'y crois pas. Ce sont des idées, et j'ai vu, j'ai touché, j'ai entendu Faber respirer. Croyez-moi, il n'était pas qu'une idée.

Comme le dieu des chrétiens s'est incarné un jour en homme, le diable a peut-être un jour trouvé un corps et un esprit. Il n'était pas le Mal en général, mais la déchéance et la destruction, des autres et de soi-même. De ce point de vue on peut croire que Faber était un diable malgré lui, une puissance toute négative, mais sous la forme d'un homme. Et comme tout ce qui s'incarne, le diable est aussi un individu. Sous les traits de Faber, certains d'entre nous, les plus sensibles, l'ont pris en pitié et l'ont aimé.

Mais je suis athée, et même si je fais l'effort de croire aux symboles, je n'y vois que du langage qui prend vie.

L'hypothèse matérialiste consisterait à ne plus faire de Faber un concept ni un symbole, mais un symptôme ; si on considère l'histoire récente de notre pays, et plus largement de l'Occident, il est difficile de ne pas être saisi par un sentiment de perte. J'ai lu l'histoire d'autres civilisations, je sais en reconnaître les signes : la fin du XXe siècle, le début du siècle suivant sont un glissement, pas un déclin ni une catastrophe, comme voudraient le penser ceux qui espèrent encore vivre des temps héroïques, et qui préfèrent le cataclysme au simple déclassement. Mon époque n'a rien de mort, simplement tout y est moins fort. Dans ces périodes, pas tout à fait crépusculaires, mais semblables à de longs après-midi d'été où la lumière faiblit, des gens comme Faber apparaissent. Il n'est pas encore temps pour les Prophètes ; on se contente de personnages aux nerfs fragiles, insatisfaits, perpétuellement inquiets, fustigeant le confort, la santé, la vie parce qu'ils sentent venir la nuit et la mort, alors qu'elle est encore loin.

Peut-être aussi que cette idée est trop vague et trop exaltée. Alors la parole est au sociologue, qui pourrait expliquer : on a oublié que Faber était un enfant abandonné d'origine algérienne, adopté par des Français âgés, à une époque où les descendants d'immigrés des anciennes colonies étaient sommés de s'intégrer dans les vieilles puissances coloniales racistes. Lui-même a refoulé ses origines. Constamment, il devait faire semblant. Il n'est jamais devenu d'ici ; il n'était plus de nulle part. À cause de nous, il est demeuré un étranger en sursis. La France le condamnait à donner des gages de *conformité* ; donc, pour rester libre, il a joué à l'élève modèle avec une belle insolence. En réaction, la ville moyenne, blanche et catholique, a fait de lui un petit démon et, pour ne pas perdre la face, il a parfois essayé de se conformer à nos représentations.

Mais je vois bien que ce type de tentative qui consiste à faire incarner à Faber l'inconscient de toute une société tournera au ridicule. S'il relève du symptôme, c'est bien de celui d'une vérité psychologique élémentaire : il était la mauvaise conscience et le refus de grandir d'une poignée d'adolescents. À vrai dire, c'en est presque décevant.

Parfois, au moment de m'endormir ou de me réveiller, il me semble qu'il n'a jamais existé. Dans un instant de panique, je me demande quelles preuves je possède de son existence : photographies, textes, témoignages… Rien. C'est l'hypothèse du mensonge. Que, par désœuvrement, j'aie inventé Faber. Ou bien qu'avant moi, Madeleine Olsen et Basile Lamaison, deux enfants solitaires et rejetés par leurs camarades de classe, se soient construit un ami grand, beau et fort, qui les vengerait et qui, lorsqu'ils ont grandi, les a embarrassés et leur a interdit de mener leur vie. Un compagnon imaginaire. Certes, Faber a laissé des traces en ville. Il est possible d'aller à Mornay, d'interroger les voisins des Gardon, de retrouver Pape sur un chantier ou bien Samira et sa petite sœur ; mais la ville entière est peut-être l'invention de Madeleine et de Basile. Et je l'aurais reprise à mon compte.

Les auteurs et les lecteurs de romans aimeraient beaucoup que la vie ne soit qu'une fiction. C'est pourtant faux. Je n'ai pas le moyen de le prouver dans le simple cadre de ce livre, parce que dans les mots, il n'y a jamais que d'autres mots, mais Faber n'est pas un être de papier. Il existe, il a existé.

Alors intervient l'hypothèse la plus raffinée : il était comme un personnage de fiction inséré dans la réalité. À la manière dont les mots, les symboles, les idées cohabitent avec les objets matériels, Faber coexistait avec nous et avec lui-même. Je ne parle pas de la personne de chair et de sang qu'était Faber, mais de ce que nous avons tous voulu, lui y compris, qu'il soit.

C'est une explication séduisante, mais qui ne vaut pas plus que les précédentes. Faber, ce n'était pas nous et nous n'étions pas Faber ; c'était quelqu'un, et pas n'importe qui. J'ai beau réfléchir, je ne vois pas comment expliquer qu'il était un homme. Je revois ses yeux, je réentends sa voix. Je pense à Madeleine ou Basile assis, en train de l'écouter, de rire à ses plaisanteries et d'acquiescer à ses vues sur le monde d'aujourd'hui. Me revient en mémoire sa silhouette lors de notre rencontre, quand il m'a battu dans l'ornière du chemin de campagne, peu avant l'aube. Je ne sais pas si Basile Lamaison et Madeleine Olsen ont réellement vu ses yeux prendre la teinte de l'or, s'il était capable de faire disparaître et réapparaître les cartes pour de bon, si un troisième bras lui poussait parfois, mais je suis certain d'une chose : il n'était pas tout, il n'était pas rien, il était quelqu'un.

Et j'en veux pour preuve qu'il n'a pas disparu tout à fait lorsque je n'ai plus cru en lui.

Ainsi, après sa condamnation, j'ai rendu quelquefois visite à Faber, à la prison de Poterne, qui se trouve à l'extrême nord du département de l'Indre-en-l'Hombre. Souvent je croisais dans le local aménagé par la maison d'arrêt pour les rencontres une femme qui avait grossi : c'était Estelle Wade. À elle ni à moi Mehdi Faber ne parlait jamais. C'était comme rendre visite à un parent atteint par la maladie d'Alzheimer ; les yeux éteints, il regardait de côté. Si je l'appelais par son nom, il regardait de l'autre côté. La prison l'avait changé. Le crâne rasé, les muscles saillants et tatoués, il se ressemblait à peine, peut-être même plus du tout. Il paraît qu'il était à l'aise en prison, il soignait son corps et faisait beaucoup d'exercice. Donc je l'ennuyais. Bientôt, il n'est même plus venu se présenter au parloir.

Un jour d'hiver, il y a eu à la prison de Poterne une révolte, une mutinerie terrible. Pendant une semaine, les alentours ont été neutralisés. Dans la presse, on a évoqué des bagarres à l'arme blanche, une prise d'otages et une sorte de république autogérée à l'intérieur du bâtiment. Les forces antiémeutes ont repris le contrôle de la situation à grand-peine. Et puis un gigantesque incendie a semé la panique. En fin de compte personne ne s'est enfui, mais la plupart des détenus ont été transférés dans d'autres établissements.

Par curiosité, je suis retourné à Poterne. Pas la moindre trace de Faber. Il était parti, m'a-t-on dit, dans un quartier de haute sécurité. Je suis demeuré quelques minutes sur le parking désert, en fumant une cigarette. Un homme venait de passer les portes ; personne ne l'attendait dehors. Il s'est approché pour me demander une clope et du feu. À l'ombre des hauts murs, il faisait frais ;

c'était le printemps. Plus je le regardais tirer sur sa cigarette en silence, plus j'avais l'impression de le connaître. Pourtant, je ne l'avais jamais vu de ma vie. Il était large et grand, blond, mais les cheveux dégarnis. Portait une boucle d'oreille.

Je lui ai demandé son nom : Romuald. Cinq ans pour recel de vol de voitures, entre autres.

« Et vous ?

— Tristan.

— Pour une visite ?

— Est-ce que vous connaissez un certain Faber ? »

Méfiant, il m'a regardé avec méchanceté ; puis il a fait la moue : « Faber ? » Comme si ce nom n'avait pas de sens. « Je ne vois pas de quoi vous voulez parler. »

J'ai insisté.

Alors il s'est souvenu.

« Ah, vous voulez parler de lui... »

Il a découvert ses dents : il lui en manquait trois sur le devant.

« Ce n'est pas son vrai nom. »

Après tout ce temps passé enfermé, il avait envie de discuter. Il m'a raconté qu'il le connaissait depuis très, très longtemps et qu'il avait toujours pensé qu'ils étaient de la même graine.

« De la graine de bâtard. »

Puis il m'a expliqué que c'était ce gars qui avait foutu le feu à la prison et qui avait pris possession de l'enceinte. Qu'il dirigeait tout là-dedans. Depuis, on le changeait d'établissement chaque mois. Il circulait en convoi spécial le matin. On envoyait l'armée de terre pour l'accompagner. Il faisait peur. Et il en avait pris pour des années. Jamais de la vie il ne sortirait.

Romuald m'a réclamé une seconde cigarette. Je la lui ai donnée, avec le paquet en prime.

« Les gènes ont parlé », a-t-il marmonné en protégeant son feu du vent frais. « C'était un bâtard. Une vraie racaille. Un mauvais. Il est à sa place là-dedans, il le sait. » Romu a dessiné un vague signe en direction du mur d'enceinte, derrière les barbelés.

J'ai dit que ce n'était pas vrai, qu'il n'y avait pas de fatalité dans la vie. Que Faber l'avait choisi.

« C'est des conneries. De toute manière, plus personne ne l'appelle Faber.

— Pourquoi ?

— Il ne répond pas quand on l'appelle comme ça. Ce n'est pas son nom. Il a pris du muscle et tout le monde le respecte. Je l'ai vu de mes propres yeux péter toutes les vertèbres d'un mec d'une seule main. Un jour, il est descendu parler aux détenus, pendant le repas, il a dit qu'il se souvenait. Il avait les larmes aux yeux, c'était une sorte de révélation. Ceux qui lui doivent le respect l'appellent Mehdi. Mais certains… On dit qu'y en a quelques-uns… Pas beaucoup. Très peu. Ils connaissent son nom. Je veux dire : son nom de famille. Et il raconte qu'un jour ou l'autre il libérera tout le monde : les Juifs, les Arabes, les Noirs et les Blancs. Il dit qu'il attend son heure. Il parle bien. Il existe des gars prêts à mourir pour lui. C'est un mythe, ce type. Tu vas dans n'importe quelle prison de France : on le connaît, on le salue avec respect. Il y a même pas mal de mecs qui disent que c'est Jésus-Christ. C'est pour ça qu'ils se tatouent son visage entre les omoplates.

— Où est-ce qu'il se trouve, en ce moment ? »

Il a semblé déconcerté.

« Ici ou là. Je ne sais pas trop. »

Romuald tenait sa clope entre le pouce et l'index; de l'autre main, il a claqué des doigts.

« Le jour où il voudra sortir, il va foutre le feu. Croyez-moi. Un beau matin il sera là. » Sans faire de bruit, il a marché sur le goudron du parking et il est passé derrière moi. Il avait incliné la tête afin de jeter un œil sous une voiture de marque japonaise. « Dans notre dos, lorsque personne ne s'y attendra. Loin d'ici. Vous verrez, il reviendra. »

Puis Romuald m'a paru accablé par la fatigue et sa voix s'est éteinte, tout doucement.

Je lui ai demandé s'il croyait que cet homme avait trouvé une forme de paix. Il m'a répondu que ça l'étonnerait.

Après la dernière taffe, il a imploré mon aide. Je lui ai donné de bon cœur tout ce qui traînait au fond de mon porte-monnaie : pas grand-chose, en lui souhaitant bon courage pour la réinsertion.

Avant de rejoindre mon véhicule, j'ai proposé de le raccompagner, mais il préférait prendre son temps, marcher tranquillement à travers champs, respirer le grand air, faire un tour au chenil pour récupérer son chien, au cas improbable où le vieil animal serait toujours vivant au bout de cinq années. Je l'ai salué et j'ai démarré. Du bout des doigts j'ai coupé la radio d'information continue qui grésillait et d'un revers de main contre le pare-brise, j'ai éclairci mon champ de vision. Et j'ai bien failli rater la bretelle de l'autoroute A11, en direction de Paris.

Peu à peu, la route a décollé des bords de l'Hombre. Il faisait particulièrement bon. L'asphalte scintillant coupait en deux l'immense plaine céréalière du sud de l'Île-de-France.

Depuis lors, malgré tous mes efforts, je n'ai plus jamais entendu parler de Faber. Parfois je fais de violents cauchemars, je me réveille en pleurs, j'ai tout oublié, et ma compagne me console jusqu'à ce que je parvienne à me rendormir en paix. Mais c'est de moins en moins le cas.

Il reviendra peut-être, mais il n'est plus là. Son souvenir s'estompe. Quelque chose de lui parle en moi et me tente encore de temps en temps, lorsque je m'installe à ma table et que j'écris. Il vit dans mes livres.

À cette exception près c'est fini ; il m'a hanté, il m'a quitté.

Première partie
IL REVIENT

Deuxième partie
L'ENFANT
1981-1995

Troisième partie
IL EST LÀ

Quatrième partie
L'ADOLESCENT
1995-1996

Cinquième partie
IL S'EN VA

PAO : Dominique Guillaumin, Paris.
Achevé d'imprimer
sur Roto-Page
par l'Imprimerie Floch
à Mayenne, le 4 septembre 2013.
Dépôt légal : septembre 2013.
1er dépôt légal : juin 2013.
Numéro d'imprimeur : 85413.
ISBN 978-2-07-014153-1 / Imprimé en France.

261597